FICTION
NNECTION

COLECȚIE COORDONATĂ DE
Magdalena Mărculescu

Agnès Martin-Lugand

Ceea ce nu poate fi ascuns

Traducere din franceză de
Ela Negreanu

TREI

Editori:
Silviu Dragomir
Vasile Dem. Zamfirescu

Director editorial:
Magdalena Mărculescu

Redactare:
Carmen Botoșaru

Design copertă: Andrei Gamarț
Foto copertă: Guliver / Getty Images / © Cultura RM Exclusive / Philip Lee Harvey

Director producție:
Cristian Claudiu Coban

Dtp:
Gabriela Anghel

Corectură:
Dușa Udrea-Boborel
Carmen Eberhat

Descrierea CIP a Bibliotecii Naționale a României
MARTIN-LUGAND, AGNES
Ceea ce nu poate fi ascuns / Agnès Martin-Lugand; trad. din franceză de Ela Negreanu. - București: Editura Trei, 2019
ISBN: 978-606-40-0673-8

I. Negreanu, Ela (trad.)

821.133.1

Titlul original: Une évidence
Autor: Agnès Martin-Lugand

O.P. 16, Ghișeul 1, C.P. 0490, București
Tel.: +4 021 300 60 90; Fax: +4 0372 25 20 20
e-mail: comenzi@edituratrei.ro
www.edituratrei.ro

ISBN: 978-606-40-0673-8

Pentru Guillaume, Simon-Aderaw
și Rémi-Tariku, întotdeauna…

Mereu sfârşim prin a deveni un
personaj în propria noastră poveste.
— Jacques Lacan, *Écrits*, volumul II

Şi plămânii, şi inima lui aveau nevoie
să respire aerul din largul mării.
— Bernard Simiot, *Ces messieurs de Saint-Malo*

1

Un 31 decembrie ca oricare altul. Un reper în cursul anului. Petrecere şic la Paul. Perfectă, de bun-gust, amuzantă, de mare finețe, fără tam-tam şi fără confetti. Extraordinară, ca de obicei. În afară de mine, Paul invita întotdeauna persoane care nu se ştiau între ele şi pe care el însuşi de-abia le ştia; simple cunoştințe care petreceau doar o noapte împreună, după care nu aveau să se mai vadă niciodată. Asta îl amuza, îi stârnea interesul. Aşa se manifesta latura lui burghezo-boemă refulată, îl ironizam eu periodic. Avantajul îl reprezenta lipsa de miză a celor câtorva ore, fiecare venea cum era, cum voia, fără idei preconcepute şi fără presiunea socială inerentă vieții burgheze de provincie. Făceam cunoştință fără reticențe, fără aşteptări speciale, fiindcă se presupunea că n-o să ne mai întâlnim, cel mult am fi dat întâmplător nas în nas prin oraș în vreo sâmbătă, la cumpărături.

Micul atu al serii, şi asta mă bucura mult, era prezența surorii mele mai mari, Anna, şi a soțului ei, Ludovic. Li-l prezentasem pe Paul la puțină vreme după ce-l întâlnisem şi de atunci se înțelegeau tustrei de minune.

Pentru ei era o adevărată premieră că nu plecaseră să-şi petreacă revelionul undeva la soare, după cum le era obiceiul, şi că ne onorau cu prezența lor. Lucru care o angoasase enorm pe sora mea, hiperactivă, permanent în pragul unui *burnout* domestic. Totuşi, ea voia să fie veşnic în mişcare. Ludovic îşi dorea un concediu în care „ca să nu facă nimic", n-avea niciun chef să alerge la toate activitățile unde ea făcea înscrieri pentru amândoi. Aşa că toamna trecută bătuse cu pumnul în masă. Oricât o iubea el pe sora mea, nu mai suporta s-o vadă agitându-se fără rost, îl epuiza. La peste cincizeci de ani şi după douăzeci şi cinci de ani de căsnicie, visa la puțină linişte. Spre marea mea mirare, sora mea tăcuse mâlc şi nu încercase să parlamenteze.

Însă Anna, complet destabilizată, trebuise să compenseze cu ceva. Drept urmare, anul acesta, sărbătoarea Crăciunului fusese teatrul unor situații tragicomice: Anna invadase ceea ce până atunci reprezentase teritoriul rezervat mamei, adică organizarea marii mese în familie de la 25 decembrie. Nu le luase mult până să ajungă amândouă să se certe la cuțite, eu însă avusesem grijă să mă țin cât mai departe posibil. Cu toate acestea, Anna ne pregătise nişte sărbători demne de un film american dedicat Crăciunului! Să fie ocupată cu orice preț, acesta era crezul Annei. Iar de la Crăciun, nu-şi mai găsea locul. Cei trei copii ai lor — tineri adulți —, odată tradiționala prăjitură mâncată şi cadourile desfăcute, o şterseseră de-acasă pentru a scăpa de supravegherea mamei. Nu m-ar fi mirat ca ea să fi dat buzna în bucătăria lui Paul, el nu s-ar fi opus, mai ales că astfel evita să angajeze pe cineva care să se ocupe de preparative. Lui Paul îi plăcea la nebunie să primească oaspeți fără să fie nevoit să-şi bată capul cu problemele practice.

Ar fi trebuit să mă bucur, să fiu în culmea entuziasmului, dar, în mod bizar, se întâmpla exact pe dos. Aproape că-mi venea să mă cuibăresc în pijama pe canapea şi să mă ascund acolo toată seara, cu voluptate. În ultima vreme, mă gândeam des, chiar foarte des, la timpul care trece — prea repede —, la ce ratasem şi la ce reuşisem în viaţă. Împlinisem patruzeci de ani în anul care tocmai se încheia, momentul unui bilanţ la jumătate de drum. Poate aşa se explica starea mea... În consecinţă, pentru prima dată, nu aveam să-mi respect obiceiurile vestimentare. La revelioanele precedente, mă întrecusem pe mine însămi în originalitate, cu rochii colorate, când fanteziste, când stil vampă plină de glamour, doar pentru plăcerea de a mă amuza. Acum, aruncând o ultimă privire în oglindă înainte de plecare, un singur cuvânt mi-a venit în minte: *întunecat*. Eram îmbrăcată în negru din cap până-n picioare, o Morticia castanie, în pantaloni.

Am reuşit să găsesc un loc lângă donjonul Jeanne-d'Arc. Măcar nu trebuia să traversez tot Rouenul ca să-mi recuperez maşina. Paul locuia la ultimul etaj, care avea o sută cincizeci de metri pătraţi, complet renovat, al unui imobil din susul străzii Jeanne-d'Arc. Nu făcuse niciodată pasul de a se instala într-o casă, îşi cultiva latura pariziană, i se părea liniştitor să locuiască la două străzi de gară! Dar nu era vorba decât despre un principiu, de altfel destul de ridicol, deoarece oricine îl cunoştea ştia că nu va mai pleca niciodată să trăiască la Paris. Apartamentul era somptuos şi, deopotrivă, extrem de sobru. Paul avea un gust foarte dezvoltat pentru lucruri frumoase, opere de artă şi mobilă de design, dar nu mergea mai departe, nu colecţiona nimic. Cu câteva excepţii: femei, maşini şi nivelul vinului în paharele invitaţilor săi.

Şampania — de calitate — curgea în valuri, felurile de mâncare erau rafinate şi absolut delicioase. Cucerirea lui Paul pentru seara aceasta era fermecătoare, chicotea un pic cam mult, dar o puteam scuza şi oricum nimeni nu avea s-o mai vadă vreodată. Paul va petrece câteva nopţi cu ea, o va duce şi la alte dineuri, apoi ea o să dispară pentru a lăsa locul alteia, peste câteva săptămâni, maximum luni. Paul se plictisea foarte repede. De aproape optsprezece ani de când îl cunoşteam, îl vedeam trecând continuu de la o femeie la alta. La patruzeci şi nouă de ani ai lui, asta devenea cam descurajant. Îl preveneam regulat în privinţa imaginii de fante bătrân care-l pândea tot mai serios, dar îi stârneam invariabil aceeaşi reacţie: un hohot zdravăn de râs.

Singura umbră din peisaj era vecinul meu de masă. Când îl descoperisem printre cei douăzeci de invitaţi, o săgetasem imediat cu privirea pe sora mea, ea era negreşit răspunzătoare de această lovitură de maestru. Mutra ei fals inocentă îmi confirmase bănuiala. Dar mă abţinusem să-i sar la gât. Nu ezitase să-şi folosească jokerul — permisiunea acordată celor din anturajul apropiat al lui Paul de a aduce un invitat-surpriză — de care eu, una, nu profitasem niciodată. Anna însă nu se ferise s-o facă, pe pielea mea. Îngrijorată de celibatul meu, căuta mereu să-mi prezinte „pretendenţi", cum îi numea ea. Cel de faţă era un coleg de-ai lui Ludovic, îl cunoşteam prea bine. Tot văzându-l la ei la masă, mi se păruse simpatic, nu lipsit de farmec. Cedasem într-un final avansurilor lui cu doi ani în urmă. Spre marea mea nenorocire! Deşi perfect ca prieten, se dovedise o veritabilă nulitate ca iubit. Era în afara oricărui nivel competițional, învingând fără drept de apel orice potențial rival. Sora mea nu pricepuse de ce pusesem capăt atât de brusc relației. Şi citeam clar pe fața acestui cretin că îi şoptise că mai avea o şansă cu mine. Din când în când, întâlneam privirea circumspectă a lui Paul care-mi observase aerul descumpănit. Cu un gest discret din cap în direcția vecinului meu, am reuşit să-l lămuresc cum stătea treaba, iar Paul a fost cât pe ce să se înece cu o scoică Saint-Jacques. Ca o gazdă perfectă, şi-a revenit imediat, dar nu a încetat să mă supravegheze cu coada ochiului.

După cum prevăzusem, Anna luase cu asalt bucătăria lui Paul. Când au trebuit schimbate farfuriile, mi-a făcut semn să merg cu ea. Am profitat de ocazie ca să iau o pauză de la avansurile insistente ale vecinului meu imbecil care, hotărât lucru, nu înțelegea chiar nimic.

— Ia zi, Reine..., a început ea cu voce mieroasă.

M-a prins de braț, dând din cap cu un aer visător.

— Ce să zic? am mormăit.

M-am desprins de ea ca să-mi torn un pahar de vin roşu. La dracu' cu grija de a nu amesteca băuturile, aveam nevoie de un întăritor!

— Ce părere ai despre mica mea surpriză?

Am gratificat-o cu o privire urâtă şi am ridicat mâna într-un gest de apărare.

— Eşti mulțumită de tine?

Ea a aplaudat, convinsă că mă bucuram de combinația ei.

— I-a căzut falca când te-a văzut apărând într-o aşa ținută. Nu ştiam că ai pantaloni de piele. Frumos! Cu tot negrul ăsta, nu ți se văd decât ochii verzi...

M-am holbat la ea.

— Pacoste ce eşti! Termină imediat! Nu te mai amăgi! N-o să se întâmple nimic!

Expresia ei a trecut de la culmea entuziasmului la stupefacţia deplină.

— De ce? Nu-ţi face plăcere să-l vezi?

— Tu ce crezi? Îţi amintesc că deja i-am dat papucii! Mersi frumos!

S-a bosumflat, vexată, şi s-a apucat să stivuiască farfuriile.

— Ludovic m-a prevenit că o să-mi zici o chestie de genul ăsta!

Am izbucnit în râs.

— Îl ador pe cumnatul meu! Acum putem să trecem la alt subiect?

Ca o puştoaică nemulţumită că lumea nu-i satisface capriciul, Anna a scos un oftat adânc, întărindu-l cu o ridicare din umeri.

— În altă ordine de idei, ai nevoie de ajutor?

— Nu, a bodogănit sora mea.

— Deci mi-ai cerut să vin în bucătărie doar ca să afli dacă planul tău de peţitoare funcţionează?

A renunţat la atitudinea de divă ofensată şi mi-a aruncat o privire amuzată, care m-a făcut să explodez din nou în râs. Sora mea n-avea pereche.

— Nu cred că funcţionează!

M-am întors la locul meu la masă, mişcată de atenţia surorii mele, care de fiecare dată făcea totul ca lumea din jur să fie fericită. Veselia ei era atât de contagioasă, încât până şi vecinul meu a avut dreptul la cel mai frumos zâmbet de care eram în stare.

23:54. Atmosfera se încălzea treptat sub efectul combinat al bulelor de şampanie şi al conversaţiilor lejere. Nu era neapărat necesar să-i cunoşti pe cei din jur pentru a sărbători împreună sfârşitul de an şi a trăi momente agreabile. Lui Paul îi reuşea întotdeauna acest tur de forţă. Ajunsesem până la urmă să-l ignor pe tipul dezamăgitor de lângă mine. Însă, cu toată buna dispoziţie generală, îmi verificam compulsiv telefonul, întrebându-mă dacă, în ciuda pronosticurilor noastre, o să primesc veşti de la *el*. În ceea ce mă priveşte, îmi promisesem să rezist, nu voiam să-l deranjez. Am tresărit la pocnetul scos de dopul unei sticle de şampanie. În mod bizar, mă simţeam oarecum departe de euforia din jur, mă uitam la ceilalţi ca o spectatoare, zâmbind larg, dar teribil de melancolică. Iar aşa ceva nu-mi stătea în fire.

10. 9. 8. 7. 6. 5. 4. 3. 2. 1... Toată lumea s-a ridicat de la masă. Cuplurile se îmbrăţişau. Iar vecinul meu, care evident era cam greu de cap, s-a apropiat de mine. Am reuşit să-mi înăbuş un oftat de exasperare şi să-i trântesc un surâs amărât, plin de ciudă.

— La mulţi ani, Reine!

S-a aplecat spre mine şi mi-a aplicat un sărut pe obraz, începând să mă strângă grosolan de talie. Am simţit vibraţia mobilului în mână şi m-am desprins repede.

— Scuză-mă, trebuie să vorbesc.

Nu i-am lăsat timp să rostească niciun cuvânt, îndepărtându-mă în grabă ca să răspund. El era. Se gândise la mine, nu mă uitase. Şi totuşi, căzuserăm amândoi de acord că n-avea rost să încercăm să luăm legătura în cursul nopţii. Îmi dădeam bine seama că el avea altceva de făcut decât să mă sune. Dar trebuia să cred că încă avea nevoie de mine şi, în adâncul inimii mele brusc încălzite, mă bucuram.

— La mulţi ani, comoara mea!

Nu auzeam nimic din ce-mi spunea, în preajma mea era prea mult zgomot, iar în spatele lui, răsunau urlete euforice. Am sfidat frigul iernii şi am ieşit pe balcon.

— Mă auzi? l-am întrebat acoperindu-mi urechea.

— Mamă?

— Da, Noé, eu sunt.

— La mulţi ani, mamă!

Am clipit repede ca să împiedic lacrimile de bucurie să mi se prelingă pe obraz.

— Mulţumesc... Te distrezi bine?

— Da! E super!

Din spatele lui răzbătea ecoul amicilor lui care cântau, râdeau unii de alţii şi îl strigau.

— Du-te, vorbim mâine. Ai grijă de tine, da?

— Promit!

Mi l-am imaginat dându-şi ochii peste cap, cu zâmbetul lui irezistibil de seducător obosit de cicălelile mamei.

— Pupici, mamă.

— Te iubesc, drag...

Închisese deja. Mi-am frecat braţele încercând să mă încălzesc şi mi-am scos pachetul de ţigări din buzunarul vestei. Am aprins una şi am fumat-o pe îndelete. Eram în culmea fericirii că-l auzisem chiar şi numai două minute; acum voi putea să profit din plin de petrecere.

— La mulţi ani! mi-a şoptit Paul la ureche.

M-a cuprins de umeri cu braţul şi m-a sărutat pe păr.

— La fel şi ţie, am răspuns.

Câteva minute au trecut fără ca vreunul dintre noi să schiţeze un gest, pierduţi amândoi în contemplarea oraşului de la picioarele noastre; luminile, claxoanele, petardele, strigătele chefliilor ajungeau până la noi.

— Parcă n-ai fi aici cu noi astă-seară..., a remarcat el. La ce te gândeşti?

— La multe şi la nimic...

Nu puteam să mă exprim mai clar. În ultima vreme, unele dintre deciziile mele şi mai ales consecinţele lor răsăreau din trecut — mereu afurisitu' ăsta de timp care se scurge — şi mi se aşezau ca o greutate pe piept. Ba şi mai rău, în anumite clipe îmi tăiau respiraţia. Paul ştia, Paul simţea. Însă nu era locul şi cu atât mai puţin momentul să discutăm. Anna a venit lângă noi şi a schimbat o privire complice cu Paul. În chip de urare, s-a mulţumit să mă sărute pe obraz, iar eu i-am întors gestul.

— Îmi dai și mie una? m-a întrebat ea, împingându-mă uşor cu cotul.

— Singura pe anul ăsta? i-am replicat maliţioasă.

— Nu strica petrecerea!

Am râs şi ea s-a servit din ţigările mele. Rolurile se inversaseră; în adolescenţă, eu scotoceam după ale ei, acum, ea şterpelea din pachetul surorii mai mici. Spre deosebire de mine, Anna îl ascultase într-un final pe tata, care ne îndemna să ne lăsăm de fumat, ca el. Eu eram singura din familie care încă rezista, în ciuda numeroaselor „Gândeşte-te la fiul tău, fata mea".

— Ai vorbit cu Noé? m-a întrebat Paul.

Zâmbetul meu imens le-a servit drept răspuns.

— Se simte bine? s-a îngrijorat Anna ca o mătuşă protectoare.

Ca şi mine, Paul şi-a stăpânit râsul ironic.

— Noé are şaptesprezece ani şi petrece cu amicii lui. Tu ce crezi, cum se simte?

— Oh, nu mă mai luaţi la mişto, nu pot să fiu altfel, am un gol în stomac de câte ori ei pleacă de-acasă.

Şi-ţi închipui că eu nu?

— Aşa te iubim! am liniştit-o eu.

— Mai faceţi mult opinie separată? ne-a retezat-o Ludovic care tocmai apăruse.

M-am desprins din braţele lui Paul şi din răsfăţul surorii mele şi m-am repezit spre cumnatul meu cu care am schimbat o îmbrăţişare de „la mulţi ani".

— Reine, ai aflat că singura decizie a surorii tale pentru anul ăsta e să-ţi găsească pe cineva?

Anna a pufnit în spatele nostru şi nici Paul n-a rămas mai prejos.

— Încă n-am ieşit la liman! Se descurcă foarte prost!

— Eu am prevenit-o, dar ştii şi tu cum e ea când îi intră o chestie în cap!

Am râs la rândul meu şi am continuat.

— M-a forţat deja să mă înscriu la sport, e mai mult decât suficient!

— O remarcabilă realizare, într-adevăr, a întărit Paul venind lângă noi.

— Dar tu când termini cu cinele tale de gogoman? l-am tachinat eu.

Ne-am dus în living râzând, şi seara şi-a reluat cursul.

M-am întors în căsuţa mea de cărămidă de pe înălţimile Rouenului pe la 3 dimineaţa. Când Noé intrase la colegiu, ca să arăt că şi eu crescusem, m-am aruncat în marea aventură a unei achiziţii imobiliare. Mă îndrăgostisem de această clădire în care eu şi Noé ne-am făcut cuibul. Semăna cu noi, un pic cam dezordonată, un pic atipică, nu foarte mare, dar noi ne simţeam bine în ea, aici eram acasă.

Eram frântă, mă dureau picioarele şi aveam un început de migrenă căreia doar somnul i-ar fi venit de hac. Totuşi, înainte de a mă trânti în pat, nu m-am putut împiedica să dau o raită prin haosul din camera lui Noé. Mă grozăvisem eu în faţa surorii mele mai devreme, dar nu eram mai brează decât ea. Nu-mi plăcea când el nu dormea acasă, nu-mi plăcea să-l ştiu departe de mine, în ciuda celor şaptesprezece ani ai lui, în ciuda faptului că mă întrecea cu aproape două capete. Nu-mi plăcea casa goală, fără el, fără zgomotele făcute de el, fără pocnetul uşii de la camera sa, fără sunetul chitarei lui. Şi totuşi, asta se întâmpla tot mai des. Normal. Logic. Noé creştea, peste câteva luni urma să-şi ia bacalaureatul şi permisul auto. Îmi aduceam aminte cum eram la vârsta lui; aveam o singură idee în minte, să-mi iau zborul, să mă îndepărtez de părinţii mei — pe care totuşi îi adoram —, să-mi petrec timpul cu prietenii, să mă simt liberă. Noé se afla în această etapă a vieţii şi mă străduiam să-l las în pace, era rolul meu, în ciuda vidului pe care mi-l provoca. Asta înseamnă să fii părinte. Mă ferisem întotdeauna să fiu o mamă-cloşcă acaparatoare, deşi faptul că-mi creşteam singură fiul mi-ar fi scuzat atitudinea, însă Noé poate n-ar fi suportat şi ar fi simţit că se sufocă din vina mea. De aceea alesesem să-i ofer libertate, încredere şi, mai ales, să mă consider norocoasă. Complicitatea noastră ne permitea să rămânem apropiaţi, în pofida anilor ce treceau fără milă.

A doua zi dimineaţă, m-am trezit mult prea devreme. Aşa păţeam sistematic, îmi era imposibil să profit şi să dorm până târziu, stăteam cu simțurile încordate când el lipsea de-acasă. Am râs de mine cât am luat un paracetamol şi mi-am făcut o cafea. După ce-am ciugulit un aşa-zis mic dejun, le-am dat alor mei tradiționalul telefon de început de an. În timp ce le povesteam despre seara precedentă, am primit un mesaj de la Noé care-mi cerea să mă duc să-l iau.

Doar ce oprisem maşina în fața casei unde Noé îşi petrecuse noaptea, că o trupă de patru adolescenți nu prea în formă a şi ieşit pe uşă. Cu siguranță, abia dacă dormiseră şi răspândeau o duhoare de bere — fără a pune la socoteală amestecurile a căror compoziție nu voiam s-o cunosc — şi de transpirație de-ți muta nasul. Am avut dreptul la un concert de „la mulți ani" şi o serie de pupături înmiresmate de la toți prietenii lui. Mă bucuram de un oarecare succes pe lângă ei, nu-i deranja prezența mea pe teritoriul lor, văzând în mine o mamă mai cool decât ale lor, sub pretext că aveam cu zece ani mai puțin.

— Mamă, te superi dacă-i duci...

— Nicio problemă, dar, înainte de a pleca, puteți să-mi spuneți cu certitudine că ați lăsat totul în ordine la Bastien?

Nici nu îndrăzneam să-mi imaginez dezastrul. Pentru nimic în lume nu le-aş fi dat casa pe mână. Au schimbat o privire complice vrând să însemne că făcuseră tot ce era nevoie ca să repare stricăciunile şi, mai ales, că nu era nevoie de nimic în plus. Tare, băieți! Am ridicat ochii spre cer, amuzată.

Am făcut-o pe taxiul vreo oră, în cele patru colțuri ale oraşului, înainte de a ne putea întoarce acasă.

— Ți-e foame? m-am adresat unui Noé palid, după ce am ajuns.

— Nu chiar.

Mi-am ascuns cu greu râsul şi i-am scurtat suferințele.

— Du-te şi fă un duş, spală-te pe dinți şi trage un pui de somn, cred că doar de-atât eşti în stare deocamdată.

Nici măcar n-a încercat să se prefacă.

— Îmi pare rău.

I-am ciufulit părul lipicios.

— Azi te las în pace, dar vezi cum faci să fii în formă când cobori.

Mi-a aplicat un sărut pe obraz înainte de a urca scările.

— Mamă ? Ne ocupăm de teatru diseară?

Zâmbetul meu i-a fost suficient. Înainte să-l răpună somnul, l-am auzit telefonându-le bunicilor şi lui Paul cu care, ca întotdeauna, discuția s-a prelungit o veşnicie.

Spre seară şi-a părăsit bârlogul ca să vină lângă mine pe canapea; totul era pregătit pentru ritualul nostru. Când era mic, meşterisem un panou mare, botezat *Teatrul lui Noé & mami*, care se dezvolta odată cu fiul meu. Trona pe placa de deasupra şemineului. La fiecare 31 decembrie şi, de când petrecea revelionul cu prietenii, la fiecare 1 ianuarie, ne aşezam amândoi să mâncăm clătite şi să alegem fotografii, diferite suvenire, bilete de concert, de tren sau de avion, tichete de la curse, un cuvânt de apreciere de la un prof, lucrurile mari şi mici care marcaseră ultimele douăsprezece luni, iar eu le aranjam pe toate într-un colaj. Anul acesta, alegerea noastră s-a oprit la biletul de la concertul Collectif Fauve, pentru care îl dusesem pe Noé la Paris, împreună cu patru amici de-ai lui; mă sacrificasem cu dragă inimă. Stătusem puțin mai departe şi îi privisem cum se aruncă în mulțime; fusese perfect. Au urmat fotografiile din ultima noastră vacanță de vară în Creta, printre care una dintr-un *road trip* de o săptămână în doi, o alta dintr-un sejur la un club unde el urmase un curs de windsurfing şi-și făcuse numeroase cunoştințe... opt zile în care abia dacă ne întâlniserăm. Am decupat şi evaluarea primei sale disertații la filosofie, o minunată compunere în afara subiectului care-i adusese o notă de 4/20, o săpuneală magistrală din partea mea, precum şi felicitările profesorului său pentru reflecțiile originale şi promițătoare.

Cu fiecare an deveneam tot mai conştientă, dacă mai era nevoie, de extraordinarul noroc de a-l avea pe Noé în viața mea. Prețuiam atât de mult aceste clipe, fiindcă îmi permiteau să uit de grijile cotidiene, să-mi ignor greşelile, dar şi zonele întunecate.

După ce-am ales şi am lipit totul, Noé, țanțoş ca un păun, a luat asupra lui sarcina de a agăța panoul pe perete. De când ajunsese la vârsta la care putea să-l care singur, fără ajutorul meu, acesta era rolul lui şi îl lua foarte în serios.

— Vii să vezi, mamă?

— Vin.

Bineînțeles, puteam fi mândri de munca noastră, dar cel mai tare mă emoționa să constat că Noé nu-şi lua ochii de la panou. Totuşi, nodul din gât îmi stăruia mai mult decât de obicei. Aveam impresia că eram aruncată în trecut. Pe măsură ce fiul meu creştea, pe măsură ce devenea bărbat, asemănarea cu tatăl lui era tot mai clară. Mi-a observat emoția.

— S-a întâmplat ceva, mamă?

Nu vorbeam niciodată despre el. De vreo doi ani, Noé refuza să abordeze subiectul, fără explicații reale, convins că rezolvase problema. Mă împăcasem cu ideea, nedorind să răsucesc cuțitul în rană.

— Ai o privire ciudată, a insistat el.

— Păi, eu n-am dormit!

A rânjit ironic.

— Prea bătrână pentru petreceri?

— Te rog, arată puțin respect! i-am replicat râzând. Mă duc la culcare.

— Eu mai stau la televizor.

M-am apropiat de el şi l-am cuprins în brațe ca să-l strâng la piept. El s-a lăsat în voia mea, iar eu am mai profitat puțin.

— Te iubesc, Noé, pentru totdeauna. Să nu uiți niciodată.

— Şi eu te iubesc, mamă.

— Noapte bună!

I-am dat drumul, i-am zâmbit larg şi m-am îndreptat spre camera mea. Nu m-am putut stăpâni să-i arunc o ultimă privire. Se trântise pe canapea, cu telecomanda în mână. Şi, văzându-l aşa, zâmbetul mi-a revenit pe buze.

2

În fiecare luni, îl duceam pe Noé la şcoală, era singurul moment din săptămână când îmi permitea să staţionez în faţa liceului Corneille. Orarele noastre coincideau, ceea ce-mi convenea.

— O zi bună! mi-a zis el, cu degetele pe mânerul uşii, gata să iasă din maşină.

— O să meargă bine prima zi de şcoală?

— Păi, da, am lucrat în vacanţă.

Ce noroc pe mine că aveam un băiat serios! Mereu îi plăcuse şcoala, învăţatul nu-i pusese probleme, de altfel, nici mie — nu făcuse niciodată vreo criză din cauza temelor. În schimb, Noé era incapabil să-şi imagineze un plan oarecare pentru anul care urma, probabil nu era singurul. Cum nu existau motive să nu ia bacul, se gândea la facultate. „Nu contează ce facultate, mamă, o să văd după." Mă cam deruta refuzul lui de a lua o decizie. El anticipase asta şi i se destăinuise lui Paul înainte de a discuta cu mine. La Paul căuta mereu sfaturi avizate, ştia că împreună cu el putea să ia în considerare orice, fără să se cenzureze şi fără să stârnească reacţii de panică sau exagerate, convins fiind că Paul ar deveni purtătorul lui de cuvânt în fața mea sau l-ar ajuta să vadă lucrurile mai clar.

Vizibil nerăbdător să-şi întâlnească prietenii, se uita fix la mine prin afurisita aia de şuviță care-i cădea în ochi.

— Pot să cobor?

— Stai!

Mi se făcuse brusc teamă să-l las să plece. Simțeam că-mi scăpa. Tot mai mult.

— Ai chitară diseară?

— Ca-n fiecare luni! E vreo problemă, mamă?

Nu uitasem de lecția particulară, voiam doar să-l mai rețin. Deveneam prea sentimentală, nu era bine nici pentru el, nici pentru mine.

— Nu, nu. Totul e-n regulă. Hai, fugi!

Îl vedeam că se îngrijorează, căuta să-mi dea de înțeles, fără a îndrăzni să mi-o spună direct. I-am zâmbit cât am putut ca să-l liniştesc, trebuia neapărat să-mi revin. Se impunea să-mi ocup mintea cu ceva. Pe măsură ce Noé creştea, înțelegeam mai bine hiperactivitatea surorii mele, care se intensificase când copiii părăsiseră cuibul familial.

— Pa!

A trântit portiera. L-am văzut în oglinda retrovizoare cum a deschis portbagajul ca să-şi ia de acolo rucsacul şi chitara învelită în husă. Ştia că mă uit la el, mi-a zâmbit larg, apoi a traversat îndreptându-se spre gaşca lui. Cu casca Marshall atârnată la gât, cu aerul lui nonşalant şi silueta deşirată de adolescent, Noé era formidabil. Am mai stat o vreme privindu-l cum îşi salută amicii într-un limbaj doar de ei ştiut, cum râde, cum se sărută pe obraz cu fetele. Printre ele, am observat una cu un aer timid. Noé nu-şi dădea seama, însă fata era îndrăgostită de el.

Fiul meu era popular, dar nu la modul ostentativ, nu făcea parte din grupul celor pe care-i auzi dându-se mari, nici al celor care caută celebritatea în cadrul liceului şi încearcă să iasă în evidenţă. Nu pretindea niciun statut particular, voia doar să se simtă bine. Însă se număra printre cei pe care-i cunoşteai, cu care erai mândru să schimbi două vorbe sau să fii văzut. Mi se pusese un nod în gât, nu puteam să-mi dezlipesc ochii de la el, Noé se afla la locul lui, în lumea lui, în largul lui. Trebuie să fi simţit instinctiv că încă eram acolo, fiindcă s-a răsucit şi mi-a făcut un semn, parcă spunând „Mamă, şterge-o!" Aşa că i-am dat ascultare fiului meu.

Ca în fiecare luni, am ajuns prima la birou, încă melancolică la gândul începerii şcolii şi al trecerii timpului. Din fericire, îmi plăcea la nebunie munca în această agenţie de comunicare, la origine doar un studio foto. Intrasem aici pe uşa din dos, fără să ştiu prea bine încotro mă îndreptam, dar hotărâtă să-mi câştig traiul.

Când sarcina era la jumătate, îmi abandonasem studiile de arte aplicate la Paris ca să mă întorc la Rouen, la părinţii mei. După multă muncă de convingere şi crize, familia mă determinase să revin acasă. Mama plânsese, urlase la telefon, tata mă ameninţase cu diferite pedepse ca atunci când eram mică, Anna venise ca să-mi facă valizele, secondată de Ludovic — deja soţul ei şi tatăl copiilor — la volanul breakului lor. Nu suportam să stau în camera din copilărie, cu pântecul meu rotunjit bine. Şi cu atât mai puţin să fiu o povară pentru ai mei. Îmi era imposibil să trăiesc depinzând de ei. Aşa că mă apucasem imediat să-mi caut de lucru. Obsedată de nevoia de a câştiga o sumă minimă ca să-mi închiriez măcar o cămăruţă, urmăream anunţurile de mică publicitate, solicitam orice job temporar. Dar toate întrevederile se încheiau cu un refuz. Nu angaja nimeni o fată de douăzeci şi trei de ani, evident însărcinată, nici prea vorbăreaţă, nici prea în formă. Părinţii nu încetau să-mi spună că nimic nu mă presa, că puteam să rămân acasă oricât doream, oricât era necesar până găseam un loc unde să mă instalez în condiţii bune. Îmi repetau de dimineaţa până seara că trebuia să am grijă de mine, de noi, ceea ce eu nu făceam absolut deloc. Mă durea în cot de sănătatea mea şi mai ales de a lui. Mă închideam în mine văzând cu ochii, îmi pierdusem orice urmă de sociabilitate — eram un extraterestru pentru fostele mele colege de liceu. Ele ieşeau în oraş, se distrau, aveau o viaţă înainte şi capul plin de proiecte. Pe lângă ele, eu eram o chestie rotundă fără niciun viitor, complet alături cu drumul. Din când în când, ieşeam din casă pentru a lua aer şi a scăpa de privirea îngrijorată a familiei, chiar dacă, în locul acesteia, mă confruntam cu alte priviri, care mă judecau. Care spuneau: „Biata fată, s-a lăsat îmbrobodită de primul venit!" Devenisem fata-mamă a cartierului, care pe deasupra mai era şi unul burghez de provincie. Uneori îmi venea să le urlu în faţă întrebându-i în ce epocă trăiau. Însă tăceam, plecam ochii, îmi înghiţeam sfidarea. Nu voiam să creez probleme în plus, părinţii mei aveau deja de îndurat remarci mai violente, de genul „în ce fel mă crescuseră dacă mă culcasem la întâmplare cu un tip care mă lăsase însărcinată şi după aceea îşi luase tălpăşiţa?", trecuseră de la statutul de persoane frecventabile la cel de oameni iresponsabili, cu o influenţă proastă care, se temea lumea, putea fi contagioasă.

Într-o zi, la brutărie, pentru a scăpa de şuşotelile pe la spate şi de privirile cu coada ochiului ale celorlalţi clienţi, mă îndepărtasem de cei care aşteptau la rând, ca să studiez panoul cu mica publicitate şi, printre solicitări de baby-sitter şi anunţuri de pisici pierdute, ceva îmi reţinuse atenţia. Smulsesem peticul de hârtie şi ieşisem fără să mai cumpăr pâine. Mâinile îmi tremurau atât de tare, încât a trebuit să-mi trag sufletul de mai multe ori ca să fiu sigură că citeam corect: *Fotograf caut asistent(ă) pentru crearea de decoruri*. În sfârşit, cineva veghea asupra mea. Fără a mai pierde niciun minut, pornisem spre adresa cu pricina.

O jumătate de oră mai târziu, ajunsesem în faţa unui imobil destul de vetust, aflat pe chei, în spatele la Halle aux Toiles. O clipă, îmi spusesem că o să pic într-o cursă, mă gândisem la tata şi la Ludovic care, dacă ar fi ştiut în ce eram pe cale să mă bag, m-ar fi dus târâş acasă. Dar îmi înăbuşisem temerile şi suspiciunile. Înainte de a mă arunca în gura lupului, mă uitasem puţin la mine: eram îmbrăcată ridicol, cu o veche haină de grădinărit a tatei, în care înotam, deformată de bebeluşul care-mi creştea în pântec. Refuzam să-l las să-mi strice şi mai mult viaţa, destul mă chinuiau furia şi amărăciunea. Fără să-mi pese că-mi făceam rău, încercasem să-mi ascund burta strângând până la ultima gaură centura de la pantalonii de gravidă, pe care sora mea mă forţa să-i port, şi-mi trăsesem pe deasupra tricoul lălâu. În uşa studioului, apăruse un tip de vreo treizeci de ani, brunet, uşor grizonant, cu faţa răvăşită a celui care nu mai băuse apă de mult. Deşi instinctul mă îndemna la altceva, rămăsesem pe loc cu stoicism câteva secunde, studiindu-l minuţios şi ghicisem contururile unui corp atletic sub blugii căzuţi pe şolduri şi cămaşa albă încheiată strâmb. În ciuda stării lamentabile, charisma lui mă impresionase. Ar fi trebuit să plec alergând, însă privirea lui directă mă determinase să trec pragul casei şi să-i explic motivele prezenţei mele acolo. Nu căutase să afle mai multe, mă întrebase doar dacă aveam timp să dau o probă, răspunsesem că da, aveam. Mă condusese într-o încăpere mare, scăldată în lumină graţie numeroaselor ferestre, ceea ce contrasta cu atmosfera întunecoasă. Căci tot restul se reducea la un talmeş-balmeş de obiecte, materiale foto, proiectoare, reflectoare, haine, hârtii. Vestigii abandonate ale unei vieţi. Camera era la fel ca proprietarul ei: o ruină.

— Vezi lampa aia? mă întrebase el.

Observasem într-adevăr o lampă mică în mijlocul uriaşei harababuri.

— Fă în aşa fel încât s-o pui în valoare.

— Foarte bine.

— Ba deloc. Până diseară trebuie să obţin fotografia, n-am timp de pierdut.

În ora următoare, mutasem mobile, încercasem să creez o ambianţă caldă scotocind prin tot ce aveam la dispoziţie. Pornisem de la principiul că mă puteam servi singură. În tot acest timp, îl simţisem fixându-mă cu privirea, umbla de colo până colo târându-şi picioarele goale prin studio. Pe măsură ce scenografia mea prindea formă, el testase luminile, făcuse câteva încercări, fără să scoată o vorbă. Când îl anunţasem că totul era gata, îmi ceruse să rămân în preajmă pentru retuşuri. Cât timp el lucrase, eu scrutasem locul şi-i descoperisem lucrările neglijent abandonate în colţurile camerei. Mă uluiseră, aşa că mă întrebasem de unde venea el şi cum de aterizase la Rouen. Sigur se înşelase în privinţa gării şi nu coborâse unde trebuia. De mai multe ori, îmi ceruse să mişc anumite elemente, dar nu mă grăbisem, îmi acordasem timp ca să mă asigur că păstrez armonia ansamblului. El nu făcea niciun comentariu. Cu cât după-amiaza se scurgea, cu atât eram mai obosită, îmi simţeam burta grea şi copilul agitându-se. Aveam grijă să mă întorc cu spatele când trebuia să pun mâna pe pântec pentru a încerca să-l calmez şi a-mi alina durerea.

— Asta e! strigase el brusc.

Îmi zâmbise cu toată gura. Nu mai era acelaşi bărbat ca în urmă cu câteva ore. Dintr-odată, îi revenise culoarea în obraji şi îşi regăsise vigoarea celor treizeci de ani. Mi se confirmase faptul că negreşit femeile întorceau capul după el, însă mă impresionase profund şi zâmbetul lui de o veselie comunicativă.

— Mulţumesc, Reine, m-ai salvat. Vino mâine la zece, o să rezolvăm cu actele pentru contractul tău de muncă.

Surpriza m-a lăsat fără glas.

— Mai vrei să lucrezi pentru mine? se îngrijorase el.

— Bineînţeles!

— Minunat! Acum poţi să pleci acasă.

— Pe mâine… ăăă…

— Paul, mă cheamă Paul.

Îmi recuperasem geanta lăsată într-un colţ şi pornisem spre uşă, neîndrăznind să cred că aveam o slujbă, o slujbă care, simţeam, avea să-mi placă. De fapt, slujba visurilor mele.

— Aşteaptă două minute.

Îmi spusesem că ar fi fost prea frumos ca să fie adevărat. Mă răsucisem spre el. Redevenise brusc extrem de serios. Dusese degetul la buze şovăind, după care, jenat, arătase spre pântecul meu. Îl fulgerasem cu privirea pe micul invadator.

— Când urmează să naşti?

Oftasem, ca o puştoaică ce eram.

— Poate că te-ai străduit să ascunzi asta, dar am doi copii, ştiu să recunosc o femeie însărcinată. Deci?

— Sunt în luna a şaptea.

O umbră de nelinişte îi întunecase faţa o clipă.

— Nu eşti prea rotunjoară... Unde locuieşti? Ai tot ce-ţi trebuie?

Mai târziu îmi mărturisise că-i trecuse prin minte că trăiam pe străzi. Trebuie spus că mă neglijam complet. Eram cadaverică, slabă de te speriai, în afară de ceea ce numeam pe atunci „protuberanţa".

— Am nevoie doar de o slujbă! Nu mai vreţi să mă angajaţi?

— Nu asta-i problema... Trebuie să ştiu dacă te întorci la muncă după ce naşti sau mă laşi baltă.

— Evident că mă întorc! Şi vreau să lucrez până în ultimul moment.

Afişase un zâmbet fermecător în colţul gurii, fără ironie, ci amuzat de-a dreptul.

— Încearcă totuşi să nu naşti aici.

Îi întorsesem zâmbetul.

— Promit!

Două luni mai târziu, Paul scăpa ca prin urechile acului de rolul de moaşă. Mi se rupsese apa la studio, în plină şedinţă foto. El mă dusese la clinica Belvédère şi îi anunţase pe părinţii mei.

Aproape optsprezece ani trecuseră de-atunci, devenisem asociata lui. Dublura lui. Îi ştiam toate secretele şi el le ştia pe ale mele. Lui Paul îi mersese de minune. La douăzeci de ani, era micul geniu al fotografiei, un talent înnăscut, lucrase pentru cele mai mari agenții pariziene specializate în decorațiuni, de aici şi gustul lui pronunțat pentru operele de artă şi design. Era capabil să surprindă într-o imagine un fotoliu Starck în plină junglă! Câştigase bani, mulți bani, călătorise pretutindeni în lume. Dintr-un impuls de tinerețe, se căsătorise cu o femeie mai mare decât el şi îi făcuse doi copii, fără a-şi schimba modul de viață. Totul îi reuşea. Apoi, fără vreun semn prevestitor, ea ceruse divorțul, folosind ca argument viața lui depravată pentru a obține custodia aproape exclusivă a copiilor. Paul căzuse într-o gravă depresie şi-şi pierduse creativitatea. Pentru a încerca să iasă din spirala infernală în care se adâncea, dorise să plece departe, să aibă propriul studio. La treizeci şi doi de ani, trecuse dintr-o extremă în alta, de la reuşita absolută la insuccesul deplin. Alesese Rouenul pentru costul ridicol al chiriilor şi apropierea de Paris, convins că, având tarife mai mici decât ale colegilor parizieni, o să atragă clienți importanți. Însă înregistra un eşec constant, de peste trei luni căuta un asistent şi nu găsea o aşa perlă rară. Obişnuit cu excelența, avea față de el însuşi şi de ceilalți nişte exigențe năucitoare, chiar delirante, nimeni nu se ridica la înălțimea lor. Desigur, mai primea din când în când comenzi, dar, fiind singur, pierdut şi veşnic indispus, îi era dificil să le onoreze. Obişnuia să spună că, dacă n-aş fi apărut eu, nu ştia ce s-ar fi ales de el.

Astăzi, şi eu, şi el eram departe de această epocă sumbră. În următorii trei ani după angajare, însoțită mereu de Noé, mă ocupasem de decoruri, fusesem asistenta, decoratoarea, omul bun la toate al lui Paul. Fiul meu îşi petrecuse primii ani din viaţă într-un studio foto, acolo făcuse primii paşi, acolo îi ieşise primul dinte, acolo rostise primul cuvânt, acolo îmi spusese prima dată „mamă". Îl ducea de nas pe Paul, i se agăţa de picioare când lucra, îi scotocea prin echipamente fără să fie certat vreodată.

Paul se metamorfozase sub ochii mei, redevenind întru câtva bărbatul dinainte, având în plus asprimea celor care înduraseră anumite încercări. Începuse să se ocupe iar de el, se reapucase de sport, redusese simţitor consumul de alcool. Dar mai ales muncise pe brânci ca să-şi creeze agenţia de comunicare. Înţelesese că, dincolo de punerea în valoare a unor produse cu ajutorul aparatului foto, trebuia să-i pună în valoare pe cei care le realizau. În cursul anilor săi nebuni, umblase prin ţară şi văzuse o mulţime de întreprinderi căzute în paragină, deşi mai aveau atâtea de împărtăşit şi de transmis. Ideea se impusese de la sine: înainte de toate, trebuia să spună povestea acestor oameni pentru a le permite să continue să trăiască de pe urma măiestriei lor. Când Noé începuse şcoala, ca să mă facă să mă gândesc la altceva decât la fiul meu care-mi lipsea, mă implicase în proiectul lui, deşi eu nu ştiam nimic despre comunicare. Nu se temuse niciodată să aibă încredere în mine. Dar mai ales nu se temuse să meargă ferm înainte, să parieze, să mizeze, să-şi asume riscuri. Artistul din el şi omul de afaceri redutabil pe cale să se nască se completau de minune.

Învăţasem din mers şi prinsesem repede gustul adrenalinei, al acestei noi forme de creaţie, al promovării ideilor şi calităţii muncii lui Paul. Începuse să caute clienţi în afara regiunii noastre, pornind să cucerească teritoriul francez. Urmărea mici afaceri pe butuci şi se prezenta drept ultima lor şansă, ultima carte pe care o puteau juca înainte de a depune bilanţul. Când reuşea, veneam amândoi în întâmpinarea patronilor sau a cumpărătorilor, lui Paul îi plăceau mai ales cei care se ocupau de meşteşuguri vechi, de mărci uitate ce rezonau inconştient în fiecare dintre noi, îi admira pe artizanii care voiau să readucă la viaţă obiecte dispărute. Făceam cunoştinţă cu salariaţii, cu breslele care puteau să intervină, îi ascultam, îi îndemnam să vorbească despre pasiunea lor. Şi cu toate informaţiile pe care le obţineam, căutam să insuflăm un spirit, să creăm o amintire, să depănăm o poveste pentru a-i relansa.

După câţiva ani, Paul depăşise încă o etapă, propunându-mi să mă asociez cu el. Fusese ceva evident pentru el, propunerea venea din inimă, dar era şi o formă de a-mi mulţumi că mă implicasem „fără reţinere“. Voia să-mi scoată în evidenţă competenţele care, după părerea lui, îi „permiseseră să ajungă unde era“. Spusesem da, atrasă de entuziasmul şi de încrederea lui în mine. De la angajare şi naşterea lui Noé, fusesem mai mult furnică decât greiere — teama de ziua de mâine mă făcuse econoamă —, aşa că putusem să pariez la rândul meu, alături de el, şi să investesc în agenţia noastră. Împreună, mână în mână, eram scăpărători, lucrând ca nebunii, simţind mereu o plăcere imposibil de definit. Studioul se mărise de patru ori, ne mutaserăm cu trei ani în urmă pe cheiurile de pe malul stâng, aproape de hangarele ce erau renovate unul după altul. Ocupam un etaj întreg al unei clădiri cu vedere spre Sena şi spre docuri. Pe o latură era studioul foto, pe cealaltă, biroul lui, biroul meu şi un *open space* ca un furnicar de idei.

În decursul anilor, Paul strânsese pe lângă el o echipă ce se îmbogăţea regulat: un redactor, un grafician, un webmaster, un şef de proiect, o asistentă şi un alt fotograf. Propria artă o păstra pentru clienţii cei mai importanţi sau pentru cei al căror sector de activitate îl interesa în mod deosebit. Când era vorba despre muncă manuală, Paul se afla în prima linie, îi plăcea să fotografieze mâinile, chipurile aplecate deasupra bancului de lucru, corpurile încordate de efort care spuneau ele singure o poveste. În rest, se lăsa cu totul acaparat de dezvoltarea „Hangarului". Prinsese gust pentru formarea de relaţii şi legături de afaceri; „avantajul patronului", îmi spunea el, descoperindu-şi un talent nebănuit pentru mondenităţi. Paul avea foarte puţine seri libere, participa mereu la un dineu, la o reuniune, la un cocktail. Se înscrisese chiar şi într-un club de enologie, nu că l-ar fi interesat să deosebească un bordeaux de un bourgogne, dar acolo întâlnea lume, împărţea zâmbete seducătoare şi cărţi de vizită. După aceea interveneam eu, lucrând din umbră ca să prindem în plasă clienţi.

Cu anii, clientela sporise considerabil. Desigur, ne ocupam în continuare de afaceri aflate în dificultate, dar şi de firme care mergeau bine, însă le lipseau în mod clar un suflet şi o poveste. Ne construiserăm o reputaţie solidă, eram solicitaţi indiferent cât dura aşteptarea. Şi, aşa cum prezisese asociatul meu, tarifele noastre mai scăzute decât ale marilor agenţii pariziene, viziunea noastră originală asupra comunicării, precum şi imensul studio foto în care puteam găzdui aproape orice (chiar şi animale; n-o să uit niciodată şedinţa la care Paul a adus doi canguri de la grădina zoologică din Clères) ne permiteau să prindem în plasă peşti frumoşi.

În dimineața aceasta, mă postasem în fața geamurilor cât peretele ca să-mi beau cafeaua. Pierdută în contemplarea Senei cenușii și a cerului atât de jos, încât dădea impresia că putea să înghită totul, îmi acordam un ultim sfert de oră de răgaz înainte de a ataca ziua de lucru.

— Bună, Reine!

Sosise și Paul. S-a strecurat în bucătărie ca să-și prepare dezgustătoarea lui cafea solubilă în care turna un strop de lapte și pe care încerca periodic să mă lămurească s-o înghit. Considera că amestecul făcut de el era original, la limita șicului, însă eu îi replicam că era culmea snobismului. După nici două minute, a venit lângă mine, la postul meu de observație, cu cana în mână. Mi-am lipit fața spontan de umărul lui, iar el mi-a înconjurat talia cu brațul liber.

Îl iubeam pe Paul. La fel cum și el mă iubea pe mine. De altfel, ne-o spuneam adesea, fără echivoc, lucrurile erau limpezi. Pentru alții, era o iubire ciudată, greu de definit. Pentru noi, era normală, naturală, pe viață, eram de nedespărțit. Discutam despre orice, fără tabuuri, fără rezerve, fiecare dintre noi era sprijinul, confidentul, partenerul, oarecum jumătatea celuilalt. Eu îl exasperam cu poveștile mele sentimentale jalnice sau aproape nule, el mă făcea să râd cu ale lui — vai, atât de rocambolești! Când punea ochii pe o femeie, alternau subtil indiferența și interesul, ca motanul cu șoarecele. Își folosea cu abilitate alura de dandy nonșalant, asumându-și cei cincizeci de ani, fizicul sportiv și părul grizonant, profitând — abuzând chiar — de ochii mereu marcați de melancolie. Cu aerele lui de seducător dezinvolt și cultivat, Paul se bucura de mare succes în rândul populației feminine. Cred că nu-şi revenise niciodată complet după divorţ. Felul în care trecea cu uşurinţă de la o femeie la alta — fără să-şi ia vreun angajament, fără să se expună riscului de a suferi şi de a eşua din nou — era consecinţa cea mai evidentă.

— Nu te simţi bine? mi-a şoptit la ureche.

— Ba da, ba da, totul e în regulă.

— Nu zău? Doar nu-ţi închipui că o să mă mulţumesc cu răspunsul ăsta de doi bani! Nici la revelion n-ai fost în apele tale. Mi s-a părut că erai tristă. Şi nici acum nu eşti altfel. Când fumezi dimineaţa, în mod clar ai tu ceva, să nu negi, duhneşti a tutun.

Mi-am înăbuşit un râset uşor ca să maschez cât mă impresionau grija lui şi simţul observaţiei de care dădea dovadă.

— Am un mic acces de melancolie, nimic altceva...

M-am desprins de el, simţindu-mă teribil de ridicolă cu toată tristeţea mea persistentă la gândul că Noé va părăsi curând cuibul.

— Reine! m-a dojenit el cu blândeţe.

— Mă duc să muncesc, i-am fredonat, luând-o spre biroul meu.

— O să fie un an complicat pentru tine, te ştiu eu. Îţi e greu să traversezi marile etape din viaţa lui Noé şi, cinstit vorbind, o să se tot acumuleze în lunile ce vin. Auzi un tic-tac în minte. Recunoaşte...

M-am oprit brusc. Paul spunea lucrurilor pe nume.

Eufemistic vorbind. Împlinirea a optsprezece ani. Bacul. Permisul de conducere. Prima lui vacanţă cu prietenii. Prima mea vacanţă singură.

M-am întors spre el şi i-am zâmbit uşor, fără a căuta să-mi ascund ochii umezi de lacrimi.

— O să mă descurc.

— Bineînțeles că o să te descurci. Ştii că sunt aici, nu?

— Bineînțeles că ştiu. Până atunci, dacă dai peste un dosar complicat, sunt gata să mă ocup de el.

M-a privit fix cu un aer serios, a mormăit ceva în barbă, apoi a râs într-un mod bizar. Nu înțelegeam ce era cu el, îl simțeam aproape furios, enervat şi ciudat de îngrijorat.

— O să văd ce pot face.

N-am aşteptat ca Paul să găsească ceva cu care să-mi mai abată gândurile pentru a-mi veni în fire. Melancolia începerii şcolii s-a disipat în grijile cotidiene şi în plăcerea cu care-mi făceam treaba. Dosarele se acumulau; ca şi Paul, mă concentram asupra dezvoltării permanente a Hangarului, chiar dacă în prezent ne puteam permite luxul de a refuza clienți. Împărțeam sarcini, jonglam între patroni, stabilind legături în această lume mică pentru a-i face să înțeleagă mizele proprii fiecărui dosar.

Totuşi, Paul mă luase în serios. O lună mai târziu, a intrat voios în biroul meu şi mi-a întins o ceaşcă plină cu băutura lui dezgustătoare.

— Voiai acțiune? Eşti servită! mi-a trântit pe nepusă masă.

M-am dezlipit cu greu de ecran fără să pricep de unde acest entuziasm neaşteptat.

— Despre ce vorbeşti?

— Am cu ce să te țin ocupată săptămânile următoare, poate tot semestrul. Lasă baltă orice altceva.

Unde voia să ajungă? Ce era cu povestea asta?

— Pe bune?

A încuviințat, evident mândru de el, şi s-a apucat să-mi facă o prezentare. Anul trecut, fusese contactat de un tip care avea la Saint-Malo o firmă de import/export de ceai şi cafea numită Din Cele Patru Colţuri ale Lumii. Ocupaţi fiind până peste cap la momentul respectiv, nu-i răspunsese amănunţit tipului care-i ceruse informaţii. Criza mea depresivă îl necăjea pe Paul. Vegheam permanent unul asupra celuilalt, iar lui nu-i plăcea să-şi ştie coechipiera suferind, de altfel, şi reciproca era valabilă. Pentru că dorea să-mi regăsesc zâmbetul şi elanul, studiase dosarul şi mirosise un contract frumos.

— Ascultă, individul e cu siguranţă înzestrat pentru jobul lui, dar în rest te apucă mila. Pe bune, ai impresia că şi-a câştigat site-ul la o chermeză din anii '90!

Am izbucnit în râs. Paul şi formulările lui surprinzătoare.

— Dacă înţeleg eu bine, am avea de făcut tot?

— Absolut tot! Potenţialul este enorm.

— El e dispus să facă schimbări?

— Categoric da! E curios să vadă ce-i putem propune, s-a simţit rănit în amorul propriu... Mă cunoşti, ştii că nu umblu cu mănuşi.

Ce-i drept, pentru Paul, greşelile în privinţa bunului-gust erau de neiertat în asemenea măsură încât nu-şi dădea seama mereu de impactul cuvintelor pe care le folosea. Considera de datoria lui să-i concilieze pe oameni cu estetica.

— Firma merge bine sau nu?

— Foarte bine! Asta-i cel mai rău! I-am spus adevărul: ar putea fi şi mai tare cu o imagine şi o comunicare demne de acest nume! Tipul e motivat, singura problemă e asociatul lui, care consideră inutil amestecul nostru. Mi-a dat de înţeles că doar promisiunea cifrelor l-ar determina să cedeze.

Se întâmpla frecvent ca asta să fie un motiv de discordie între patroni, dar nu mă deranja. Îmi plăcea enorm să-i fac să-şi înfrunte dezacordurile.

— Care-i pasul următor?

— Te întâlneşti cu el săptămâna viitoare, ţi-am fixat două şedinţe de lucru cu el. Procedăm ca de obicei: nu te informezi deloc despre firmă, arunci doar un ochi pe site-ul lor şi nu-ţi faci nicio idee înainte să te vezi cu ei. Îl vei cunoaşte pe tipul mai implicat. Dar, după cum te ştiu eu, o să găseşti tu o chestie să-l convingi şi pe tipul mai circumspect — poate o să-l întâlneşti şi pe el, dar nimic nu-i sigur. Tu o să fii şef de proiect pe dosarul ăsta, ai nevoie să pui osul la treabă, o să te ţină ocupată!

De când nu mai condusesem un proiect de la A la Z? De mult prea mult timp. Reversul rolului de asociat. Mă uitam la alţii cum fac tot ceea ce-mi plăcea şi mie înainte.

— Iar aerul de mare o să-ţi prindă de minune.

Avea dreptate, să mă apuc iar de creaţie pe malul mării m-ar fi distras de la chinurile mele materne. Şi-mi plăcea când miza era mare, cu firma aceasta trebuia să luăm totul de la zero, aveam în mâinile noastre posibilitatea de a o susţine ca să ajungă cât mai sus. Mă încânta provocarea lansată de Paul. Îmi simţeam ochii scânteind de entuziasm, iar el observase.

— Mulţumesc.

A schiţat un zâmbet trist, n-am înţeles de ce, şi s-a ridicat.

— Apropo, a adăugat el când să iasă pe uşă, am aranjat ca seara în care lipseşti să fie seara noastră de escaladă, a mea şi a lui Noé.

Paul îl iniţiase pe Noé în escaladă cu mulţi ani în urmă. De atunci, fiul meu luase microbul căţăratului.

Desigur, îi plăcea să fie legat cu coarda, dar cred că aprecia în primul rând faptul că petrecea câteva momente doar cu Paul. În fiecare săptămână, aveau o seară a lor, pe care n-ar fi ratat-o pentru nimic în lume. Mă amuzam în sinea mea de *seara lor între bărbați*.

Paul se implicase întotdeauna serios când era vorba de Noé. Ar fi putut să-i țină loc de tată, însă refuzase mereu, din mai multe motive.

Îndepărtarea de copiii lui nu se ameliorase cu adevărat niciodată; erau deja mari, unul avea douăzeci şi trei de ani, celălalt, douăzeci şi cinci. Deşi Paul încercase totul pentru a păstra cât de cât o relație cu ei, aceştia nu catadicseau să-şi vadă tatăl decât cu două ocazii: săptămâna petrecută la Courchevel, cu toate cheltuielile asigurate, şi când Paul se deplasa la Paris pentru o cină rapidă, cu condiția să fie chiar rapidă şi să nu le impună obligații prea mari. Paul se executa, plătea ca să nu rupă complet legătura cu ei. Însă suferea cumplit, ceea ce mă scotea din sărite, ca să nu zic că mă înnebunea de-a dreptul. Aveam porniri ucigaşe față de fosta lui soție, aş fi putut să-i trag una, fiindcă îl distrusese în trecut şi, într-un fel, continua s-o facă şi în prezent, întreținând ranchiuna şi distanța dintre el şi propriii copii. De câte ori nu-l văzusem pe Paul întorcându-se abătut, închis în sine, îngândurat de la aceste întâlniri! Îmi era teribil de ciudă pe mine că nu-l puteam ajuta. Se întâmplase să-l însoțesc o dată la o astfel de cină şi fusesem îngrozită şi scandalizată de comportamentul acestor copii prost-crescuți care nu aveau nici pic de respect pentru tatăl lor. Dacă privirea furibundă a lui Paul nu mi-ar fi impus să tac, aş fi explodat şi i-aş fi pus pe puştii ăştia obraznici la locul lor. Pe drumul de întoarcere, el îşi justificase indulgenţa: era singurul mijloc de care dispunea ca să-şi păstreze un locşor în viaţa lor. Mă rugase insistent să-i accept şi să-i respect decizia. De atunci, când se întâlnea cu ei, eu îl aşteptam răbdătoare, înghiţindu-mi furia ca să-l menajez şi să nu răsucesc cuţitul în rană, gata să-l ascult sau doar să fiu alături de el, o prezenţă binevoitoare şi tăcută.

Paul nu voia să-şi transfere sentimentele paterne asupra lui Noé, considera că era nesănătos. Cunoştea toată povestea. Conflictele interioare ar fi fost prea puternice, prea violente. Nu puteam să i-o reproşez. El şi Noé găsiseră un echilibru în relaţia lor. Adesea îi observam împreună fără ca ei să mă vadă, îmi plăcea să-i privesc vorbind, râzând, provocându-se, înţelegându-se dintr-o privire. Paul aproape că-l crescuse împreună cu mine, dar fără să-şi impună punctul de vedere. Pentru el, eu eram singura în măsură să ia decizii referitoare la educaţia lui Noé. Într-un fel, se putea spune că Paul juca rolul de naş îngăduitor, prezent mereu, dar nu agasant şi nici moralizator. Noé avea încredere oarbă în el, învăţase, cu anii, să aprecieze această atitudine diferită de a familiei mele. O familie apropiată, poate prea apropiată uneori de fiul meu. Nu că el ar fi avut un statut realmente diferit de al verilor şi al verişoarelor lui, nu era mai cocoloşit decât alţii. Însă toată lumea, vrând să facă un bine, vrând să mă sprijine, avea tendinţa supărătoare de a-şi băga nasul în modul nostru de viaţă şi în educaţia lui. Pe măsură ce creştea, lui Noé îi venea tot mai des să-i trimită la plimbare, îi iubea prea mult ca s-o facă, dar avea nevoie de aer şi de spaţiu.

Seara l-am anunțat pe Noé că aveam să lipsesc săptămâna următoare. De vreun an căpătasem obiceiul să-l las singur acasă când trebuia să plec pentru un proiect. Nu mai trebuia să-l dau în grija părinților vreunui amic, în grija Annei sau a lui Paul. Era destul de mare şi de responsabil ca să se descurce douăzeci şi patru de ore fără mine. Iar lui îi plăcea la nebunie! Aşa că nu mică mi-a fost mirarea când l-am văzut că se încruntă.

— Pot să ştiu care-i problema?

— Mă duci cu vorba, mamă!

A oftat din rărunchi, s-a ridicat de la masă şi mai degrabă a trântit decât a aşezat farfuria în maşina de spălat vase. Ce-l apucase?

— Pe bune, de luni întregi te rog să mergem un weekend la Saint-Malo, şi acum tu te duci acolo liniştită, pentru job, iar pe mine mă abandonezi la Rouen!

Nu m-am putut împiedica să râd. Pe când era doar un băiețel, avusese perioada lui cu pirați şi corsari, ca mulți alți copii. Îmi aminteam ce sacrificii făcusem ca să-i ofer de Crăciun uriaşa corabie piraterească Playmobile. Acum Playmobilele rămăseseră undeva în trecut, dar pasiunea nu-l părăsise în totalitate. Evoluase, fireşte, devenise mai discretă, însă „ruşinea față de colegi" nu mă împiedicase să am parte pe larg, în întregime şi în amănunt, chiar de mai multe ori, de aventurile lui Jack Sparrow. În ultima vreme, vara trecută mai precis, pasiunea câştigase în subtilitate şi complexitate. Îi cerusem să găsească nişte cărți de luat în vacanță şi-l lăsasem să caute şi să aleagă singur. În fond, important era că citea. Mă uimise când se întorsese de la librărie cu două cărămizi de câte şapte sute de pagini. Nu avusesem nevoie să citesc tot rezumatul, două cuvinte îmi fuseseră suficiente ca să înțeleg de ce le cumpărase: corsar şi Saint-Malo.

În cele două săptămâni de vacanță, Noé se adâncise în lectură de câte ori putuse. Devorase romanul istoric savurând fiecare cuvânt, fiecare frază, fiecare pagină. Iar când ridica nasul din carte, părea dus cu gândul departe, foarte departe. Călătorea grație romanului *Ces messieurs de Saint-Malo*[1]. Drept urmare, îi promisesem că vom merge acolo într-un weekend, însă timpul se scursese şi, la drept vorbind, uitasem complet.

— Noé, uită-te la mine!

— Ce?

— Îți repet că mă duc la Saint-Malo ca să lucrez.

A dat din umeri cu nepăsare.

— Dacă totul merge bine săptămâna viitoare, va trebui probabil să merg acolo regulat.

A zâmbit firav din colțul gurii, satisfăcut.

— Serios?

— Da... şi chiar aş putea încerca să organizez o excursie acolo în vacanță.

— Păi, atunci ai tot interesul să-i faci praf, mamă! s-a înflăcărat el, cu ochii scânteindu-i.

Am râs, mişcată de sprijinul interesat al fiului meu. Mă prinsese la înghesuială. N-aveam altă soluție decât să închei contractul, ca să-l pot duce în weekend la Saint-Malo.

Duminica următoare, am respectat tradiția prânzului la părinții mei. Cam la două luni o dată, întreaga familie se reunea în casa lor. Tata şi mama țineau mult la asta şi,

---

1 *Ces messieurs de Saint-Malo*, Bernard Simiot, Le Livre de Poche, 1987. (*N.a.*)

sincer vorbind, nimeni nu considera că i se cere să facă vreun efort. Nu era nici pe departe o corvoadă, nici măcar pentru nepoţii care creşteau. În cazul copiilor Annei şi ai lui Ludovic, respectarea acestui obicei devenise ceva mai complicată de când părăsiseră Rouenul pentru studii şi primele joburi, dar se străduiau de fiecare dată. Te puteai baza pe sora mea că-şi va folosi toată puterea de convingere ca să-i determine să se întoarcă la cuib. În realitate, ei nu aveau de ce să se plângă, ea profitând de prezenţa lor ca să-i răsfeţe, chit că trebuia să se ocupe şi de prietenii şi prietenele introduşi treptat în sânul familiei.

În timpul prânzului, conversaţiile se desfăşurau cu însufleţire, conta cine vorbea mai tare. Fiecare cerea veşti despre unul şi altul, deşi eram toţi la curent cu toate. Fără să-mi dau seama de ce, am povestit că voi fi plecată în interes profesional săptămâna care urma şi i-am anunţat că nu excludeam să-l iau şi pe Noé cu mine cândva în viitor. Nu anticipasem că-i voi crea probleme.

— Cât timp lipseşti? s-a îngrijorat imediat Anna. Noé, vii să stai la noi?

Fiul meu a încremenit, panicat. Anna vedea în el un tânăr licean, nu pe deplin autonom, care i-ar permite să nu-şi piardă răbdarea până devenea bunică.

— Păi... ăăă... de fapt....

I-am sărit numaidecât în ajutor. Sărmanul, voia să profite din plin că toată casa noastră îi stătea la dispoziţie şi n-avea niciun chef să se pomenească într-a soră-mii.

— Nu, mulţumesc, nu te deranja. Noé rămâne acasă, o să-l supravegheze Paul cu un ochi.

Judecând după expresia de pe chipul surorii mele, am avut impresia că i-am anunţat sfârşitul lumii.

— Eşti sigură?

— Da, categoric.

Noé a oftat uşurat.

— Contez pe tine că mă suni dacă ai o problemă, a insistat ea.

— Promit, Anna!

— Bun, ne-a întrerupt Ludovic pe care chestiunile administrative îl lăsau rece. Cine vine să dăm o raită cu bicicleta?

Mereu proceda la fel, parcă propunerea lui era ceva revoluționar. Toți bărbații din familie au sărit în picioare, cu fiul meu în frunte. În mai puțin de cinci minute, au lăsat baltă masa, vesela ce trebuia strânsă şi spălată şi au dispărut în garaj. Aveau să se întoarcă peste două ore, murdari din cap până-n picioare, plini de noroi, dar mândri de ei nevoie mare. Mama, neliniştită, mi-a atins cu tandrețe mâna.

— Nu munci totuşi prea mult, draga mea.

— Sunt încântată, jur! Contractul ăsta o să fie super, pe bune! Doar n-o să mă plâng că merg la mare de câteva ori în săptămânile următoare, mai ales că pot să-l iau pe Noé cu mine! Aş greşi să nu profit.

— Oh, ai dreptate, s-a aprins Anna. Profită de fiul tău, atunci când va avea viața lui, n-o să-l mai vezi!

Mulțumesc, sora mea mai mare, că-mi ridici moralul.

3

În dimineața plecării, abia reușeam să mă stăpânesc. Sub pretextul că nu era luni, Noé refuzase să-l duc la liceu, nu vedea din ce motiv aș apărea în fața colegilor lui. Evident că nu avea nicio strângere de inimă, așa ca mine, la gândul că nu vom petrece seara împreună. În ușă, i-am dat ultimele sfaturi mângâindu-l pe obraz și am mers până acolo încât mi-am trecut mâna prin părul lui.

— Termină, mi-a zis pe jumătate jenat, pe jumătate amuzat. Doar ne vedem mâine! Cum o să fie când o să plec la vară?

Nici nu vreau să mă gândesc!

— Mă suni diseară?

— Promit!

M-a sărutat pe obraz și nu m-am putut abține, l-am reținut în brațele mele.

— Îmi ascunzi ceva! E o chestie dubioasă la mijloc, a afirmat el.

Am clipit iute de câteva ori, ca să nu plâng înainte de a mă hotărî să-i dau drumul.

— Nu-i nimic, Noé! Crești, atâta tot.

A făcut ochii mari, siderat de cuvintele mele. Dar şi stânjenit.

— Pe mâine, mamă!

Mi-a dat un ultim sărut pe obraz şi s-a repezit în jos pe treptele spre grădină.

— Te iubesc, Noé, am murmurat.

Era prea departe ca să mă audă, totuşi s-a oprit şi s-a întors spre mine, cu zâmbetul lui foarte frumos. M-a privit ţintă câteva secunde lungi, apoi mi-a făcut un ultim semn cu mâna şi a dispărut.

Dimineaţa la birou fusese încărcată şi am petrecut cele trei ore de drum la telefon, rezolvând probleme ce nu puteau aştepta până a doua zi. Absenţa mea nu schimba nimic, afacerile continuau. Am ajuns aproape de Saint-Malo pe la 16 şi am urmat indicaţiile GPS-ului fără să-mi pun întrebări. Noé — ca un specialist ce era — îmi explicase că nu voi da direct de oraşul fortificat, fiindcă Saint-Malo se întinde dincolo de zidul de apărare. În schimb, uitase să mă prevină că mă voi trezi blocată în mijlocul unui pieţe circulare, cu un panou stupid ce clipea spunându-mi „pod închis". Cum să-mi fi imaginat că trebuia să trec de ecluze? De o parte era un doc, de cealaltă, marea, iar la mijloc, vapoare care alunecau liniştit pe apă. În jurul meu, vedeam localnici care trebuie să fi cunoscut nişte pasaje secrete fiindcă eram singura fraieră care stătea cuminte la barieră. În faţa mea, dincolo de toată această harababură, se găsea cetatea corsarilor şi, deci, hotelul meu. Cu gustul său pronunţat pentru lux, Paul îmi rezervase o cameră într-un hotel de patru stele. Însă în clipa aceea, concentrată cum eram asupra muncii şi obosită de drum, aş fi preferat un hotel periferic pentru agenți comerciali. Nu aveam nicio atracție pentru pitoresc şi nici timp la dispoziție, misiunea mea era clară: să obțin contractul. Eram de-o ipocrizie absolută... Ce ciudă îmi era pe Paul că mă răsfăța! Dar nu ajunsesem la capătul necazurilor, odată podul şi drumul accesibile, GPS-ul meu, care trebuie să mă fi urât în mod clar, mi-a cerut să intru în oraşul fortificat.

— Şi mai ce? m-am răstit la el.

Mă şi vedeam blocată în vreo fundătură, pe nişte străduțe prea înguste. Mai bine să continui pe jos.

Am ieşit din maşină şi am luat o gură mare de aer. Cam prea mare totuşi! O rafală de vânt mi-a biciuit fața, cerul era acoperit de nori groşi, străpunşi ici şi colo de câte o rază discretă de soare. Pescăruşii țipau, catargele vapoarelor scârțâiau în port. Noé ar fi fost în culmea fericirii. Cărând după mine geanta de voiaj, am fost impresionată de tot ce descopeream. Parcă strivită de oraşul fortificat, am trecut de poarta Saint-Vincent, principala intrare în cetate, despre care îmi vorbise mult fiul meu. Înaintând spre hotel, m-am lăsat înghițită de atmosfera un pic misterioasă a străduțelor, aş fi avut chef să rătăcesc pe ele. Traseul meu haotic de până aici mi se părea deja ceva foarte îndepărtat. În spatele zidurilor de apărare, te simțeai deopotrivă închis şi protejat. Ciudat. Paradoxal. Nu mă mai simțisem niciodată aşa. Şi, chiar dacă vremea era mohorâtă, cerul, deşi acoperit, lăsa lumina zilei să răzbată. Faptul că ne aflam încă în plină iarnă sporea negreşit farmecul şi puterea învăluitoare a locului. Îmi imaginam cât de apăsătoare devenea atmosfera vara, cu mulțimea de turişti. Dar la acest sfârşit de februarie, doar câțiva plimbăreți înfruntau vântul şi, spre marea mea surpriză, liceenii care ieşeau de la cursuri. Noé o să-i invidieze de moarte când o să-i spun că există un liceu în cetate. Sinceră să fiu, nu dispreţuiam plăcerea de a descoperi singură acest loc, cruţată de potopul de cuvinte cu care fiul meu m-ar fi copleşit.

La 17:25, înaintam de-a lungul docului unde secole diferite se întâlneau, aducând laolaltă vase de pescuit şi două veliere, *Le Renard* şi *L'Étoile du Roy*. Oare din ce epocă puteau să dateze? Nu trebuia decât să-l întreb pe fiul meu. Când era mic, Noé n-ar fi ezitat să facă o scenă ca să vină să le vadă. Ar fi capabil de asta şi acum, cu toţi cei şaptesprezece ani ai lui. În mai puţin de trei minute, m-am oprit în faţa firmei Din Cele Patru Colţuri ale Lumii, pe cheiul Duguay-Trouin. Luasem iar maşina ca o proastă, deşi chiar m-aş fi putut lipsi de ea, era foarte aproape. Zece minute de mers pe jos mi-ar fi prins foarte bine. Măcar o să ştiu data viitoare!

Am stat câteva momente să scrutez împrejurimile. M-am pus în pielea unei persoane care nu avea nicio idee despre activitatea firmei. Aş deschide uşa? Aş îndrăzni să descopăr ce ascunde această firmă bătută de soare şi de vânt? Chiar dacă nu făcea mare impresie la prima vedere, clădirea — un depozit vechi de tip industrial, prins între două imobile — era frumoasă. Din alte vremuri. N-aveai cum să deduci ce se adăpostea în spatele uşilor. Butoaiele de lemn aşezate de-o parte şi de alta a intrării puteau să indice la fel de bine o tavernă sau cuibul unor contrabandişti. Exact cum spusese Paul, potenţialul era imens.

Când treceai pragul, parcă picai într-o falie spaţiotemporală. Mai întâi, mirosurile. Făceai instantaneu un tur olfactiv al lumii; aromele amestecate de scorţişoară, de piper, de cafea îți provocau o explozie a simțurilor. Suprafața era uluitoare, din exterior n-ai fi ghicit niciodată că era atât de mare. M-am gândit imediat la un loc secret, o pivniță misterioasă și plină de comori. Peste tot vedeai paleți încărcați cu saci imenși de hârtie sau de iută, cu inscripții unele mai exotice decât altele, lăzi de lemn sigilate pe care le intuiai pline de miresme. Într-un colț se zăreau alte butoaie, de astă dată din plastic — pentru conservare, cu siguranță. În fundul acestui spațiu întins și neted, am remarcat o mașinărie gigantică ce părea veche de secole, având deasupra un soi de coș. La ce putea să folosească? Poate la torefiere. Totul părea organizat în jurul unei scări centrale mari, din lemn și metal. Apropiindu-mă, am observat într-un ungher un pupitru în spatele căruia se agita o tânără. M-am dus la ea să mă prezint. Nici n-am apucat să-i spun cum mă cheamă, fiindcă, la auzul cuvântului „Hangar", mi-a aruncat o privire panicată.

— E vreo problemă?

— Nu... În fine, ba da! Ați ajuns mai devreme?

— Nu chiar... Am sosit la timp. De ce?

— Pacôme o să întârzie, mi-a răspuns ea plecând ochii.

Povestea începea prost.

— Cât o să întârzie?

— Foarte mult. Cel puțin o oră. M-a sunat adineauri ca să vă anunț.

Poate o trebui să-i și mulțumesc!

— Și nu e nimeni altcineva aici care să mă primească?

— Păi... nu... Celălalt patron lipsește azi.

Mi-am ascuns enervarea. O clipă m-am gândit să-mi iau catrafusele și să las totul baltă. Paul și planurile lui! Însă nu aveam curaj să fac drumul înapoi până la Rouen.

— Pot să mă aşez undeva să lucrez?

— Bineînțeles! Veniți cu mine.

M-a condus printre diferite produse şi mi-a arătat o sălită amenajată sub scara centrală. Descurajată, mi-am azvârlit geanta pe un fotoliu de piele uzat.

— Îmi pare rău, a zis tânăra.

— Nu-i vina dumneavoastră.

— Pot să vă ofer o cafea? Un ceai?

— Cred că nu duceți lipsă de aşa ceva aici.

A râs din toată inima, vizibil uşurată că nu-i sar la gât ca să mă răzbun pentru întârzierea patronului ei.

În următoarea oră... şi jumătate, am lucrat la nişte dosare pe laptopul meu, trăgând mereu cu ochiul şi cu urechea. Depozitul clocotea de activitate: veniri şi plecări neîncetate, paleți care treceau într-un sens, apoi în altul intrau, ieşeau, răspândind în trecere valuri de arome unele mai puternice decât altele. Locul se dovedea plin de viață. O autentică sucursală răsărită direct din trecut. Bărbați şi femei petreceau cinci–zece minute bând o cafea sau un ceai, apoi plecau la treburile lor după ce trăncăniseră verzi şi uscate. Vocile au scăzut treptat şi în final au dispărut de tot. La 19:00, fata care mă întâmpinase a venit să-mi spună la revedere, stătuse deja mai mult decât prevăzuse şi trebuia să plece neapărat. Mi-a încredințat „cheile prăvăliei" precizând că faimosul Pacôme tocmai îi trimisese un mesaj ca s-o anunțe că ajunge în maximum cincisprezece minute. Nu părea să-l deranjeze că lasă o necunoscută în birourile sale. Nimerisem peste un individ complet iresponsabil, dublat de unul prost-crescut. Mi-am înghițit sarcasmul, deşi eram un car de nervi. Din respect pentru această fată care nu avea nicio vină, nu voiam să-mi ies din sărite.

Lăsată de capul meu, mi-am luat pachetul de ţigări din geantă şi am pornit spre ieşire. Am verificat totuşi uşa înainte de a scoate nasul afară, ca să nu mă pomenesc încuiată în exterior. Asta ar mai fi lipsit! Se înnoptase de-a binelea, iar vântul sufla la fel de tare. Frigul îmi pătrundea pe sub pulover, tremuram. În timp ce fumam, am schimbat câteva SMS-uri cu Noé. Paul tocmai trecuse să-l ia la escaladă. Îşi făcea griji pentru şedinţa mea, voia să ştie dacă a mers bine prima întrevedere. M-am mulţumit să-i scriu un „super!" Şi totuşi... Ce căutam eu aici? Singură într-un depozit, nu sincer liniştită, aşteptând o întâlnire care în mod logic nu mai putea avea loc astă-seară.

Am auzit o maşină oprind valvârtej în parcarea de vizavi. O portieră s-a trântit violent şi o umbră a traversat strada la întâmplare. Întâlnirea mea, am presupus. Bărbatul pe care-l aşteptam de aproape două ore s-a proţăpit în faţa mea.

— Dumneavoastră sunteţi de la agenţia de comunicare? m-a întrebat el fără niciun preambul.

M-a studiat de sus până jos. Cu greu mi-am stăpânit dorinţa de a-i trage o palmă.

— „Bună seara, îmi pare rău că am întârziat" ar fi o introducere mai bună!

A părut să revină brusc cu picioarele pe pământ şi s-a gudurat ca un câine prins cu greşeala.

— Sunt teribil de jenat. Pentru toate, întârzierea, lipsa de maniere... În apărarea mea, mărturisesc că mă aşteptam să găsesc aici un bărbat.

Şi ce legătură are?

Tot mai exasperată, mi-am dat ochii peste cap, blestemându-l în gând pe Paul care evident uitase să precizeze cine va veni la întâlnire, el sau eu.

— Ați discutat la telefon cu asociatul meu şi v-ați gândit simplist că o să vină el. Oricum, el sau eu este acelaşi lucru. Dacă asta reprezintă o problemă, spuneți-mi imediat şi nu mă mai faceți să-mi pierd vremea!

— Fireşte că nu! M-am exprimat greşit.

M-am înfiorat din cauza unei rafale de vânt, fapt ce nu i-a scăpat.

— Dar de ce stați aici? OK, nu sunt punctual...

Îşi bate joc de mine...

— ...dar m-ar mira să vă fi dat cineva afară.

Am ridicat chiştocul în dreptul ochilor lui înainte de a-l arunca în scrumieră. A deschis uşa cu un aer amuzat şi s-a tras într-o parte ca să mă lase să trec. Odată întoarsă la căldură, am decis să pun capăt poveştii.

— Ascultați, nu ştiu de ce v-am aşteptat, fiindcă evident e prea târziu pentru o discuție profesională. Mă duc la hotel şi ne vedem mâine-dimineață, la 9:00. Îndrăznesc să sper că veți ajunge la timp de data asta.

— Foarte bine, înțeleg, aveți dreptate. Atunci lăsați-mă să vă invit la cină.

N-aveam câtuşi de puțin chef de mondenități cu tipul ăsta, am clătinat din cap obosită.

— Şi dacă întâlnirea de afaceri ar fi avut loc, v-aş fi invitat la cină, a insistat el. E un lucru elementar. Ați parcurs trei sute de kilometri ca să ne vedem, ați închiriat o cameră la hotel etc., etc. Întreținem o relație de lucru. Aşa procedează oamenii civilizați, nu?

— Oamenii civilizați, cum spuneți dumneavoastră, vin la timp, i-am replicat cu ironie.

— Touché!

Mi-a prins privirea; avea ochi cenuşii ca norii. M-am străduit să nu-i cercetez faţa, pielea înăsprită de soare şi vânt, trăsăturile pronunţate, zâmbetul îmbufnat pe care mă lăsa să-l descopăr. Încercarea mea s-a soldat cu un eşec usturător.

— O cină împreună poate ne-ar ajuta să o luăm de la capăt, sub auspicii mai bune.

Trebuia să accept, avea dreptate. Dacă nu porneam iar de la zero, riscam să-mi păstrez dispoziţia dezastruoasă şi să fiu supărată pe el chiar şi a doua zi.

— De acord...

Zâmbetul i s-a transformat din îmbufnat într-unul de satisfacţie.

— Vă las să vă luaţi lucrurile, eu urc două minute în biroul meu şi pe urmă vă stau cu totul la dispoziţie.

S-a răsucit pe călcâie şi a suit scara sărind câte patru trepte odată. Am încercat la rândul meu să mă adun; tipul mă tulbura, o constatare cel puţin ciudată, dat fiind că-mi petrecusem ultimele două ore imaginându-mi torturile pe care ar trebui să le îndure ca să plătească pentru întârziere, şi chiar nu eram genul de femeie atrasă de tipi neciopliţi.

— Încă ceva, mi s-a adresat de la mezanin. Dacă lucrăm împreună, prenumele este o opţiune?

Am surâs.

— Reine, mă cheamă Reine. Iar pe dumneavoastră, Pacôme, nu?

— Exact.

Cât l-am aşteptat, i-am telefonat rapid lui Noé, care a răspuns în vervă chiar de pe zidul de escaladă. Vervă care a crescut când l-am anunţat că plecam la cină cu tipul cu care avusesem întâlnirea de lucru. Noé i-a transmis informaţia lui Paul pe care l-am auzit felicitându-mă de undeva din fundal. Dacă ar fi ştiut... După ce mi-a promis că o să încuie bine uşa casei, fiul meu mi-a cerut să nu-mi fac griji pentru el, adăugând că o să stea mai mult de vorbă cu mine a doua zi dimineaţă, înainte să plece la şcoală.

Pacôme a apărut după câteva minute şi m-a găsit gata de plecare, cu mantoul pe mine. Am pornit după el, făcând slalom printre mărfuri. Nu se putea abţine să-şi vâre mâinile în trecere în sacii cu cafea sau cu ceai. Ba chiar a cules o boabă prăjită, a frecat-o între degete, apoi a apropiat-o de nas. Mi s-a părut că aud un mormăit de plăcere, care mi-a smuls un zâmbet de fetişcană.

— Mergem cu maşina mea, m-a anunţat în parcare.

A deschis portiera din dreapta, aşa că nu aveam de ales, era limpede.

Câteva minute mai târziu, a oprit brusc pe trotuar şi mi-a făcut semn să cobor. L-am urmat fără să scot o vorbă. Şi-a ridicat gulerul hainei, iar eu mi-am ascuns nasul în fular ca să mă apăr de frigul pătrunzător. Auzeam vuietul mării, mirosul puternic de iod mă îmbăta. Am ajuns pe un dig. Întinderea de nisip era impresionantă, începea de la zidurile de apărare luminate pentru noapte şi se prelungea de cealaltă parte, în penumbră, cât vedeai cu ochii.

— Cunoaşteţi Saint-Malo?

Privea pierdut în zare.

— Absolut deloc.

— E plaja Sillon. O fâşie de nisip ce lega pe vremuri oraşul de mal. M-am gândit că poate imaginea mării ar ajuta spiritele să se liniştească.

— Bună idee...

Instinctiv, ca atrasă de un magnet, am păşit înainte şi m-am apropiat de mal. Nivelul mării era ridicat, foarte ridicat, apa lovea granitul cu zgomot, trimiţând jerbe de stropi direct spre noi. Am tras adânc aer în piept şi am închis ochii, ameţită de sunete, de mirosuri, de elementele naturii dezlănţuite, de picăturile ce-mi loveau faţa. Îmi simţeam părul fluturând. O clipă m-am gândit la Noé şi la cât i-ar fi plăcut să fie în locul meu. Eram ameţită de vânt, ceea ce m-a făcut să zâmbesc.

— Reine, daţi-vă înapoi, mi-a ordonat Pacôme. N-am niciun chef să intru în apă ca să vă salvez.

Mi-am recăpătat respiraţia, dându-mi brusc seama de riscul pe care mi-l asumam. Un risc ce mi s-a părut relativ când l-am simţit pe Pacôme în spatele meu, gata să mă prindă dacă-mi pierdeam echilibrul.

— E magnific, i-am spus după ce m-am îndepărtat de el. Mulţumesc că m-aţi adus aici.

— Pentru puţin. Şi eu aveam nevoie de asta. Îmi închipui că hotelul dumneavoastră este în Intra.

Mi-au trebuit două secunde ca să înţeleg că Intra însemna Intra-Muros, adică tot ce se găsea în interiorul zidurilor de apărare ale cetăţii. Am încuviinţat.

— Perfect, o să cinăm acolo.

Ca un bun maluin[1], Pacôme a intrat cu maşina în cetate şi, cât ai clipi, a găsit un loc de parcare. Mi-a propus să ne continuăm drumul pe jos ca să-mi arate oraşul. Am acceptat cu plăcere, fericită să-mi dezmorţesc picioarele. Am mers de-a lungul zidurilor şi mă pregăteam s-o apuc

[1] Numele locuitorilor din Saint-Malo. (*N.t.*).

pe strada principală pe care o descoperisem mai devreme după-amiază. Cu o mişcare din cap, Pacôme mi-a dat de înţeles că nu o vom lua pe acolo. Am traversat piaţa Castelului construit de ducii de Bretagne, mărginită de braserii mari, cu terase încălzite, unde m-aş fi oprit să beau un pahar. Însă asta nu figura în programul ghidului meu. M-a condus pe o străduţă pustie al cărei caldarâm neregulat nu mă ajuta deloc să-mi ţin echilibrul pe tocuri. Am trecut pe lângă baruri ascunse, cu faţade întunecate, ale căror uşi, când se deschideau, lăsau să iasă iz de bere şi de duşumea veche. Aveam impresia că mă afund în măruntaiele cetăţii, care se închidea în jurul nostru. La un moment dat, când am cotit, mi-a arătat, cuibărită între alte case, locuinţa ducesei Anne şi am descoperit stupefiată că încă existau clădiri din acea epocă. Niciodată nu mi-aş fi imaginat că oraşul adăpostea atâta istorie. Ascultam explicaţiile lui Pacôme fără să-l întrerup şi, puţin mai încolo, m-am gândit la Noé când am trecut prin dreptul faimosului liceu vechi de secole pe ai cărui elevi îi zărisem după-amiază. Uneori ghidul meu se oprea din vorbit, poate ca să-mi lase răgaz să asimilez informaţiile. Păşeam unul lângă altul prin locuri ce păreau pustii în această seară din miez de iarnă. Mă simţeam bine, însă îmi era imposibil să ştiu ce credea el, aşa că într-un final m-am întrebat dacă nu cumva făcea toate astea din obligaţie.

— Pacôme, mulţumesc mult pentru vizită. Cu siguranţă, aveţi lucruri mai bune de făcut decât să-mi serviţi drept ghid turistic şi să cinaţi cu mine. Totul o să fie bine mâine, n-o să stârnesc un scandal din cauză că aţi întârziat.

S-a uitat lung la mine câteva secunde, de parcă uitase de prezenţa mea. Într-un târziu, s-a dat mai aproape, iar eu am ridicat capul neputându-mă împiedica să păstrez contactul cu ochii săi cenuşii.

— Dacă sunt cu dumneavoastră înseamnă că asta-mi doresc.

S-a tras înapoi şi mi-a făcut semn să-l urmez. Momentul avea o doză de mister. Vântul, austeritatea locurilor, frigul, noaptea, liniştea, conştientizarea faptului că atingeam din când în când braţul acestui bărbat necunoscut care mă atrăgea incontestabil. Categoric nu era o seară banală. Parcă aş fi pătruns într-o dimensiune paralelă, în care mă simţeam ciudat de bine, ciudat de în largul meu. Pe măsură ce minutele se scurgeau, aveam tot mai puternic impresia că responsabilităţile mele dispăreau una după alta. Şi, sincer vorbind, nu eram obişnuită cu aşa ceva.

Plimbarea s-a încheiat într-o clătitărie simplă, cu scaune şi mese din lemn, cu o atmosferă agreabilă, plină de căldură.

— Sunteţi de fel de aici? l-am întrebat în timp ce aşteptam să fim serviţi.

— Deloc! Închipuiţi-vă că am crescut la Paris.

— Greu de crezut, daţi impresia că v-aţi născut pe metereze.

A râs uşor, însă am remarcat că-l impresionaseră cuvintele mele. Oare atinsesem un punct sensibil?

— Povestiţi-mi. Vorbiţi-mi despre Saint-Malo.

— N-o să vă obosesc cu istoriile mele, dacă mă pornesc pe subiectul ăsta, nu mă mai opresc, vă previn. Dar de ce să nu vorbim despre dumneavoastră, Reine?

— Diferenţa dintre noi este că eu trebuie să aflu lucruri despre dumneavoastră pentru munca mea. Viaţa mea însă, n-o să schimbe cu nimic jobul dumneavoastră. Vă ascult!

— De fapt, mă duceți de nas. Astă-seară lucrăm cumva?

Am luat o gură de vin.

— Împletim munca şi plăcerea... de a vă asculta.

Greu de crezut că eu eram cea care rostise asemenea cuvinte. El a tăcut o vreme şi m-a privit drept în ochi pentru a-mi cere o confirmare. I-am zâmbit simțindu-mă uşoară. Inconştientul meu avea într-adevăr nevoie să-şi acorde o pauză. El a continuat să se uite la mine câteva momente, privirea lui s-a oprit pe buzele mele, pe gât, a coborât spre decolteu, iar bătăile inimii mi s-au întețit. A dat uşor din cap ca pentru a redeveni stăpân pe sine.

— Dumneavoastră ați vrut-o.

— Îmi asum răspunderea.

L-am ascultat povestindu-mi despre oraşul lui. Mi-a explicat că-şi petrecea toate vacanțele la bunicii săi care locuiau „între ziduri". Părinții lui n-au mai suportat să-l audă cerând sus şi tare să meargă la Saint-Malo, aşa că într-un final au cedat şi l-au înscris la internatul liceului din Intra-Muros. Tot continuând să umple paharele, mi-a vorbit despre locuri mitice: Capul Horn, Capul Bunei Speranțe. A evocat mari exploratori şi corsari: Duguay-Trouin, Jacques Cartier, Surcouf. Nume care sunau ca nişte ecouri ale istoriei, ecouri ale copilăriei — a mea şi a lui Noé.

— De fapt, l-am întrerupt eu râzând, pirații sau corsarii sunt totuna. Nişte tipi nu prea frecventabili, care jefuiesc şi violează!

Privirea i s-a întunecat şi mi s-a părut că-l aud mormăind ceva. Am înghițit în sec, îngrijorată că l-am ofensat.

— Cred că am spus o prostie, am şoptit. Regret.

M-a lăsat să fierb în suc propriu o vreme care mi s-a părut o eternitate. Aerul lui disperant de bănuitor a sfârşit prin a se transforma într-un zâmbet insolent.

— Sunteţi iertată de data asta.

Am râs amândoi câteva secunde căutându-ne din priviri. Am aflat apoi despre corsari că aveau dreptul să atace corăbiile inamice şi să urce la bordul lor, graţie unei scrisori de autorizare date de rege. Aceşti domni fermecători — spre deosebire de piraţi care erau nişte bandiţi — respectau legile de război şi navigau pe corăbii mai mici pentru a fi mai rapizi şi a proteja vasele mari sau navele de mărfuri pe timp de război. Eram captivată. Datorită vocii lui grave şi blânde deopotrivă, oarecum învăluitoare, parcă şi auzeam, undeva departe, bubuitul tunurilor, strigătele oamenilor care se aruncau în luptă, vedeam pavilioanele fluturând şi pocnind în vânt, marea dezlănţuită, spuma clocotitoare a valurilor. Pacôme avea un dar, ştia să spună poveşti, mă făcea să călătoresc în timp, expresia feţei lui se schimba în funcţie de cele descrise, uneori cobora tonul până-mi dădea senzaţia că puneam la punct o tactică de atac secretă.

— Ca să fiu cinstit până la capăt, a încheiat el cu aer conspirativ, trebuie să vă fac o mărturisire. Operaţiunile acestea le permiteau corsarilor să se întoarcă acasă cu calele pline, fără ştirea Amiralităţii, evident, şi pivniţele se umpleau de piaştri.

Din ce epocă venea omul ăsta? Nu dintr-a mea, în orice caz! I-am zâmbit maliţios.

— Şi, contrar piraţilor, corsarii rămâneau nişte oameni eminamente respectabili, în care se putea avea încredere.

— Ei bine, iată! Aţi priceput!

Noé i-ar fi sorbit cu încântare cuvintele şi ar fi dat orice să fie în locul meu.

După ce am terminat de mâncat, mi-a propus să bem un pahar nu departe de hotelul meu. Nu-mi doream ca seara să se încheie, mă simţeam bine cu el, cuprinsă de sentimentul nou şi tot mai evident de a fi liberă. Eram derutată; până atunci, nu avusesem niciodată senzaţia că sunt prizonieră şi cu atât mai puţin că viaţa pe care o duceam mă sufoca. Era de presupus că mă înşelam. Şi chiar dacă Noé nu lipsea niciodată din gândurile mele, renunţasem la povara rolului de mamă. Pentru prima dată în şaptesprezece ani mi se întâmpla să fiu capabilă să-l las puţin deoparte pe fiul meu şi să mă gândesc cu adevărat la mine, la femeia care eram şi doar la ea, măcar pentru câteva ore. Aşa că da, aveam chef să profit de această senzaţie şi să beau un ultim pahar cu Pacôme.

Am râs descoperind butoaiele de pe mica terasă încălzită a pubului unde voia el să ne instalăm.

— De ce râdeţi?

— Aveţi o problemă cu butoaiele! Depozitul geme de ele şi acum îmi propuneţi să folosesc unul pe post de masă.

A afişat o expresie ştrengărească.

— Ce vreţi, spiritul corsar!

Brusc, privirea a părut că i se pierde în zare, parcă s-ar fi aflat altundeva, pierdut în gânduri.

— Mă lăsaţi să aleg pentru dumneavoastră? Vreau să vă dau să gustaţi ceva.

— Am toată încrederea.

S-a întors peste câteva minute cu două pahare în mână şi s-a aşezat în faţa mea.

— E un rom din Mauritius, o să vedeți, e delicat, parfumat, fructat.

Am ciocnit privindu-ne în ochi. A înghițit jumătate din romul lui, continuând să se uite la mine. Eu m-am limitat la o mică înghițitură, care m-a făcut să închid ochii de plăcere. Nectarul mi-a alunecat pe gât, era cald, delicios de cald, plin de arome de fructe exotice, arome de fruct oprit, mi-am zis.

— Ştiam că o să vă placă.

Am revenit la realitate şi i-am întâlnit ochii cenuşii care mă țintuiau.

— E divin.

A coborât privirea spre pachetul de țigări pus pe butoi.

— Serviți-vă!

S-a supus şi mi-a întins şi mie una. Ca prin minune, a scos o brichetă din buzunar şi a aprins-o sub nasul meu.

— Sunteți misterioasă, Reine, mi-a spus după mai multe minute de tăcere.

— Vă întorc complimentul. Vă ascult poveştile şi, în afară de a-mi împărtăşi pasiunea pe care o aveți, nu dezvăluiți mare lucru.

Sclipirea din ochii lui mi-a indicat fără dubii că dorea să se joace.

— Ați marcat un punct...

Am băut iar, devorându-ne din priviri. Eram tot mai destinsă, sticla de vin împărțită la cină şi prima gură de rom având şi ele o contribuție. Bărbatul acesta îmi trezea dorința de a seduce. De a-l seduce. Nu pricepeam ce mă apucase. Poseda el vreo putere de a mă transforma până într-atât? Nu eram adepta nici a flirtului, nici a unei nopți petrecute cu un necunoscut. Totuşi, cu el mă simțeam îndreptățită să o fac, îmi doream chiar, intram în pielea unei alte femei, o femeie cu care semănam, cu care eram de acord, dar a cărei existență n-o bănuisem.

— Ce-ar fi să rămânem nişte necunoscuți pentru astă-seară? i-am propus.

A zâmbit în colțul gurii.

— Îmi convine...

— De ce?

— Îmi place la nebunie să-mi spun poveşti ca să adorm.

— Îmi stârniți curiozitatea.

— Credeți-mă, ați fi surprinsă.

Se abținea să râdă, dar nu şi să mă dezbrace din priviri într-o manieră tot mai evidentă.

— Stați un pic, dacă pun cap la cap vreo două–trei lucruri..., aş zice că e vorba despre un corsar care salvează o pasageră de pe o corabie în pericol.

Şi-a terminat romul şi la fel am făcut şi eu.

— Pe-aproape... Mă gândeam mai degrabă la răpirea unei frumoase necunoscute de pe o navă inamică.

Din nou s-a strecurat între noi o tăcerea grea, încărcată de dorință. Tensiunea a mai urcat cu o treaptă. Nu se ferea de cuvinte, eram sedusă de vorbele lui. Nu ne mai scăpam din ochi, conştienți că dintr-o clipă într-alta lucrurile puteau căpăta o altă turnură. Mi-a luat paharul pe care-l țineam încă în mână.

— Să mai aduc o ultimă duşcă înainte să se închidă barul.

Când s-a întors, a ocolit butoiul şi s-a aşezat lângă mine. Simțeam căldura degajată de corpul lui. Trecea la o viteză superioară, încă aveam timp să opresc acest joc al cărui gust îl prindeam prea repede. Dar doream să-l opresc? Răspunsul nu admitea replică: categoric, nu. De când îl văzusem cu câteva ore mai devreme, mă tulbura dincolo de orice rațiune. Iar el nu ascundea că-l atrăgeam. De ce n-aş putea, măcar o dată, să profit de moment şi să mă las purtată de val?

— Pentru poveştile spuse înainte de a adormi, i-am zis privindu-l printre gene.

Am dus paharul la buze, iar el mi-a urmărit fiecare gest.

— Nu putem încheia seara fără să facem un tur pe metereze, a rostit brusc.

— Serios?

— Serios. Terminați-vă paharul.

M-am supus docilă.

— Haideți cu mine!

În câteva minute am ajuns la poalele unei scări mohorâte, abrupte şi, după părerea mea, excesiv de alunecoase.

— Dați-mi mâna, e mai prudent aşa.

M-am înfiorat la acest prim contact cu pielea lui. Totuşi, ajunşi sus, m-am desprins de el. Noaptea întunecată m-a învăluit, luna se ghicea în spatele norilor groşi, iar el m-a lăsat să înaintez singură. Am făcut câțiva paşi conştientă că se uita insistent la mine, i-am aruncat o privire peste umăr îndemnându-l să se apropie. A străbătut distanța care ne separa.

— Mulțumesc pentru această seară magnifică, Pacôme.

— Mai mergem puțin?

Prelungea plăcerea de dinainte, adrenalina care făcea ca totul să fie permis, totul să fie imaginabil. Drumul fiind îngust pe alocuri, ne-am continuat plimbarea nocturnă umăr lângă umăr. S-a oprit deasupra unei plaje acoperite aproape complet de maree, undeva departe se contura o trambulină. Cu aceeaşi mişcare, ne-am sprijinit amândoi cu coatele de zid.

— Grand-Bé, m-a informat el arătându-mi o insuliță aflată foarte aproape. Chateaubriand este îngropat acolo. Trebuie văzută ziua. Sunt sigur că o să vă placă.

Am rămas cu gura căscată. Avea o capacitate derutantă de a trece de la bărbatul care doreşte o femeie la maluinul ataşat de stânca lui, ca să nu zic obsedat. Se juca deci cu nervii mei, altă posibilitate nu exista.

— Nu mă îndoiesc.

— Cu secole în urmă, n-am fi putut să ne plimbăm în toiul nopții.

I-am aruncat o privire perplexă.

— Pe plajă erau eliberați dogi flămânzi ca să apere cetatea de invadatori şi nimeni nu avea voie să iasă din casă, altfel sfârşea în carceră.

— Râdeți de mine!

Privirea i-a devenit gravă, în ciuda unui licăr de amuzament.

— Sunt cum nu se poate mai serios.

S-a aplecat spre mine, şi-a îngustat ochii şi a zâmbit, gata să mă farmece iar cu istoriile sale.

— Se zice, mi-a şoptit de parcă se pregătea să-mi dezvăluie un secret, că nu puțini amanți au fost devorați fiindcă au stat prea mult la iubitele lor şi n-au auzit Noguette.

— Noguette?

Vrăjită de povestea lui, abia dacă îndrăzneam să ridic vocea mai mult decât el.

— Clopotul care anunță stingerea, ora când trebuie să te întorci acasă.

Eram subjugată.

— Şi acum a trecut mult de când a sunat?

— Foarte mult...

S-a apropiat de mine şi, deşi nu mă aşteptam cu adevărat — mă rog, în realitate, aşteptam un gest, fără să ştiu dacă avea să treacă la fapte în toiul povestirii —, a ridicat mâna spre faţa mea. Şi-a trecut uşor degetul mare peste buzele mele, cu o mişcare senzuală.

— Am o întrebare, a murmurat.

— Ascult.

Respiraţia mi se accelera, am făcut un pas înainte ca să nu întrerup contactul degetului său cu gura mea.

— Îmi vine să vă sărut, dar...

— Aveţi nevoie de permisiunea mea?

— Oarecum...

— Un corsar n-ar întreba...

Era de presupus că nu greşeam, fiindcă a pus stăpânire pe gura mea şi m-a tras cu putere la pieptul lui. Beţia senzaţiei de libertate mi-a îngăduit să mă abandonez complet şi să uit orice nu avea legătură cu el. Iar Pacôme se pricepea să sărute. Buzele şi limba lui mă răvăşeau, mă făceau să-mi pierd capul. M-am lipit de el, dorindu-mi mai mult, el a înţeles mesajul, mâinile lui mi-au desfăcut mantoul şi mi s-au strecurat pe sub pulover. Erau reci, iar pielea mea, foarte caldă, a reacţionat la atingerea lor. Am gemut de plăcere. Sărutul nu se mai termina şi îmi dădea ameţeli. Trebuia totuşi să ne recăpătăm respiraţia. Ne-am privit drept în ochi gâfâind. El a răsuflat încet, încercând parcă să-şi păstreze calmul, însă cu acelaşi aer sălbatic, hotărât.

— Cred... cred că o să vă conduc la hotel.

Întoarcerea a durat mai mult. Din două în două minute ne opream ca să ne sărutăm ca nebunii, mă târa pe străduțe întunecate de câte ori ne întâlneam cu vreunul dintre rarii trecători. După ce ne-am compus amândoi o atitudine demnă ca să traversăm holul hotelului sub privirea amuzată a paznicului de noapte, ne-am năpustit iar unul asupra celuilalt în ascensor. Mă săruta pe gât, ridicându-mi coapsa pe şoldul lui.

— Spuneți-mi că ştiți unde e cheia de la cameră, în starea în care sunt nu am răbdare deloc.

— În buzunarul de la spate al blugilor.

A râs şi m-a apucat de fese.

Cinci minute mai târziu, eram goală în pat, strivită de greutatea lui. Îmi pierdusem orice noțiune de pudoare, mă ofeream acestui bărbat pe care-l cunoşteam doar de câteva ore. Ne-am angajat împreună într-o veritabilă luptă, o luptă împotriva unui orgasm prea rapid. Voiam ca plăcerea neprevăzută şi incontrolabilă să dureze cât mai mult posibil. Gesturile noastre, mângâierile, sărutările, gemetele nu aveau decât un scop: să intensificăm dorința până la paroxism. Când orgasmul ne-a înfrânt rezistența, mi s-a tăiat răsuflarea, iar privirea lui a rămas fixă. S-a prăbuşit peste mine. L-am cuprins în brațe şi mi-am plimbat mâinile pe spatele lui. Încă tremura.

— Îmi pare rău, sunt greu.

— Ba nu, e-n regulă, sincer.

M-a sărutat în scobitura gâtului, s-a retras şi s-a lungit alături. Fără să pierd nicio secundă, m-am răsucit spre el. A zâmbit, un zâmbet blând şi împăcat. Furtuna trecuse. Mi-a dat într-o parte o şuviță care-mi cădea pe frunte. Am anulat distanța dintre noi şi l-am sărutat uşor pe buze. Nu a zis nimic, m-a reținut lângă el, iar eu mi-am sprijinit fața de umărul lui şi am închis ochii. Mângâierile lui m-au legănat şi în cele din urmă am adormit.

Nu m-a mirat să descopăr patul gol la trezire. Dacă trupul meu nu ar fi păstrat amintirea îmbrățișărilor noastre și n-aș fi găsit pe pernă un mesaj scris pe blocnotesul din cameră, aș fi putut crede că visasem noaptea cu Pacôme. M-am ridicat cu greu și am tras pilota pe mine ca să citesc cuvintele. M-a frapat frumusețea scrisului său îngrijit.

Datorită frumoasei necunoscute, o să am multe povești să-mi spun pentru a adormi.
Corsarul

Am zâmbit la gândul orelor trăite alături el și m-am trântit la loc în pat. Mă simțeam ușoară, fericită, împlinită. Nu puteam să mă opun bucuriei de a-l revedea curând. Totuși, eram conștientă că de-acum se impunea distanța profesională. Nu eram complet lipsită de minte, îmi pierdusem de mult visurile cu Făt-Frumos. Petrecuserăm pur și simplu o noapte împreună. Acest bărbat răsărit de niciunde îmi făcuse bine, mi-ar fi plăcut să repetăm experiența, dar totul dădea de înțeles că lucrurile se vor opri aici. Acum contau doar munca și Hangarul, deși situația mă depășea totalmente.

Am străbătut distanța până la sediul firmei pe jos, cu geanta de voiaj pe umăr. Am profitat de asta ca să-l sun pe Noé.

— Ce faci, comoara mea?
— Super! Dar tu, mamă?
— Sunt pe drum spre o nouă întâlnire.
— Atunci, ești mulțumită?

Am închis ochii ca să mă concentrez la reuniunea profesională. Strict profesională.

— Am mari speranțe…
— Cool! Când mergem la Saint-Malo?
— N-am idee, i-am răspuns râzând. Îți trimit un mesaj când pornesc la drum.

După ce am ajuns la depozit, mi-am pus lucrurile în maşină, care mă aşteptase cuminte toată noaptea. De maşina lui, nici urmă. Am fumat o ultimă țigară ca să mă calmez.

Rămâi concentrată, Reine. Concentrată.

Uşor de zis, greu de făcut. Am fost întâmpinată de aceeaşi tânără ca în ajun, acum vizibil mai destinsă.

— Vă aşteaptă în birou. Veniți cu mine, vă conduc.

Am urmat-o pe scară, luptându-mă să mă țin pe picioarele nesigure şi încercând să-mi potolesc bătăile haotice ale inimii. Ea a ciocănit la uşă, apoi a deschis-o fără să aştepte răspuns.

— Pacôme, doamna cu care ai întâlnire a sosit.

S-a tras în lateral ca să mă lase să trec. El s-a ridicat şi s-a apropiat, cu un zâmbet înghețat pe buze.

— Bună, Reine.

Mi-a întins mâna, pe care am strâns-o într-o manieră protocolară.

— Bună, Pacôme.
— Sper că ați petrecut o seară plăcută.

Nici dram de umor, nici pic de căldură în tonul lui. Scenariul era stabilit.

— Destul de plăcută.
— Foarte bine. Bun, poți să pleci, i s-a adresat sec asistentei.

Tânăra i-a aruncat o privire uluită, din care am dedus că el nu obişnuia să se comporte astfel.

— Pe mai târziu.

Cu fălcile încleştate, a privit ostentativ peste umărul meu până când uşa s-a închis.

— O să vină şi asociatul meu.

Dacă avusesem chiar şi cea mai mică îndoială despre capacitatea lui de a ignora ce se întâmplase între noi, acum situaţia era cum nu se putea mai clară. Fie, o să uit noaptea precedentă. El a oftat adânc, parcă obosit. După ceea ce mi s-a părut o eternitate, privirea lui dură s-a oprit asupra mea. Îmi venea infinit de greu să i-o susţin, simţindu-mă mai rănită decât aş fi crezut, dar nici nu se punea problema să i-o arăt.

— La această întâlnire, ca prim contact, o să vă prezint activităţile şi competenţele agenţiei noastre şi ce am putea să vă propunem concret. Dacă sunteţi interesaţi, Paul sau şeful nostru de proiect va prelua ştafeta pentru etapele următoare. Cred că e de preferat aşa.

Mai bine să termin odată cu această situaţie jenantă, n-avea rost să insist. Făcusem o prostie lăsându-mă luată de val, lăsându-mă sedusă. Paul o să-mi ţină un discurs moralizator şi problema se va rezolva. Era prima şi ultima dată când îmi petreceam noaptea cu un potenţial client. Oare ce mă apucase? Tocmai încasasem o lecţie pe cinste. Interesantă, dar dureroasă.

— Pe toţi dracii! a rostit el printre dinţi înainte de a se repezi la mine.

M-a strâns în braţe şi m-a sărutat ca noaptea trecută. Când sărutul nostru a luat sfârşit, mi-a şoptit la ureche:

— Începând din acest moment, n-o să vă mai ating, o să încerc să mă calmez şi să mă port ca şi cum nu s-a întâmplat nimic. E cel mai bun lucru pe care-l putem face pentru a reuşi să muncim în dimineaţa asta. Repet, nu vom fi singuri.

Nu-i lipsea tupeul! Cine îl invitase pe asociatul lui la întrevederea noastră? Cine mă sărutase adineauri? El. Eram incapabilă să răspund ceva, orice. Greu de precizat în ce punct mă aflam şi cu atât mai puţin ce era în mintea lui. S-a îndepărtat de mine, clătinând din cap cu regret şi a arătat spre un fotoliu.

— Vă rog, luaţi loc.

În următorul sfert de oră, încercarea noastră de a discuta despre job s-a soldat cu un eşec. De fiecare dată, sfârşeam prin a ne cufunda în tăcere. Tensiunea era palpabilă, imagini din noaptea precedentă mă asaltau în valuri, aş fi vrut să fiu încă acolo. Vântul de libertate pe care el mi-l insuflase din ajun mă tulburase. Dar să aflu ce anume urmărea el, aici era altă poveste. Pacôme avea toate trăsăturile unui seducător capricios, diabolic de inteligent. În fond, nu asta mă captivase şi mă captiva încă? Dacă mi-ar fi oferit ocazia, aş fi cedat din nou farmecului său şi m-aş fi lăsat păcălită.

Ca să umplu timpul şi tăcerea, i-am studiat spaţiul de lucru. Biroul nu era mare, dar avea o particularitate: ferestrele dădeau spre doc şi vapoare. Hărţi geografice ale lumii acopereau pereţii, hărţi maritime şi câteva dintr-o altă epocă. Încăperea nu semăna deloc cu cele pe care obişnuiam să le frecventez. Însă simţeam că Pacôme nu era genul care să se împăuneze cu poziţia lui; spre deosebire de patronii pe care-i întâlneam în general, el era sincer în felul lui de a fi. Pentru el nu existau aparenţe, eram convinsă. Eşantioane de cafea, de ceai, de orez, cutii de carton rupte, în care se distingeau diverse sticle, zăceau împrăştiate pretutindeni.

În toată harababura de pe masă, i-am zărit paşaportul jerpelit, cu colţurile îndoite. Această simplă imagine mi-a dezvăluit un om care în orice minut putea să sară într-un avion doar din plăcerea şi entuziasmul de a descoperi o nouă mirodenie. De unde venea el cu adevărat? Cum de ajunsese aici, la Saint-Malo, în biroul ăsta mic, cu ferestrele spre mare? Locul lui era în altă parte, la celălalt capăt al lumii.

În timp ce priveam în jur, îl simţeam agitându-se în fotoliu, îndreptându-şi umerii, rezemându-se de spătar. Într-un final, şi-a pierdut răbdarea, s-a ridicat brusc, a ocolit biroul şi s-a sprijinit de el. Picioarele ni se atingeau şi ne priveam fix în ochi. Aceeaşi dorinţă ca în ajun, puternică, incontrolabilă, punea stăpânire pe corpul meu.

— Întârzierea e marca voastră comercială! l-am tachinat, încercând să revenim la chestiuni profesionale şi la motivul venirii mele.

— Trebuie să-i fi dus pe copii la şcoală, nu mai întârzie mult, a răspuns el prefăcându-se detaşat.

Apoi a cedat şi a întins mâna spre faţa mea. Şi-a plimbat degetul pe buzele mele ca în noaptea trecută, iar eu am închis ochii de plăcere. Şi chiar atunci cineva a bătut la uşă. Am oftat amândoi amuzaţi şi foarte frustraţi.

— Intră! a strigat Pacôme făcându-mi cu ochiul. Te aşteptam.

A adoptat imediat o atitudine profesională. Şi, în timp ce el a pus o oarecare distanţă între noi, eu m-am îndreptat de spate, inspirând profund ca să mă adun. Deşi ne venea greu să ne luăm privirea unul de la altul,

Pacôme şi-a îndreptat până la urmă atenţia spre persoana din spatele meu.

— Scuzele mele pentru întârziere, sunt dezolat, dar am fost reţinut...

4

Există momente când totul încremenește, când îți vezi viața trecându-ți pe dinaintea ochilor într-o fracțiune de secundă. E un lucru înfricoşător, te destabilizează, mai ales că nu poți lupta împotriva lui. Există un înainte şi un după. Un sentiment de solitudine absolută m-a copleşit. Sunetele erau înăbuşite, distorsionate. O senzație de frig mă străbătea din cap până-n picioare. Dar şi una de căldură. Corpul meu nu mai ştia ce simte. Sângele îmi pulsa violent în tâmple. Unde mă aflam? În ce epocă? Câți ani aveam? Imposibil. Inimaginabil. Acest glas jovial... Nu, cel pe care-l auzisem adineauri era mai grav, mai autoritar. Totuşi, intonația îmi era atât de familiară, aproape viscerală. Fraza sacadată. Acest mod de a nu respira după fiecare cuvânt. Cum de era posibil? De ce-mi juca imaginația o asemenea festă azi? N-ar fi trebuit să-mi amintesc toate aceste detalii. Erau atât de îndepărtate, atât de dureroase! Atât de plăcute, în acelaşi timp. Anumite lucruri, anumite persoane lasă urme de neşters, pe care totuşi le credem ascunse undeva foarte adânc în noi. Mă luptasem cu încrâncenare să elimin rănile provocate de astfel de amintiri, dar înțelegeam că, orice-aş face, ele rămâneau în mine, eram marcată cu fierul roşu. Tatuată până în cele mai profunde straturi ale pielii. Iată de ce mintea şi corpul meu reacţionau atât de intens la o simplă similitudine, la o microscopică asemănare. Trebuia să revin în prezent, n-aveam încotro. Momentul de bulversantă şi terifiantă îndoială trebuia să ia sfârşit. Imediat. Trebuia să mă ridic din acest fotoliu, trebuia să mă întorc. Să-mi înfrunt cea mai cumplită teamă.

Mâinile mele s-au sprijinit de braţele fotoliului, mă simţeam grea ca turnată din plumb, am făcut apel la toată forţa mea interioară ca să dau piept cu realitatea. Timpul rămăsese cumva suspendat, dar acum îşi reintra treptat în drepturi.

Eram din nou prezentă. În prezent.

Dar mai ales eram faţă în faţă cu un bărbat pe care n-ar mai fi trebuit să-l revăd în viaţa mea.

Ochii lui străluceau la fel de blând, ai mei, neputând să mă abţin, s-au umplut de lacrimi. Emoţia stăvilită atâta vreme m-a copleşit. O mulţime de amintiri ieşeau la suprafaţă. Prima noastră întâlnire, evident, dar mai cu seamă tot restul. Cei patru ani minunaţi care urmaseră. Când venea să asiste la cursurile mele ca să fie cu mine, când îmi făcuse surpriza de a mă duce la mare şi dormiserăm într-un hotel ieftin mizerabil. Când îi tăiam vârfurile pletelor lungi, *doar un picuţ, nu prea mult, altfel îmi pierd personalitatea*. Când îl desenam pe furiş, în timp ce dormea. Se schimbase, fireşte. Părul lui negru era tuns scurt şi înspicat cu câteva fire argintii, se mai îngrăşase, dar nu-i stătea rău. Barba, deşi rasă, îi lăsa o umbră pe obraji; în tinereţea noastră, era imberb. Astăzi se simţea în largul lui în costum şi cu cravată, odinioară purta jachete în stil militar şi tricouri deformate. Devenise bărbat. Dar, în ciuda micilor semne de maturitate, parcă nu l-aş fi văzut de o zi. Nu-şi lua ochii de la mine. M-a privit cercetător, a deschis gura pregătindu-se să spună ceva, apoi a închis-o la loc, a schiţat un zâmbet timid, dar a ezitat să vorbească.

— Reine, a murmurat într-un târziu. Sigur visez.

— Nicolas...

Niciodată n-ar mai fi trebuit să-i rostesc numele, gurii mele îi venea greu să-l spună. Umerii i-au căzut şi, fără ca eu să pot anticipa sau măcar să reacţionez, m-a cuprins în braţe. Cu toate transformările şi încercările prin care trecusem şi încă treceam, când m-am trezit la pieptul lui, am avut sentimentul vag că sunt acasă. Da, îmi marcase viaţa, făcea încă parte din mine şi o ştiusem mereu. M-am abandonat câteva clipe în îmbrăţişarea lui, dar foarte repede am avut impresia că mă sufoc. Treceam din paradis în infern. M-am desprins nervoasă din braţele lui, el mi-a dat drumul şi şi-a trecut o mână peste faţă ca să-şi ascundă stânjeneala.

— Iartă-mă, dar... este extraordinar că te văd...

Voiam să fiu în altă parte. Să nu fi venit în veci aici. De ce? Nu crezusem niciodată în hazard. Şi totuşi, hazardul bătuse la uşa mea încuiată de trei ori.

— Nu-mi vine să cred, am şoptit într-un târziu.

— A trecut atât de mult...

În spatele meu, Pacôme şi-a dres glasul, ceea ce mi-a îngheţat sângele în vene, dar asta n-a fost nimic prin comparaţie cu cenuşiul ochilor lui care căpătaseră culoarea cerului înaintea furtunii. Şi Nicolas părea să-şi fi amintit că nu eram singuri. S-a îndepărtat de mine şi s-a dus lângă asociatul lui. S-au îmbrăţişat cu căldură. Între ei nu era o simplă legătură profesională. Nu aveam nevoie să-i văd mai mult unul lângă altul ca să înțeleg intensitatea prieteniei lor. Erau legați pe viață. Era ceva palpabil. Se simțea în tot. Erau jumătățile unui întreg.

— Iartă-mă, i-a zis Nicolas. M-am zăpăcit de tot.

Pacôme i-a zâmbit indescifrabil şi a respins scuzele cu un gest din mână. Apoi s-a retras şi, fără să-mi acorde atenție, s-a dus să deschidă larg fereastra. Am văzut după mişcarea umerilor că respira adânc. Îmi venea să-i mulțumesc că lăsa aerul mării să intre în încăpere. Aş fi vrut să sar pe fereastră. Să fug. Să fug cât mai departe posibil.

— Trebuie să-ți explic, a continuat Nicolas, radios.

Părea să fie singurul care nu simțea o tensiune profundă, avea chiar un aer amuzat.

— Reine, care e aici cu noi... e o nebunie să te văd aici... De fapt, ai auzit deja de Reine mai demult... când ne-am întâlnit în India.

India... Plecarea lui Nicolas în India îmi pecetluise viitorul. Pacôme a căzut pe gânduri, căutând printre amintiri, şi brusc a întors fața spre mine cu o expresie de stupefacție.

— Oh... Ea e?

— Da! Înțelegi de ce sunt cam bulversat.

Pacôme nu mă scăpa din ochi. Deci ei doi se cunoscuseră într-o țară îndepărtată, cu atâția ani înainte. Pacôme ştia fără îndoială că Nicolas fusese prima mea iubire, iar eu, a lui. A trebuit să mă stăpânesc ca să nu leşin.

— Dar, Reine, ştiai că o să dai peste mine? m-a întrebat Nicolas.

Dacă aş fi ştiut, nu ne-am fi revăzut niciodată.

— Nu! m-am apărat eu pe un ton prea strident. Paul, partenerul meu, a discutat cu Pacôme...

— Doar n-o să ne faceți să credem că n-ați căutat să vă informați despre noi! m-a întrerupt Pacôme cu glas tăios. Nu-i prea profesional.

Mi-am adunat toată puterea ca să mă justific.

— Repet, Paul a organizat această întâlnire, i-am replicat sec. Știți asta, Pacôme, el n-a vorbit decât cu dumneavoastră. Așa procedăm noi. Mă informez foarte puțin ca să nu fiu influențată dinainte, vreau să-mi fac o idee la fața locului. Ca să mă pregătesc pentru întrevedere, am studiat doar site-ul vostru. Și cum acolo nu vă sunt menționate numele și nu există nici fotografii cu voi, ceea ce, în treacăt fie spus, este o mare greșeală, n-am avut cum să fac vreo legătură. Doar hazardul ne-a reunit azi.

Nicolas i-a tras o palmă prietenească în spate și a rânjit.

— Ușurel, Pacôme! Nu-ți dau voie să te iei de Reine!

Pacôme a dat din cap, capitulând parcă în fața evidenței:

— Vă rog să mă scuzați.

Mi-a făcut un mic semn enigmatic din cap.

— Deocamdată, o să joc rolul celui care le taie celorlalți cheful și o să stric atmosfera revederii, dar avem de lucru. Sau mă înșel?

— Da, trebuie să ne apucăm de treabă, l-am aprobat eu.

Eram grăbită să termin și să plec, rapid, cât mai departe posibil.

— Cred că toată lumea are nevoie de o cafea, a adăugat Pacôme. Mă întorc.

Dispăruse deja și am avut senzația că voia să fugă. Aș fi fugit și eu cu el. Numai că eu stăteam cu brațele atârnându-mi moi dinaintea unui Nicolas care nu înceta să-mi zâmbească, studiindu-mă de sus până jos. Nici măcar n-ar fi trebuit să mă gândesc la un asemenea lucru, totuşi era ceva mai puternic decât mine. Oare ce credea despre cea pe care o avea în faţă? Mă schimbasem atât de mult! Probabil că doar ochii mei verzi i se păreau aceiaşi. Când mă întâlnise, eram slăbănoagă, maternitatea îmi oferise forme. Cunoscuse o tânără studentă introvertită, cu look beatnic de şcoală de arte, regăsea acum o femeie de patruzeci de ani, ce-şi asuma pe deplin feminitatea, cu haine sobre şi adecvate, sigură pe ea. A făcut doi paşi spre mine, iar eu m-am abţinut să mă dau înapoi.

— Nu-ţi poţi imagina cât sunt de fericit să te revăd... Avem atâtea să ne povestim!

Eu nu vreau să-ţi povestesc nimic. Nimic. Niciun cuvânt.

— Cu siguranţă... Scuză-mă, dar aş vrea să merg la baie.

— Bineînţeles, îţi arăt unde e.

L-am urmat afară din birou. Nicolas părea mândru de domeniul lui, de micul lui univers, emana un aer de reuşită asumată. Îmi vorbea fără încetare, dar eu nu-l ascultam, nu-l auzeam, simţindu-mă tot mai rău, cu atenţia îndreptată spre cealaltă parte a mezaninului unde, cu spatele la noi, Pacôme lovea îndârjit cafetiera de o pubelă. Nicolas a remarcat lipsa mea de interes faţă de el şi interesul faţă de prietenul lui.

— Nu ştiu ce are. E prost dispus azi. De obicei, mai degrabă el e tipul care se entuziasmează, iar eu, cel care strică petrecerea. Nu-ţi face griji, o să se calmeze.

M-am baricadat în toaletă şi am început să mă învârt în cei trei metri pătraţi de care dispuneam. Respiraţia mi-o luase razna, nu mai reuşeam s-o controlez. Criza de angoasă se accentua. Îmi venea să urlu, dar n-o puteam face decât în linişte. Totul îmi scăpa, viaţa pe care mi-o construiam de ani întregi. Cum să fac să plec? Să mă îndepărtez de Nicolas? Să şterg această regăsire? N-aveam nicio portiță de scăpare. Mi-am masat tâmplele cu puțină apă rece, inspirând profund. M-am privit în oglindă: arătam extenuată, panicată, pierdută, singură. Cunoscusem deja această stare. Tot din cauza lui. Aveam să-mi compun o expresie senină, profesională, concentrată şi să înfrunt orele următoare, altă posibilitate nu-mi rămânea.

Când m-am întors în birou, mă aşteptau amândoi aşezați alături şi vorbind cu glas scăzut. Au încetat discuția imediat ce mi-au observat prezența. Foarte plăcut... Aveam să stau înțepenită față în față cu ei, sub focul încrucişat al privirilor lor. Am trecut pe pilot automat şi am încetat să mă gândesc la restul.

M-am comportat ca în cazul oricărui potențial client, am vorbit politicos şi cu respect, dar nu m-am purtat cu mănuşi — învățasem la şcoala lui Paul. Munca era colosală, dar pasionantă. Le-am arătat pe ecranul laptopului meu imaginile unor mărci la care noi lucraserăm punându-le în valoare, dar şi o selecție de fotografii făcute de Paul, pentru că bănuiam că el se va ocupa personal de acest dosar. Eram atât de preocupată de expunerea mea, încât începusem să respir mai uşor, uitând, chiar dacă pentru scurtă vreme, cui mă adresam.

— Opreşte-te două minute, m-a întrerupt sec Nicolas. Dacă înțeleg eu bine, tu şi asociatul tău vreți să spuneți că tot ce-am făcut noi până acum n-are sens.

Mereu fusese susceptibil şi, la prima vedere, nu se schimbase.

— Nu chiar, dar... v-ați mulțumit în mod clar cu minimul.

A afişat un zâmbet arogant.

— Iartă-mă, dar cifrele sunt elocvente, mergem cu motoarele la maximum.

— M-am exprimat greşit. De acord cu tine că cifrele sunt elocvente, dar marca voastră n-are nimic sexy, modul în care vă prezentaţi produsele de calitate superioară nu-i face pe clienţi să viseze. Regret, domnilor, dar, cu riscul de a vă supăra, păreţi demodaţi, prăfuiţi. Da, aveţi meritul de a fi aici. Dar întrebarea pe care ar trebui să v-o puneţi este pentru cât timp. Nu mai sunteţi singuri pe piaţă. Aţi putea fi depăşiţi rapid de nişte tinerei dinamici care n-au teamă de nimic. De ce să nu faceţi mai mult? De ce să nu ţintiţi mai sus?

Pacôme părea receptiv la cuvintele mele; în ciuda concentrării lui evidente — ce repede uitase şi el tot restul! —, părea chiar amuzat de adevărurile pe care eu le înşiram cu brutalitate. Nicolas însă se simţea ofensat că-i puteam pune la îndoială competenţele. Au început o discuţie liniştită de la care eu eram cu totul exclusă şi ale cărei detalii n-aveam cum să le înţeleg. Însă argumentele mele păreau să-şi fi atins obiectivul, Nicolas a cedat până la urmă.

— Bun, a zis Pacôme, presupunând că suntem interesaţi, ce-ar trebui să facem?

— Să fiţi cooperanţi şi să ne daţi toate informaţiile şi cât mai mult material pentru a crea un univers în care Cele Patru Colţuri ale Lumii să se afle în centru.

— Cu ce să începem?

— Spuneţi-mi povestea firmei voastre, fiindcă nu apare pe site.

— Vrei versiunea lungă sau versiunea scurtă? a întrebat Nicolas ironic.

Îşi recăpătase aroganţa. M-am încruntat nedumerită.

— Dacă se ocupă Pacôme de asta, o să dureze câteva ore.

Nu mi-am putut împiedica privirea să se îndrepte spre povestaş, care îşi regăsise aerul îmbufnat din ajun.

— Pot să fac un mic efort ca să n-o obosesc prea tare pe Reine.

Am reuşit să râd pentru prima dată de când Nicolas dăduse buzna iar în viaţa mea.

— Sunt numai urechi.

Când Nicolas ajunsese în India, Pacôme se afla acolo de un an. Erau însufleţiţi amândoi de aceleaşi idealuri, de aceleaşi dorinţe. O voinţă aprigă de a descoperi lumea, de a se bucura de ea, de a face afaceri, de a reuşi respectându-i întotdeauna pe ceilalţi. Unul era visător, greu de controlat — Pacôme —, celălalt avea capul pe umeri şi picioarele pe pământ — Nicolas. Transformaseră diferenţele dintre ei într-o forţă şi deveniseră nedespărţiţi. Continuând să vorbească, Pacôme s-a ridicat şi mi-a făcut semn să mă apropii. M-am supus imediat. M-a condus la imensa hartă maritimă, o hartă veche, complet depăşită, dar având marcat pe ea drumul spre Indii. În cele patru colţuri ale lumii erau înfipte ace şi am ghicit că acelea erau locurile unde fuseseră împreună. Mi-a explicat că într-un final renunţaseră la slujbele pe care le aveau şi porniseră într-un tur al Asiei de Sud-Est. Munciseră ca nişte ocnaşi pe plantaţii de ceai şi de cafea ca să înveţe, să înţeleagă sistemul, oamenii care lucrau acolo, care mureau de oboseală. În cursul peregrinărilor, descoperiseră o varietate de bogăţii agricole şi constataseră repede un lucru: noi, bieţii occidentali limitaţi care nu vedem mai departe de supermarketuri, habar n-avem că putem consuma produse de o asemenea calitate. Pacôme mi-a vorbit despre arome şi despre parfumul mirodeniilor, m-a făcut să le simt, aveam gustul lor pe limbă, nasul meu le percepea mirosul, mi-a povestit despre adierea vântului prin arbuştii de ceai — care mi-ar fi făcut părul să flutture —, despre senzualitatea ţesăturilor lucioase — care mi-ar fi alunecat pe piele —, despre gustul cafelei, „cea adevărată, nici nu vă imaginaţi ce efect produce când o gustaţi prima dată". Parcă am şi înghiţit o gură de cafea ascultându-l.

Prin urmare, şi-au spus că exista o piaţă de cucerit, cu ideea de a acţiona în direcţia unui comerţ echitabil sau măcar pe-aproape. În anii următori, au continuat să călătorească, au poposit şi au lucrat în America de Sud, în Africa, mai ales Pacôme, din câte înţelegeam. Şi-au construit o reţea de contacte şi au pus bazele businessului lor păstrându-şi ca loc de reşedinţă India. Afacerea a luat avânt atât de rapid, încât aveau impresia că au câştigat la loterie. Şi-au dublat eforturile, mână în mână, investindu-şi în ea puterea, resursele, tăria sufletească. Pacôme mi-a explicat cu entuziasm şi mândrie ascensiunea lor nebunească, făcându-mă să zâmbesc şi să-mi las gândurile să zboare departe. Astăzi erau în fruntea unei firme cu doisprezece angajaţi şi aveau cote-părţi la unele dintre exploatările ce le furnizau marfa. Printre clienţii lor se numărau magazine de delicatese, restaurante mari şi hoteluri prestigioase din toată Franţa, cu care se luptau feroce pentru a-i plăti pe cultivatori pe măsura muncii lor. Nu se mai limitau la ceai şi la cafea, acum importau şi exportau condimente, orez şi, de puţin timp, rom. Ca un apropo, mi-a mărturisit că fusese în insula Mauritius ca să procure unul foarte special, cel din care îmi dăduse să gust noaptea precedentă, fără să se laude cu descoperirea lui.

— De ce ați părăsit India? l-am întrerupt.

I-a aruncat o privire acuzatoare lui Nicolas, de care aproape uitasem. Pacôme îmi permitea să-mi trag sufletul.

— Pe el trebuie să-l întrebi.

M-am întors spre Nicolas.

— Dorința de a reveni în patrie. Şi-n plus, cu toată sinceritatea, mă săturasem să trăiesc acolo, aici lucrurile sunt mai simple pentru viața de familie.

— Înțeleg, am reuşit să articulez după ce realitatea m-a lovit în moalele capului.

— Pacôme e călătorul, nu eu, a precizat Nicolas.

Da, îmi dădusem seama, dar se părea că Nicolas îşi impusese voința.

— De ce Saint-Malo? m-am simțit obligată să întreb.

Pacôme mi-a prins privirea.

— Saint-Malo... înseamnă voiaje, Compania Indiilor, marea.

Corsarii...

I-am zâmbit. Îmi doream să vorbească în continuare, să povestească, să împărtăşească, să mă poarte departe de-aici.

— În concluzie, ce zici? a vrut să ştie Nicolas.

Am coborât din norul meu — pe de-a-ntregul fals — şi m-am îndepărtat cu regret de noua mea sursă de oxigen. Nicolas se ridicase şi el în picioare. După ticul pe care i-l cunoşteam — când îl neliniştea ceva, îşi zgândărea pielița de la degetul mare —, am ghicit că era puțin cam nervos.

— Există material, mult material, i-am anunțat. Chiar poate ieşi ceva interesant şi frumos, mai ales cu contribuția lui Paul. Am deja o grămadă de idei.

— Când vei fi în măsură să ne faci câteva propuneri?

— Mă apuc de treabă imediat ce ajung acasă.

În ce belea mă băgam? Trebuia neapărat să plec. Rapid. Imediat. Să dispar. Să mă îndepărtez. Isterică în sinea mea, mi-am strâns lucrurile în geantă cu gesturi stângace.

— Vă las, trebuie să pornesc la drum.

Eram gata să le spun la revedere, s-o şterg de-acolo, apoi să urlu închisă în maşina mea.

— Unde ai de gând să pleci? E douăsprezece şi jumătate, luăm prânzul împreună, a zis Nicolas pe un ton categoric. Pacôme?

— Mie îmi convine.

Douăzeci de minute mai târziu, eram instalați la masă într-un restaurant cu vedere spre plaja Sillon. Descopeream la lumina zilei ce-mi arătase Pacôme noaptea. Chiar dacă frumusețea mării şi puterea ei mi se păreau mai frapante azi, mă gândeam cu nostalgie la plimbarea de pe dig cu el. Lipsa de griji din ajun şi sentimentul de nemărturisită dezinvoltură îmi lipseau deja teribil. Puteam regăsi vreodată această senzație? Mă îndoiam. Să stau iar înțepenită în fața lor nu-mi îmbunătățea situația, nu mă ajuta deloc. Şi simplitatea cinei de la clătitărie îmi lipsea, prin comparație cu restaurantul fițos unde ținuse Nicolas să mergem. Aveam impresia foarte clară că încerca să mă dea pe spate, însă se obosea inutil. Eram imună la orice formă de ostentație, în plus, nu puteam să înghit nimic, aveam un nod în gât şi stomacul strâns ghem.

— Nu-mi vine să cred că ai o agenție de comunicare, tu, studenta la arte decorative! Mi te imaginam mai degrabă lucrând în lumea spectacolului.

Mi-am înghițit o replică inspirată. Până şi pe mine mă uimea calmul pe care-l arătam față de tonul lui ironic.

— Ce vrei! Viața a hotărât altfel... Paul m-a angajat pe un post de creatoare de decoruri într-un moment când nu eram în cea mai bună formă şi de atunci nu ne-am mai despărțit.

A înclinat capul, vădit curios. Spusesem prea multe, trebuia să am grijă la fiecare cuvânt rostit, la fiecare informație pe care o ofeream.

— Ne-a plăcut să lucrăm împreună, domeniul m-a prins, am creat postul visurilor mele şi, dintr-una într-alta, am ajuns partener la firmă.

— Dar Rouen! Ei bine, cred că asta-i culmea! Iartă-mă, dar țineam minte că nu erai mare fan al Normandiei natale.

Poate, dar nu mă mai cunoşti...

— Acelaşi lucru, am răspuns zâmbind uşor, viața a hotărât altfel.

Îl vedeam cu coada ochiului pe Pacôme cum ne observa afişând o expresie intenționat neutră. Un fel de curiozitate nesănătoasă, masochistă chiar, m-a îndemnat să pun *acea* întrebare, şi oricum trebuia să-l fac pe Nicolas să înceteze cu interogatoriul lui.

— Parcă am înțeles că ai familie.

Fața i s-a luminat de mândrie. M-am uitat la mâna lui stângă, o verighetă frumoasă îi împodobea inelarul. Nu-mi trecuse prin minte să verific mai devreme. Mi-am amintit cuvintele lui Pacôme dinaintea venirii lui Nicolas la birou: „şcoală", „copii".

— Ai copii?

— Trei.

Am încasat un pumn în stomac.

— Câți ani au?

— Salomé are zece, Adam, şase, iar micuța noastră Inès, patru.

Dragostea pe care le-o purta îl făcea să radieze de fericire. Mi-l închipuiam fără greutate conducând un Renault Espace, întorcându-se acasă, o vilă impunătoare unde îl întâmpinau un labrador uriaş şi trei copii frumoşi care țopăiau în jurul lui.

— O familie drăguță...

— Mulțumesc, şi...

— Soția ta, i-am retezat-o eu, lucrează cu voi?

— Nici vorbă, Héloïse este asistentă medicală liber-profesionistă.

— Ei doi s-au cunoscut în India, a precizat Pacôme. Ea venise cu o misiune umanitară şi ne-a însoțit în toate călătoriile noastre.

Nicolas l-a săgetat cu privirea. I-am mulțumit în gând lui Pacôme. Datorită lui, ştiam acum pentru cine pusese capăt Nicolas relației noastre. Măcar nu fusese doar o aventură.

— Gata cu India, am vorbit destul! s-a enervat uşor Nicolas. Acum povesteşte-mi tu, Reine...

Nu vreau...

Teama din adâncul pântecului. Lucrul care mă rodea de atâta vreme.

— Reine e misterioasă, a zis Pacôme cu glas scăzut, ca pentru sine sau pentru a-mi aduce aminte de noaptea precedentă.

Ce urmărea? Nicolas n-a dat atenție remarcii lui şi, spre marea mea disperare, a continuat:

— Eşti căsătorită? Ai copii?

Chipul lui Noé, Noé al meu, mi-a răsărit o clipă în minte şi inima mi s-a strâns de-mi venea să urlu.

— Un băiat.

— Câți ani are?

Ca să-mi ascund tulburarea, m-am întors spre mare. Instinctul de supraviețuire a trecut înaintea rațiunii. Nu era prima dată când mi se întâmpla.

— Noé are zece ani.

Cuvintele au ieşit singure, fără ca eu să am vreun control, nici asupra lor, nici asupra mea. Mi-au rănit gura, inima, trupul.

— Incredibil! Avem copii de-o seamă!

Da… atât de incredibil că e fals.

— Hazardul, din nou…

— Există un bărbat în viața ta?

Ar fi trebuit să mă aştept la asta. Pacôme a ridicat o sprânceană, interesat.

— Nu…

Eram nevoită acum să merg până la capăt. Să mă țin cât mai aproape de adevăr. N-aveam de ales.

— Nu stai cu tatăl fiului tău?

Nicio cenzură…

— Nu, îl cresc singură.

Mă afundam inexorabil, simțindu-mă tot mai rău. Aveam senzația că mă dezagregam pe dinăuntru. Ca şi cum din mine se desprindeau bucăți, se topeau şi dispăreau.

— Reine, îmi pare rău pentru tine.

Vedeam că murea de curiozitate să afle mai multe şi, pe lângă o oarecare îngrijorare, puteam să percep milă. *Biata Reine, care-şi creşte singură fiul, în timp ce el a reuşit să-şi clădească o familie minunată.* Nu aveam dreptul, era profund incorect, el nu putea să ştie. Totuşi, aşa ce-mi venea să-i zic să-şi țină gura, să nu-şi mai etaleze viața perfectă, familia perfectă, reuşita evidentă. Apoi, brusc, m-am îndreptat de spate. N-aveam niciun motiv să mă simt ca un nimeni în fața lui. Şi viața mea era perfectă. Până când...

— N-ai de ce. Mie şi lui Noé ne merge foarte bine.

Îmi provocam mie însămi greață. Ruşinea avea gust de fiere. Mă cuprindeau ura, scârba față de mine. Întâlnirea cu Nicolas mă debusola complet. Odată cu anii, exceptând ultima perioadă, dar din alte motive, reuşisem să mă privesc iar în oglindă. Dar de-acum asta ținea de domeniul trecutului. Nu aveam s-o mai pot face.

— Sunt nerăbdător să mi-l prezinți, a şoptit Nicolas.

— Pe cine?

— Pe fiul tău.

Niciodată!

Evident, Nicolas a insistat că eram invitata lui. N-am aşteptat să achite nota şi am ieşit, mă sufocam. La dracu' cu politețea! Trebuia neapărat să respir ca să nu cedez nervos, trebuia să mai rezist câteva minute înainte să urlu şi să mă eliberez de oroarea ultimelor ore. Pacôme m-a însoțit. Când am luat o țigară din pachet, el şi-a scos bricheta înaintea mea şi a aprins-o sub nasul meu. Rațiunea îmi dicta să păstrez distanța față de el, era apropiat, prea apropiat de Nicolas. Totuşi, m-am pierdut în ochii lui cenuşii, dorindu-mi cu aviditate să mă las purtată de el într-o călătorie ca în seara precedentă.

— Povestea noastră se complică, mi-a zis. Avantajul e că am aflat câte ceva despre dumneavoastră... chiar dacă rămâneţi o enigmă.

— Dar dumneavoastră? Copii? Soţie? O relaţie?

— Liber ca pasărea cerului... cu tot ce implică asta...

Mă punea în gardă în privinţa lui?

— Ce încercaţi să-mi spuneţi?

— Nimic... Doar că mi-aş dori tare mult să vă ating pentru ultima dată, dar nu vreau să-şi dea seama Nicolas, mă cunoaşte prea bine.

S-a apropiat, s-a aplecat, m-a sărutat pe obraz ţinându-mă discret de talie, m-a strâns o fracţiune de secundă şi s-a îndepărtat până să apuc eu să reacţionez.

— La revedere, Reine...

Pornise deja spre mare.

— Pacôme! l-a strigat Nicolas care tocmai ieşea. Ce naiba faci?

— Pe mai târziu! i-a răspuns Pacôme, cu un semn neglijent din mână.

— Ei, poftim! Pacôme cel imprevizibil!

Ai fi zis că e un profesor care ceartă un elev împrăştiat.

— Vă completaţi, am comentat eu.

Am oftat din toţi rărunchii şi Nicolas a observat.

— Ce e?

— Nimic, mi-e silă de drum, atâta tot.

În realitate, mă durea dispariţia bruscă a lui Pacôme, nu mai era aici ca să servească drept diversiune între mine şi Nicolas. Ca să nu mai vorbesc că, în felul lui, pusese capăt scurtei aventuri dintre noi doi.

— Te conduc la maşină.

Cele cinci minute de mers pe jos mi s-au părut o eternitate. Ajunşi în fine la destinaţie, s-a uitat lung la mine, satisfăcut.

— Reine, voiam să-ţi spun... crede-mă când zic că sunt cu adevărat foarte fericit că te-am întâlnit.

— Şi eu la fel, am reuşit să-i răspund.

— Atunci, ne revedem curând, nu?

— Cu siguranţă.

— Ai grijă pe drum.

Ne-am sărutat pe obraz. M-a reţinut o clipă lângă el, cu un gest uşor posesiv. Cum mi-a dat drumul, m-am urcat în maşină, după un ultim zâmbet fals, am trântit portiera şi am demarat.

5

Acest drum era drumul meu spre purgatoriu, aveam să fiu pedepsită pentru greşelile mele. Hazardul tocmai îmi sucise gâtul. Totuşi, încă îmi venea greu să cred. Nu era posibil, nu se putea să se fi întâmplat. Nu reluasem adineauri legătura cu Nicolas. Nu-i deschisesem porțile casei mele, porțile vieții mele construite pas cu pas. În durere. În bucurie. Şi mereu în minciună, de şaptesprezece ani. Cum de se produsese aşa ceva? Şi ce nevoie aveam să fac totul ca să-i vrăjesc cu Hangarul? Ar fi trebuit să mă sabotez singură pentru ca ei să nu dorească să lucreze cu noi, cu mine. Dar nu, eu mă străduisem din răsputeri, ca şi cum inconştientul meu voia să merg mai departe, ca şi cum voia ca în sfârşit totul să iasă brusc la lumină.

În rarele ocazii când îmi îngăduiam să mă gândesc la Nicolas, mi-l imaginam în şlapi şi bermude pe o plajă din Thailanda, aşa îmi convenea de minune. Pentru mine, el trăia la celălalt capăt al lumii, uitase chiar şi de existența mea şi nu aveam niciun motiv pentru care să-l mai întâlnesc vreodată. Ca să nu mai zic că nu exista nici riscul ca Noé să pornească în căutarea lui. Îl ura fără să-l cunoască, fără să ştie măcar cine era. Noé îşi considera tatăl un ticălos care o părăsise pe mama lui când era însărcinată, care nu-l recunoscuse, ba chiar îl respinsese dinainte de a se naşte. Îmi crescusem fiul cu această legendă sordidă şi-mi implicasem tot anturajul într-o minciună pe care sfârşisem prin a o lua drept realitate.

Noé nu întrebase niciodată de tatăl lui înainte să meargă la grădiniță. Până atunci, universul lui se rezumase la mama, Paul, bunicul, bunica, sora mea şi familia ei. Fiecare avea grijă ce cuvinte folosea în preajma lui. Toată lumea făcea în aşa fel încât să-l protejeze. Nu fusese nici la creşă, nu avusese nici bonă, stătuse cu Paul şi cu mine la studio. Refuzam să fiu departe de el. Sufeream când nu era lângă mine. Nu se confruntase nici cu lumea, nici cu viața reală. Începerea şcolii marcase un punct de cotitură, îi descoperise pe tăticii celorlalți copii. Şi, inevitabil, gurița lui rostise întrebarea: „Cine e tăticul meu?" În mod logic, îl întrebase pe Paul dacă este el. Ei doi erau nedespărțiți. Noé îşi petrecea zilele în preajma lui Paul, căutându-l în permanență. Mă ascunsesem după o uşă, descumpănită la culme, complet pierdută în fața acestei întrebări. Paul nu se eschivase, îi răspunsese blând că nu, nu era el. Apoi, când mă găsise tremurând de ruşine, ghemuită într-un colț al studioului, îmi trăsese un perdaf zdravăn, pe care aveam să-l țin minte toată viața, ca să fac ceva, era prea dureros pentru el şi pentru Noé. Ne certaserăm pentru prima dată de când ne cunoşteam, controlându-ne vocile ca să nu-l speriem pe Noé. Fusese o înfruntare dură, violentă, sfâşietoare, nu mai vorbiserăm niciodată despre asta. Într-un fel, îl ascultasem totuşi pe Paul. Îmi luasem inima în dinți şi-i explicasem băiețelului meu că el nu avea un tătic, ci o mămică şi o grămadă de oameni care vegheau asupra lui, care-l iubeau mai mult decât „orice pe lume". Ca să se simtă bine, să învețe să trăiască acceptând această stare de lucruri, începuserăm să batem cabinetele de psihologie cărora le serveam acelaşi ghiveci scârbos. Fusesem părăsită în perioada sarcinii de un individ fără scrupule, care nu mai dăduse niciodată vreun semn de viață. Noé crescuse cu imaginea unui tip egoist, iresponsabil, lipsit de respect față de femei. Măcar dacă bărbatul pe care-l revăzusem azi s-ar fi apropiat de această imagine... Dar nu, aşa cum ştiusem mereu în adâncul inimii, Nicolas devenise un tip cumsecade, care-şi iubea la nebunie familia, cu siguranță un tată minunat. Nu mai aveam argumente — admițând că existaseră vreodată — să întrețin mitul părintelui monstruos.

Cum putusem să fac aşa ceva? Să-mi împiedic fiul să știe adevărul, să-şi cunoască tatăl. Propria poveste. Nu aveam nicio scuză, nimic nu-mi justifica faptele. Nici măcar cei douăzeci şi trei de ani pe care-i aveam la naşterea lui. Doar spaima că-mi va fi luat copilul. O spaimă irațională.

Urâsem atât de tare lucrul ce-mi creştea în pântec, îl respinsesem violent, cu dezgust. O ultimă fărâmă de bun-simț mă oprise să-mi fac rău ca să-i fac astfel şi lui. Însă nu mă îngrijeam deloc. În cursul sarcinii, îl insultasem în sinea mea, îl împroşcasem cu vorbe incalificabile astăzi. Fetusul ăsta îmi strica viața, îmi ruina viitorul, îmi fura tinerețea. Şi pentru o problemă stupidă de termen legal, nu putusem să scap de el. Când mi se rupsese apa, refuzasem să merg la clinică. Paul — pe care nu-l cunoşteam decât de două luni, dar deja ocupa un loc esențial în viața mea — aproape că se luptase cu mine ca să mă ducă acolo. Încă urlam în maşina lui. Îmi strigam suferința de a nu mai avea control asupra propriului corp, de a nu reuşi să stopez infernalul proces. Îmi strigam ura şi iubirea pentru Nicolas. Paul mă lăsase să-i sparg timpanele şi să-l lovesc, rămăsese lângă mine, mă ținuse de mână, fiindu-mi sprijin fizic şi psihic până când apăruseră părinții mei, înnebuniți. Nu voiam să-i văd, ruşinată de harpia în care mă transformasem. Treptat, strigătele mele deveniseră nişte tânguieli obosite. Eram extenuată, la capătul forțelor, travaliul se oprise. O clipă îmi trecuse prin minte că poate totul o să revină la normal, poate că în final reuşisem să-mi îndeplinesc misiunea distructivă. Starea mea de slăbiciune îi determinase pe medici să intervină, mă abandonasem anesteziei cu încântare. Când m-am trezit, o asistentă medicală mă anunțase că mă aştepta un băiețel şi, fără a-mi lăsa timp să-i răspund, mi-l pusese la piept. Atunci mi-am văzut fiul pentru prima dată, atât de mic, de fragil, dar atât de puternic totodată. Un val de iubire, uriaş, cald, blând, mă copleşise. El era aici. Rezistase răului pe care i-l făcusem. Mâna lui minusculă mi se mişca pe piele, parcă râcâind-o ca să se întoarcă înăuntru, respirația lui rapidă era ca un ecou al respirației mele. Aveam impresia că se agăța de mine din toate puterile. Era aici. Era aici. Bebeluşul meu era aici. Plânsesem în linişte, deasupra lui, cerându-i iertare în şoaptă pentru tot răul pe care i-l provocasem. Viața mea tocmai începuse. În inima mea se produseseră parcă două explozii. Prima, ca să oprească ura şi dezgustul. A doua, ca să trăiesc din nou. Încetasem să mă mai scufund. Noé mă salvase. Mă născusem odată cu el. Îl ştersese pe Nicolas din viaţa mea. Universul meu se limita la fiinţa asta mică. Îmi dădusem seama că n-aş fi suportat s-o împart cu tatăl său. Făcusem alegerea bună evitând să-i mărturisesc că eram însărcinată. Nu se punea problema să vină să mi-l ia. Noé era al meu. Doar al meu. Eu eram mama lui.

Nu găsisem niciodată curajul să mă smulg din minciună, să-i spun adevărul lui Noé. Groaza că l-aş pierde îmi ghida fiecare decizie. Chiar şi atunci când îl văzusem suferind din pricina acestei lipse, a acestei diferenţe, deşi suferinţa lui era o povară greu de suportat pentru mine, tăcusem, din egoism, din vinovăţie. Nevoită. Conştientă că nu m-ar ierta niciodată dacă ar afla că-l minţisem. Îmi dublasem iubirea faţă de el. Cu cât trecea timpul, cu atât renunţam, cu atât minciuna mea devenea realitate şi cu atât îmi adânceam anturajul — căruia nu-i dădusem de ales — în impostură. Îmi iubeam fiul mai mult decât orice pe lume, mi-aş fi dat şi viaţa pentru el, şi totuşi îl trădam continuu de la naştere. Îmi era silă de mine. Acum eram într-o situaţie disperată. Orice-aş fi făcut, orice s-ar fi întâmplat, viaţa mea era o bombă cu efect întârziat care, de câteva ore, stătea să explodeze.

În timp ce conduceam, cu viteză mult prea mare, mi-a sunat telefonul. Paul. Am răspuns din reflex.

— Reine! Aşteptam veşti de la tine! Eşti pe drum?

— Bună, Paul...

Din vocea mea lipsea orice entuziasm.

— E totul în regulă?

Îngrijorarea lui era palpabilă.

— Da, da... sunt doar obosită.

— Cum a mers?

Am oftat adânc ca să înlătur toate imaginile care-mi veneau în minte.

— Foarte bine.

— Nu pari prea convinsă.

— Ba da, ba da, te asigur. Vorbim mâine la Hangar.

— S-a întâmplat ceva? Spune-mi, Reine.

— Nu acum, te rog. Mâine...

Am închis. Ştiam că în clipa în care voi rosti cuvintele, în care voi exprima ce trăiam, mă voi prăbuşi. Şi nu voiam ca Noé să mă găsească seara într-o stare proastă. Nu încă. Aveam să strâng din dinți, să-mi înghit nodul din gât şi să-mi zăvorăsc lacrimile în mine.

— Mamă! Unde eşti?

Uşa de la intrare s-a trântit. Am închis ochii ca să mă concentrez asupra rolului pe care urma să-l joc astă-seară şi în zilele următoare, când voi fi față în față cu fiul meu. Avusesem timp să mă pregătesc, el se întorsese mai târziu decât de obicei, învățase cu amicii lui, ceea ce-mi picase bine.

— În bucătărie!

L-am auzit aruncându-şi rucsacul pe jos, apoi paşii i-au răsunat în spatele meu.

— Bună, mamă!

Mi-am compus un zâmbet de circumstanță şi m-am întors spre fiul meu. M-am dedublat. În interior, țipam de durere, într-atât mă frapa asemănarea cu tatăl lui. Acum, că îl revăzusem pe Nicolas, era imposibil să nu observ. În exterior, îi zâmbeam sincer, nebună de bucurie să-l am iar lângă mine, să constat că era bine, că supraviețuise fără mama lui. S-a apropiat şi m-a sărutat pe obraz. Muzica îi urla în căşti, nu se obosise s-o închidă ca să mă salute.

— Ce asculţi aşa de tare?

A râs şi mi-a pus căştile lui pe urechi.

— Compilaţia ta!

Asculta Nada Surf şi al lor *Popular* la un volum de te asurzea. Era greşeala mea; anul precedent îi făcusem un playlist cu ce ascultam eu la vârsta lui: Alanis Morissette, The Cranberries, Radiohead. M-a emoţionat brusc complicitatea noastră, mi-am lipit mâna de obrazul lui, privindu-l drept în ochi. S-a încruntat neliniştit.

— Mamă? Eşti bine?

Mi-am scos căştile de pe cap.

— Foarte bine, scuză-mă, muzica e de vină, eram cu gândul în altă parte. Dar tu? Cum a fost la ore? La liceu?

A părut să se liniştească şi s-a lansat într-o relatare amănunţită a ultimelor două zile.

Mai târziu, la cină, a trecut la atac. Bine făcusem că mă forţasem înainte să înghit câteva bucăţele dintr-o tartă sărată.

— Şi cum a mers la Saint-Malo?

— A fost bine, am reuşit să răspund.

A scuturat caraghios din cap, cu un aer care spunea: mama e nebună.

— Atât?

— O să am mult de muncă.

— Dar e frumos? Ce-ai văzut? Povesteşte-mi cum e.

Îl redescopeream pe băieţelul meu; se enerva, întărâtat de ceea ce i-aş fi putut descrie. Reacţia lui m-a făcut să râd.

— Noé, calmează-te, n-am dat peste piraţi!

Chiar în clipa când am pronunțat fraza, mi-a apărut în minte chipul lui Pacôme. Nu întâlnisem niciun pirat, întâlnisem un bărbat care visa să fie corsar, ca fiul meu...

— Unul dintre tipii cu care o să lucrez ştie tot pe tema asta.

— Pe bune?

— Aşa mi s-a părut.

— Crezi că o să pot discuta cu el când o să mergem acolo?

Într-o lume ideală, mi-ar fi plăcut să i-l prezint pe Pacôme lui Noé, eram sigură că s-ar fi înțeles de minune. Însă nu trăiam într-o lume de poveşti cu happy-end.

— Nu-ți pot promite nimic, o să văd dacă e posibil.

— Super!

A sărit în picioare, a ocolit masa şi mi-a înconjurat gâtul cu brațele. M-am agățat de el, refuzând să-i spulber speranțele. Dar deja căutam pretexte ca să-l țin la distanță de Saint-Malo.

— Deocamdată, Noé, dacă vrei să te iau într-o zi cu mine, trebuie să munceşti şi să nu uiți că dai bacul peste câteva luni.

De parcă el n-ar fi ştiut!

— O să trag din greu, mamă, promit!

M-a sărutat apăsat şi sonor pe obraz.

A doua zi dimineață, am avut surpriza plăcută să ajung prima la Hangar. Îmi rămâneau câteva minute de răgaz. Am ieşit pe terasă cu cana de cafea în mână. Ploua. Acea ploaie fină, rece, atât de tipică regiunii. Care pătrunde prin haine, prin piele, prin oase. Aveai impresia că va ține toată ziua, că soarele nu va apărea niciodată. Nu închisesem ochii toată noaptea, bântuită de imagini ale lui Nicolas şi ale fiului meu. Din locul meu înalt de observaţie, l-am văzut pe Paul sosind într-un mic bolid nou. Schimba maşinile ca pe femei, la drept vorbind, chestiile astea mergeau mână în mână. A ridicat privirea spre mine şi a clătinat din cap nemulţumit, descoperindu-mă cu ţigara între buze la 9 dimineaţa. Avea deci confirmarea că era ceva în neregulă. Avantajul — sau dezavantajul — de a cunoaşte foarte bine pe cineva. I-am lăsat timp să-şi prepare nessul şi să se instaleze, apoi am intrat şi eu la căldură.

Mă aştepta pe canapea, în salonul amenajat în open space.

— Le-am spus tuturor să vină cu o oră mai târziu azi.

M-am prăbuşit într-un fotoliu, în faţa lui, fără măcar să-mi scot mantoul. M-am uitat fix la el printre lacrimile ce-mi umpleau deja ochii, deşi nici nu deschisesem gura. Am încercat cu timiditate să-i zâmbesc.

— Indiferent ce-ai păţit, o să ne descurcăm, mi-a zis plin de încredere.

— Nu cred...

— Nu te pot ajuta dacă nu-mi spui despre ce e vorba.

— În clipa când o să-ţi spun, o să devină realitate şi asta mă sperie...

— N-am chef deloc să ne jucăm de-a ghicitul, bănuiesc că are legătură cu întâlnirea de la Saint-Malo. Când ai vorbit cu Noé la telefon alaltăseară, totul era în regulă. Mă înşel?

— Nu...

— Presupun că lucrurile au luat o altă turnură ieri. Îmi închipui că nu munca te-a adus în starea asta. Atunci, ce s-a putut întâmpla?

Cu faţa scăldată în lacrimi, am făcut o grimasă de oroare şi ironie amestecate.

— Se întâmplă că prin cel mai mare hazard, dacă nu cumva mi-ai făcut tu o figură urâtă, dar nu prea e genul tău... şi tu nu mi-ai fi făcut niciodată asta...

El a ridicat o sprânceană bănuitor, eu am continuat:

— Deci se întâmplă că, prin cel mai mare hazard, unul dintre asociații de la Cele Patru Colțuri ale Lumii este..., ține-te bine, Paul...

Mi-am îndreptat ochii spre cer ca să găsesc acolo puțin curaj.

— Ei bine..., e Nicolas.

Respirația mi s-a accelerat.

— Nicolas..., adică...

— Dumnezeule..., a murmurat Paul. Nu se poate.

I-am evitat privirea uluită.

— Haide, spune, Reine...

Înțelesese, dar, aşa cum eu aveam nevoie s-o spun cu glas tare ca să înțeleg, el avea nevoie s-o audă din gura mea.

— Tatăl lui Noé...

Năucit, Paul se uita fix într-un punct imaginar.

— Cum... De ce... Nu pot să cred...

— Şi totuşi e adevărat...

A strâns pumnii. S-a ridicat brusc şi a început să se învârtă de colo-colo, răsuflând greu de durere şi de furie.

— Sunt pierdută, am rostit plângând în hohote. Ce mă fac?

Mi-am dat seama, printre lacrimi, că nu-l mai văzusem niciodată pe Paul într-o asemenea stare.

— Nu-ți va plăcea ce o să-ți spun, dar... Nu ai de ales... Trebuie să le mărturiseşti adevărul tuturor, începând cu Noé.

— Nu! am urlat sărind în picioare. Nu! Nu! Niciodată!

Paul s-a repezit spre mine şi m-a strâns în braţe pentru a-mi potoli criza de angoasă ce mă cuprindea. M-a legănat minute întregi, în timp ce eu, lipită de pieptul lui, mi-am strigat groaza, durerea, amărăciunea.

— Sst..., calmează-te, Reine. O să găsim o soluţie. Nu te îngrijora, sunt aici, n-o să te las să cazi. Totul o să fie bine.

M-am agăţat de el cu toată puterea, el era colacul meu de salvare, glasul firav al înţelepciunii care-mi şoptea la ureche.

— Paul, mi-e atât de frică!

Şi lui trebuie să-i fi fost frică. Tremurăturile care-l scuturau erau elocvente. Paul, de obicei perfect stăpân pe el însuşi, îşi pierdea acum controlul, îşi pierdea siguranţa ce-l caracteriza în orice împrejurare, chiar şi în momentele de criză. Dar mai trecuserăm noi vreodată printr-o asemenea încercare? Paul a inspirat adânc ca să-şi revină şi m-a sărutat pe păr. Şi-a pus mâinile pe umerii mei într-un gest liniştitor şi m-a privit drept în ochi, chinuindu-se să-mi zâmbească.

— S-o luăm cu începutul..., povesteşte-mi tot în detaliu. După aceea, mai vedem...

Relatarea mea a început cu apariţia lui Nicolas, am trecut intenţionat sub tăcere seara dinainte, Paul n-avea de ce să afle acest amănunt care, din păcate, deja mi se părea şi mie foarte îndepărtat. În schimb, i-am povestit tot restul, până şi chestiile legate de muncă. El m-a ascultat atent, mulţumindu-se să clatine din cap sau să mormăie ceva pentru sine din când în când. A trebuit să-i vorbesc apoi despre prânz, să-i descriu familia lui Nicolas.

— Cu siguranță a fost îngrozitor pentru tine, m-a întrerupt pe un ton compătimitor.

— Puțin, n-o să te mint, dar nu m-a mirat.

— A căutat în fel şi chip să afle mai multe despre tine.

— Da..., dar nu m-am îndepărtat prea mult de adevăr...

S-a strâmbat amuzat o clipă, ceea ce m-a ajutat să mă destind.

— I-am spus că am un fiu pe care-l cresc singură.

— Până aici, totul e bine, dar asta nu i-a trezit nicio bănuială?

— Nu, fiindcă i-am zis că Noé are zece ani.

Şi-a trecut obosit mâna peste frunte, apoi s-a uitat țintă la mine, cu un aer dezamăgit.

— Fără îndoială că te iubesc mult, dacă nu-mi vine să te iau la palme. Şi doar te-am implorat să-i spui adevărul lui Noé şi să-i cauți tatăl... Eşti răspunzătoare pentru tot rahatul ăsta. Şi acum, iată-te într-o situație insuportabilă.

Am început iar să plâng cu hohote, nu mă puteam opri. Dragostea lui Paul îmi era vitală. M-am ridicat cu dificultate din fotoliu şi, abia târându-mi picioarele din cauza epuizării, am străbătut distanța care ne despărțea ca să mă cuibăresc în brațele lui. Mi-a oferit adăpost cu tandrețe.

— Şi eu te iubesc, Paul. Iartă-mă, iartă-mă... Îmi e atât de ciudă pe mine! O să pierd totul...

M-a lăsat să plâng pe săturate, minute în şir. Apoi, când suspinele mele s-au rărit, a fluierat admirativ:

— În orice caz, în privința jobului, poți să fii mândră de tine. Felicitări! I-ai înhățat bine. Judecând după prestația ta, sunt de părere că o să semneze pentru pachetul complet. Eşti conştientă că o să-ţi petreci viaţa în săptămânile următoare la Saint-Malo, da?

M-am îndreptat de spate şi l-am privit disperată.

— Nu-ţi bate joc de mine, nu ştiu ce m-a apucat. De ce m-oi fi străduit atât? Poţi să-mi spui?

A zâmbit indulgent.

— Pentru că voiai să-l impresionezi. Să-i arăţi că nu mai eşti micuţa studentă la arte pe care o ştia el.

M-am desprins din braţele lui şi m-am dus la geamul cât tot peretele; vremea, ca şi moralul meu, era groaznică. Mi-am frecat braţele ca să mă încălzesc, atât în interior, cât şi la exterior.

— Poate, am răspuns într-un târziu.

S-a aşternut tăcerea. Era odihnitor.

— Pacôme e la fel de interesant în realitate cum pare la telefon?

Nu mi-am luat ochii de la apa Senei.

— Este...

— În adâncul sufletului tău, îţi doreşti să te ocupi de contractul ăsta. Şi nu pentru Hangar. Recunoaşte!

I-am aruncat o privire peste umăr.

— Poate...

În depărtare se auzeau glasurile angajaţilor care soseau liniştiţi la muncă după ce patronul le îngăduise să doarmă până mai târziu.

— O să mă duc în biroul meu să mă machiez un pic, dacă nu te deranjează.

A venit lângă mine, la postul meu de observaţie, şi mi-a mângâiat blând obrajii scăldaţi de lacrimi.

— Ce ai de gând să faci cu Noé?

— Să câştig timp. Refuz să-i pun în pericol bacalaureatul. Apoi..., ei bine, vom vedea...

În următoarele trei zile, nu m-am mai gândit la nimic. M-am aruncat fără menajamente în muncă. Nu că m-aş fi implicat dincolo de orice limită rezonabilă, dar să mă las absorbită de dosarul Cele Patru Colţuri ale Lumii mă împiedica paradoxal să-mi pierd controlul. Noé n-a observat vreo schimbare notabilă în comportamentul mamei lui, ştia cum funcţionam când mă preocupa în mod deosebit un dosar — aşa credea el — şi nu greşea complet. În orice caz, înţelesesem un lucru. Nu conta dacă Nicolas şi Pacôme alegeau să lucreze cu Hangar. Nu m-aş mai putea preface niciodată că nu se întâmplase nimic. Până acum, tatăl lui Noé nu fusese decât o umbră, zăvorâtă în taina inimii mele; astăzi, umbra devenise reală, concretă, şi nimic nu ar fi reuşit s-o risipească. Aşa că mai bine era să mă adâncesc în muncă.

Am pregătit meticulos planul de bătălie pentru a ne ocupa total de imaginea lor, cu diferite scenarii. De la cel mai simplu la cel mai complex. Paul îmi urmărea munca şi, aşa cum intuisem, mi-a confirmat că va avea grijă personal de fotografii, dacă ei semnau contractul. Domeniul de activitate al lui Nicolas şi al lui Pacôme îl intriga, îi plăcea latura ce ţinea de călătorii, latura senzorială, aproape senzuală, totul, pe fondul istoriei.

Odată terminată această primă parte a muncii noastre şi devizele stabilite, nu mi-a mai rămas decât să trimit totul pe e-mail, împreună cu câteva cuvinte:

Pacôme, Nicolas,

Vă las să descoperiţi pe îndelete ceea ce plănuim noi să facem pentru compania Din Cele Patru Colţuri ale Lumii.

Dacă ne dați undă verde, să știți că Paul, în Cc la acest e-mail, va fi fotograful vostru, lucru la care ține foarte mult. Este cel mai bun și va ști să pună în valoare, grație ochiului său unic, noblețea activității voastre.

Rămânem și unul, și celălalt la dispoziția voastră.

Pe curând,

Reine

Douăzeci și patru de ore mai târziu, mi-a sunat telefonul. Nicolas. Nu înceta să mă mire că el era cel care îmi vorbea; cât lucrasem singură la dosar, existența lui aproape că redevenise abstractă. Însă acum nimic nu era mai concret decât vocea lui.

— Am preferat să te sun direct, tocmai am studiat propunerile voastre.

Automat, am luat un creion și m-am apucat să mâzgălesc pe o foaie de hârtie rătăcită pe biroul meu. Îmi vorbea pe un ton profesional, precis, foarte diferit de tonul jovial pe care i-l știam și pe care-l regăseam la Noé.

— Și ce părere ai?

Prin geamul biroului, l-am văzut pe Paul și l-am chemat cu gesturi largi din mână.

— Nu neg că e interesant, deși mi se pare cam departe de activitatea noastră principală. Reine, noi suntem comercianți, destul de buni în genul nostru, avem altceva de făcut decât să reflectăm la imaginea noastră. Avem comenzi de onorat și producători care contează pe noi.

Și iată, același refren de fiecare dată. Patronul are convingerea că e doar o pierdere de timp și de bani. Paul a intrat în biroul meu și mi-a făcut un semn întrebător din cap, înțelesese foarte bine cu cine discutam la telefon. Am ridicat din umeri, neştiind ce urma Nicolas să mă anunțe.

— Bugetul este foarte mare pentru noi, poți să-ți dai seama. Preferăm să investim în produsele noastre decât în comunicare. Pacôme nu s-a gândit la asta când v-a contactat, n-ar trebui să mă mire, el a văzut doar latura distractivă.

Ei doi erau ca yin şi yang, contrarii care se atrăgeau şi se respingeau. Probabil că nu le era uşor în toate zilele să se înțeleagă.

— Nu contest prețul important al serviciilor noastre. Însă gândeşti pe termen scurt. Această cheltuială vă va permite să încasați bani în plus. Ideea întregului proiect este să câştigați piețe noi. Vindeți cele mai bune produse, zici tu... Atunci, nu merită să vă înconjurați de cei mai buni? Paul a încuviințat din cap şi mi-a făcut semn că dorea să intervină. Aveam convingerea că nu urmărea să câştige contractul din simple rațiuni de business, ci mai degrabă ca să afle, după atâția ani, cine era tatăl lui Noé, să-l cunoască şi să ştie dacă putea avea încredere în el.

— Nicolas, te pun pe speaker, Paul e aici, cu mine.

— Bună, Nicolas, sunt Paul, a început el vesel. Ce faci?

— Bine, tu?

Îl simțeam agasat de amestecul inopinat al lui Paul în negociere. Trebuie să se fi gândit că asupra mea avea un ascendent, apoi să-şi fi spus că, în privința asociatului meu, lucrurile stăteau cu totul altfel. Paul înțelesese foarte bine situația şi miza pe dezinvoltură.

— Perfect, mă bucur să te întâlnesc în curând şi să mă lansez în această mare aventură.

Nu umbla deloc cu finețuri, se amuza. Nicolas a răsuflat în telefon, exasperat.

— Bugetul ne impune să mai reflectăm, ca să nu mai pomenesc de faptul că rămân destul de sceptic în privința interesului real al serviciilor voastre, a completat el caustic. Scuză-mă, dar mie tot mi-e greu să pricep ce impact ar avea asupra cifrelor noastre care, vă reamintesc, sunt excelente.

Începea să-l trateze de sus pe Paul. Apărare prin atac. Tipic pentru Nicolas. Intra în competiție cu Paul, considerându-l limitat la rolul de fotograf obscur. Lui Paul îi plăcea la nebunie genul acesta de situații. Nicolas n-avea idee ce declanșase. Paul a zâmbit pervers.

— Înțeleg, înțeleg, i-a răspuns el mucalit. Dar între noi fie vorba, Nicolas, costul este un pretext. Poți să recunoști față de noi. În realitate, ți-e teamă.

— Deloc! s-a enervat Nicolas.

— Oh, ba da! Pot chiar să-ți garantez, a continuat Paul cu calm olimpian. Am peste douăzeci de ani de experiență în meseria asta. Sunteți încă tineri, însă nu pentru mult timp. Cât ai pocni din degete, totul poate s-o ia razna. Așa că acționați, nu vă temeți de schimbare. Cred că Reine v-a spus-o deja. Sunteți primii, dar aveți discipoli care azi nu așteaptă decât un lucru: să vă devoreze de vii. Arătați-le că voi sunteți liderii și că așa veți rămâne. Luați atitudine! Nu mă îndoiesc că ești un tip inteligent.

Lovitură de bici, mângâiere. Metoda pe care o folosea Paul, mai ales cu micii patroni care se aprindeau iute. Jubila, fără să-i lase celuilalt posibilitatea să strecoare vreun cuvânt. Îi demonstra cu argumente clare că stăpânea subiectul și că nu era nici pe departe măscăriciul bizar pe care-l crezuse interlocutorul. Nu peste mult timp, Nicolas avea să-i mănânce din palmă. Eram fascinată de spectacolul oferit mie de Paul şi deloc nemulţumită că îi servea o lecţie lui Nicolas.

— Gândeşte-te că implicarea noastră va fi totală. Reine va veni cel puţin o dată la zece zile pentru şedinţe de lucru. Chiar de săptămâna viitoare. N-o să ne cruţăm timpul.

M-am holbat la el, mimând un „ce?" îngrozit.

— Şi, Nicolas, o să găsim un aranjament pentru factură, nu te îngrijora. Îţi mărturisesc ceva. Reine o să mă omoare că-ţi dezvălui micul ei secret, dar a făcut în aşa fel încât să obţineţi un preţ privilegiat.

— Nu mă miră din partea ei.

Se înşela complet, nu mi-ar fi trecut niciodată prin minte să ne reducem tarifele, însă Paul îşi dăduse seama că trebuia să-l facem să creadă că eram la picioarele lui, că-l imploram să ne angajeze.

— Haide, Nicolas, gata cu tergiversările, eşti un patron ocupat până peste cap, iar noi, la rândul nostru, avem clienţi motivaţi, care ne aşteaptă şi ne doresc. Vrei să lucrezi cu noi? Da sau nu?

— Pacôme ce zice? am intervenit fără să mă gândesc.

Paul s-a uitat la mine uimit.

— Pacôme e de acord, evident.

— Un om de bun-simţ, a murmurat Paul.

— Bine, fie, a capitulat Nicolas, vexat. Dar să trecem la treabă, să nu mai pierdem timpul. Când poţi veni ca să începem, Reine?

Săptămâna următoare, aveam întâlnire cu Anna, îmi era imposibil să mă eschivez de la acest prânz. Din când în când, sora mea şi cu mine ne vedeam în oraş, ca să mâncăm ceva rapid, undeva între douăsprezece şi două.

Uneori, ca azi, venea şi Ludovic. De obicei, eram disponibilă, însă acum m-aş fi lipsit bucuroasă de această întâlnire. Dar n-aveam încotro, dacă nu voiam să trezesc bănuieli. Trebuia să fiu permanent în gardă, să nu mă dau de gol sub nicio formă. Nu îndrăzneam să-mi imaginez reacția Annei dacă ar fi cunoscut întreaga situație. Panică. Dorințe criminale. Activarea radioului Bârfe-Rouen. Cât despre Ludovic, el ar fi adoptat atitudinea unui frate mai mare, protector, gata să ceară satisfacție pentru ofensa adusă onoarei surorii sale, iar reacția lui risca să fie violentă.

Au observat doar că aveam o mină obosită, fapt pe care l-am justificat fără dificultate prin volumul mare de muncă. Doar nu era să le spun că aproape nu mai dormeam în ajunul noii mele deplasări la Saint-Malo.

— Evită să treci pe la mama, m-a sfătuit Anna. Altminteri, eşti bună să te îndoape cu vitamine!

Am izbucnit cu toții în râs; mama avea tendința enervantă de a crede că toate remediile ei de medicină alternativă ne puteau ajuta să trecem peste grijile cotidiene.

— Cred că deja a început să facă rezerve pentru bacul lui Noé, le-am mărturisit eu. Cum o să-l vadă, o să-i şi vâre în gură nişte granule.

Anna a afişat o expresie de duioşie, urma să avem parte de un sfert de oră de nostalgie după copilărie.

— Îi plăcea mult asta când era mic. Era aşa de drăgălaş când alerga după ea şi-i cerea: „Buni, biluțele".

— Ei bine, o să fie servit! a confirmat Ludovic.

Am râs cu poftă.

— Reine, a continuat Ludovic, nu telefonul tău sună?

L-am întors cu fața în sus şi cât pe ce să pic de pe scaun. *Din Cele Patru Colțuri ale Lumii. N.* Îşi şi găsise momentul. Am reflectat o fracțiune de secundă. Două perechi de ochi mă fixau. Întotdeauna răspundeam la telefon, n-ar fi înțeles de ce ignoram acum un apel legat de job. Cu mâna tremurând, mi-am luat pachetul de țigări din geantă şi am răspuns.

— Aşteaptă două minute, i-am zis lui Nicolas, evitând să-i pronunț numele.

Pentru familia mea, cele trei cuvinte însemnau un blestem! Le-am făcut semn că ieşeam — de parcă ei nu pricepuseră — şi am traversat braseria simțind cum mi se înmoaie picioarele.

— Gata, am rostit într-un târziu, după ce am tras adânc din țigară.

— Erai la masa de prânz, n-am fost atent ce oră este.

— Nicio problemă, doar te-am asigurat că suntem permanent disponibili.

I-auzi! Platitudini profesionale pentru a întreține conversația.

— Nu te rețin mult. Te-am sunat pentru două chestii precise. În primul rând, există slabe şanse ca Pacôme să fie prezent.

Mă plimbam încoace şi-ncolo, dar m-am oprit imediat.

— De ce?

— Uite ce e, o să înveți să-l cunoşti, nu prea poate sta locului. Din senin, a pornit la drum alaltăieri ca să se ducă nu ştiu unde! Şi nimic nu garantează că se va întoarce la timp. Ca să fiu sincer cu tine, nici măcar n-a plănuit să fie prezent.

— Dar şedința noastră de lucru era programată, am replicat cu severitate.

— Pot foarte bine să mă ocup eu de începerea proiectului.

Iată-l pe Domnul Susceptibilitate, uitasem cât se temea să nu se îndoiască lumea de el.

— Nu asta-i problema, va trebui să pună şi el umărul. Lucrurile nu vor merge decât dacă vă implicaţi amândoi.

— Iau asupra mea sarcina de a-i explica. Dar va trebui să te obişnuieşti. Poate să ne scape printre degete în mai puţin de două secunde, te poţi aştepta la orice când e vorba de Pacôme.

— Da, constat şi eu.

Evident, mă temeam mai mult decât de orice să rămân singură cu Nicolas. Dar, pe undeva, absenţa lui Pacôme îmi convenea. În ultimele zile, nu mă putusem împiedica să mă gândesc la el şi la noaptea petrecută împreună. Acest bărbat mă atrăgea prea tare, era periculos pentru liniştea mea sufletească. Era şi prea apropiat de Nicolas şi cu siguranţă de soţia lui, trăiseră împreună momente şi evenimente importante într-o viaţă, care ţes legături definitive: călătoriile şi corvoada presupusă de acestea, crearea firmei lor, întoarcerea în Franţa. Alcătuiau o familie. Iar faptul că lipsea tocmai când eu mă aflam în Saint-Malo îmi dovedea lipsa lui de interes faţă de mine, ceea ce era cu atât mai bine.

— Atunci o să mergem mai departe fără el, am reluat eu discuţia. Despre ce altceva doreai să-mi vorbeşti?

— M-am gândit că, dacă tot stai două zile, ai putea să iei cina la noi mâine-seară. O să te prezint lui Héloïse şi copiilor. Sincer să fiu, a fost ideea ei.

Pluteam în plin coşmar.

— Ce spui?

Ce puteam să răspund la o asemenea propunere?

— Credem că ar fi mai plăcut pentru tine decât să-ţi petreci seara singură în camera de hotel.

N-am nevoie de o baby-sitter, nici ca soția ta să-şi marcheze teritoriul pentru a sta în banca mea.

— Foarte amabil din partea voastră.

— Deci putem conta pe tine?

Partea voyeurist-masochistă din mine a răspuns în locul instinctului de supraviețuire.

— Bineînțeles, mă bucur să-ți cunosc familia.

— Minunat! Te sărut, Reine, pe mâine!

Năucită, fără a-mi acorda timp să-mi recompun o față normală, m-am întors la masă.

— Ce-ai pățit? m-a întrebat Ludovic. Zici c-ai văzut o fantomă!

Am ridicat privirea descumpănită spre ei, alunecasem într-un alt univers.

— Oh..., o belea suplimentară pentru dosarul Saint-Malo. Nimic de nerezolvat!

6

În curând aveam să cunosc acest drum pe dinafară. A13. A84. Sfârşitul autostrăzii la Avranches. Mont-Saint-Michel conturându-se în zare când e senin. Ieşire Saint-Malo. Palme jilave. Viraj periculos. Radar. Panoramă asupra fluviului Rance. Gât uscat. Acvariu. Traversare Saint-Servan. Ecluze. Dorinţa de a face cale-ntoarsă. Mers de-a lungul zidului de apărare. Oprire pe cheiul Duguay-Trouin. Ţigară în aer liber. Intrat pe uşa firmei Din Cele Patru Colţuri ale Lumii.

Abia am trecut pragul, că l-am şi zărit pe Nicolas aşezat la pupitru. Era concentrat pe nişte documente şi, în ciuda zgomotului din depozit, părea indiferent faţă de ce se întâmpla în jur. Exact aceeaşi atitudine avea şi Noé când citea, cu capul uşor vârât între umeri şi gura într-o parte. Din profil, doar lăţimea spatelui îi deosebea. Am văzut cum va arăta fiul meu la patruzeci şi doi de ani. Mi-am acordat două secunde să-mi vin în fire, să ţin la distanţă imaginea lui Noé. Apoi am făcut câţiva paşi fără ca Nicolas să-şi dea seama de prezenţa mea.

— Bună, am zis încet ca să nu-l sperii.

A ridicat ochii din hârtiile lui şi a înlemnit.

— E totul în regulă? l-am întrebat îngrijorată.

— Da! Scuză-mă, dar, deşi te aşteptam, deşi ştiam că o să soseşti, tot nu-mi vine să cred că eşti tu.

Mi-a zâmbit seducător.

— Să ştii că suntem în aceeaşi situaţie, i-am răspuns.

A ocolit pupitrul ca să mă îmbrăţişeze cu căldură, de parcă ar fi fost cel mai firesc lucru din lume.

— Mergem în biroul meu, îţi convine?

— Unde vrei tu.

A împărţit rapid câteva ordine scurte prin depozit şi mi-a făcut semn să-l urmez pe scară. Când am trecut pe lângă biroul lui Pacôme a cărui uşă rămăsese deschisă, m-am abţinut să arunc o privire înăuntru. Apoi l-am descoperit pe al lui Nicolas, care era complet diferit. Bifa toate cerinţele din panoplia *micului* patron perfect: masă lată din lemn de culoare închisă, fotoliu mare din piele neagră, monitor uriaş de computer, etajere curbate sub greutatea dosarelor şi fotografie de familie în ramă. M-am prefăcut că n-o observ. Încăperea era de două ori mai spaţioasă decât biroul lui Pacôme şi foarte ostentativă prin comparaţie. Nicolas îşi etala reuşita. Amintirile atenuează defectele, uitasem cât îi plăcea să fie primul în toate.

— O cafea, pentru început? mi-a propus el.

— Cu plăcere.

Orele de lucru şi de reflecţie s-au ţinut lanţ toată după-amiaza, nici nu-mi dădeam seama cum trecea vremea. Ba chiar mă întorceam în timp şi mă surprindeam găsind în asta o plăcere sau măcar amuzându-mă puţin în sinea mea. Redescopeream latura de elev silitor şi bine-crescut a lui Nicolas. În anii studenţiei noastre, degeaba miza el pe strategia tinereţe periculoasă[1] — eu sunt studentul rebel —, uzând şi abuzând de ea, căci învăţa sârguincios şi era plin de o dorinţă arzătoare, ca să nu zic ambiţie nemăsurată. Nu se schimbase. Muncea ca nebunul. Asculta atent, relansa dezbaterea, cerea argumente constructive ca să cedeze propunerilor mele. Eu însă mă schimbasem; convinsă de ceea ce afirmam, sigură de competenţa şi experienţa mea, nu mă mai lăsam copleşită. El se simţea agasat şi derutat, fiindcă îi rezistam. Până atunci, trebuie să-şi fi închipuit că-i voi permite să aibă ultimul cuvânt, ca odinioară, când eram tineri şi discutam despre viaţă. Cu Noé sau fără, vremurile acelea apuseseră. Acum aveam încredere în mine.

De două ori a trebuit să întrerupem şedinţa de lucru ca să se ocupe de o situaţie critică legată de o livrare. Se agita destul pe tema asta ca să mă facă să-mi dau seama că problemele erau reale, îl auzeam luând decizii, enervându-se, ridicând vocea uneori. Îl suspectam că se dă mare ca să mă impresioneze. Când s-a întors la ale noastre, şi-a cerut scuze, explicându-mi că astfel de situaţii apăreau frecvent, cu toate absenţele şi călătoriile repetate ale lui Pacôme. Nu simţeam nicio ranchiună în vocea lui, ci mai degrabă un fel de indulgenţă, chiar o formă de admiraţie faţă de asociatul lui. După cea de-a doua întrerupere, mi-a zâmbit mulţumit, era din nou bine-dispus, am trecut iar la treabă. Ca un adevărat gentleman, s-a prefăcut că ignoră telefonul ce suna în disperare şi e-mailurile ce tot veneau pentru „a se concentra asupra

[1] Aluzie la filmul francez *Le Péril jeune*, realizat de Cédric Klapisch şi considerat un film-cult al anilor '90, în care patru prieteni rememorează amintiri din anii de liceu, pe fondul revoltei studenţeşti, al drogurilor, al iubirii şi al rockului. (*N.t.*)

mea". Fără să mă trădez, îl observam pe furiş. Nicolas era o maşină, lucra, găsea soluţii ca să reuşească, să aibă o viaţă organizată, cu un curs lin, armonioasă, fără vreun schelet în dulap. Dorindu-şi totodată să fie buricul pământului. Ieri, asta m-ar fi înduioşat, astăzi, mă lăsa rece, chiar dacă mă temeam de reacţia lui când va descoperi existenţa lui Noé. Nu un schelet avea în dulap, ci un fiu de şaptesprezece ani şi un metru optzeci şi cinci.

Se înnoptase. Trebuie să fi fost trecut de ora 19. Totuşi, nu ne mişcam din birou. Eu nu mă grăbeam în mod deosebit să pun capăt zilei de lucru. Sfârşitul zilei însemna seară, iar seară însemna cină acasă la Nicolas şi la soţia lui. Doar simpla idee de a sta la masă cu ei îmi întorcea stomacul pe dos.

Nicolas citea un document pe care i-l pregătisem, în vreme ce eu făceam rezumatul ultimelor ore ca să i-l trimit lui Paul. După câteva minute, eram cu nervii în piuneze. Când se concentra, Nicolas rodea întruna capătul pixului. Aşa făcea la douăzeci şi patru de ani şi se părea că nici la cei în curând patruzeci şi doi de ani nu scăpase de obicei. Iar pe mine mă agasa la fel de tare.

— Termină! i-am ordonat.

— Ce?

I-am aruncat o privire piezişă. Zâmbea cu dezinvoltură, exact ca înainte, când căuta să mă facă să cedez, exact ca Noé când încerca să mă îmbrobodească.

— Ştii foarte bine.

— Ba nu...

Privirile ni s-au încrucişat şi ne-am înfruntat câteva secunde, străduindu-ne din răsputeri să rămânem serioşi.

Până la urmă, ne-a apucat un râs nebun, imposibil de stăpânit.

— Certuri ca să râdem!

Am rostit cuvintele amândoi în acelaşi timp. Era o chestie pe care o făceam când eram împreună. Chiar înainte să ne fi sărutat prima dată, ne ciondăneam intenționat dintr-un fleac doar pentru a râde după aceea; ne prefăceam îmbufnați doar pentru plăcerea de a ne împăca. Iar Nicolas, transformându-se în ronțăitor de pixuri, ştia cu precizie că-mi va declanşa această reacție.

— Ai făcut-o special? l-am întrebat cu ochii în lacrimi de atâta râs.

Şi-a trecut mâna prin păr, fals jenat.

— Un pic. Sincer să fiu, voiam să ştiu dacă trucul mai are efect asupra ta.

Fără a înceta să-mi zâmbească, s-a lăsat moale în fotoliu, încrucişându-şi mâinile la ceafă şi trosnindu-şi articulațiile. M-am relaxat şi eu. Cu o naturalețe tulburătoare, ne-am apucat să evocăm anii studenției noastre, prietenii de atunci, planurile ratate, petrecerile stropite din belşug cu băutură, traversarea Parisului în toiul nopții, amândoi pe bicicleta lui veche. Era plăcut să râd cu el. N-ar fi trebuit s-o fac, dar nu mă puteam împotrivi, aveam impresia că mă împac cu propria tinerețe, cu anii la care îmi interzisesem să mă gândesc atâta vreme. Şi el părea la fel de fericit ca mine că râdeam împreună.

— Sunt mulțumit că putem avea această discuție fără să ne simțim stânjeniți.

— E uimitor, de acord cu tine.

— Da..., numai că...

Şi-a plimbat privirea prin încăpere, căutându-şi cuvintele. După câteva secunde de ezitare, s-a uitat fix la mine, cu un aer dezolat, din care mila nu lipsea complet.

— Reine, întotdeauna am regretat că lucrurile s-au terminat aşa între noi.

Nu-mi plăcea deloc turnura pe care o lua conversaţia, el redevenise serios şi, dacă exista un subiect pe care nu doream să-l abordez, acela era despărţirea noastră.

Când terminase şcoala de comerţ, lui Nicolas i se oferise extraordinara ocazie de a merge să muncească în India. Totuşi, ezitase din cauza relaţiei noastre. Încrezătoare, îl îndemnasem să plece, nici nu trebuise să insist prea mult. Eram puternici, puteam să ne descurcăm şi, imediat ce-mi voi fi terminat şcoala de arte, aveam să-l urmez. În primele săptămâni, mă sunase de câte ori putuse. Apoi, veştile deveniseră mai rare, iar în puţinele dăţi când vorbeam, găseam tot mai greu ceva să ne spunem. Eu eram blocată la Paris, pe când el îşi trăia marea aventură. Totuşi, eu credeam încă în povestea noastră. Ai multe iluzii la o asemenea vârstă. Săptămânile trecuseră în acelaşi ritm. Descoperisem că eram însărcinată şi căutasem în secret să avortez. Catastrofa se produsese când aflasem că era prea târziu. Din acel moment, încercasem cu înverşunare să discut cu Nicolas, aveam disperată nevoie de el. Voiam să ajungem la o soluţie pentru amândoi. Îi sunasem chiar şi pe părinţii lui ca să mă ajute să dau de el, fără să menţionez, bineînţeles, *problema mea*, însă ei nu făcuseră nimic. Pentru ei eram doar o puştoaică îndrăgostită de băiatul lor, insistentă dincolo de limita bunului-simţ. În fiecare zi, sunam la hostelul unde locuia. Uneori, telefonul suna în gol, alteori mi se răspundea într-o limbă necunoscută, o dată, dădusem de un francez care-mi spusese că Nicolas nu era acolo. Acum totul mă făcea să presupun că îşi petrecea timpul cu Pacôme. Într-un final, Nicolas mă sunase. După nişte scuze deloc convingătoare ca să-mi explice de ce dispăruse din peisaj, se apucase să-mi îndruge vrute şi nevrute. Ar fi trebuit să înţeleg totul, însă nu mă gândeam decât la un lucru: cum să-l anunţ că o să fie tată? Am pus ezitările lui pe seama distanţei. Mă înşelam profund.

— Reine, vreau să-ţi spun ceva...

— Te ascult.

Secundele se lungiseră la infinit.

— La dracu'..., nu credeam că o să fie atât de greu.

Şi atunci am priceput.

— Ai cunoscut pe cineva?

O nouă tăcere, care îmi confirmase intuiţia.

— Îţi jur că nu am vrut, mi se părea imposibil, dar... sunt cu adevărat îndrăgostit de ea.

Chiar în clipa aceea devenisem adultă, îmi pierdusem iluziile, visurile despre o mare dragoste cu final fericit.

— Am fost proşti să credem altceva, i-o trântisem şi eu.

— Nu sunt gata să mă întorc, dar, când ajung în Franţa, te sun şi ne vedem, vorbim.

— Nu, Nicolas. N-are rost. S-a terminat, tu ai viaţa ta, lasă-mă şi pe mine s-o am pe a mea.

— Înţeleg. N-o să te uit niciodată, Reine.

— Eu nici atât.

Nu fusesem niciodată atât de sinceră. Nu-i pomenisem de copilul pe care mi-l făcuse înainte să mă părăsească. Îl ştiam suficient de integru ca să-şi asume responsabilitatea, dar nu-l voiam constrâns, obligat şi furios pe mine că-i stricasem viața. Durerea și dezamăgirea trecuseră înaintea rațiunii și a onestității; într-o fracțiune de secundă, luasem decizia de a crește singură, fără tată, copilul pe care nu-l voiam.

În cele din urmă, după optsprezece ani, ne găseam față în față și Nicolas își cerea scuze. Dacă ar fi știut...

— Se aplică prescrierea, i-am retezat-o cu mărinimie, alungând amintirile urâte. Eram niște puștani.

A zâmbit trist.

— Bineînțeles, dar țineam să ți-o spun.

— Drăguț din partea ta.

Ce altceva să fi răspuns? Că asta nu folosea la nimic? Că nu puteam rescrie istoria? El părea să creadă că era posibil s-o luăm de la capăt, fără îndoială ca să scape de culpabilitatea pentru acest fleac care-l urmărea de când reapărusem brusc în viața lui. Însă eu știam că era imposibil.

— Îți dai seama cât de absurdă este această discuție când te pregătești să mi-i prezinți pe soția și copiii tăi?

A râs aruncând o privire spre ceasul de mână.

— Adevărat. Oricum, ar cam fi timpul să plecăm. În plus, am lucrat bine azi, nu?

Am încuviințat în tăcere, simțind cum îmi sporește angoasa la gândul acestei cine.

— Mergi cu mine, apoi o să te duc eu la hotel, da?

Când mi-am strâns lucrurile împrăștiate pe birou, am descoperit mai multe apeluri ratate de la Noé.

— Mă lași cinci minute? Trebuie să vorbesc cu fiul meu.

— Sigur, nu te grăbi, e încă mic, simte lipsa mamei.

Roșie la față, m-am repezit afară din birou, dornică să fug departe, cât mai departe de el și de familia lui. Voiam să-l văd pe Noé, să-l strâng în brațe şi să uit că tatăl său se afla la câțiva metri de mine. M-am aşezat la adăpost, în maşina mea, cu țigara între buze, ca să ascult vocea fiului meu.

— Bună, mamă!

Veselia lui m-a făcut să zâmbesc, în ciuda lacrimilor de dor care începeau să-mi umple ochii.

— Eşti bine, comoara mea?

— Beton. Dar tu?

I-am reamintit unde găsea mâncarea pe care nu trebuia decât s-o încălzească la microunde şi, ca de obicei, am repetat instrucțiunile de rigoare. El a râs, luându-mă la mişto fără nicio reținere.

— Să nu te culci târziu, da? am insistat.

— Promit! Nici tu, mamă.

— Nu-ți face griji, n-am de gând să stau o veşnicie aici. Mă întorc imediat ce scap.

— Pupici.

— Te iubesc.

A râs în telefon înainte de a închide. Mi-am lăsat privirea să se piardă în noaptea întunecată, eram obosită, iar seara se anunța lungă. Îmi dădusem seama că timpul minciunii se apropia de sfârşit, totuşi căutam să mai profit puțin continuând să mint pe toată lumea. Nu mă mai suportam. Voiam să dispar.

— Reine? Te simți bine?

Am inspirat adânc ca să-mi revin şi am dat din cap în semn de răspuns, incapabilă să scot un cuvânt fără să mă prăbuşesc.

— E greu să fii departe de ei. Eu nu rezist să nu-mi văd copiii, de aia se ocupă Pacôme de toate călătoriile. Ştiu, o să zici că nici nu-i displace.

Peste mai puțin de-un sfert de oră, intram pe o portiță. Mă înşelasem, nu locuia într-o vilă, ci într-o casă frumoasă din anii '30, cu două etaje, la trei sute de metri de plajă. Casa perfectă pentru viața perfectă a familiei perfecte. Totul era armonios la Nicolas. La o fereastră, am zărit căpşorul unei fetițe, urmat imediat de un „Vine tati!" strident. Uşa s-a deschis cu zgomot şi Nicolas abia a avut timp să se pregătească pentru a primi în brațe un proiectil în pijama. M-am dat instinctiv un pas înapoi. Cum să supraviețuiesc acestei seri?

— Bună, îngeraşul meu, i-a zis Nicolas cu blândețe.

Fetița s-a prins cu putere de gâtul lui, apoi m-a observat.

— Tu eşti regina[1]?

I-am mulțumit în sinea mea pentru momentul pe cât de amuzant, pe atât de nesperat. Nicolas s-a uitat la mine dezamăgit.

— Îmi pare rău, n-am reuşit s-o facem că înțeleagă că e prenumele tău. Inès, salut-o pe Reine, te rog.

Însă fetița n-a apucat s-o facă, deoarece casa părea să fi căzut pradă celei mai intense agitații. Drept dovadă, a răsunat un „Rahat, câinele!" şi am văzut venind glonț spre noi o masă de blană ținută cu dificultate de o femeie. Soția lui Nicolas.

— Intrați repede, nu reuşesc să-l calmez, ne-a zis ea râzând.

Şi ea era perfectă. Drăguță, zâmbitoare, amabilă, simplă, fără fițe. L-am urmat pe Nicolas, care a sărutat-o fugar din vârful buzelor înainte de a-şi da jos fiica din brațe. Puteai să ghiceşti totul după acest vestibul, după

---

1 În franceză, *reine* — regină. (*N.t.*)

mormanul de haine ce se ţinea ca prin minune de cuier, după încălţămintea desperecheată împinsă sub mobilă ca să dea impresia de ordine, după ghiozdanele şi genţile de sport. Vestibulul unei familii fericite şi ocupate. M-am simţit complet stângace cu orhideea mea în mâini şi am încremenit în faţa femeii. O eternitate, după cum mi s-a părut mie, am stat uitându-ne una la alta, nereuşind să pronunţăm niciun cuvânt.

— Mă gândisem la o altă primire, s-a scuzat ea, sincer jenată.

Nicolas s-a strecurat între noi şi a apucat câinele de zgardă.

— Mă ocup eu de el. Reine, Héloïse. Héloïse, Reine.

Cam scurte prezentările. Apoi Nicolas a şters-o englezeşte, lăsându-ne singure. Héloïse s-a uitat lung după el, deopotrivă supărată şi amuzată.

— Cât e de tembel!

Mi-am înăbuşit un râs nervos. Unde dispăruse patronul seducător şi sigur pe el? Ea s-a întors spre mine şi a ridicat ochii spre cer:

— Priceperea bărbaţilor de a face pe toată lumea să se simtă bine.

— Într-adevăr.

Am schimbat un sărut stângaci, apoi ea mi-a zâmbit.

— Reine, cred că situaţia e la fel de ciudată pentru tine ca şi pentru mine, nu? Iar nătărăul ăsta nu simplifică deloc lucrurile!

— Total de acord, i-am răspuns, uşurată că reacţionează astfel.

I-am întins floarea pe care o cumpărasem dimineaţă, înainte să plec din Rouen.

— Mulțumesc, foarte atent din partea ta, complet inutil, dar gestul tău mă impresionează. Intră! Doar n-o să rămâi acolo!

Am pășit în livingul mare, unde cele câteva minute de pace s-au încheiat cu brutalitate. Ceilalți doi copii ne așteptau aici. Salomé, fata cea mare, semăna leit cu mama ei, surâzătoare și cu un aer poznaș. Însă Adam, mijlociul, era clona lui Noé al meu la vârsta de șase ani. Aceeași privire aurie, același vârtej în păr, aceeași nonșalanță. Parcă mă întorsesem în timp cu unsprezece ani, mi-ar fi plăcut să-l iau în brațe pe băiețelul ăsta, să-i spun Noé și să-l acopăr cu sărutări așa cum făceam când era mic. Mi-am mușcat obrazul ca să-mi țin firea și să mă concentrez asupra unei dureri fizice, nu asupra celei din inimă. Copiii s-au apropiat și m-au sărutat, iar eu am reușit să le zâmbesc și să schimb câteva cuvinte cu ei, deși n-aș fi fost capabilă să repet niciunul dintre ele. Nici nu mă auzeam vorbind. Aveam impresia că-mi părăsisem corpul când i-am propus lui Héloïse să-i dau o mână de ajutor la bucătărie sau când i-am făcut complimente legate de casă. Pluteam în afara propriului corp și când am ciocnit paharele în jurul măsuței joase și am zărit pe un perete fotografii de la nunta lor, de la nașterea celor trei copii. Imagini debordând de fericirea maternității. Refuzam să mă uit la cele cu Noé de la clinică, atât de dureroase și încărcate de vină îmi erau amintirile din acea perioadă. Știam totuși că Paul făcuse niște fotografii minunate, pline de pudoare, respectând tot ce mi se întâmpla. Din imaginile de aici răzbătea însă bucuria.

De când Nicolas reapăruse în viața mea, refuzam să înfrunt o realitate ce mi se insinua în toată ființa: Noé avea două surioare şi un frăţior. Îl lipsisem pe fiul meu nu doar de tată, ci şi de fraţi, tocmai eu, care n-aş fi putut trăi fără sora mea. Noé ar fi putut avea această familie frumoasă, ar fi trebuit să aibă această copilărie frumoasă, să fie crescut de acest tată atât de grijuliu. Îi furasem fiului meu o parte din viaţă. Îmi imaginam fără dificultate că viaţa lor nu era roz în fiecare zi, după cum se întâmplă în orice familie, însă ei cinci alcătuiau familia ideală. Complicitatea lor, zbenguielile, ciondănelile dintre frate şi soră, tableta cerută cu glas insistent ca de „placă stricată", enervarea părinţilor când copiii voiau să şterpelească un aperitiv de pe platou, cu toate că deja mâncaseră de seară, sau când continuau să ne întrerupă în timp ce vorbeam. Şi, peste toate, ei doi, Nicolas şi Héloïse. Se iubeau cu tărie, se înţelegeau fără cuvinte, erau frumoşi, formau o singură fiinţă. Erau făcuţi să fie împreună. Mi-ar fi plăcut să trăiesc o asemenea relaţie cu un bărbat. Viaţa hotărâse altfel, însă mă bucuram profund şi sincer pentru Nicolas, dar şi pentru ea, deşi nu o cunoşteam. În adâncul inimii, mă temusem că o să mă roadă gelozia când o voi vedea. Se întâmpla exact pe dos. O clipă m-am gândit că, dacă Noé m-ar respinge în favoarea lor, aş putea fi liniştită, ei s-ar ocupa foarte bine de fiul meu. Nu exista cineva mai potrivit pentru a-l proteja, pentru a-l face fericit. Nu mă îndoiam că Noé şi-ar fi găsit locul printre ei.

Când a venit ora să-i ducă pe copii la culcare, le-am spus să nu-şi bată capul cu mine, o să profit de ocazie ca să fumez o ţigară în grădină. Héloïse, ca o desăvârşită stăpână a casei, mi-a adus o scrumieră.

— Ah..., nici n-ai idee ce poftă-mi stârneşti! M-am lăsat de zece ani, dar tot mai am chef de una!

— Te deranjează?

— Oh, nu! Delectează-te! Eu am fugit!

A închis uşa de sticlă după ea, iar eu m-am pomenit nas în nas cu câinele.

— Şi pe tine te-ar îndrăgi Noé, am şoptit.

Iată farmecul caselor vechi cu izolaţie proastă! Doar dacă mi-aş fi astupat urechile, aş fi putut ignora această scenă din viaţa cotidiană a unei familii. Du-te să te speli pe dinţi! Încă un pupic, tati! Mami, nu vreau să fac nani! Adam mă enervează! Te rog, tati, o poveste! Şi râsete, şi lacrimi, şi „gata, ajunge!" Fireşte, avusesem şi eu parte, ca toate mamele, de astfel de şedinţe dificile de culcare, dar totul era mai calm, nu exista asemenea voioasă hărmălaie. Îmi dădeam seama cu brutalitate că în casa noastră atmosfera era mai tristă, comparativ cu a lor. Îmi lipsisem fiul şi de veselia zilnică a unei familii numeroase.

Nicolas a coborât primul şi m-a găsit în living, unde mă uitam în telefon ca să salvez aparenţele.

— Ce bine e când se termină nebunia, mi-a zis el prăbuşindu-se pe canapea.

— Copiii voştri sunt adorabili.

Mândria paternă i-a luminat chipul.

— Mulţumesc. Sunt destul de cool, într-adevăr. Dar Noé? Este...

Un hohot de râs îndepărtat ne-a întrerupt, spre marea mea uşurare. Nicolas s-a încruntat, iar eu m-am răsucit, încercând să aflu ce se petrecea.

— Ia uite cine zgârie la uşă! a fredonat Héloïse.

Pacôme apăruse ca prin magie. Nu eram deloc pregătită să-l văd, deja abia mă descurcam cu imaginea familiei ideale, aşa că simularea indiferenţei faţă de el mi se părea peste puterile mele. Însă simplul fapt de a-l vedea îmi dădea senzaţia că respir mai uşor. Nicolas s-a îndreptat râzând spre el şi s-au îmbrăţişat.

— Ce învârţi pe-aici?

Sosirea neaşteptată a lui Pacôme părea lucrul cel mai firesc din lume. Era aici ca la el acasă. Complicitatea lor te frapa când îi vedeai pe toţi trei împreună.

— După cum ţi-am spus, Reine, de la el te poţi aştepta la orice! a adăugat Nicolas, întorcându-se spre mine.

Abia acum Pacôme a dat semne că mi-a observat prezenţa.

— Ia te uită! Bună, Reine! Uitasem complet că eşti aici.

Trecuserăm de la seducătorul „dumneavoastră" la tutuiala de genul „am păscut vacile împreună".

— Exagerezi! i-a replicat Nicolas, încurcat.

Invitatul de ultim moment s-a apropiat de mine, cu un zâmbet îmbufnat. Arăta mort de oboseală, avea ochii roşii de la lipsa evidentă de somn. Mi-a lipit un sărut amical pe obraz.

— Bună seara, am reuşit eu să-i răspund nu fără greutate.

Apoi s-a îndepărtat la fel de repede cum se apropiase. Mai ales că un glăscior începuse să-l strige.

— La dracu! Ai trezit-o pe Inès, a bodogănit Nicolas.

Într-adevăr, fetiţa a coborât în picioarele goale în living, cu părul deja ciufulit, şi s-a împleticit până la Pacôme, care a ridicat-o în braţe.

— Nu vă panicaţi, părinţi, o s-o culc la loc.

A pornit imediat spre etaj. Nu m-am putut împiedica să-l urmăresc cu privirea. Egoul meu n-ar fi avut nimic împotriva unui minim interes din partea lui, însă atitudinea pe care o adoptase el avea să-mi uşureze situaţia.

— Să mergem la masă, o să stea acolo ore întregi, m-a anunțat Héloïse. Ne prinde el din urmă.

Luând-o toți trei spre sufragerie, nu ne-a scăpat discuția de pe scări dintre Inès şi Pacôme.

— Ai văzut, e o regină la noi în casă, i-a spus fetița.

Au râs amândoi.

— Păi, tu de ce crezi că am venit?

— Oh...

Mi-am ațintit privirea asupra picioarelor, neştiind ce să cred despre această remarcă şi nici cum să reacționez față de Nicolas şi de soția lui. Fiecare s-a prefăcut că n-a auzit nimic. Perfect.

Pacôme a petrecut o veşnicie cu copiii la etaj, auzeam tărăboi deasupra capetelor noastre. Nu s-a mulțumit s-o culce pe cea mică, şi ceilalți doi au avut dreptul la vizita lui. Nicolas şi Héloïse nici nu se sinchiseau, alt lucru firesc, Pacôme făcea ce voia cu copiii lor. În consecință, s-au concentrat asupra mea, supunându-mă unui tir de întrebări despre Noé. Imposibil să mă eschivez, riscam să le dau de bănuit. Héloïse a atacat direct subiectul:

— Când mă gândesc că anul viitor începe colegiul! Îți vine a crede?

Evident, pentru ea, Noé era de-o vârstă cu Salomé. Pentru mine, colegiul aparținea unei alte epoci. Eu ajunsesem deja la bac şi la pregătirea intrării la facultate.

— Nu chiar, dar ei cresc atât de repede!

— Mie-mi spui? Poate par indiscretă, dar unde-l laşi când ai de făcut deplasări în interes de serviciu?

Deci Nicolas îi povestise că-l creşteam singură.

— La Paul...

— Asociatul tău, nu?

Era la curent cu toate şi reţinea orice informaţie. Pe undeva, asta mă liniştea; aşa măcar nu exista nicio ambiguitate. Desigur, era curioasă, dar nu băgăreaţă. Aveam pur şi simplu o discuţie ca de la mamă la mamă. Ceva nou pentru mine. Când Noé era mic, eu, fiind mai tânără decât toate mamele pe care le întâlneam la şcoală, nu stabilisem legături speciale cu ele, singura mamă cu care vorbeam era sora mea — ai cărei copii erau mai mari decât Noé. Aş fi dat orice pe atunci ca să am o amică precum Héloïse. O prietenă. Pe lângă condiţia mea de mamă celibatară, minciunile şi secretele mele mă împiedicaseră să leg prietenii adevărate. Mă temusem mereu să nu fiu judecată şi mai ales să nu afle Noé totul. Prin urmare, păstrasem o distanţă sigură faţă de fiecare persoană cunoscută.

— Da, iar când Paul mă însoţeşte în deplasări sau nu este disponibil, stă la sora mea. Noé se adaptează oriunde, e un copil minunat.

Am simţit cum mă înroşesc toată. Nu, fiul meu nu s-ar adapta situaţiei dacă ar afla întregul adevăr.

— Arată-ni-l şi nouă! Sigur ai fotografii cu el în telefon! s-a entuziasmat Héloïse.

Am înlemnit.

— Ă... da, bineînţeles! Vi-l arăt după cină.

Trebuia să găsesc un tertip până atunci.

— Apropo, ce fac Anna, Ludovic şi părinţii tăi? s-a interesat Nicolas.

Toţi vor să te omoare din vina mea, în rest...

— Toată lumea e în formă!

S-a auzit un tropăit pe scări, apoi dulapurile din bucătărie deschizându-se şi închizându-se, după care Pacôme a apărut cu tacâmurile în mână şi s-a aşezat pe scaunul liber de lângă mine.

— Copiii dorm buştean! Ia spuneţi, ce-am pierdut azi? ne-a întrebat în timp ce-şi umplea farfuria.

M-am uitat la Héloïse, jenată că subiectul jobului acapara discuţia la cina ei. Héloïse a înţeles imediat la ce mă gândeam.

— Nu-ţi face griji pentru mine, sunt obişnuită. Cele Patru Colţuri ale Lumii cinează la mine regulat. Trăiesc aşa de cincisprezece ani!

I-aş fi sărit de gât recunoscătoare; câtă vreme discutam despre serviciu, măcar nu mai trebuia să mint în legătură cu Noé. Fără să ştie, Héloïse îmi oferise o pauză în tot acest haos şi-mi permitea să-mi testez rezistenţa faţă de Pacôme. Eu şi Nicolas am deschis gura în acelaşi timp.

— Las-o să vorbească, i-a cerut Héloïse soţului ei tachinându-l. E domeniul ei, nu al tău.

Pacôme s-a abţinut să râdă, la fel şi eu. Nicolas s-a posomorât câteva clipe — ofuscat că fusese pus la locul lui de soţie —, apoi mi-a zâmbit în semn de capitulare. Aşa că m-am lansat în prezentare, explicându-i lui Pacôme cum am stabilit liniile directoare, principalele căi de acţiune la care eu şi Paul reflectam de o săptămână, viziunea mea pe termen lung. Mă asculta atent, fără să mă privească şi fără să mă întrerupă. Am intrat în detalii, mergând mai departe de ceea ce făcusem deja, am aprofundat tot ce concepusem, am descris fotografiile posibile pentru broşura şi pentru site-ul lor. Voiam să împletesc povestea firmei cu a oraşului Saint-Malo, să mizez pe cartea voiajelor, a marilor exploratori şi, de ce nu?, a corsarilor. Să creez mica lor istorie în cadrul marii istorii, să-i fac pe clienţi să viseze, să-i duc într-o călătorie, dar şi să pun în lumină specificul firmei lor. Dincolo de ce-mi explicase Pacôme şi de pasiunea lui, mă gândisem că ei ar trebui să se bazeze pe autenticitate şi pe poveste, fiindcă aveau tot dreptul să le folosească, cel puţin acesta era sentimentul meu. Eram aşa de prinsă de discursul meu încât, la cafea, m-am ridicat un moment de la masă şi m-am dus să-mi iau din geantă hârtie şi creion. Am schiţat rapid un nou logo care-mi umbla prin cap. Desenând, am reuşit să mă concentrez la altceva decât la Pacôme a cărui privire o simţeam tot mai des aţintită asupra mea şi al cărui parfum de verbină mă ademenea în braţele lui. Într-un final, i-am întins crochiul. El l-a luat şi l-a studiat atent. M-a privit brusc drept în ochi; era concentrat, dar în mod bizar părea cu gândul în altă parte.

— Arată-mi! i-a ordonat Héloïse.

Văzându-i lipsa de reacţie, i-a smuls hârtia din mână.

— Să dea naiba! Reine, sunt extaziată..., mi-a zis ea.

— Nu-i mare lucru...

— Ba nu, jos pălăria, sincer, şi nu doar pentru desen. Demonstraţia ta a fost captivantă. Ai ghicit exact la ce visează ei de ani întregi. Adică... Nicolas m-a prevenit că eşti talentată, nu mă îndoiam..., dar mă gândesc că idioţii ăştia doi ar fi trebuit să apeleze la serviciile voastre mai demult! N-aş mai fi avut nevoie să muncesc azi!

Remarca ei m-a amuzat, am decis să-i ţin isonul, atmosfera devenea prea ciudată, prea greu de controlat. Eram singurele care vorbeau, Pacôme amuţise, Nicolas de asemenea nu scotea nicio vorbă, doar se uita fix la asociatul lui.

— Suntem abia la început şi nu depinde doar de mine şi de Paul, trebuie să aibă şi ei doi bunăvoinţă.

— Contează pe mine, îi scutur eu.

Am râs amândouă. Hotărât lucru, Héloïse îmi plăcea. Dacă situaţia ar fi fost alta, m-aş fi bucurat să mi-o fac prietenă.

— Pacôme, tu nu spui nimic, a observat Nicolas.

El şi-a golit paharul cu vin, dar tot n-a rostit vreun cuvânt. Entuziasmul meu s-a stins imediat.

— Dacă nu-ţi convine ceva, am început eu, o să reluăm lucrurile mâine, în linişte, nimic nu ne presează, să ştii. O să-mi spui ce doreşti şi...

Ochii lui cenuşii s-au pironit într-ai mei fără să trădeze nici cea mai mică emoţie. Apoi s-au luminat brusc, cu o scânteiere aparte, înainte de a poposi discret pe buzele mele.

— Mulţumesc, a şoptit el.

— N-ai pentru ce, i-am răspuns, uşurată şi tulburată din nou.

Cu toată furtuna interioară în care mă zbăteam în legătură cu Noé, unde să găsesc resurse pentru a lupta împotriva atracţiei pe care o resimţeam faţă de Pacôme?

— Ascultă, Nicolas, a intervenit Héloïse, poate ar trebui s-o duci pe Reine la hotel. Nu că aş vrea să vă arunc pe uşă afară, dar toţi lucrăm mâine. Eu fac prima injecţie la 6:30!

— Ai dreptate, i-am răspuns, dezlipindu-mă cu regret de Pacôme.

Toată lumea s-a ridicat de la masă, iar eu am început să strâng vesela în ciuda încercărilor lui Héloïse de a mă opri.

— Aşteaptă două secunde, Reine, ne-a întrerupt Pacôme. Stai la acelaşi hotel ca data trecută?

E o glumă.

— De unde ştii tu unde stă? l-a întrebat Nicolas, siderat.

Pacôme a dat din cap în zeflemea ca un puşti obraznic.

— Ştiu să fiu politicos şi nu uita că eu am întâmpinat-o acum cincisprezece zile. Mai bine eviți o plimbare nocturnă.

S-au întors toți spre mine, nerăbdători să-mi audă răspunsul.

— Da, tot acolo.

Surâsul lui nonşalant m-a făcut iarăşi să mă pierd cu firea şi să uit complet unde eram. Héloïse a bătut din palme:

— Atunci, ştergeți-o la culcare amândoi!

S-a apropiat de Pacôme şi l-a studiat cu un aer dezaprobator.

— Să dormi! Arăți rău...

Avea dreptate. Şi ei doi purtau conversații fără cuvinte.

— Fii fără grijă, uneori merită să fii epuizat.

Ne-au condus până în stradă. Nicolas i-a întins geanta mea de voiaj lui Pacôme. Am profitat de moment ca să-mi iau la revedere de la Héloïse şi mi-am dat seama că toată lumea uitase că trebuia să le arăt fotografiile cu Noé. Trăsesem o spaimă teribilă.

— Mulțumesc mult, am petrecut o seară minunată.

— Şi eu la fel. Mă temeam de contrariu, dar sunt foarte bucuroasă că te-am cunoscut.

N-ar trebui. O să-ți stric viața şi ție.

Drumul până la Intra-Muros a decurs în linişte. În unele momente, îi simțeam privirea îndreptată spre mine, fără a căuta să analizez semnificația; în altele, el trebuie s-o fi simțit pe-a mea. A parcat şi, fără să schimbăm niciun cuvânt, am coborât amândoi din maşină, iar el a scos geanta mea de voiaj din portbagaj. De ce prezența lui îmi permitea să mă simt atât de liberă? Când era lângă mine, uitam de fiul meu, de Nicolas şi de familia lui, de minciunile mele. Încercam din răsputeri să mă conving s-o iau din loc.

— Mulțumesc că ai făcut pe şoferul, am murmurat.

El a zâmbit trist.

— N-am făcut mare lucru, locuiesc chiar aici.

A arătat spre imobilul din spatele meu. Am aruncat şi eu o privire şi nu m-am mirat să descopăr o casă de armatori, cu uşă impozantă, aproape de zidurile de apărare. Din locul unde ne opriserăm se simțea marea. Şi eram la cinci minute de mers pe jos de hotel.

— Nu contează, i-am răspuns. Am ajuns cu bine în port.

M-a privit atent, în ochi i se citea îndoiala, ezitarea. În ciuda dorinței profunde care-mi tortura măruntaiele, nu eram atât de nătângă încât să mă joc de-a seducătoarea de doi bani, mai ales că nici nu era nevoie. Dar nici nu folosea la nimic să stăm ca nişte momâi unul în fața altuia în toiul nopții.

— Ne vedem mâine, i-am spus şi am zâmbit.

Am apucat geanta de voiaj din mâna lui, dar el nu i-a dat drumul.

— Rămâi peste noapte la mine.

— De ce-aş face aşa ceva?

A tras de mânerul genții ca să mă aducă lângă el şi mi-a înconjurat talia cu brațul. L-am lăsat s-o facă, total incapabilă să mă opun.

— Pentru că şi tu-ți doreşti la fel de mult.

— Credeam că povestea noastră se complică, i-am replicat încercând să bravez.

Gura lui a atins-o senzual pe a mea.

— Tocmai am descoperit că-mi plac poveştile complicate.

N-am văzut mare lucru cât am urcat scara. Am traversat apartamentul aruncând hainele de pe noi. Întâlnirea dintre epidermele noastre, dintre corpurile noastre era la fel de intensă ca prima oară. Poate chiar mai precipitată. Să fac dragoste cu Pacôme era derutant. Abia ne cunoşteam şi totuşi simţeam exact contrariul. Împărtăşeam o intimitate şi o complicitate ce ne depăşeau pe amândoi. De mai multe ori, ne-am întrerupt mângâierile şi sărutările ca să ne privim, cu răsuflarea tăiată; vedeam în ochii lui cât este de pierdut, iar el trebuie să fi văzut într-ai mei cât de bulversată eram şi eu.

Şi după ce am tras pilota peste noi, am continuat să ne privim. El şi-a trecut mâna prin păr cu un gest mecanic. Mi se părea că nu mai sunt cu acelaşi bărbat din urmă cu câteva minute. Avea privirea lipsită de orice expresie. Neutră.

— E prima dată când fac o mie cinci sute de kilometri într-o zi pentru o femeie, a zis cu glas scăzut, de parcă vorbea cu el însuşi.

Am schiţat un zâmbet timid.

— Deci n-ai uitat că sunt aici?

— Nu.

Părea să se afle undeva departe, la mii de kilometri de casa lui, de patul lui, de mine.

— Am impresia că regreţi...

— Nu.

A inspirat adânc, de parcă-şi revenea dintr-o apnee.

— Trebuie să iau puţin aer.

Consternată, m-am săltat în capul oaselor, acoperindu-mă cu cearşaful, stânjenită.

— Poftim?

S-a ridicat fără să-mi dea atenție. Mă simțeam murdărită, trădată, mai ales după tot ce trăiserăm mai devreme. Aparent, eram singura care simțise ceva deosebit. În mod clar, făceam totul aiurea. De ce cedasem? Ca să uit tot restul...

— O să mă duc la hotel.

Îşi pusese deja blugii, spatele i s-a încordat, a strâns pumnii, apoi s-a întors şi s-a sprijinit de pat, foarte aproape de mine. Arăta complet debusolat.

— Nu, rămâi aici, te rog.

— De ce-aş rămâne? Prezența mea te deranjează atât de mult, încât vrei să ieşi din casă în toiul nopții.

— N-are legătură cu tine, ci cu mine. Am stat închis douăsprezece ore în maşină, trebuie să respir. Mă întorc foarte repede.

Mi-a strivit buzele cu ale lui şi a plecat înhățând în treacăt un pulover. După nici trei minute, uşa apartamentului s-a închis încet. Am rămas nemişcată, stupefiată de plecarea lui. M-am forțat să reacționez, nu, n-aveam să stau aici să-l aştept. Ce mi-ar spune, odată întors din plimbarea nocturnă? „Hai, şterge-o de-aici"? Aveam şi-aşa destule motive să sufăr, nu-mi trebuia încă unul.

Deşi nu intenționam, a trebuit să vizitez tot apartamentul ca să mă îmbrac. Locul era magnific, cu tavane înalte de peste trei metri, parchet tip chevron, instrumente de navigație dintr-o altă epocă şi harta drumului spre Indii pe un perete. Casa semăna cu el — atât cât îl cunoşteam eu — şi totuşi exista ceva nedefinit şi desuet, uşor învechit, încremenit în timp. Oriîncotro îmi îndreptam ochii, totul era o invitație la călătorie. Impresie întărită de genţile şi valizele ce zăceau în stânga şi-n dreapta. Amprenta lui incontestabilă. Ceva mai puternic decât mine m-a îndemnat să mă apropii de ferestrele imense ale sufrageriei ca să arunc o privire afară. Mă aflam deasupra meterezelor, nimic nu altera priveliştea, nici măcar noaptea. Şi l-am zărit sprijinit în coate de parapet, în plin vânt. Nu se dusese prea departe. Oare ce-i trecea prin minte? Nicolas îmi repetase de mai multe ori că Pacôme era imprevizibil. Puţin spus! Era imposibil şi să-l înţelegi. Observându-l, am ezitat între dorinţa de a-l asculta şi de a rămâne şi graba de a fugi. Avea să mă facă să sufăr, dacă nu cumva se şi întâmplase deja. Îmi căutam ultimele haine când am observat rafturile din mahon cu cărţi. Fără să ştiu prea bine de ce, m-am îndreptat spre ele. Erau luminate de mici lămpi din alamă a căror strălucire blândă, difuză amintea de nişte lumânări aprinse. În casa lui Pacôme, timpul era greu de precizat, treceam din prezent în trecut şi din trecut în prezent. Mi-am plimbat ochii peste cotoarele cărţilor şi mi-a sărit inima când am descoperit mai multe ediţii din *Ces messieurs de Saint-Malo*. Noé tocmai răsărise în apartament, parcă mă privea, parcă era în spatele meu; Noé îmi stătea mereu în preajmă, orice-aş fi făcut. Dar cum să-mi fi imaginat că voi da exact peste romanul la care el ţinea atât? Romanul pe care-l citise pe nerăsuflate cu câteva luni în urmă. Cine să-mi fi spus că-l voi găsi în biblioteca unui bărbat de care mă îndrăgosteam şi care era cel mai bun prieten al tatălui său? Mintea îmi lucra repede, creând o legătură care n-ar fi avut niciun motiv să existe între Noé şi Pacôme. Am atins prudent volumele cu vârfurile degetelor. Mâna îmi tremura de emoţie.

— Cunoşti cartea asta? mi-a şoptit Pacôme la ureche.

Tulburată de descoperirea mea, nu-l auzisem intrând. Nu mai puteam să fug. Mirosea a vânt, a iod, a noapte rece.

— Nu, i-am răspuns fără tragere de inimă.

Mi-aş fi dorit atât de mult să-i povestesc despre Noé, să-i spun că fiul meu ar fi nebun de bucurie să cunoască un bărbaț ca el!

— O să-ți vorbesc despre ea într-o zi, mi-a promis el.

M-am întors şi i-am înconjurat gâtul cu brațele. Părea mult mai senin decât în momentul plecării sale subite, de parcă luase o decizie. I-am căutat buzele, respirația care-mi permitea şi mie să respir iar. Aveam nevoie să-i simt mâinile, să-i simt corpul lipit de mine, în mine. Acum. Imediat. Nu conta că era imprevizibil. Nu conta dacă era ultimul lucru pe care-l făceam. Nu conta dacă haosul în care deja căzusem se intensifica. Înainte ca totul să explodeze, voiam să-mi permit să mai trăiesc puțin.

A doua zi dimineață, am asistat la un veritabil ceremonial. Pacôme prepara cafeaua. M-am aşezat pe un scaun vechi de lemn în bucătărie ca să mă uit la el. A scos mai multe cutii din dulap şi le-a adulmecat pe rând, aruncându-mi periodic câte o privire. Parcă văzându-mă, putea să facă mai uşor o alegere. La un moment dat, a ridicat brusc din sprâncene, mulțumit, şi, după ce m-a sărutat scurt pe buze, a pus apa la fiert. A luat de pe blat o cafetieră cu piston care trebuie să fi fost veche de câteva decenii, într-atât de lustruită era sticla. Câteva minute mai târziu, o aromă puternică a umplut încăperea. Probabil că urma să beau ceva foarte tare. Însă noaptea fusese scurtă, eram amândoi la fel de obosiți, un fortifiant era indispensabil pentru a înfrunta ziua.

Pacôme mi-a făcut semn să-l urmez în sufragerie, până la o măsuță înaltă, instalată lângă una dintre ferestre. Cu vederea spre mare, firește, deasupra meterezelor. Ne-am așezat față în față și m-am lăsat servită. Am gustat fără să mai aștept. Pe cât de intens era parfumul, de ar fi deșteptat și un mort, pe atât de delicat și de echilibrat era gustul, îți stârnea dorința de a rămâne cuibărit în moleșeala trezirii. I-am zâmbit larg.

— Am ales bine?

— Perfect. Cum ai învățat toate astea?

— Călătoriile, experiențele și, în plus, am pregătire în torefiere.

— Serios?

— Nicolas se ocupă de cifre, eu mă ocup de cerul-gurii.

Erau atât de diferiți ei doi! Oare cum reușeau să se înțeleagă atât de bine? Atenția mi-a fost atrasă spre exterior, mă simțeam bine, la căldură, în casa lui, într-un univers fără vârstă, în timp ce ploaia mătura cu zgomot cerul. Geamurile tremurau sub efectul vântului dezlănțuit. Vremea era urâtă, dar peisajul era magnific, marea devenise de un verde intens și valurile clocoteau înspumate. O imagine fascinantă, aș fi putut admira ore în șir ce se petrecea sub ochii mei.

— Cum să te saturi de priveliștea asta? am remarcat.

— N-ai cum!

Pacôme s-a ridicat, a venit în spatele meu și, trecându-și brațul peste umărul meu, mi-a arătat promontoriul Fréhel, la vest, insula Cézembre, în fața noastră, și alte locuri din larg ale căror nume nu le-am reținut. Zâmbea, fascinat de tot ce vedea.

— Degeaba călătoresc, mereu trebuie să revin aici, e o necesitate, ceva vital chiar. Sunt legat de stânca mea.

Să vezi un astfel de spectacol în fiecare dimineață nu se compară cu nimic. De aceea am şi aşezat măsuța fix aici.

— Totuşi, nu se prea potriveşte cu restul.

A izbucnit în râs şi s-a întors la locul lui.

— Pentru că e singurul lucru ales de mine!

— Cum adică?

Apartamentul aparținuse bunicilor lui. Copil fiind, Pacôme îşi petrecuse aici toate vacanțele, apoi toate weekendurile când venise în sfârşit să locuiască la Saint-Malo în perioada anilor de liceu. Bunicii erau pasionați de istorie, în special de istoria maritimă, aşa se explicau instrumentele de navigație, mobilele patinate ce păreau să provină din cabina unui căpitan de cursă lungă, tablourile cu bătălii navale din secolul al XVII-lea. Lăsase apartamentul aşa cum îl primise. Simțeai la el un profund respect față de moştenire. Totuşi, mi-a explicat că Nicolas fusese cel care îl obligase să accepte acest dar.

— De ce? Nu-l voiai? Puțină lume se bucură de un asemenea noroc, iar tu ai multe amintiri aici, din câte îmi povesteşti!

A oftat încurcat înainte de a-mi zâmbi timid:

— Spus aşa, ai impresia că sunt un ingrat.

— Nu neapărat, trebuie să fi avut motivele tale.

— În realitate, de când am ajuns la vârsta la care gândesc singur, n-am vrut să am nicio obligație. Vreau să trântesc uşa şi să plec la celălalt capăt al lumii, dacă-mi vine cheful. Prin urmare, m-a îngrozit ideea de a fi proprietarul acestui apartament.

Unele piese ale imaginii lui începeau să se potrivească. Liber ca pasărea cerului, aşa se descrisese singur. Pacôme nu voia să întâlnească niciodată în cale vreo barieră, oricare ar fi fost natura acesteia.

— Dar Nicolas a reuşit să mă convingă că aveam nevoie de un loc unde să-mi pun cufărul.

Am zâmbit la gluma lui.

— Ca marinarii.

— Ca un marinar fără corabie...

Nici nu mi-am dat seama cum a trecut ziua de lucru, eficacitatea şi concentrarea erau obligatorii. Fără s-o fi stabilit în prealabil, eu şi Pacôme am păstrat distanța. Totuşi, i-a luat-o înainte lui Nicolas în timpul discuțiilor, părea să înțeleagă mai bine cum trebuia să procedăm, se entuziasma ca un copil şi nu dădea nicio atenție tentativelor disperate ale asociatului său de a-l face să revină la cifre şi la productivitate.

Apoi a venit vremea să pornesc la drum. M-au însoțit până la ieşire, însă Nicolas a fost nevoit să ne părăsească în grabă — un apel la care trebuia neapărat să răspundă —, o ultimă ocazie pentru el de a străluci în rolul patronului de firmă copleşit din toate părțile. Pacôme şi-a înăbuşit râsul. Şi el îl privea cu îngăduință pe Nicolas, la fel cum şi Nicolas îl privea pe el. Se amuza, trecând peste vanitatea şi egocentrismul prietenului său, şi îl admira în aceeaşi măsură.

— Mulțumeşte-i încă o dată lui Héloïse pentru aseară.

— O să-i spun. Repetăm chestia data viitoare?

Ciudat, dar m-a surprins că-mi doream asta.

— Cu plăcere.

M-a sărutat pe obraz şi, îndată ce a dispărut, Pacôme a pus mâna discret pe talia mea.

— Te conduc la maşină.

Am traversat strada fără să întrerupem contactul dintre noi.

— Când mai vii?

— Peste opt sau cincisprezece zile.

— Ah...

Am sesizat o uşoară decepţie în glasul lui.

— Maximum, am adăugat ironic.

Şi-a recăpătat expresia veselă.

— Nu te obosi să-ţi rezervi cameră la hotel.

M-am ridicat în vârful picioarelor ca să-l sărut pe obraz. Pacôme a schiţat gestul de a mă reţine lângă el, dar s-a răzgândit cu un oftat.

— Revedere plăcută cu fiul tău.

M-am oprit o clipă, era prima dată când pomenea de Noé.

— Fugi acum, altfel n-o să mă pot abţine să te sărut. Şi nu cred că Nicolas ar suporta, a conchis râzând.

7

Când am ajuns seara acasă, eram prea obosită ca să mă apuc să pregătesc o cină decentă. Fiind vineri, Noé nu avea cursuri a doua zi, detaliu care până atunci mi se ştersese complet din minte. În consecinţă, am hotărât să-l duc la restaurant înainte să iasă cu prietenii.

— Zău, mamă, ce-ai păţit?

— N-ai chef?

M-a privit fix, printre firele de păr căzute pe ochi, blazat.

— Te porţi ciudat.

I s-a părut că mă port şi mai ciudat când, în momentul comenzii, i-am permis să ia o bere. Însă eu îmi cunoşteam fiul, era rezonabil dacă circumstanţele o impuneau. Deocamdată, mă scutise de întoarceri seara târziu, într-o stare cu care nicio mamă nu vrea să se confrunte. Nu eram naivă — avusesem şi eu anii lui —, dar ştia să fie discret, să nu doarmă acasă când era necesar şi să sufere în tăcere în caz de mahmureală. Acum trebuie să fi simţit că puteam să cedez în legătură cu aproape orice şi a profitat de situaţie.

— Apropo, mamă, mâine voiam să mergem la Kalif, dar nu mai e loc. Aşa că... am putea repeta la noi acasă?

În mod regulat, Noé se ducea într-un studio să cânte cu prietenii lui. Niciunul dintre părinți — cu mine în frunte — nu voia să îndure pseudorepetițiile lor de sâmbăta. Nu că ar fi cântat prost, dar tot acel du-te-vino era obositor, fără a mai pune la socoteală cotrobăiala din bucătărie după ceva de ronțăit sau întrebările de genul „putem mânca aici diseară, mamă?", urmate imediat de „o să cumpărăm nişte chebap" şi de inerentul miros de carne dubioasă. Pe scurt, livingul — n-aveam altă încăpere destul de mare să le găzduiască elanurile muzicale — îmi era invadat de adolescenți fără minte, care-şi comparau lungimea pletelor.

— De acord.

— Pe bune?

— Dacă-ți zic, i-am răspuns veselă, dornică să-i fac pe plac.

— O să trag tare duminică, nu te îngrijora.

— Am încredere în tine.

A înghițit o bucată de pizza, fără să-şi ia ochii de la mine.

— A mers bine la Saint-Malo?

Am lăsat să-mi scape un oftat visător şi m-a mirat — sau nu, la urma urmei — că mă gândesc mai degrabă la Pacôme decât la Nicolas şi la familia lui.

— Da.

Noé se tot foia pe scaun. Nu îndrăznea să se uite la mine, deşi nu-şi putea ascunde un uşor zâmbet de satisfacție.

— Pot să te întreb o chestie? a zis într-un final.

— Bineînțeles, Noé, orice vrei, mă rog..., în limita rezonabilului.

Am râs puțin amândoi.

— Te ascult, am insistat.

— Păi..., ai pe cineva, mamă?

Era clar jenat că mă întreabă o așa chestie și eu eram la fel de jenată să-l aud întrebându-mă. Simțeam cum roșesc. Ceea ce a avut meritul de a-mi provoca un hohot de râs.

— La Saint-Malo? a precizat Noé.

— Da, am confirmat mai mult în șoaptă.

M-a cadorisit cu zâmbetul lui de seducător.

— Atenție, asta nu înseamnă că o să te duc acolo mai devreme.

— Știu, știu, bacul!

S-a ridicat, a ocolit masa și m-a sărutat apăsat pe obraz, apoi s-a întors la locul lui.

— Îmi place când ești fericită.

Noé nu mă împiedicase niciodată să am aventuri sau, mai mult decât atât, nu era genul de fiu unic care-i pune bețe în roate mamei lui celibatare. Dimpotrivă, cred că, pe măsură ce creștea, s-ar fi simțit ușurat să mai existe și un alt bărbat în viața mea în afară de el. Toate poveștile pe care le trăisem în ultimii ani se terminaseră, fie pentru că dădusem mult prea adesea peste tipi neserioși, fie din cauza temerilor mele că o astfel de legătură i-ar dăuna lui Noé, deși el nu mi-a mărturisit niciodată că l-ar deranja. Singura relație importantă pe care o avusesem, de când era el mic, se soldase cu un eșec, fiindcă refuzasem să am un al doilea copil. Îngrozită de ideea că ar exista o prea mare diferență între Noé și un frate vitreg sau o soră vitregă, îi redasem libertatea respectivului bărbat, care-și dorea propriii copii. Astăzi scăpasem de această teamă, trecusem de vârsta la care să am un copil şi înţelesesem că Noé va rămâne Noé, indiferent de ce se întâmpla în viaţa mea. Crescusem prea repede, nu avusesem timp să învăţ să-mi cântăresc bine deciziile. Oricum, nu mai conta.

Prin urmare, văzându-l bucuros să descopere că mama lui era îndrăgostită, nu puteam să nu-i vorbesc despre Pacôme. Fără a intra în detalii — fiul meu nu mi-a fost şi nu-mi va fi niciodată confident —, i-am povestit despre apartament, despre cuferele de marinar, despre ochean, despre cărţile de aventuri pe mare — omiţând totuşi *Ces messieurs de Saint-Malo* —, despre zidurile de apărare, despre vânt, mare, voiaje. M-am bucurat cu aviditate de stelele ce se aprindeau în ochii lui.

În zilele următoare, am avut impresia că trăiesc într-o lume paralelă, în care puteam crede că întâlnirea cu Nicolas făcea parte dintr-un coşmar, spre deosebire de cea cu Pacôme care era reală, atât de reală, încât cădeam în visare. Noé nu mă mai bătea la cap cu Saint-Malo, se decisese să se concentreze mai întâi asupra bacului, despre Saint-Malo urma să discutăm iar în iulie, când aş putea să-i organizez o vacanţă completă, inclusiv o întâlnire cu Pacôme.

Mai greu era să mă descurc cu familia. Scurtam discuţiile telefonice cu părinţii mei, rezumându-mă strict la noutăţi. Lăsam robotul să preia mesajele de la sora mea şi îi scriam câteva SMS-uri convenţionale, asigurând-o că totul era în regulă şi scuzându-mă că aveam enorm de lucru. Oare cât aveau să se mai mulţumească ei cu puţin? Mă temeam groaznic de clipa în care trebuia să le mărturisesc şi lor că-l reîntâlnisem pe Nicolas, totul avea să iasă la lumina zilei. Ştiam că ei îşi fac griji, însă asta era mai puțin îngrozitor decât ceea ce urma să-i lovească în curând. Le simțeam lipsa, dar refuzam să le cer ajutorul, să apelez la sprijinul lor, şi aşa suferiseră destul din cauza situației şi a alegerilor mele. Mai bine să-i menajez încă o vreme. Pe măsura trecerii zilelor, momentele în care uitam ce era pe cale să se întâmple au devenit tot mai rare; săream din somn noaptea, leoarcă de transpirație, cu inima bătând să-mi spargă pieptul, nu mai reuşeam să mă privesc în oglindă. Trăiam în prefăcătorie de şaptesprezece ani, însă acum trecusem la un nivel superior, mă purtam duplicitar cu toți cei din jur.

În fiecare dimineață, Pacôme îmi trimitea o fotografie cu priveliştea de la fereastra apartamentului său şi, în fiecare dimineață, mă întreba dacă m-am săturat de ea. Discutam zilnic despre proiectul pentru firma lor de care începea să se ocupe tot mai serios. Îmi strecurase ironic, în cursul uneia dintre ultimele noastre conversații, că Nicolas ne lăsa să ne jucăm împreună cu condiția să nu-l coste prea mult.

Eu şi Pacôme vorbeam aceeaşi limbă; experiențele şi peripețiile lui făceau din el un om deschis, creativ, plin de idei, pe care uneori trebuia să le temperez, chit că riscam să se îmbufneze. Nu suporta ca vreun lucru, oricare-ar fi fost acesta, să-i impună o conduită anume. Capriciile lui mă făceau să râd, el mormăia la celălalt capăt al firului şi sfârşea prin a-mi spune că se duce să ia aer — începeam să mă obişnuiesc cu asta —, apoi nici nu apucam să rostesc vreun cuvânt că-mi şi închidea telefonul. După un sfert de oră, mă suna iar, calm. Prima oară îl lăsasem să se perpelească înainte să-i spun că l-am iertat. Rareori întâlnisem clienți cu care să am atâtea în comun şi cu care să-mi pot lăsa latura artistică să se exprime fără să mă tem de reacţii panicate. Cu el nu era vorba decât de frumuseţea produselor lui şi de împărtăşirea părerilor.

Tocmai încheiasem convorbirea cu el când Paul a dat buzna în biroul meu. De la a doua călătorie la Saint-Malo, nu puteam spune că-l evitam, dar nu puteam spune nici că-i căutam compania. Iar el îmi uşura situaţia fiindcă pusese ochii pe o nouă cucerire şi avea cu ce să se ocupe. A făcut câţiva paşi prin birou, cu cana în mână, înainte de a se posta în spatele meu pentru a citi ceva peste umărul meu. A rânjit şi s-a dus să se aşeze într-un fotoliu, în faţa mea. Cu o grimasă ironică, a lăsat cana şi s-a apucat să-şi inspecteze unghiile. Mi-am pierdut curând răbdarea.

— Vrei să-mi vorbeşti despre ceva anume?

— Merge treaba la Cele Patru Colţuri ale Lumii?

— Da, destul de bine.

Priveam cu încăpăţânare ecranul computerului, bătând cu degetul în mouse. Orice, numai să nu-l înfrunt pe Paul.

— Când ai prevăzut să pleci iar?

— Peste trei zile, normal.

— Ah… deja.

Părea îngrijorat de această perspectivă, ceea ce nu-mi pica bine deloc.

— Ai nevoie de mine aici?

— Nu, dar mă întrebam dacă să te însoţesc. Dosarul avansează repede, ar trebui să studiez locurile. Nu crezi? În fond, eu sunt fotograful.

— Mai am două–trei detalii de pus la punct înainte să baţi drumul până acolo.

Aveam senzaţia că sunt o adolescentă care încearcă să-şi ducă părinţii de nas pentru a se întâlni pe ascuns cu un băiat. Lamentabilă, eram lamentabilă.

— Sigur? Dacă aş veni, ai scăpa de cina în familie, ne-am duce amândoi la un restaurant bun. N-am mai stat de vorbă în ultima vreme, ar fi o ocazie. Ce zici?

Prinsă în capcană, eram incapabilă să-i răspund, n-aveam ce să obiectez ca să-l ţin departe.

— De acord, i-am spus cu glas pierit. O să-i anunţ că vii.

Am ridicat ochii din computer şi l-am descoperit pe Paul în pragul apoplexiei de la cât se abţinea să nu râdă.

— Dacă ţi-ai vedea faţa! a explodat el.

— De ce-ţi baţi joc de mine?

Şi-a recăpătat seriozitatea la fel de repede cum şi-o pierduse.

— În orice caz, am răspunsul la întrebarea mea.

Mi-am ferit privirea.

— Cu Pacôme îţi petreci tot timpul la telefon?

— Într-adevăr, lucrăm, facem progrese, am încercat să mă justific.

— Reine, acum tu îţi baţi joc de mine!

— Deloc.

Vocea mi se stingea treptat.

— Mi se pare că uiţi că te cunosc!

El, în schimb, ridica vocea. M-am chircit în scaun.

— Ştiu când există un bărbat în viaţa ta, mai ales când e un bărbat care te face fericită. Toată lumea are dreptul la sărutări dimineaţa, la mici complimente etc. Dat fiind contextul, nu mi-a luat mult până să înţeleg ce se întâmplă cu tine!

Îmi frământam degetele, nervoasă. El a lovit cu palma în birou, făcându-mă să tresar.

— De-a ce te joci?

— Habar n-am...

— La fiul tău te gândeşti?

De ce atingea mereu locul care durea cel mai tare? Rana care nu se cicatriza niciodată?

— Bineînţeles, cum poţi să-mi spui aşa ceva?

— Îmi pare rău.

Îşi dăduse seama de prostie, îi era ciudă pe el însuşi, dar nu putea stăvili valul de cuvinte.

— Ai darul de a te pune în situaţii imposibile. De ce nu mi-ai spus nimic? Cel mai rău mă scoate din sărite faptul că o să suferi cumplit.

Arta de a-i vorbi cuiva fără menajamente.

— Şi crezi că eu nu ştiu! Crezi că nu sunt conştientă că numărătoarea inversă a început? Dar câştig timp pentru tot. Pentru Noé, în primul rând. Şi câştig timp pentru mine! Mă auzi, Paul? Pentru mine!

Am sărit în picioare, am înhăţat pachetul de ţigări şi am alergat pe terasă. Paul n-a venit în urma mea.

Să câştig timp. Să număr zilele, săptămânile, lunile înainte ca viaţa să-mi fie redusă la neant. Aşa că da, mai ciuguleam câteva firimituri de fericire. Îl făceam pe Noé să viseze povestindu-i despre Saint-Malo, despre Pacôme, pe care-l adora. Voiam să mai văd lumină în ochii fiului meu când era cu mine, înainte să-l văd detestându-mă. Exact ca atunci când era mic şi făceam orice pentru ca el să creadă în Moş Crăciun cât mai mult timp posibil, în pofida ironiilor colegilor de clasă. Simţeam că voia să mai rămână în lumea copiilor care credeau în minuni, în supranatural. Prin urmare, ne duceam viaţa amândoi ca înainte, poate chiar ceva mai bine. Eram stăpânită de o nevoie imperioasă de a profita de el, de o frenezie pentru fiul meu, de dorința de a fi destinsă în prezența lui, de a-l face fericit, de a-i construi ultimele amintiri frumoase cu mama lui. El mă considera „cool" de câteva zile, îmi zisese în ajun. Şi totuşi, nu mai reuşeam să-l privesc în ochi, măcinată de ruşine şi de spaimă. Paul avea dreptate, era aiurea ce făceam. N-ar fi trebuit să mă las dusă de val cu Pacôme, n-ar fi trebuit să-mi îngădui să mă îndrăgostesc deja de el până peste cap. Numai că el mă ținea departe de rănile trecute şi viitoare. Adunam respirații, guri de aer de care m-aş fi putut agăța peste câtva timp. Nu eram destul de curajoasă ca să renunț la asta. Nu fusesem niciodată, altfel n-aş fi fost aici azi. La ce bun să încerc din răsputeri să mă schimb acum? O să merg până la capătul procesului meu de autodistrugere.

Trei zile mai târziu, mă aflam din nou în Saint-Malo, lațul se strângea. Mă simțeam obosită, vlăguită de jucat atâtea roluri, dar era oarecum ca un drog. Nicolas fiind în plină negociere a tarifelor, am petrecut o zi splendidă doar cu Pacôme, la sediul firmei. Mi-a prezentat mai detaliat gama lor de produse, mi-a făcut o demonstrație de torefiere a cafelei, mi-a dat să gust diferite ceaiuri. În timp ce le comentam, m-a lăsat să frunzăresc albumele cu fotografii din călătoriile lor prin lume, am putut să aleg câteva imagini vechi, deteriorate, din care se degaja autenticitatea demersului lor şi pe care le puteam prelucra pentru a ilustra parcursul şi întâlnirile ce jalonaseră crearea firmei. Pacôme mă introducea în viața lui, aproape că uitam de prezența în apropiere a tatălui fiului meu.

Seara, după cum promisese Nicolas, am fost invitată la ei acasă; evident, nici Pacôme nu lipsea. Când am sosit, am avut surpriza plăcută să descopăr că toți cei trei copii dormeau deja, nu mai trebuia să dau ochii cu ei şi să mă confrunt cu ceea ce reprezentau. Mi-am impus să ignor asemănările dintre Noé şi tatăl său, deşi mi se păreau tot mai clare, atât în privința expresiilor feței, cât şi a ținutei în general. Anticipasem că-mi vor cere iar să le arăt fotografii cu Noé — solicitare ce nu a întârziat să apară —, însă telefonul meu nu mai avea baterie. Mi-era silă de mine. Ca să mă feresc de orice pericol, îmi asumasem riscul ca Noé să nu mă poată contacta timp de mai multe ore, ştiam însă că putea să apeleze la Paul în caz de nevoie.

Fără să aibă idee despre ce se întâmpla în mintea şi-n inima mea, Héloïse mi-a uşurat situația, primindu-mă în casa ei de parcă eram bune prietene, de parcă făceam parte din familie. Mă simțeam bine, prea bine. Ciudat de nonşalantă, în ciuda vigilenței constante, aveam impresia că sunt o altă femeie, o femeie care petrecea o seară plăcută cu un cuplu de prieteni şi cu bărbatul pe care începea să-l iubească. Acest moment teribil de banal, dar pe care eu nu-l mai trăisem mă făcea să uit tot. Încă o dată, câştigam timp înaintea nenorocirii.

În orele următoare, am continuat să mă las legănată de iluzii. Eram lângă Pacôme, în patul lui, tocmai făcuserăm dragoste şi mă întrebam iar şi iar de ce şi cum era posibil să împărtăşim o asemenea pasiune. În brațele lui, uitam cine sunt, mă pierdeam.

— Data viitoare când vii, trebuie să găsim o soluție ca să scăpăm de cina la ei, m-a anunțat Pacôme râzând.

Am ridicat capul surprinsă ca să mă uit la el.

— Mi se pare cam greu. Nu crezi?

A oftat brusc indispus.

— Ştiu... Doar dacă nu le spunem.

În ciuda nodului din gât provocat de gândul la suferința ce mă aştepta, i-am zâmbit.

— După părerea ta, ei bănuiesc ceva?

— Fără îndoială, dar nu sunt siguri, crede-mă, amândoi mă cunosc foarte bine.

Mi-am plimbat distrată un deget pe torsul lui ca să salvez aparențele, să nu-mi trădez emoțiile.

— Nu-ți stă în obicei să faci asta, adică să cinezi la ei cu o femeie cu care...

— Nu. Niciodată. Oricum, în peste şaisprezece ani, asta s-ar fi putut întâmpla doar de câteva ori... Eu... Eu...

A evitat să mă privească şi nu mai avea mult până să-mi spună că trebuie să ia aer. Însă nu doream să rămân singură.

— Pacôme..., am priceput mesajul, fără obligații. Fără legături.

Mă durea să mă aud rostind aceste cuvinte, aş fi visat să-l păstrez în întregime pentru mine, însă nu avea motive de îngrijorare, nu m-aş fi agățat de el. În curând, avea să-şi recapete libertatea. Nu exista un viitor pentru noi împreună. Mi-a mângâiat delicat obrazul.

— Iartă-mă, n-am fost prea subtil.

— E-n regulă.

S-a uitat blând la mine, parcă ezitând.

— Nu mă simt închis, a rostit calm. Cu tine respir.

L-am crezut, fiindcă şi el mă ajuta să respir. Mi-a zâmbit şi a continuat:

— Ştii, aş vrea să petrec timp cu tine. Mă gândeam chiar că mi-ar plăcea să călătorim amândoi.

Am fost incapabilă să scot vreun cuvânt, bulversată de propunerea lui, iar el mi-a interpretat greşit tăcerea.

— Ştiu, ai un fiu, însă nimic nu ne împiedică să-l luăm cu noi. E destul de mare.

Atât de mare, că ar sări de bucurie până în tavan şi ar cumpăra el însuşi biletele de avion.

— În fine, tu hotărăşti. Dacă vrei să vină cu noi, vine, iar eu voi fi bucuros. Dacă nu vrei să vină — deoarece consideri că e prea devreme, că n-are rost fiindcă n-ai încredere deplină în mine —, o să înţeleg şi o să accept.

Nu-şi dădea seama de ceea ce făcea. Tocmai îmi oferise cheia spre inima lui, tocmai îl inclusese pe Noé în povestea noastră, fără măcar să-l cunoască. Mă copleşea un sentiment devastator, violent, o fericire absolută amestecată cu cea mai mare suferinţă posibilă. O fracţiune de secundă, am fost la un pas de a-i spune totul, de a-i mărturisi totul, de a-i vorbi despre Noé, de a-i dezvălui cine era fiul meu şi de ce făcusem un asemenea lucru. Însă mi-a lipsit din nou curajul. Deşi reuşeam de săptămâni întregi să ţin atâtea în mine, lacrimile nu le-am putut împiedica să-mi umple ochii. Fapt ce n-a trecut neobservat. Pacôme s-a albit la faţă, s-a ridicat brusc în capul oaselor şi m-a tras la pieptul lui.

— Reine, ce ai? m-a întrebat panicat. Spune-mi, am făcut ceva rău? La dracu, chiar sunt cel mai mare dobitoc.

În ciuda durerii, mi-am înăbuşit râsul, cu gura lipită de pielea lui.

— N-ai făcut nimic rău, te asigur, dimpotrivă.

Mi-a cuprins faţa în mâini şi s-a uitat drept în ochii mei ca să fie sigur de ce spuneam.

— Ar fi minunat să facem o călătorie împreună.

Era perfect adevărat. Însă nu avea să se întâmple niciodată. Dar nu puteam să i-o spun.

— Cu Noé?

Îmi plăcea să-l aud rostindu-i numele, niciodată nu mi se păruse că suna atât de dulce ca în gura lui.

— Cu Noé, am şoptit.

A zâmbit ca un copil uşor speriat, dar teribil de fericit. Eu mă înecam în marele bazin al minciunii, iar el plonja într-un angajament.

Dimineaţă, când Paul m-a chemat în biroul lui imediat ce-am ajuns — târziu — la serviciu, nu mi-a picat bine. Simţeam că n-avea să-mi ofere o ceaşcă de cafea solubilă, ca să stăm apoi la bârfă. Era ceva mult mai grav. Avea s-o facă pe patronul cu mine, fapt ce nu se întâmpla niciodată. Aşa că m-am aşezat în faţa lui păstrând o atitudine rezervată. N-aveam forţă să parez nici cel mai slab atac. M-a studiat câteva secunde înainte să deschidă gura, urma să-mi spună ceva care-i cerea un mare efort, dar îşi asuma sarcina, chinuit de o tensiune neobişnuită pentru el. Şi el arăta obosit.

— Trebuie să te distanţezi puţin de dosarul Cele Patru Colţuri ale Lumii.

— De ce? am sărit, cu o atitudine defensivă.

— Fiindcă ceilalţi clienţi ai tăi au început să se plângă, mi-a replicat calm, fără pic de reproş. Unii m-au sunat cât ai lipsit ca să mă întrebe ce se întâmplă, nu le mai răspunzi, nu-ţi mai faci treaba.

Am lăsat privirea în pământ, ruşinată, nu găseam nimic ca să-l contrazic, avea dreptate, lăsasem baltă tot restul.

— Nu neg că acest contract cu Pacôme şi cu tatăl lui Noé, oricine ar fi ei, este important pentru Hangar, dar nu într-atât încât să uităm de ceilalţi. Nu ne permitem să pierdem clienţi.

— Scuză-mă!

Mi-a respins remuşcările cu un gest din mână.

— Ai nevoie să te rupi puţin de ei, nu-i sănătos să te agăţi aşa, situaţia e oricum destul de complicată, ca să nu zic tulbure. Eşti epuizată, arăţi îngrozitor în dimineaţa asta.

Am schiţat un surâs trist.

— Nu dorm prea bine în ultima vreme.

— Bănuiesc, dar... Reine, chiar eşti sigură că trebuie să aştepţi?

M-am chircit, ştiam unde bate, dar refuzam. A oftat şi şi-a dus ideea la capăt.

— Vorbeşte cu Noé, te implor. O să te îmbolnăveşti până la urmă, dacă mai continui să trăieşti vieţile astea paralele.

Am simţit că mă sufoc, nu aveam aer, ochii mi-au ieşit din orbite de parcă mă strângea cineva de gât.

— Nu, nu acum, nu pot, Paul, i-am zis cu răsuflarea tăiată.

El era tot mai derutat, îl întrista să mă vadă într-o astfel de stare.

— Promite-mi că o să te gândeşti.

Nu...

Trebuia să ies, să mă îndepărtez, să fiu singură.

— Pot să plec? l-am întrebat ridicându-mă deja în picioare.

— N-ai nevoie de permisiunea mea.

— Îi anunţ că încetinim puţin ritmul la dosarul lor.

— N-o să încetinim ritmul, doar că fotograful îşi începe treaba. O să-mi cedezi în linişte locul, ca în cazul oricărui alt dosar.

Cu mâna pe clanţa uşii, am avut o tresărire de energie, de energie negativă.

— O să-i suni?

— Normal, am deja multe lucruri de stabilit cu ei, având în vedere cât de mult ai lucrat la proiect.

M-a cuprins o teamă complet iraţională.

— N-o să le spui nimic, nu? Îmi promiţi?

A pălit şi s-a ridicat cu pumnii strânşi.

— Cum poţi să-ţi închipui vreo clipă că te-aş trăda în felul ăsta?

Îmi era ciudă că-l rănisem. Dacă exista pe lume un om în care să am totală încredere, Paul era acela şi acum îi făcusem rău şi lui. Eram o nulitate, nu mai valoram nimic.

— Iartă-mă! N-ar fi trebuit să spun aşa ceva, dar mă tem de orice.

A oftat adânc, părea abătut. Paul, care găsea întotdeauna soluţii la toate problemele, în special la ale mele, era dezarmat în faţa suferinţei şi a laşităţii mele. Fără îndoială, îl dezamăgeam profund.

— Cu cât aştepţi, cu atât va fi mai rău. Lasă-mă să te ajut.

— Nu, trebuie să înfrunt totul singură. E fiul meu, sunt deciziile mele proaste.

Paul nu înţelesese că, luându-mi dosarul lui Pacôme şi al lui Nicolas, înrăutăţea lucrurile. Lipsită de ceea ce mă absorbise înainte, îmi era imposibil să mă concentrez asupra celorlalţi clienţi, îmi pierdeam controlul, incapabilă să răspund la solicitările lor şi să mă ocup de lucrurile pe care le neglijasem în ultimele săptămâni, aşa că am ajuns să mă bazez în întregime pe asistenta noastră. Eram invadată de un vid care lăsa loc pentru tot restul, care mă punea faţă în faţă cu mine însămi. Nereuşind nici pe departe să mă calmez, eram măcinată de o angoasă tot mai intensă. Construiam scenarii pentru a încerca să ies din ea fără să mă înec. Singura soluţie care se impunea de fiecare dată era soluţia lui Paul: să spun în sfârşit adevărul. De şaptesprezece ani mă implora s-o fac. Pentru Noé. Pentru mine. Unicul nostru motiv de conflict, singurele dăţi când ridicaserăm vocea unul la altul. Gata cu ideea de a câştiga timp, nu-şi mai avea rostul. Nu mai exista o bucăţică de fericire pe care s-o devorez, acum trebuia doar să mă pregătesc să arunc totul în aer.

Totuşi, am acceptat să mă ţin la distanţă de discuţiile telefonice dintre Hangar şi Cele Patru Colţuri ale Lumii. Cu cât Paul, în logica lui, evita metodic să-mi vorbească pe tema asta, cu atât Pacôme — care, ca şi Nicolas, nu se mirase că asociatul meu se implica mai mult — profita de convorbirile noastre frecvente ca să-mi facă un raport detaliat şi entuziast: îi plăcea enorm viziunea lui Paul, nu înceta să-mi spună că ne completam, că Paul era un bărbat fascinant cu care ar fi putut să sporovăiască ore în şir. Era ciudat că ei doi se înţelegeau de minune şi nu ştiam ce să cred. Simulam pe cât posibil buna-dispoziţie ca să nu trezesc bănuieli, deşi asta îmi cerea tot mai multă energie. Mai ales că Pacôme îmi lipsea îngrozitor, nu-mi era suficient doar să-i vorbesc. Trecuse deja o săptămână de când ne luaserăm la revedere în taină, în apartamentul lui. Corpul meu tânjea după el ca să respire şi căutam prin orice mijloace o ocazie de a mă duce să petrec măcar o noapte cu el.

Însă, fără niciun semn prevestitor, am fost lipsită şi de acest oxigen. Pacôme a dispărut dintr-odată fără să mă anunţe. Am aflat dintr-un e-mail pe care Nicolas ni-l trimisese mie şi lui Paul despre un detaliu din dosarul lor. Câteva secunde m-am uitat ca trăsnită la cuvintele lui: *Nu vă obosiţi să-i scrieţi sau să-l contactaţi pe Pacôme, apelaţi direct la mine. A plecat aseară pentru o perioadă nedeterminată.* Peste nici cinci minute, Paul a dat buzna în biroul meu:

— Ştiai că pleacă?

Părea furios, pe mine, pe Pacôme, imposibil de stabilit. Ştiam doar că-mi era ruşine şi că habar n-aveam ce trebuia să-i răspund. Tăcerea mea — fără îndoială prea lungă — i-a servit ea singură drept răspuns.

— Eşti bine? m-a întrebat cu glas mai potolit, dar la fel de serios.

A trebuit să-i ofer un zâmbet crispat.

— Perfect! Pacôme e liber ca pasărea cerului. Şi, având în vedere situaţia, e mai bine aşa. Nu?

Tonul meu ironic m-a surprins chiar şi pe mine, iar lui nu i-a scăpat. A bodogănit ceva şi a ieşit trântind uşa. Eram pe cale să mă îndepărtez şi de Paul? De ce nu mă destăinuiam lui? De unde venea această reţinere? De ce nu mai reuşeam să-i vorbesc? De ce mi se părea tot mai furios?

Următoarele zece zile, în care n-am primit nicio veste de la Pacôme, mi-au dovedit că avea capacitatea de a se volatiliza dintr-un capriciu. Era talentat la aşa ceva şi nu-l oprea niciun angajament. Nu trebuia să mă mire, o simțisem, mă prevenise. Însă treceam prin experiența asta pentru prima dată şi-mi era greu, foarte greu. Îmi era şi mai greu să-i accept tăcerea şi faptul că omisese să mă anunțe. Mă tot gândeam la cuvintele lui frumoase, la modul lui aparte de a-mi spune că însemnam ceva pentru el. Îmi imaginasem prosteşte că s-ar purta mai delicat cu mine decât cu celelalte femei care se perindaseră prin viața lui. Totuşi, nu-i purtam ranchiună. Nu alcătuiam un cuplu propriu-zis şi nu eram nici într-o situație în care să-i fi putut face o scenă la întoarcere. Oricum, ar fi fost complet deplasat din partea mea, ținând cont că eu îl mințeam de când ne întâlniserăm. Măcar el era onest, într-o oarecare măsură, mă pusese în gardă în privința modului său de viață. Totuşi, asta nu-mi alina cu nimic suferința, dorul de el.

Seara, după cină, m-am aşezat pe canapea, am împrăştiat dosare în jurul meu şi m-am prefăcut că lucrez. Cât despre Noé, el învăța în camera lui, nu mă îndoiam că era mai concentrat decât mine. Totuşi, la un moment dat, l-am auzit coborând scările. Mi-am băgat nasul în prima foaie de hârtie care mi-a căzut în mână. A trecut prin fața mea fără să-mi arunce nicio privire.

— Eşti bine, mamă?

Am mormăit intenționat ceva ca să-l fac să creadă că eram concentrată. A dispărut în bucătărie pentru a scotoci prin dulapuri, ronțăiala de seară... S-a întors peste câteva minute şi a început să se învârtă prin living.

— Ce faci? m-a întrebat cu gura plină.

Se vedea că nu înțelesese că eram ocupată.

— Lucrez, i-am răspuns distrată.

— La ce?

— Nimic care să te intereseze.

Convinsă că n-o să mă lase în pace, m-am dat bătută şi am ridicat ochii spre el. Mi-a zâmbit timid.

— Ce e, Noé?

— Nu te mai duci la Saint-Malo?

— Deocamdată, nu.

— De ce?

— Pentru că am şi alte contracte în desfăşurare, Paul mi-a cerut să mă ocup din nou de ele.

— Exagerează. Nu ştie că tu...

S-a făcut stacojiu la faţă.

— Bănuieşte. Iar Pacôme lipseşte acum.

A strâmbat din buze, uitându-se în altă parte.

— Când se întoarce, ar trebui să petreci un weekend acolo.

Cât pe ce să mă înec. Speriat de reacţia mea, s-a grăbit să adauge:

— Fără mine! Nu te îngrijora, nu-ţi cer să mă iei cu tine. Îmi imaginez că n-ai avea niciun chef să-ţi stau pe cap, iar el, nici atât. Ştii că poţi să mă laşi singur fără să dau foc la casă.

— Vrei să scapi de mine? i-am replicat, făcând-o pe şmechera pentru a-mi ascunde emoţia.

— Nu, mamă, vreau să zâmbeşti. Şi de câteva zile, eşti tristă, acum înţeleg de ce, ţi-e dor de Pacôme.

Fiul meu mă supraveghea, fiul meu era neliniştit, fiul meu mă proteja, fiul meu avea grijă de mine, iar eu îl trădam. Am reuşit să-i zâmbesc.

— Într-adevăr, mi-e dor de el, dar ştii că nu-mi place să te las singur, nu?

— Mamă, trebuie să obişnuiţi măcar să vă vedeţi. Îmi tot spui că eu cresc şi vreau să te gândeşti la tine.

De ce se maturiza atât de repede? De ce tocmai în acest moment? Începuse să vorbească pe un ton de bărbat, de „cap al familiei“, un ton pe care-l folosea tot mai des. În alte circumstanțe, aş fi savurat o astfel de clipă. E plăcut pentru o mamă să se simtă cocoloşită de fiul ei. Din vina mea, pierdusem şi dreptul ăsta.

— O să mă gândesc...

S-a apropiat de mine şi m-a sărutat pe obraz.

— Noapte bună, mamă.

— Noapte bună, comoara mea.

A pornit spre scară şi eu mi-am permis să renunț la zâmbetul fals, cât se poate de larg. Durerea şi neliniştea m-au copleşit iar. Mi-am tras picioarele la piept ca să mă încălzesc pe dinăuntru, ca să-mi adun fărâmele corpului ce mi se dezintegra. Liniştea bruscă mi-a atras atenția. Noé trebuie să se fi întors încă o dată înainte de a urca la etaj. Nu m-am mişcat, nu puteam să-l înfrunt, nu acum, încă nu eram pregătită. L-am auzit oftând adânc, apoi lemnul treptelor a trosnit.

8

A doua zi, m-am închis în biroul meu, hotărâtă să fac altceva decât să întorc situaţia pe toate feţele. Speram să mă abrutizez muncind pentru a reuşi în sfârşit să dorm, ceream doar câteva ore în care să nu mă copleşească nici gândurile, nici sentimentele. Aş fi evitat astfel să înfrunt privirea îngrijorată a lui Noé când avea să-mi vadă tenul palid şi cearcănele. Am refuzat invitaţia la prânz a lui Paul, scutindu-ne pe amândoi de o discuţie sterilă. N-a insistat, dar am observat cât era de ofensat. Între noi se căscase o prăpastie. Îi simţeam lipsa teribil. Era prima dată de când ne cunoşteam, când mă distanţam de el, şi suportam greu înstrăinarea. Pierdeam totul, reperele, viaţa pe care-o aveam, micile şi marile bucurii, totul. Dar să-l pierd pe Paul ţinea de domeniul inimaginabilului.

M-am alimentat cu cafea şi cu ţigări ca să rezist, chiar dacă nervii îmi erau tot mai întinşi. Nimeni n-a îndrăznit să-mi treacă pragul biroului, cu siguranţă Paul dăduse instrucţiuni să nu fiu deranjată şi probabil că se dovedise suficient de convingător încât nimeni să nu încerce să facă o breşă.

Pe la ora 18:00, cineva a riscat să ciocănească la uşa mea, ceea ce m-a scos din sărite, fiindcă nu-mi terminasem munca de abrutizare şi refuzam să iau o pauză oricât de mică.

— Ce e? m-am răstit arţăgoasă, cu nasul în computer.

— Reine? a zis Paul.

— Ce s-a întâmplat? am întrebat fără să mă mişc.

— Te caută cineva.

— Cine?

El a oftat exasperat, însă n-am înţeles de ce.

— Vino să vezi singură.

Enervată de atâta mister, am sărit în picioare şi am ieşit din birou furibundă. Corpul mi s-a relaxat în clipa când i-am văzut expresia îmbufnată şi satisfăcută. Dispariţia lui ar fi trebuit să mă determine să-l uit. Imposibil. Prezenţa lui mă bulversa, nu mai eram în stare să fac niciun pas. M-a frapat cât era de tras la faţă, părea stors de puteri. Poate de vină era locul, mediul care nu-i convenea. Pacôme nu se putea simţi bine decât în bătaia vântului, la mare. Sau oriunde altundeva decât într-un Hangar din centrul unui oraş sufocat de lucrări şi de trafic. În cele din urmă, a păşit spre mine şi am simţit cum pe buze îmi înfloreşte un zâmbet.

— Surpriză, mi-a şoptit când a ajuns aproape.

— Cum..., de ce... şi... , am bălmăjit.

— Putem găsi un loc la adăpost de atâtea priviri? m-a întrebat amuzat.

Avea dreptate, toată lumea din Hangar se uita fix la noi, aşa, ca din întâmplare.

— Hai în biroul meu!

Ne-am intersectat cu Paul, care părea neliniştit şi furios; nu mă mai interesa.

— Mulţumesc pentru turul studioului, i-a zis Pacôme.

Privirea mea uluită s-a mutat de la unul la celălalt.

— I-am adus eşantioane lui Paul pentru viitoarele fotografii, mi-a explicat Pacôme. Iar el a avut amabilitatea să-mi arate cum lucrează.

Şi când te gândeşti că Paul nu mă anunţase! L-am pironit cu privirea pe asociatul meu, a cărui expresie era mai impenetrabilă decât oricând. Totuşi, nu simţeam la el niciun pic de ostilitate faţă de Pacôme.

— Ah... Nu mi-ai spus că o să vină Pacôme.

— Normal, nu ştia. Am discutat amândoi de dimineaţă şi mi-am dat seama că Paul, spre deosebire de tine, nu ne-a văzut niciodată produsele. M-am gândit să remediez lucrurile şi am sărit imediat în maşină.

— Vă las, ne-a întrerupt Paul.

S-a răsucit pe călcâie, iar eu l-am apucat pe Pacôme de mână şi l-am târât în biroul meu, pe care l-am încuiat imediat. Apoi m-am repezit spre el ca să respir din nou prin gura lui. Când sărutul nostru a luat sfârşit, Pacôme a început să râdă:

— Îmi trebuia o scuză ca să debarc aici din senin, nu ştiam dacă Paul e la curent. Judecând după cât timp i-a luat ca să te anunţe, se pare nu i-ai spus nimic, nu?

— De când eşti aici?

— De peste o oră.

În felul său, Paul încercase să mă protejeze.

— Nu contează. Îţi mulţumesc că eşti aici.

— Cam egoist din partea mea, mi-a mărturisit cu zâmbetul lui extraordinar. Dar doream să te văd.

— Când te-ai întors din călătorie?

— Aseară, mi-a răspuns ca şi cum asta nu mă privea.

Mi-a mângâiat încetişor obrajii şi s-a încruntat. Cu siguranţă, nu ofeream o imagine prea frumoasă. Nu voiam să-mi pună întrebări despre starea mea, voiam doar să profit de prezența lui.

— Strânge-mă tare în brațe, te rog.

N-am așteptat s-o facă, m-am și cuibărit la pieptul lui, iar el m-a înconjurat cu brațele. Mă simțeam dintr-odată atât de bine! Pacôme crea un cocon protector în jurul meu.

— Unde ai fost? l-am întrebat.

Doream să-l ascund povestind, să mă facă să călătoresc.

— În străinătate...

Aş fi băgat mâna-n foc...

— Ia te uită, şi tu ai vedere spre mare din biroul tău.

Am râs lipită de el şi am aruncat o privire în spate. Vedere spre Sena. M-a dus la fereastră ținându-mă de mână.

— Cam trist, a remarcat el amuzat.

— E cenuşie, crede-mă că de asta te saturi repede!

M-a sărutat brusc cu patimă. Voiam ca timpul să se oprească, voiam ca Pacôme să mă țină lângă el, să mă atingă pentru ca nimic altceva să nu mă mai atingă, să fiu altcineva decât eram, pentru ca regretele şi ruşinea să nu mai facă parte din viața mea. Am avut totuşi o tresărire de bun-simț când mâinile noastre au început să se strecoare pe sub haine.

— La dracu, a mormăit el. E cam complicat în biroul tău.

— Mai ales când trebuie să ieşi.

Ne-am sprijinit frunțile una de alta, ne-am zâmbit şi ne-am sărutat, înainte de a adopta o atitudine decentă şi cuminte. Cu orice risc, m-a tras iar spre canapea, iar eu m-am agățat cu toată puterea de talia lui.

— La ce oră trebuie să te întâlneşti cu fiul tău?

Corpul mi s-a încordat instantaneu.

— Nu te panica! N-am venit să mi-l prezinţi. Nu mă pricep, dar îmi imaginez că e nevoie de pregătire pentru o chestie ca asta.

— Da, am răspuns cu glas slab.

— Începi să mă cunoşti, am acţionat din impuls, mi-ai lipsit, voiam să te văd, aşa că am venit. Chiar şi pentru o oră, tot e ceva.

— Mulţumesc.

— La cât îl iei pe Noé?

M-am uitat la ceas, deşi era un gest complet inutil. Însă trebuia să intru cât mai bine în pielea unei mame cu un copil de zece ani. Să inventez încă o minciună. A nu ştiu câta minciună. Eram demnă de dispreţ. Pacôme, deşi imprevizibil, era perfect, înţelegător, făcea pentru mine lucruri care-l depăşeau, se purta atent şi-mi zâmbea, deşi nu mă îndoiam că, în sinea lui, era terorizat. Sigur îi venea să fugă, dar, cu toate acestea, mergea mai departe împreună cu mine. În orice caz, îşi asuma dorinţa de a mă vedea, bănuiam că nu-i stătea în obicei. Eu pângăream ceea ce trăiam amândoi, în timp ce el depăşea o etapă importantă cu mine.

— Trebuie să fiu acasă în douăzeci de minute, eram pe picior de plecare.

Evident, el îmi interpreta greşit tristeţea.

— Îţi promit că data viitoare vin mai devreme.

Cum am păşit afară, Pacôme m-a luat de mână. Aş fi putut visa la această realitate în care bărbatul pe care-l iubeam, un bărbat care nu se ataşase până atunci de nimeni şi care acum îmi arăta clar că se ataşează de mine, ar fi venit să mă ia de la serviciu ca să petrecem o seară frumoasă cu Noé. Am mers mână în mână până la mașinile noastre parcate una lângă alta pe chei. Mă pregăteam să-i spun să aibă grijă pe drum când privirea mi-a fost atrasă de o siluetă aflată departe, în spatele lui. M-a luat cu amețeală. Chiar şi în mijlocul unei mulțimi, l-aş fi recunoscut cu ochii închişi pe fiul meu. Aş fi vrut să cad lată, să mor pe loc, pentru ca totul să înceteze şi tortura să ia sfârşit. Dar nu aveam dreptul. De ce venise? Cunoşteam răspunsul: se îngrijora pentru mine. Comoara mea voia să-mi facă o bucurie. Din când în când, îmi făcea astfel de surprize, după o ceartă, după o dezamăgire, în perioadele extenuante. Ştiam ce planuri avea, voia să mergem la cumpărături amândoi ca să pregătim burrito. Un ritual ce data de când era mic. De pe vremea când avea opt ani, „seară burrito" era numele nostru de cod pentru împăcare sau ridicarea moralului.

Urlam în sinea mea. Hazardul se înverşuna să mă distrugă încă puțin de fiecare dată când se manifesta. Ce soluție aveam? Să mă ascund? S-o rup la fugă? Să-l împing pe Pacôme în maşină? Nu. Nu puteam face decât un lucru. Să suport. Să las pământul să se deschidă sub picioarele mele şi să mă înghită.

Noé înainta cu pas vioi spre noi. Îl vedeam tot mai clar. Niciodată nu mi se păruse atât de frumos, atât de înalt. Şi parcă niciodată nu semănase mai mult cu tatăl lui în tinerețe. Mai rămăseseră câteva secunde. M-am uitat, fără îndoială pentru ultima oară, drept în ochii cenuşii ai lui Pacôme. Mi-am îngăduit să-l mai privesc lung o dată încercând să-l fac să înțeleagă cât de mult conta pentru mine, cât de mult îl iubeam. M-am bucurat pentru ultima oară de privirea lui plină de dorință, de tandrețe şi de o panică tulburătoare. Mai erau câțiva metri. M-am ridicat în vârful picioarelor şi mi-am lipit dureros buzele de buzele lui, luptându-mă să nu plâng. Mâna mea i-a mângâiat pieptul pentru ultima dată, a trecut peste inima lui pe care am simţit-o bătând. Apoi m-am desprins de el şi m-am dat înapoi. S-a încruntat nedumerit.

— Reine, ce e?

— Iartă-mă, i-am şoptit.

N-a apucat să rostească niciun cuvânt.

— Mamă!

Pacôme a înlemnit. Mi-am luat ochii de la el ca să-i acord toată atenţia fiului meu.

— Noé, ce cauţi aici?

Nu ştiu cum am găsit putere să par veselă. De fapt, ştiu cum. Pântecul meu, măruntaiele preluaseră controlul.

— Voiam să-ţi fac o surpriză, dar...

Nu se uita la mine, ci fix la Pacôme, care scutura din cap ca să-şi revină. Chipul i s-a întunecat, încerca să priceapă scena la care asista, lupta împotriva evidenţei.

— Vezi, comoara mea, nu eşti singurul care mi-a făcut o surpriză astă-seară. Şi Pacôme a avut aceeaşi idee.

Ochii fiului meu s-au luminat în timp ce-l studia pe bărbatul din faţa lui. A făcut un pas spre el zâmbindu-i larg şi i-a întins mâna.

— Sunt Noé, fi...

— Fiul lui Reine, a reuşit cu greu Pacôme să articuleze. Ştiu.

Şi-au strâns mâinile câteva secunde, privindu-se în ochi. Îmi venea din nou să urlu.

— Mi te închipuiam mai mic.

Noé n-a sesizat ironia, eu da. Căutam cu disperare să-i prind privirea lui Pacôme, el şi-a îndreptat-o scurt spre mine, în ciuda licărului feroce din ochi. Îl imploram în tăcere să nu spună nimic, să tacă. Nu era problema lui, dar trebuia să-mi protejez fiul. Noé, în culmea fericirii și a curiozității, n-a simțit tensiunea din jurul lui și a umplut tăcerea care devenea sufocantă.

— Veniți de la Saint-Malo?

— Da, dar tocmai plecam înapoi.

— Deja?

Dezamăgirea lui Noé era palpabilă, ca și dorința lui Pacôme de a fugi.

— De ce?

Pacôme a zâmbit ironic:

— Mama ta nu intenționa să ne facă atât de repede cunoștință.

Noé m-a înghiontit ușor cu cotul și mi-a zis pe un ton glumeț:

— Prea târziu!

Apoi, văzându-ne lipsa de reacție, a început să-și mute greutatea de pe un picior pe altul.

— Poate vă deranjez. O să-l sun pe Bastien să văd dacă pot dormi la el.

Roșeața din obrajii lui m-a înduioșat.

— Nu, am răspuns. N-o să dormi la prieteni în cursul săptămânii, îți aduc aminte că mâine, la opt, ai ore...

— Oricum, eu trebuie să mă întorc la Saint-Malo, m-a întrerupt Pacôme. Mâine-dimineață devreme am niște întâlniri.

— Dar puteți măcar să cinați la noi, acum că ne cunoaștem! Ce zici, mamă?

Situația era complet halucinantă, Noé făcea pe mijlocitorul. Mi-am adunat tot curajul ca să-l înfrunt pe Pacôme, care nu înceta să se uite cercetător la fiul meu, la chipul lui, la alura de adolescent, la ținuta lui. Dacă nu înțelesese deja, nu avea să întârzie s-o facă.

— Ce părere ai? l-am întrebat.

Îi citeam în ochi cât de greu îi venea, cât era de furios. I-am observat din nou oboseala profundă, trăsăturile feței îi erau oarecum îmbătrânite, trase.

— Tu hotărăşti, Reine.

Nu ştiu ce m-a împins să mă decid.

— Rămâi!

Nu încăpea îndoială că el ar fi vrut să audă contrariul.

— Cool! Să mergem! s-a entuziasmat Noé. Am înghețat aici!

Mă uimea dezinvoltura lui, nu manifesta nicio reținere față de Pacôme, era el însuşi, parcă simțea că poate să aibă încredere în Pacôme. Nu se înşela, putea să aibă mai multă încredere în acest bărbat care abia intrase în viața lui decât în propria mamă.

— Vii după noi? l-am întrebat pe Pacôme.

A dat din cap că da, fără să-mi arunce nicio privire, însă Noé a avut dreptul la un zâmbet din partea lui.

Prezența lui Noé lângă mine în maşină m-a ferit să înnebunesc. Voiam ca drumul ăsta să nu se termine niciodată, ca să nu trebuiască să-l înfrunt pe Pacôme, şi totuşi niciodată nu mi se păruse atât de lung. Evitam pe cât posibil să mă uit în oglinda retrovizoare.

— Îmi pare rău c-am picat aşa din senin, dar nu erai deloc bine aseară şi azi-dimineață. Am vrut să-ți ridic moralul.

— A fost o idee foarte bună, mulțumesc.

— Mda, însă... poate el nu se prea bucură să mă vadă.

— Nu-ți face griji pentru Pacôme, bine? Să știi că el dorea să te cunoască, dar eu nu voiam ca lucrurile să meargă prea repede.

Măcar o dată, am avut impresia că spuneam adevărul.

— Ce aiurea! După cum vezi, cred că o să-mi placă mult de Pacôme.

Înainte să iasă din mașină, l-am reținut două secunde.

— Am doar o favoare să-ți cer.

— Ce anume?

— Vrei să ne lași singuri câteva minute?

A chicotit și și-a dat ochii peste cap.

— Stai liniștită, n-o s-o pe fac pe puștanul gelos, care stă lipit de maică-sa ca să-l gonească pe domnul cel rău!

Noé a coborât, a fluturat mâna spre Pacôme care aștepta deja afară din mașină și a plecat ca din pușcă. Nu îndrăzneam să mă uit la Pacôme, nu îndrăzneam să-i vorbesc. Îl simțeam gata să explodeze, expresia lui sumbră mă înspăimânta. Așa că am pornit spre casă. El m-a urmat fără un cuvânt. Când am trecut pragul, am auzit ușa de la camera lui Noé trântindu-se la etaj, apoi imediat bașii au început să urle. Mi-am trântit mantoul și geanta pe un fotoliu și am continuat să merg, conștientă că Pacôme era în spatele meu, observând tot. L-am condus în bucătărie.

— Vrei să bei ceva?

— Nu.

Mi-am turnat un pahar de vin roșu și mi-am aprins tremurând o țigară la fereastră. Stătea fiecare rezemat cu spatele de perete, de o parte și de alta a încăperii. Eram incapabilă să-l înfrunt, paralizată de gândul sentimentelor pe care le-aș fi descoperit.

— Am mai multe întrebări, Reine, a rostit el sec după momente lungi de tăcere. Dar cum să fiu sigur că o să-mi spui adevărul?

Mi-am oprit privirea încețoșată asupra lui, avea chipul ca tăiat în marmură. M-a durut, îl dezgustam.

— Nu mai am nimic de pierdut. Îți cer doar să nu provoci un scandal în fața fiului meu. Dacă nu te simți în stare să te abții, pleacă imediat.

— El n-are niciun amestec în mizeriile mamei lui, n-am de ce să-l fac să sufere.

O lacrimă mare mi s-a prelins pe obraz, am simțit-o coborându-mi pe sub bărbie şi căzând pe gât. Pacôme a urmărit-o cu ochii.

— Câți ani are?

— Şaptesprezece, dă bacul anul ăsta.

Parcă ar fi primit o lovitură.

— Cine e tatăl lui?

Am coborât privirea şi mi-am pironit-o asupra picioarelor.

— Repet întrebarea. Cine e tatăl lui?

Tonul lui era tăios ca o lamă.

— Nicolas.

A încleştat pumnul şi a început să se învârtă prin cameră, îi venea să izbească în ceva, spumega.

— La dracu!

A închis ochii strângând cu putere din pleoape şi şi-a sprijinit fața crispată de perete, gata să-l izbească cu pumnul. Părea zdrobit. Din impuls, m-am repezit şi mi-am pus mâna pe spatele lui, voiam să-l mângâi, voiam să-l consolez. A dat scurt din umeri pentru a-mi îndepărta mâna, atingerea mea îi repugna. Respingerea lui m-a rănit teribil, dar nu m-a mirat. M-am tras imediat înapoi şi m-am întors supusă la locul meu. Minutele se scurgeau. Când a considerat că şi-a recăpătat calmul, mi s-a adresat din nou:

— Şi când te gândeşti că n-am îndrăznit niciodată să te întreb ce s-a întâmplat cu tatăl copilului tău ca să nu te fac să suferi, să nu răsucesc cuţitul în rană... Chiar m-ai luat drept fraier! Ce-ai urmărit venind la Cele Patru Colţuri ale Lumii? Să ne dai peste cap vieţile? Mi se rupe de-a mea, dar viaţa lui Nicolas şi a lui Héloïse?

— Pacôme, îţi jur că nu ştiam nimic, altfel n-am fi astă-seară aici. N-am încercat niciodată să dau de Nicolas, dimpotrivă. Crezi că, dacă ştiam, mi-aş mai fi petrecut noaptea cu tine?

— Eşti o actriţă destul de bună, a replicat el caustic.

— Am fost luată prin surprindere, Pacôme. Cum ai fi vrut să-i trântesc lui Nicolas aşa din senin că are un băiat de şaptesprezece ani? În plus..., în plus...

— Ce?

S-a apropiat de mine livid, pus pe harţă, încordat, mi-a sărit în ochi vena umflată de la gâtul lui, îşi stăpânea cu greu furia.

— Chiar dacă nu mă crezi, ceea ce s-a întâmplat între noi n-are nicio legătură cu restul, n-am jucat niciodată teatru cu tine, sentimentele mele sunt sincere, crede-mă, te rog...

M-a fulgerat cu privirea.

— Să nu mai pomeneşti niciodată de cele întâmplate între noi!

Îmi lipsea aerul mai rău decât oricând. Ştiusem mereu că reacţia lui va fi drastică, însă asta nu însemna că o suportam uşor. Era chiar mai greu decât orice îmi imaginasem. Mă sufocam, încă o lacrimă mi-a curs pe obraz, dar el a rămas indiferent.

— Noé... ce ştie?

— Nimic, nu ştie nimic, nu ştie cine e tatăl lui. O să-ţi explic...

— Nu faţă de mine trebuie să te justifici. Păstrează-ţi explicaţiile pentru cei doi oameni direct interesaţi de ele. Pe mine să mă uiţi, nu fac parte din viaţa ta.

Muzica s-a oprit deasupra capetelor noastre. Noé avea să coboare la noi dintr-un moment în altul. L-am implorat pe Pacôme din priviri să se potolească.

— N-o să-i fac rău.

Am apucat în ultima clipă să mă întorc cu spatele pentru ca fiul meu să nu-mi vadă lacrimile.

— Ce faci, mamă?

— Pregătesc cina.

Probabil că Pacôme îl examina acum cu maximă atenţie, ca să descopere chiar şi cea mai mică asemănare cu Nicolas.

— Pot să vă pun o întrebare despre Saint-Malo, domnule Pacôme?

— Cunoşti Saint-Malo?

Surpriza din tonul lui era perceptibilă, la fel şi tristeţea.

— Visez să merg acolo, mama mi-a promis că mă duce, dar o cam lungeşte.

— Ce vrei să ştii?

— O grămadă de lucruri!

Mi-am trecut rapid mâna peste faţă ca să îndepărtez urmele lacrimilor şi am adoptat o mască de circumstanţă înainte de a mă întoarce spre ei.

— Bun, ştergeţi-o amândoi în living cât pregătesc eu de mâncare. N-am niciun chef să-mi împuiaţi capul cu poveştile voastre despre corsari!

Noé a izbucnit în râs.

— Mama mi-a spus că sunteţi un fel de specialist, i-a zis lui Pacôme.

În ochii lui Pacôme a apărut un licăr de amuzament:

— Sigur a exagerat!

— Veniţi cu mine în living?

— Doar dacă mă tutuieşti... Altfel, am impresia că sunt bătrân.

Noé i-a zâmbit radios. Pacôme nici că putea să se comporte mai bine ca să-i intre în graţii şi, în acea lume ideală pe care nu aveam s-o cunosc niciodată, aş fi fost cea mai fericită dintre femei. Înainte să iasă din bucătărie, Pacôme m-a privit peste umăr, abătut şi copleşit de situaţia confuză de care eu singură eram răspunzătoare.

Cina nu le-a întrerupt discuţia. Dimpotrivă, cred că Pacôme se străduia s-o întreţină: nu numai că era subiectul lui predilect, dar evita astfel să mi se adreseze mie. Mă uitam la fiul meu a cărui admiraţie creştea cu fiecare secundă. Sorbea cuvintele lui Pacôme, îl mânca din ochi. Vedeam şi cât de mişcat era Pacôme de interesul pe care i-l arăta Noé. Când fiul meu a enunţat titlul magic *Ces messieurs de Saint-Malo*, Pacôme parcă a primit o lovitură în inimă, l-a privit pe Noé mai tandru, emoţionat. Chiar visasem la o întâlnire între ei şi nu mă înşelasem, aveau totul pentru a se potrivi. O să am ce poveşti să-mi spun ca să adorm. Preţ de câteva clipe, m-am desprins de propriul corp, nu mai stăteam la masă cu ei, mă gândeam la ce-o să se întâmple când Noé va afla adevărul. Însă puteam fi cât de cât liniştită. Chiar dacă mie o să-mi întoarcă spatele, va avea în Pacôme un om pe care să-l admire.

Fiul meu şi-a amintit că existam şi mi-a zâmbit chinuit de remuşcări:

— Îmi pare rău, am ocupat tot spaţiul.

— Fii fără grijă, bănuiam că o să vă înţelegeţi bine.

— De-aia nu voiai să ne faci cunoştinţă? mi-a replicat în glumă.

Cu coada ochiului, l-am văzut pe Pacôme strângând pumnul până i s-au albit încheieturile.

— Vă las acum!

Noé s-a ridicat de la masă luându-şi farfuria. Când a revenit după un popas intenţionat în bucătărie, s-a apropiat de Pacôme, care s-a ridicat la rândul lui în picioare.

— Sper să te revăd curând!

— Poate nu foarte curând.

Mi-a îngheţat sângele în vine de groază. Putea fi Pacôme atât de furios încât să-l facă pe Noé să sufere? Până să apuc să intervin cumva, a adăugat:

— Există şanse să plec într-o călătorie nu peste mult timp.

— Aha! Unde?

— Nu ştiu încă.

— O să-mi spună mama! Pe curând!

Măcar o dată nu trebuia să-mi ascund durerea. Pacôme fugea, îşi recăpăta libertatea. Noé i-a întins mâna, zâmbindu-i larg. Pacôme l-a privit cu intensitate, apoi a oftat adânc. Îi simţeam clar tristeţea revărsându-se ca un val.

— Ai grijă de tine, Noé.

Fiul meu mi-a făcut cu ochiul, era în culmea fericirii. A dispărut în viteză pe scări. Minutele treceau unul după altul, dar nici eu, nici Pacôme nu ne mişcam. Îmi era imposibil să mă uit la el fără să cedez nervos. Îmi era imposibil să mă uit la el fără să-l implor să mă ierte şi să nu plece. Mă înspăimânta ideea că mă părăseşte. Şi totuşi, ştiusem că asta se va întâmpla. Într-un târziu, s-a pus în mişcare. Şi-a luat haina, pe care o aruncase pe canapea şi s-a îndreptat spre uşă, fără niciun cuvânt, fără niciun gest pentru mine. Am alergat după el.

— Stai!

S-a oprit brusc, dar nu s-a întors cu faţa.

— Pacôme, te rog, uită-te la mine!

— Nu pot.

Am mai făcut un pas, el a simţit şi s-a încordat şi mai tare.

— Rămâi unde eşti, Reine.

Vorbea cu glas coborât, dar pe un ton sec, ce nu admitea replică. Mă podidiseră din nou lacrimile.

— Nu poate să se termine aşa... Noi...

Îmi dădeam seama că mă purtam lamentabil, cerşeam firimituri. Însă prea puţin îmi păsa.

— Consideră că, din cauza minciunilor tale, acest „noi", cum spui tu, n-a existat niciodată. Te-am şters de pe harta mea. Singurul tău merit este că m-ai făcut să înţeleg că trebuie să rămân mereu stăpân pe viaţa mea.

A deschis uşa, a trecut pragul şi a dispărut în noaptea întunecată din grădina mea. Eram paralizată. Pacôme se volatilizase. Definitiv.

În următoarea săptămână, am supravieţuit. În preajma lui Noé, jucam comedia mamei îndrăgostite şi fericite, înghiţeam o pastilă seara ca să reuşesc să adorm, evitând astfel să arăt devastată de epuizare, durere şi angoasă în fața fiului meu. Aveam grijă să mă pregătesc meticulos în fiecare dimineață, găseam putere să mă machiez, deşi ochii îmi erau plini de lacrimi. Acasă, faptele, gesturile şi cuvintele mele nu urmăreau decât un singur scop: să-l fac pe Noé să creadă în continuare că totul era în regulă. El îmi vorbea adesea despre Pacôme, îmi punea întrebări despre el, voia să ştie dacă primisem veşti. Astfel de momente în care puteam să-l evoc țineau la distanță durerea de a-l fi pierdut, parcă ar mai fi fost cu mine într-o oarecare măsură. Întrețineam un mit.

Dar pentru câtă vreme? Îmi mascam tresăririle, simțurile îmi erau veşnic în alertă, pândind inevitabilul moment în care totul avea să explodeze, în care Nicolas avea să apară după ce Pacôme îi va fi raportat tot. Trăiam în celula condamnaților la moarte. Oare cât timp îmi va acorda Pacôme înainte de a mă face să urc pe rug?

Vineri seara, când eram încă la birou, Noé m-a sunat să mă întrebe dacă putea să iasă în oraş şi să doarmă la un prieten. De fapt, mai degrabă mă anunța decât îmi cerea permisiunea. Oricât detestam eu să ştiu că nu doarme acasă, acum îmi convenea să-mi petrec seara singură. Luam o pauză de la prefăcătorie. N-ar mai fi trebuit să trăiesc următoarele ore observându-mi fiul şi cântărind dacă era momentul potrivit să trec la mărturisiri.

Îmi puneam mantoul, gata să plec, când Paul a intrat în biroul meu. Noé trebuie să-i fi spus că-l cunoscuse pe Pacôme, iar Paul dedusese restul fără să schimbăm niciun cuvânt.

— Pleci?

— Aşa s-ar părea.

— Ce faci în weekend?

— Nimic… poate mă duc la ai mei duminică la prânz, la masă. Mi-ar fi cam greu să mă eschivez, Noé vrea să-şi vadă familia.

— Pune-i la curent!

Nu i-am răspuns. La ce bun să mă obosesc inutil? Nu mai aveam argumente.

— Vrei să luăm cina împreună?

— Îți mulțumesc, dar nu… Am nevoie să fiu singură. Iar tu ai lucruri mai bune de făcut decât să te ocupi de mine.

Eram sigură de asta, pentru că zărisem, cu câteva zile în urmă, o femeie care-l aştepta în parcarea Hangarului. Însă, dat fiind că nu mai stăteam de vorbă, nu mai beneficiam de dreptul de a cunoaşte ultimele evenimentele din viața lui amoroasă. Am trecut pe lângă el.

— Reine, aşteaptă!

— Vreau să mă duc acasă, lasă-mă să plec!

— Am vorbit adineauri la telefon cu Pacôme.

M-am oprit brusc, mâinile au început să-mi tremure, iar ochii mi s-au umplut de lacrimi.

— Ce face?

— Greu de spus, n-a fost prea vorbăreț. Voia doar să mă prevină că Nicolas va lua iar frâiele în mână săptămânile viitoare.

— A precizat un motiv pentru această schimbare?

— Pleacă mâine în Asia.

Aşadar, îşi punea planurile în aplicare şi aşternea mii de kilometri între noi. Dacă era să găsesc totuşi o slabă consolare pentru plecarea lui, faptul că Nicolas lucra cu Paul şi, în consecință, mai mult sau mai puțin cu mine, însemna că Pacôme nu-i spusese nimic din ce aflase. Oare cum se explica tăcerea lui?

— Mulțumesc că m-ai prevenit, am reuşit să îndrug.

Picioarele mele au luat-o iar din loc.

— Aşteaptă puţin!

Paul m-a ajuns din urmă şi mi-a blocat drumul. Mă încăpăţânam să evit orice contact vizual cu el. A pus mâinile pe umerii mei.

— Spune-mi ceva, te rog. Te-ai închis în tine în ultimele zile. Mărturiseşte-mi ce ai pe suflet, nu sta aşa.

— Ce vrei să-ţi zic, Paul? Că plătesc în sfârşit pentru toate greşelile? Că trec prin chinurile iadului fiindcă l-am pierdut pe cel la care visam de atâţia ani şi că ăsta nu-i decât începutul? Că în curând o să-mi pierd fiul? Că nu-i decât o chestiune de săptămâni, admiţând că reuşesc să rezist până la bac? Asta vrei să auzi, Paul?

N-a găsit nimic să-mi răspundă.

— Vezi? Exact ce spuneam, nu mai e nimic de adăugat!

— Poate, dar sunt alături de tine.

— Se fac optsprezece ani de când ne cunoaştem, Paul. Optsprezece ani de când îţi faci griji pentru mine, optsprezece ani de când mă îndemni să mărturisesc adevărul. Nu mai vreau să-ţi provoc necazuri. Fiecare cu viaţa lui şi problemele lui.

A zâmbit trist şi tandru deopotrivă.

— Nu mă pot schimba... Mereu îmi voi face griji pentru tine şi pentru Noé.

— El e bine deocamdată.

Trebuie să fi înţeles că nu va mai scoate altceva de la mine. M-a cuprins în braţe şi m-a sărutat pe păr. O clipă m-am simţit ca eliberată de o povară, îmbrăţişarea lui Paul mi-a oferit un scurt moment de pace. Dispariţia permanentei lui prezenţe din viaţa mea îmi slăbea forţele.

— Să nu insist pentru cină? mi-a şoptit.

— Weekend plăcut!

Mi-am petrecut seara lungită pe canapea, tremurând sub o pătură, cu televizorul deschis ca să-mi obosesc mintea, să nu-mi mai aud gândurile, să nu mă mai chinuie angoasa. Orele au trecut, dar nu m-am clintit, n-am găsit puterea să mă târăsc până în camera mea. Din când în când mă mai ridicam ca să-mi umplu paharul cu vin. Nutream speranța că alcoolul mă ajuta să ațipesc puțin.

După miezul nopții, vibrația telefonului meu de pe măsuța joasă m-a făcut să tresar. M-am repezit la el, panicată la ideea că Noé ar avea o problemă. Nu era fiul meu. Era Pacôme. Am răspuns, cu mâna tremurându-mi.

— Noé e acasă?

— Nu..., se distrează cu prietenii. De ce?

— Poți să-mi deschizi? Sunt în fața casei tale.

Şovăind, nevenindu-mi a crede, deşi umbra pe care o zăream în spatele geamului era a lui, i-am deschis. Am stat secunde întregi uitându-ne fix unul la altul. Eu aveam cearcăne adânci, însă el arăta complet răvăşit. Un singur lucru îmi doream: să mă adăpostesc în brațele lui.

— Am nevoie să înțeleg, Reine. Vreau să-mi explici cum de-ai ajuns aici. După care voi putea să plec şi să-mi regăsesc libertatea.

Venise pentru el însuşi, pentru propria linişte.

— Intră...

Mi-am reluat locul pe canapea, ghemuită într-un colț, chircită ca să nu clachez înaintea lui, care mă privea rece şi distant. Rămăsese în picioare, cu brațele atârnate pe lângă corp, cu pumnii strânşi, de parcă nu ştia unde să se aşeze. Mi s-a părut foarte înalt, mă simțeam atât de mică în fața judecății lui, a prezenței lui.

— Paul mi-a zis că o să pleci.

— Trebuie să fiu la Roisy mâine-dimineață, la şase.

— Dacă vrei să bei ceva, serveşte-te din bucătărie, sigur îţi aminteşti unde e.

S-a întors după câteva minute cu o bere în mână şi s-a aşezat în faţa mea.

— Pacôme, n-am nicio scuză pentru ce-am făcut. Sunt conştientă. Tu poţi să crezi ce vrei.

Părea foarte dezamăgit.

— Înainte să-mi povesteşti, vreau să ştiu de ce nu mi-ai spus nimic?

Mi-am înăbuşit un râs amar amestecat cu câteva lacrimi.

— Până să intre Nicolas în biroul tău prima dată, totul mergea bine în viaţa mea, tocmai ne cunoscuserăm, eram fericită. Apoi totul a devenit un iad. Începând de atunci, am fost asaltată din toate părţile. Aş fi preferat să nu te amestec în povestea asta sordidă, să fiu în stare să-ţi rezist, n-am putut... Dacă ai şti cât îmi doream să-ţi spun tot, să-ţi mărturisesc tot, însă eşti cel mai bun prieten al lui Nicolas şi...

— Exact din acest motiv plec, nu-l mai pot privi în ochi de când am aflat.

Subînţelegându-se că eu, una, pot să fac asta, fără mustrări de conştiinţă.

O tăcere apăsătoare s-a strecurat între noi, el era gata să atace ca să se protejeze pe sine şi ca să-şi protejeze fratele de suflet. Eu eram obligatoriu personajul negativ al poveştii. Mi-am aprins o ţigară şi mi-am turnat al nu ştiu câtelea pahar de vin. Şi dintr-odată furia a pus stăpânire pe mine. De când nu mai simţisem această furie împotriva lumii întregi? La urma urmei, cine era el să mă judece, el care din egoism fugea de orice formă de angajament?

— Ai idee ce înseamnă să te trezeşti însărcinată la douăzeci şi doi de ani în timp ce iubitul tău, pe care ca o proastă îl credeai bărbatul vieții tale, e la celălalt capăt al pământului cu nişte necunoscuți care-i sucesc mințile? Ştii ce se petrece în capul unei tinere îndrăgostite?

A avut o mişcare de recul, sigur nu se aştepta la o astfel de reacție din partea mea. Nu mă credea în stare să ridic tonul, să plătesc cu aceeaşi monedă.

— Nu...

— Taci!

Am sărit de la locul meu şi am înaintat spre el dezlănțuită, cu corpul încordat, gata să muşc. Nu căutam să-mi justific faptele, ceream doar un pic de respect.

— Ai idee cum e să te duci la cabinetul de planning familial ca să avortezi fără ştirea nimănui? Crezi că o femeie se hotărăşte să treacă printr-un chiuretaj de plăcere? Nu, habar n-ai! Şi n-ai habar nici cum e să auzi o asistentă medicală anunțându-te cu răutate că trebuie să-l păstrezi. Ce-ți închipui tu că se întâmplă în mintea unei fete de douăzeci şi doi de ani care se pregăteşte să-i spună la telefon iubitului că o să devină tată, când acelaşi iubit o anunță că s-a îndrăgostit nebuneşte de altă femeie cu care trăieşte în India?

Mai aveam puțin şi urlam, eram uşurată să elimin toată ranchiuna, toată durerea. Iar Pacôme le încasa, deşi n-avea niciun amestec. Însă îmi era imposibil să mă opresc. Trebuia să merg până la capăt.

— Haide, Pacôme, răspunde-mi!

A plecat capul.

— Uită-te la mine! i-am ordonat.

M-a ascultat.

— Vrei să ştii cine sunt? Sunt o femeie care a crezut că o să-şi piardă complet mințile, sunt o fată care s-a abținut în fiecare zi a sarcinii să-şi lovească pântecul cu violenţă ca să-şi ucidă copilul.

A făcut ochii mari.

— Poţi să fii oripilat. N-o să mi-o iert niciodată, auzi? Niciodată! Totuşi, trebuie să trăiesc cu asta!

Sleită sufleteşte, m-am dat înapoi şi m-am prăbuşit pe canapea.

— Din ziua când l-am ţinut pe Noé în braţe — am continuat ceva mai calmă, am ştiut că aveam un motiv să trăiesc, să mă trezesc în fiecare dimineaţă, un motiv să lupt. Dar mai ales mi-a fost teamă să nu mi-l ia cineva, Nicolas în special. Viaţa noastră am clădit-o singură. N-o să fac acum elogiul mamei curajoase, n-are nicio legătură cu asta şi nici nu mă plâng. Vreau doar să ştii cum s-au înlănţuit lucrurile pentru Noé şi pentru mine. M-am adâncit în minciună, din lipsă de curaj, ca să-mi protejez fiul de greşelile mele cu orice risc.

El nu-şi lua ochii de la mine, mâinile îi tremurau.

— Îţi repet, Pacôme. Până de curând, hazardul nu exista pentru mine. După tot ce-ai auzit, chiar crezi că mi-aş fi asumat riscul de a veni la Cele Patru Colţuri ale Lumii dacă aş fi ştiut ce mă aşteaptă?

Părea incapabil să răspundă, s-a mulţumit doar să dea din cap.

— Vor fi afectate vieţi, şi numai din vina mea. Nu pot fi iertată, ştiu.

Mi-am şters cu stângăcie lacrimile de pe obraji. Pacôme şi-a frecat energic faţa ca pentru a se trezi dintr-un coşmar. S-a ridicat din fotoliu şi a început să se învârtă nervos precum un leu în cuşcă. Mă uitam continuu la el, aşteptând cu disperare un cuvânt, o reacţie. A răsuflat adânc ca să se liniştească, parcă tocmai ar fi luat o hotărâre. S-a aşezat pe vine în fața mea şi m-a privit cu un aer mai blând.

— Noé merită să-l cunoască pe Nicolas. Nicolas merită să-şi cunoască fiul. Iar tu, tu meriți să-ți găseşti pacea.

Sunt de acord.

— Reine, sunt dezolat, dar o să-ți pun cuțitul la gât. Până mă întorc eu peste cincisprezece zile, Nicolas trebuie să afle tot, e de datoria ta s-o faci.

Am icnit de durere.

— Dacă nu-ți asumi această răspundere, o să mă ocup eu. Cu toate consecințele de rigoare pentru tine. Ceea ce presupune să-i spui adevărul lui Noé, trebuie să ştie cine e tatăl lui.

Am crezut că o să-mi explodeze pieptul. Şi totuşi, simțeam un fel de seninătate. Era prima dată în optsprezece ani când cineva îmi dădea un ultimatum. Iar Pacôme ar fi mers până la capăt, nu mă îndoiam.

— O să-l pierd, i-am spus.

— Nu, te iubeşte prea mult. Băiatul tău este extraordinar.

Avea în ochi o sclipire aparte, o lumină pe care n-o mai văzusem la el înainte. Mi-am înăbuşit un hohot de plâns.

— Orice bărbat ar visa să aibă un fiu ca el.

Am reuşit să-i zâmbesc.

— Aş da orice să te fi întâlnit în alte împrejurări, Pacôme.

A strâns din pleoape, chipul îi era marcat de durere.

— Şi eu la fel, mi-a răspuns după câteva secunde, uitându-se țintă în ochii mei. Dar Nicolas va fi întotdeauna între noi.

— Ştiu.

Nu conta ce ne rezervau săptămânile următoare, nu contau reacțiile tatălui şi ale fiului, care nu ştiau încă nimic, noi doi n-am mai putea fi niciodată împreună, Pacôme şi cu mine. Nicolas era pentru totdeauna tatăl lui Noé, eu eram mama lui Noé, iar Pacôme era umbra lui Nicolas. El înţelesese, înţelesesem şi eu, în ciuda dragostei incontestabile ce ne-ar fi putut lega, ce ne lega deja.

— Acum o să plec, a zis el în şoaptă.

S-a apropiat de mine, respiraţia i s-a accelerat, mă ţintuia cu privirea cerându-mi permisiunea, i-am dat-o sărutându-l. M-a întins pe canapea. Nu credeam că e posibil să plângi făcând dragoste. Şi totuşi, asta mi se întâmpla. Mângâierile noastre nu erau nici tandre, nici blânde. Pacôme mă iubea cu furie şi disperare, ne spuneam adio, voiam ca el să mă însemneze, să-mi însemneze corpul. Am încercat să rezistăm cât mai mult ca să păstrăm acea fuziune care ne caracteriza. Dar a trebuit să cedăm. Corpurile noastre grele s-au încleştat până la durere, minute întregi, în tăcere. Ne agăţam unul de altul ca nişte naufragiaţi. Mi-am înăbuşit un suspin când s-a smuls de lângă mine. S-a îmbrăcat clătinându-se, iar eu m-am acoperit cu pătura. Apoi a rămas aşa, cu spatele, nemişcat, cu umerii căzuţi.

— O s-o faci, Reine? O să-i reuneşti?

În definitiv, el şi numai el mă putea împinge să înfăptuiesc inimaginabilul.

— Îţi promit!

A pornit spre ieşire. M-am înfăşurat în pătură şi l-am ajuns din urmă.

— Stai, Pacôme!

S-a întors spre mine zâmbind trist. Nu voiam să-l las să plece, mai aveam atâtea lucruri să-i spun...

— Eu..., eu...

— Nu spune nimic, te rog. Altfel, o să mă apuce dorința să mint şi eu, să-i iau pe frumoasa necunoscută şi pe fiul ei şi să fugim la capătul lumii.

Nu reuşeam să-mi stăpânesc lacrimile. El continua să-mi zâmbească.

— Aminteşte-ți de această poveste ca să adormi seara, da?

Am încuviințat. El şi-a trecut degetul peste buzele mele, a dat să se apropie, dar s-a răzgândit.

— La revedere, Reine!

— Ai grijă de tine, Pacôme.

Am depus un sărut uşor pe degetul ce încă îmi mângâia gura, după care el s-a răsucit pe călcâie şi a plecat.

9

Depăşisem prima etapă: să accept că-i voi spune adevărul lui Noé. A doua etapă: să-mi pregătesc mărturisirea.

Duminică, după cum era prevăzut, ne-am întâlnit cu toată familia la părinţii mei acasă. Îl pusesem pe Noé să promită că n-o să sufle o vorbă despre Pacôme. Ştiam că o să mă asculte măcar pentru a mă cruţa de interogatoriul ce ar fi decurs dintr-un asemenea anunţ. Cât a ţinut prânzul, am zâmbit, am râs, am cerut noutăţi de la unul şi de la altul. Totuşi, mă simţeam undeva departe, ca înfăşurată-n vată, detaşată de tot. Când bărbaţii din familie au trecut la ritualul plimbării cu bicicleta, m-am întors spre mama:

— Pot să scotocesc în pod?

— Bineînţeles! Ce cauţi?

— Nişte fleacuri pe care le-am depozitat acolo acum mulţi ani.

Am evitat cu bună ştiinţă privirea soră-mii.

— Contrar obiceiului, o să şterg eu vesela!

Mă ridicasem deja de la masă, dar Anna m-a oprit:

— Spune-ne ce cauţi şi te ajutăm, o să meargă mai repede aşa.

— Mulţumesc, dar mă descurc.

Am părăsit sufrageria, lăsându-le să şuşotească. „Ce-a apucat-o?“, „Las-o în pace pe sora ta“, „Într-adevăr, e cam ciudată de la o vreme încoace, credeam că a cunoscut pe cineva, trebuie să mă fi înşelat“ etc., etc.

Copilă fiind, petrecusem mult timp în pod, spunându-mi poveşti, imaginându-mi viaţa de om mare. Era grădina mea secretă şi, în mod logic, atunci când a trebuit să ascund dovezile ca să nu cadă niciodată în mâinile lui Noé, le adusesem spre păstrare aici. Sub pretext că existau prea multe obiecte periculoase care puteau să le pice în cap sau pe picioare, tata le interzisese nepoţilor accesul în pod. Ştiam exact unde să caut. Pe o etajeră, în fund, sub lucarnă. O cutie de carton aşezată cât mai sus posibil. Tata mă ajutase s-o pun la adăpost, o făcuse fără să spună nimic şi fără să mă judece. Era atât de abătut din cauza turnurii pe care o luase viaţa fetei lui mai mici, încât nu avusese atunci forţa să mă scuture sau să-mi impună să fac ceea ce logica şi bunul-simţ ar fi cerut. Am găsit o ladă pe care m-am urcat şi mi-am recuperat suvenirele. M-am aşezat direct pe jos, în praf, şi am plonjat în trecut.

Trecutul fericit, trecutul nefericit. Momentele de bucurie; mapele cu desene, amintiri ale anilor de la şcoala de arte — când voiam să fiu decoratoare de teatru —, bentiţa cu flori pe care o aveam mereu în păr şi pe care o purtam când m-am sărutat prima dată cu Nicolas, pe palierul camerelor de la mansardă în care locuiam, fotografii cu noi doi îndrăgostiţi lulea la douăzeci de ani. Treptat, am dat şi peste alte momente, ceva mai triste. Rarele scrisori pe care el mi le trimisese din India, le-am citit pe diagonală, prima era o frumoasă scrisoare de dragoste stângace, următoarele erau mai distante, dar mi-a atras atenția un nume pe care nu-l reținusem la vremea respectivă. *Am cunoscut un tip, un francez, îl cheamă Pacôme, e mai mare cu doi ani decât mine, cutreieră lumea de un an, mă impresionează, nu se teme de nimic şi poate să plece din senin în orice moment, dar este cool. Dacă vei veni într-o zi la mine, poate o să-l vezi, asta dacă nu cumva a plecat deja la Tombuctu! Pupici, regina mea.* Apoi am găsit ecografiile din perioada sarcinii, mersesem să le fac fără nicio tragere de inimă şi nu privisem niciodată ecranul, întorsesem mereu capul ostentativ, ca să nu văd forma micuță ce-mi creştea în pântec.

Am făcut o triere, punând deoparte ce voiam să iau: câteva fotografii ca să-i arăt lui Noé că fusese rodul unei iubiri, chiar dacă pe atunci noi nu eram conştienți că-l zămisleam, şi faimoasele ecografii cu data înscrisă pe ele, pentru ca Nicolas să nu aibă îndoieli.

Mă pregăteam să pun la loc restul când uşa a scârțâit în spatele meu.

— Te descurci? a întrebat grijulie Anna.

— Foarte bine.

— Ce cauți, de fapt?

M-am întors spre ea cu pachetul în mână şi i l-am întins. S-a uitat în grabă, cu nervozitate, în plicul cu amintirile mele.

— De ce iei astea?

Vorbise pe ton aspru, simțeam cum o cuprindea angoasa.

— E timpul, Anna.

— Timpul pentru ce?

— Să-i spun adevărul lui Noé.

— Nu! Nu poţi să faci asta!

Am răsuflat uşor ca să-mi păstrez calmul.

— Nu am de ales.

— Întotdeauna avem de ales! Şi-ţi aduc aminte că tu ai făcut o alegere care a avut consecinţe asupra întregii familii, acum optsprezece ani. Nu poţi să revii şi să te răzgândeşti dintr-un capriciu!

Anna şi simţul familiei… Întotdeauna trebuie să protejezi familia. I-am zâmbit ironic:

— Nu-i un capriciu şi, îţi repet, nu am de ales.

A dat ochii peste cap, exasperată:

— E complet absurd!

— L-am întâlnit pe Nicolas acum mai bine de trei luni.

Şi-a dus mâna la inimă.

— Cum? De ce nu ne-ai spus că-l căutai?

— Pentru că nu l-am căutat. Am dat nas în nas la serviciu.

— Ce oroare! Dar de ce nu i-ai cerut lui Paul să te scape de dosarul ăsta? Evită-l!

— Crezi că pot să uit că Nicolas trăieşte la trei sute de kilometri de aici? Crezi că pot să uit cât îi seamănă Noé şi să mă prefac că el nu există?

— Puţin îmi pasă de conştiinţa ta! Îţi termini treaba şi gata, tai toate punţile!

— Eşti ţicnită? Îţi dai seama ce enormitate spui?

— Reine! Îţi interzic să faci asta!

— De parcă ţi-aş cere permisiunea! E vorba de viaţa mea! Cine te crezi?

— O să-i dai gata definitiv pe mama şi pe tata!

Rămăsesem mută de uimire, mă rog, poate nu chiar mută.

— Mereu am bănuit că-mi porți ranchiună, dar nu chiar într-atât...

A pălit, dându-şi seama că poate mersese cam prea departe cu reproşurile. Răul era făcut, ce rost mai avea să revenim asupra lui?

— Nu asta voiam să zic, a bâiguit. O să-l pierdem pe Noé.

— În primul rând, eu o să-mi pierd fiul, sesizezi nuanța? Tu n-o să pierzi nimic! În orice caz, Anna, n-ai niciun cuvânt de spus. Tot ce vă rog e să-i fiți alături lui Noé.

Am ocolit-o şi am părăsit podul fără să mă uit înapoi. Ea a venit după mine, cerându-mi să o ascult. Când am ajuns la parter, a apărut şi mama, speriată de țipetele Annei.

— Ce se întâmplă, fetelor? Nici când erați mici nu urlați în halul ăsta!

— Am motivele mele, i-a replicat Anna, furioasă. Haide, spune-i ce tâmpenie te pregăteşti să faci!

M-am răsucit spre mama, dezolată că îi provocam o asemenea durere.

— Mamă, mă duc la Saint-Malo peste câteva zile. Nu cu probleme de serviciu, ci ca să vorbesc cu Nicolas.

Mama a priceput imediat şi s-a clătinat, am prins-o în ultima clipă. Ochii îmi înotau în lacrimi.

— După aceea, o să-i explic totul lui Noé. Trebuie să ştie cine e tatăl lui. Mi-a luat ceva timp să înțeleg, dar acum sunt gata. Iartă-mă, mamă.

M-a mângâiat uşor pe obraz.

— Fetița mea... O să suferi mult...

— Merit.

— Nu, scumpa mea, nu meriți. Şi nu-ți face griji pentru noi. Doar Noé contează. Iar noi purtăm toți o parte din răspundere.

— Spune-i ceva! a zbierat Anna. O să ne distrugă familia. Nu poate să ne facă una ca asta!

— Ajunge, Anna! Am ştiut întotdeauna că facem o greşeală uriaşă susţinând decizia surorii tale, dar ne-a picat bine, ţie mai ales. Tuturor ne-a convenit. Tu ai fost foarte mulţumită să faci pe mămica pentru Noé şi să fii un model pentru sora ta, să nu spui că nu-i adevărat.

Anna s-a tras înapoi, rănită, uitându-se în gol: ştia că mama avea dreptate. Într-un târziu, şi-a îndreptat ochii plini de lacrimi spre mine.

— La vremea respectivă, a reluat mama, familia şi-a întărit legăturile şi va trebui s-o facem în continuare. Nu vă întoarceţi spatele una alteia. Noé o să aibă nevoie de noi.

Apoi mi s-a adresat iarăşi mie:

— O să ne spui când te duci să-l vezi?

Am încuviinţat din cap.

— E un om de treabă?

— Da, mamă.

— Cu atât mai bine.

Mama redevenea femeia energică care-şi conducea clanul cu o mână de fier într-o mănuşă de catifea. M-am apropiat prudentă de Anna. Refuzam să fiu în relaţii proaste cu ea, o iubeam prea mult.

— O să mă poţi ierta? am întrebat-o.

M-a cuprins în braţe.

— Eu îţi cer iertare, surioară, mi-a şoptit la ureche. Am luat-o razna, dar mă tem pentru tine şi pentru Noé. Nu pricep cum de s-a ajuns la aşa ceva, credeam că lucrurile n-o să se schimbe niciodată, că Noé va fi mereu al tău, dar şi al nostru un pic. Rolul meu de soră mai mare e să vă protejez pe amândoi. Oricum chestia asta mă depăşeşte, îţi jur, de aceea îmi cam ies din minţi, doar mă cunoşti.

M-am desprins delicat din îmbrățișarea ei ca s-o privesc în ochi.

— Și pe mine mă depășește, să știi, dar trebuie s-o fac.

A fost rândul ei să mă mângâie pe obraz.

— Știu... Du-te și ascunde plicul în mașină înainte să se întoarcă băieții, nu trebuie să dea nimeni peste el azi.

— Mulțumesc...

— Te însoțesc și o să-mi pasezi și-o țigară. Tata încă n-a apărut!

Toate trei am împărtășit același râs nebunesc și trist.

În următoarele zece zile, mi-am pus viața și treburile în ordine și am stabilit o întâlnire, chipurile profesională, cu Nicolas. Mă pregăteam știind prea bine în ce haos o să plonjez în curând. Mă simțeam ciudat de calmă. Sabia lui Damocles nu-mi mai atârna deasupra capului. Căzuse deja. Nu-mi mai rămânea decât să termin treaba. Fatalitatea mă împingea să profit de ultimele clipe ale „vieții mele de dinainte", timpul angoasei și al enervării se sfârșise. Mă bazam pe sprijinul alor mei, pe care nu-i mai mințeam, deși nu intenționam să le cer nimic în plus. Eram senină cum nu mai fusesem de săptămâni. Probabil că Paul remarcase și el, fiindcă a încetat să mă supravegheze. Pacôme? Mă gândeam la el în fiecare zi, în fiecare minut, îmi lipsea cumplit. Singura mea consolare era să știu că nu mă detesta, aflase tot, înțelesese, cel puțin așa mă lăsase să cred. Acasă, pentru câteva zile încă, eram mama pe care Noé o cunoștea dintotdeauna, ne ciondăneam, râdeam, trăiam împreună momente frumoase. Oare înțelepciunea se revarsă asupra ta când te știi condamnat?

În ajunul plecării mele, Paul a făcut a nu știu câta încercare de apropiere.

— Pot să merg cu tine mâine... E periculos să te întorci singură cu maşina.

— O să rezist, mai am de făcut ceva după aceea, aşa că ai încredere în mine pentru ultima dată, o să fiu prudentă. Acasă mă va aştepta Noé, mă voi întoarce teafără.

Evident, îşi făcea sânge rău pentru mine. Căuta o confirmare, certitudinea că totul o să fie bine, fără îndoială nu-i pica bine să fie exclus din ceea ce mi se întâmpla mie şi din ceea ce era pe cale să i se întâmple lui Noé. Oricât mă concentram asupra grijilor mele, nu mă puteam împiedica să-l observ pe furiş. Şi Paul părea să fie tot mai des cu mintea aiurea, simţeam că Noé îi ocupa în întregime gândurile. Faptul că Noé urma să afle curând cine îi e tată o să aibă consecinţe inevitabile asupra relaţiei lor. Anna îmi spusese că familia se temea să nu-l piardă pe Noé. Dar şi Paul risca să-l piardă. Cum va suporta? În acelaşi timp, trebuia să am încredere în fiul meu. N-ar fi putut să-i întoarcă spatele lui Paul, conta prea mult pentru el. Aş fi făcut orice ca să nu se ajungă la asta, Paul doar mă ascultase, nimic mai mult, nu-mi aprobase niciodată alegerile. Era nedrept să-l ţin departe de toate, dar nu încercam decât să-l protejez puţin. În sinea mea, aş fi avut nevoie de el douăzeci şi patru de ore din douăzeci şi patru, m-aş fi mulţumit şi cu simpla lui prezenţă. M-am cuibărit în braţele sale, iar el m-a strâns cu putere la piept.

— Îţi mulţumesc că eşti aici, Paul, îţi mulţumesc că faci parte din viaţa mea.

A tresărit şi a inspirat adânc înainte să-mi dea drumul:

— Acum, fugi la fiul tău!

L-am sărutat pe obraz, i-am promis că o să-i dau veşti şi am plecat.

— De ce ai pregătit burrito, mamă? m-a întrebat Noé când a intrat seara în bucătărie.

Am râs văzându-i expresia de îngrijorare.

— Am făcut vreo prostie? Da?

— Nu, Noé.

— Păi, şi-atunci? Doar nu ne-am certat?

— Nici atât.

— Şi de ce faci burrito?

— Pentru că am ratat o seară de burrito şi mă gândeam s-o recuperăm.

A strâmbat din gură, nedumerit.

— Ciudat!

— Îţi ghiorăie stomacul aşa de tare, că pot să-l aud din celălalt capăt al camerei.

A izbucnit în râs.

— Ai dreptate!

Mai târziu, ne-am prăbuşit ghiftuiţi pe canapea şi am cedat insistenţelor lui de a-mi arăta un serial cu zombi care-i plăcea la nebunie, complet opus gusturilor mele. Dat fiind că serialul ajunsese la sezonul cinci sau şase, nu înţelegeam nimic şi l-am lăsat să-mi explice acţiunea. Ba chiar am profitat de asta ca să-l ascult, să-l observ, să-l sorb din ochi. Iar când cele petrecute pe ecran deveneau clar prea dure pentru mine, mă ascundeam după umărul lui, făcându-l invariabil să chicotească. Am reuşit să îndur două episoade înainte de a-i spune că venise timpul să meargă la culcare. A stins televizorul, oftând ca un prostănac de şaptesprezece ani ce era.

— Mâine, în cursul zilei, fac un drum dus-întors la Saint-Malo, l-am anunţat.

Mi-a aruncat o privire uşor ironică.

— S-a întors Pacôme?

— Nu, mă duc pentru altceva.

De data aceasta, a părut clar uimit:

— Nu aştepţi să se întoarcă pentru a te duce acolo? Petrece-ţi weekendul cu el, mamă. Ţi-am mai spus că mă descurc foarte bine singur.

— Ştiu, dar oricum o să fie rupt de oboseală la întoarcere. O să ne vedem mai târziu.

— Cum vrei, dar e aiurea.

A căscat de i-au trosnit fălcile, şi-a ridicat anevoie corpul lui mare de pe canapea, s-a întins şi a luat-o spre scară. La jumătatea drumului s-a oprit şi s-a întors spre mine, zâmbindu-mi larg:

— A fost super seara asta, mamă.

— Şi eu zic la fel, Noé.

— O s-o repetăm mai des?

Mi s-a strâns iar inima. M-am ridicat şi m-am apropiat de el.

— Dacă vrei tu, i-am răspuns, dându-i la o parte şuviţa din ochi.

M-a sărutat apăsat pe obraz, am inspirat să-i simt parfumul atât cât am putut.

— Te iubesc, mamă.

— Şi eu te iubesc. Vise plăcute!

A dispărut la etaj fluierând în surdină. Pentru ultima dată îmi spusese că mă iubeşte. Pentru ultima dată, îi spusesem că-l iubesc având convingerea că el mă credea. Peste douăzeci şi patru de ore, o să mă urască. Şi n-o să-mi mai rămână decât amintirile.

10

Mergând pe lângă Intra-Muros, m-am abținut să dau roată meterezelor ca să trec pe sub ferestrele apartamentului lui Pacôme, m-am temut ca amintirile frumoase să nu mă facă să șovăi și nu voiam să le murdăresc cu cele ce aveau să urmeze.

Am rămas în mașină minute întregi, în fața la Cele Patru Colțuri ale Lumii, uitându-mă fix la ploaia torențială. Nu căutam să câștig timp, nici să mă eschivez. Doar mă pregăteam. Mă pregăteam pentru ceva inadmisibil. Să distrug vieți, să le ruinez, să le calc în picioare. Mă gândeam la copiii lui Nicolas — cei trei micuți care nu ceruseră nimic nimănui. Probabil dimineață luaseră micul dejun împreună cu un tată fericit. Cum o să fie tatăl pe care-l vor găsi seara? Un tată distrus? Héloïse probabil îmbrățișase un soț radios când plecase dimineață la serviciu. Ce fel de soț avea să descopere seara? Un soț pierdut. Eram profund și sincer tristă că-i fac rău lui Nicolas, contase atât de mult pentru mine, mă făcuse fericită, înflorisem lângă el. Nu dorești să produci suferință bărbatului cu care ai trăit prima iubire. Și văzându-l ce om devenise, sentimentul meu de culpabilitate şi de confuzie sporea.

Nicolas m-a întâmpinat cu un zâmbet larg şi afectuos.

— Ce faci, Reine?

Tonul lui era plin de solicitudine — urma să-mi vorbească despre Pacôme —, de nimic nu eram cruțată. Am ignorat întrebarea, trecând peste tradiționalul „bine", care n-ar fi avut niciun sens.

— Dar tu?

— Muncă şi iar muncă, însă totul merge bine. Rutina!

Câteva minute mai târziu, stăteam față în față, aşezați comod în fotoliile din biroul lui, cu o cană de cafea în mână. Gata pentru o conversație de salon.

— Nu erai obligată să vii, ştii, da? Puteam rezolva asta pe e-mail sau prin Skype.

— Era important să fiu aici.

Îl vedeam cum se învârte în jurul subiectului, se uita oriunde, numai la mine nu.

— Ai profitat că Pacôme lipseşte? s-a hazardat într-un final.

— Da... Nu... Nu ştiu...

— Ascultă, Reine, eu şi Héloïse ne-am dat seama că e ceva între voi. N-o să te mint, pentru mine e cam ciudat să mă gândesc că sunteți împreună, dar... relația cu tine îi făcea bine. Era mai ponderat de când te-a întâlnit, lipsea mai puțin în toate sensurile cuvântului. Şi, chiar dacă astăzi nu te cunosc încă foarte bine, credeam că şi el te făcea fericită.

Termină, Nicolas, te rog. Nu complica lucrurile şi mai tare!

Am resimțit lovitura.

— Nu ştiu ce l-a apucat, dar se pare că a distrus tot şi aş fi preferat să i se întâmple altei femei, nu ţie.

Nu-mi închipuiam că discuţia va decurge astfel, nici că voi ajunge în acest punct atât de repede, însă trebuia să fac marele salt.

— Nicolas, opreşte-te! Pacôme n-a greşit cu nimic. Totul e din vina mea şi eu sunt cea care se cuvine să-şi ceară scuze. N-ai de ce să-l acuzi.

M-am uitat la el provocator ca să nu aibă nicio îndoială. Probabil că a înţeles mesajul, fiindcă expresia feţei i-a devenit severă.

— Ce i-ai făcut?

Erau la fel ei doi, prieteni pe viaţă.

— A descoperit ceva...

Am ridicat ochii spre tavan ca să împiedic lacrimile să curgă, dar n-a folosit la nimic.

— Ce anume? Ce-a descoperit, Reine?

Tonul i s-a îmblânzit dintr-odată. Nicolas fusese întotdeauna foarte sensibil la plânsete, declanşau în el elanuri protectoare, îi ofereau ocazia de a face pe salvatorul. Nu se schimbase deloc.

— L-a cunoscut pe fiul meu.

— Şi lucrurile n-au mers bine între ei? Acordă-le timp... Dincolo de aparenţa lui de om iresponsabil, Pacôme se poartă nemaipomenit cu copiii.

— Se potrivesc foarte bine, cred chiar că erau meniţi să se cunoască, nu m-am putut împiedica să răspund.

— Nu mai pricep nimic. Explică-mi, aş vrea să te ajut, să vă ajut.

După secunda următoare, nu voi mai putea să dau înapoi.

— Noé nu are zece ani, Nicolas.

S-a încruntat derutat. Am căutat adânc în mine tăria de a rosti cuvintele, luându-mi adio de la viața mea, de la tot ce construisem.

— Noé are şaptesprezece ani.

Un lung moment, a rămas impasibil, mă privea fără să mă vadă, eram convinsă că făcea calcule. Nicolas fusese întotdeauna perspicace. L-a scuturat un fior, o descărcare electrică mai corect spus. S-a ridicat atât de brusc din fotoliu, încât acesta s-a izbit de peretele din spatele lui.

— Cum... Cum poți să ai un fiu de şaptesprezece ani? Şi de ce ai mințit?

Parcurgea metodic încăperea, zgândărindu-şi degetul mare cu atâta înverşunare că în curând avea să-i dea sângele. M-am ridicat şi eu şi m-am apropiat încet de el.

— Nicolas, uită-te la mine, te rog.

Cu toată reticența lui, s-a supus, aruncându-mi priviri speriate.

— Noi doi n-ar fi trebuit să ne revedem niciodată.

— Ce legătură am eu? s-a enervat ridicând tonul.

E groaznic să lupți împotriva evidenței.

— Când m-ai părăsit, eram însărcinată în trei luni.

Lumea lui perfectă, ordonată, fără vreun schelet în dulap, pentru care îşi dedicase întreaga energie, tocmai se prăbuşise.

— Noé este...

S-a repezit la mine cu ochi de nebun şi m-a apucat de braț.

— Taci! Îți interzic să spui...

— Noé este fiul tău.

O spusesem. Gata. Mă simțeam mai uşoară acum? Nu. Ne-am înfruntat din priviri, cu fețele la câțiva centimetri una de alta. Fără să-şi dea seama, mă strângea de braţ din ce în ce mai tare, gâfâia din cauza panicii, a furiei.

— Mă doare.

Mi-a eliberat braţul imediat de parcă-l frigea. S-a tras înapoi şi a ridicat mâinile în semn de capitulare.

— Reine, îmi pare rău dacă ai probleme în viaţă, dar nu pot face mare lucru în privinţa lor.

Mă lua drept nebună, anticipasem multe atacuri, dar nu şi pe acesta. Se metamorfoza sub ochii mei, expresia feţei îi devenea agresivă, dispreţuitoare.

— Ascultă-mă, te rog, l-am implorat încercând să-l fac să redevină el însuşi.

— E absurd! De ce nu mi-ai zis atunci? Credeam că noi doi ne înţelegem bine, că ne spunem totul... Se vede treaba că m-am înşelat.

Tonul lui sarcastic întina amintirile, distrugea povestea noastră.

— Nu aduce vorba despre asta! Am încercat să dau de tine zile în şir şi, când ai catadicsit să mă suni, m-ai anunţat că o cunoscuseşi pe Héloïse, n-ai făcut niciun secret din faptul că ea e femeia vieţii tale. Iată de ce n-ai aflat niciodată nimic.

Privirea i s-a tulburat, sămânţa îndoielii se insinuase în mintea lui. Însă şi-a revenit foarte repede şi s-a îndreptat de spate, privindu-mă cu duşmănie.

— Ce i-ai spus bietului băiat?

Am avut o mişcare de recul în faţa condescendenţei sale.

— Noé nu ştie cine este tatăl lui, am mărturisit.

S-a uitat la mine printre gene supărat, aproape scârbit.

— Eşti un monstru. Cum ai putut să-i faci asta fiului tău? O mamă nu se comportă aşa. Pe de altă parte, poate nu-ți mai aminteşti cu cine l-ai făcut pe puşti!

O palmă nu m-ar fi durut mai tare. Mă credea o târfă, o mamă rea.

— Ce te-ai gândit tu când ai debarcat aici? Ce noroc chior! Nicolas o să fie tatăl ideal!

Ruşinea şi durerea m-au copleşit, abia reuşeam să respir.

— Nu, am suspinat. Cum poți să-ți imaginezi un lucru atât de oribil? Ai uitat cum eram. Doar tu existai în viața mea, te asigur.

A râs amar.

— Ai vrea să cred asta când primul lucru pe care l-ai făcut venind aici a fost să te culci cu cel mai bun prieten al meu.

Totul se întorcea împotriva mea.

— Acum, că ți-ai terminat scheciul, pleacă!

Eram epuizată. Totuşi, trebuia să-i provoc o reacție, o altă reacție decât agresivitatea.

— N-am terminat, l-am anunțat. N-o să plec până nu mă asculți.

Îmi promisesem că n-o să pomenesc de *ceilalți* copii ai lui, dar nu aveam încotro, voiam să provoc un electroşoc.

— Are culoarea aurie a ochilor tăi, vârtejul din păr, acelaşi mod de a... Adam îi seamănă foarte mult...

— Nu rosti numele copiilor mei! a urlat. Îți interzic! Nu-i amesteca pe ei! Îți interzic să-i murdăreşti!

M-am stăpânit din răsputeri ca să nu mă prăbuşesc sub răutatea lui, convingându-mă singură că doar teama îi dicta cuvintele odioase.

— Noé este fiul tău, nu poți să schimbi nimic, i-am repetat cu blândețe. Adu-ți aminte de ultimele luni petrecute împreună înainte să pleci, adu-ți aminte de mine, cum aş fi putut să te înşel? O ştii foarte bine în adâncul inimii...

S-a oprit brusc, s-a clătinat, alb la față, cu gura întredeschisă.

— Imposibil, a murmurat.

— Încetează să te opui, te rog.

A scuturat din cap în semn de negare. Respingea realitatea evidentă, iar şi iar.

— Îți dai seama ce rahat arunci în viața mea? O s-o distrugă pe Héloïse, familia... Cum să fac eu să uit ce mi-ai spus?

— N-o să uiți.

A înghițit în sec.

— Diseară o să-i povestesc totul lui Noé, despre noi, despre cum l-am conceput, despre naşterea lui şi cine eşti tu azi... Voiam să ştii.

Figura i s-a înăsprit.

— Sunt dezolat pentru el, dezolat că ai crescut singură un copil. Dar n-ai ce să-i dezvălui, nu sunt tatăl lui, n-am un fiu de şaptesprezece ani.

Mă aflam în fața unui zid. Avea câteva fisuri, dar rămânea de neclintit.

— Ieşi imediat şi să nu te mai întorci niciodată.

Am scotocit nervoasă în geantă căutând plicul pe care i-l adusesem, cu dovezi şi câteva fotografii ale lui Noé. L-am pus pe birou.

— Când vei fi pregătit, o să poți descoperi cum arată şi o să constați că nu te mint.

— Ia-l de-aici, nu-l vreau.

— E al tău.

Mi-am îmbrăcat trenciul cu gesturi lente, mi-am înnodat eşarfa la gât şi mi-am pus geanta pe umăr. Am decis să-l înfrunt pentru ultima dată.

— Nicolas, nu m-am schimbat... Doar că am fost nevoită să mă maturizez mai repede ca să-l cresc singură pe Noé. Nu te condamn, sunt unica vinovată. Am ştiut întotdeauna că n-o să mă ierți.

El se ferea ostentativ să mă privească.

— Totuşi, îmi cer iertare din adâncul inimii, ar fi trebuit să am curajul să te anunț că sunt însărcinată când te aflai în India, n-ar fi trebuit să mă las doborâtă de durerea de a te fi pierdut. Îmi pare teribil de rău pentru consecințele asupra familiei tale, asupra lui Héloïse şi a copiilor, ei nu merită asta. Nimeni nu merită, şi mai ales Noé. Tot ce-ți cer e să nu uiți că el n-a greşit cu nimic. Poți să mă urăşti pe mine, să vrei să-mi scoți ochii, nu-mi pasă. Dar pe el învață să-l cunoşti, nu poți decât să-l iubeşti.

A întors capul. Am părăsit biroul şi am închis uşa cu grijă în urma mea. Am străbătut pentru ultima dată Cele Patru Colțuri ale Lumii, sub privirile jenate ale angajaților — care avuseseră locuri în primele rânduri la spectacolul nostru — şi am ieşit în parcare sperând în taină că va veni după mine, că n-o să mă lase să plec aşa. Am aşteptat o jumătate de oră în maşină, sub ploaia în continuare torențială. Degeaba. Apoi am pornit la drum ca să-mi închei mărturisirile.

11

Nu ştiu cum am reuşit să mă întorc vie şi nevătămată la Rouen. Paul nu greşise când îmi spusese că o să fie periculos. Goneam ca o nebună în plină criză de furie, lacrimile îmi şiroiau pe obraji, din când în când ţipam şi loveam în volan cu ură, cu durere. Ştiusem că o să provoc un cutremur anunţându-l pe Nicolas că are un al patrulea copil, de şaptesprezece ani, dar niciodată nu mi-aş fi imaginat că o să se apere cu o asemenea violenţă, nu era stilul lui sau cel puţin nu era stilul bărbatului pe care-l cunoscusem eu şi pe care credeam că l-am reîntâlnit. Am încercat din răsputeri să-mi golesc mintea, să las deoparte schimbul dur de replici dintre noi, pentru a mă concentra asupra lui Noé. Ajunsă acasă, i-am scris un mesaj lui Paul ca să-l liniştesc. Nu am răspuns la cele pe care el mi le trimitea unul după altul.

Noé a observat imediat că situaţia era gravă. Comparativ cu ziua precedentă, acum parcă ar fi avut în faţă o străină. M-a bombardat cu întrebări: „Ce s-a întâmplat? Ai o problemă? E vorba de Paul? De Pacôme? Spune-mi, vreau să ştiu!"

— O să-ți spun după cină.

Era stupid, inutil, un simplu instinct animalic de protecție, dar țineam neapărat ca el să mănânce, voiam să am grijă de el pentru ultima dată. Puține lucruri îi taie apetitul unui adolescent, chestie de vârstă. Aşa că, deşi nu-şi lua ochii de la mine, căutând un indiciu oricât de mic pe fața mea, a devorat toate pastele din farfurie. La rândul meu, am înghițit cu greu conținutul unei furculițe, dar a fost cât pe ce să-l vomit imediat.

— Aşteaptă-mă în living, te rog. Mă duc să iau ceva şi vin.

— Şi o să-mi spui în sfârşit ce se întâmplă!

Era chinuit de îngrijorare, m-am apropiat de el şi l-am mângâiat pe obraz.

— Mă sperii.

— Iartă-mă. Revin în două minute.

S-a îndreptat spre living târându-şi picioarele, întorcându-se din două în două secunde ca să-mi arunce priviri tot mai îngrozite. Nu mă prea descurcam, prin forța împrejurărilor, nu exista o metodă pentru ceea ce eram pe cale să fac. Şi totuşi, mă pregătisem, îmi imaginasem fiecare cuvânt, însă, în fața faptului împlinit, aceleaşi cuvinte îşi pierdeau forța, erau fie prea tari, fie prea slabe ori lipsite de sens şi deloc consolatoare. Am luat din noptieră — loc sacru unde Noé n-ar fi umblat niciodată — plicul aranjat pentru el în urmă cu zece zile, în casa alor mei. În capul scării, mi-am acordat un răgaz. Peste câteva minute, aveam să mor. Inima mea avea să înceteze în curând să bată.

În living, l-am găsit pe Noé rozându-şi unghiile pe canapea. Mi-a aruncat o privire îngrozită.

— Eşti bolnavă, mamă?

Vocea i s-a frânt cu un suspin care mi-a sfâşiat măruntaiele. Am alergat la el şi i-am luat mâinile într-ale mele.

— Nu, comoara mea, nu te îngrijora. Sunt bine.

Totuşi, n-a părut să se liniştească.

— Pe cuvânt, am insistat.

M-am aşezat în faţa lui la măsuţa joasă.

— Noé, vreau să ştii că te iubesc mai mult decât orice pe lume, că viaţa mea n-ar avea sens dacă tu n-ai fi aici.

— Şi eu te iubesc, mamă, dar delirul tău mă bagă în sperieţi.

Am deschis plicul şi am scos o fotografie cu Nicolas şi cu mine. Eu aveam douăzeci de ani, el, cu doi mai mult. Eram pe o plajă din Normandia, la asfinţit, în toiul iernii, bine înfofoliţi, radioşi, fericiţi, încrezători în viitor.

— Ce-i asta?

I-am întins-o. El a apucat-o, dar mi-au trebuit câteva secunde ca să-i dau drumul. Nicolas se materializa pentru prima dată între fiul meu şi mine. M-a recunoscut, a schiţat un zâmbet tandru — poate ultimul pe care mi-l oferea —, apoi şi-a mutat privirea, s-a încruntat şi faţa i-a îngheţat.

— Cine e? m-a întrebat cu glas răguşit.

Evident, nu-l văzuse niciodată, dar înţelesese.

— Tatăl tău.

Părea hipnotizat de fotografie, mâinile îi tremurau pe hârtia lucioasă.

— Semăn cu el, de fapt...

— Chiar mult.

— De ce mi-l arăţi, mamă? Ştii doar că nu vreau să aud nimic despre el.

I se simţea durerea din voce.

— Noé, uită-te la mine, te rog...

S-a supus şi dintr-odată mi s-a părut foarte fragil.

— Am făcut o grămadă de greşeli, dar cea mai mare este că nu ți-am spus adevărul despre Nicolas. Am încercat să te protejez, dar mai ales să mă protejez pe mine.

— Ce adevăr, mamă? Vrei să ştiu că erați îndrăgostiți?

— Da...

— Ei bine, gata, acum ştiu, m-a întrerupt. Asta nu schimbă lucrurile.

Mi-a îndesat fotografia în mână şi s-a ridicat brusc de pe canapea. O prăpastie s-a căscat între noi.

— N-am chef să vorbesc despre asta, m-a implorat el. Ştii, da?

— Nu-ți dau de ales şi oricum te înşeli, multe se vor schimba pentru tine după ce mă vei asculta.

— Pe bune? O să-mi spui că mă voia, că nu ne-a părăsit? Da?

— În realitate, n-a avut această posibilitate... Tatăl tău nu ştia că eram însărcinată.

S-a trântit pe fotoliul din spatele lui şi şi-a prins capul în mâini.

— Cum adică?

M-am apropiat de el, luptându-mă cu lacrimile, luptându-mă cu dorința nestăpânită de a-l strânge în brațe.

— Când am aflat că aşteptam un copil, el era în India. Până să-l anunț de existența ta, m-a părăsit pentru alta şi nu i-am mai spus nimic. Te-am păstrat pentru mine, doar pentru mine.

— Nu înțeleg, mamă...

Ştiu, comoara mea, nu poți înțelege că te-am trădat în felul ăsta. Nicolas are dreptate, o mamă nu-i face aşa ceva copilului ei.

Fiindcă eu tăceam, el a continuat să vorbească în căutarea unor răspunsuri. Cutia Pandorei fusese deschisă.

— De ce te-ai hotărât să-mi povesteşti asta acum? Viaţa mea n-o să se schimbe.

Mă fixa cu ochii lui mari, ochii lui mari plini de lacrimi, plini de disperare şi de speranţă. De neputinţa de a înţelege.

— Nu credeam c-o să-l mai văd vreodată, nu ştiam ce devenise, nici unde locuia, n-am încercat niciodată să dau de urma lui, fiindcă mă temeam să-ţi spun tot, mă temeam să nu te ia de lângă mine.

— Ştii unde e?

Părea încolţit, mi s-a rupt inima.

— Acum trei luni, l-am cunoscut pe Pacôme. Mi l-a prezentat pe asociatul lui care îi este cel mai bun prieten şi totodată...

— Tata?

— Da, Noé, el este... asociatul lui Pacôme.

— Stă la Saint-Malo...

Vorbea cu glas scăzut, poate pentru a se convinge sau pentru a reuşi să accepte ideea că tatăl lui, pe care, în adâncul sufletului, poate că-l aşteptase mereu, se afla atât de aproape.

— Cu el m-am întâlnit azi.

— I-ai vorbit despre mine? Acum ştie că exist?

Am încuviinţat în tăcere, incapabilă să rostesc vreun cuvânt, tulburată de lipsa pe care el o resimţise întotdeauna, dar nu-mi mărturisise niciodată. A oftat şi am avut impresia că era uşurat. O senzaţie trecătoare, fiindcă imediat şi-a îndesat capul între umeri.

— Are familie?

I-am evitat privirea rănită.

— Nicolas e căsătorit... şi... are trei copii. Două fete şi un băiat.

A rămas cu ochii în gol şi un zâmbet trist i-a apărut pe buze.

— Am două surori şi un frate, a murmurat.

Se pierduse în gânduri. Oare îşi imagina cum arătau aceşti copii? Se întreba dacă o să-i întâlnească într-o bună zi?

— Mamă...

I-am înfruntat din nou privirea.

— Ce a zis despre mine?

Mi-ar fi plăcut atât de mult să-i spun altceva, să pot broda o poveste, dar nu mai aveam dreptul să-l mint. Fiul meu merita adevărul, întotdeauna îl meritase.

— Nu ştiu... Nu e... A fost... şocat să afle de existența ta...

— Nu te-a crezut?

— E complicat pentru el să accepte... Nu m-a văzut de optsprezece ani şi din senin, azi după-amiază, a aflat că are un fiu de şaptesprezece ani. O să aibă nevoie de timp.

Noé a tras adânc aer în piept, cu chipul lipsit de orice expresie, apoi a sărit din fotoliu şi a luat-o spre scară.

— Noé, spune ceva, vorbeşte cu mine...

— Până acum o oră, tata nu exista, în afară de poveştile pe care mi le înşirai tu când eram mic. O să fiu la fel ca înainte, nu am tată. Mi-ai spus mereu că el ne-a părăsit şi, în fond, aveai dreptate, nimic nu s-a schimbat, el nu mă vrea.

Respirația mi s-a accelerat.

— Poate cândva va face un pas spre tine, acum, că ştie.

A ridicat din umeri fără să-mi arunce vreo privire.

— Mă duc la culcare.

— Noé...

— E-n regulă, mamă.

M-am uitat la el cât a urcat scările, apoi m-am ridicat ca să nu-l pierd din ochi. Corpul lui înalt de adolescent se gârbovise sub povara revelațiilor. Năuceală, mutism, descurajare... Aş fi dat orice să-l văd că-şi iese din sărite, să-l văd că tună şi fulgeră. Acest calm aparent nu era bun, nu era sănătos. Noé nu fusese niciodată un copil coleric, dovedise mai degrabă o forță liniştită, și totuşi, având în vedere circumstanțele, aş fi dat orice pentru câteva țipete şi lacrimi.

Nu am reuşit să închid ochii peste noapte, m-am foit în pat măcinată de ură şi de furie, torturată de îngrijorare şi de remuşcări. Nemaiputând să suport, am coborât în living să fumez o țigară la fereastră. Apoi a doua. A treia. A patra... La un moment dat, a început să mă usture pe gât, aşa că am hotărât să mă întorc în camera mea. Când am trecut prin dreptul camerei lui Noé, mi-am lipit urechea de uşă şi i-am auzit hohotele de plâns înăbuşite. Am simțit o durere în tot corpul, parcă mă înjunghia cineva peste tot. Am intrat fără să fac zgomot şi i-am zărit corpul în penumbră, ghemuit în poziția fătului. O forță mai presus de mine m-a împins să mă strecor lângă el. Nu mai avea vârsta la care un băiat să doarmă cu mama lui, însă puțin îmi păsa. Aşa cum arăta, nu mai era un tânăr de optsprezece ani, era un copil, un bebeluş care trecea prin chinurile iadului. Din vina mea. L-am cuprins în brațe, însă el a încercat să se ferească.

— Lasă-mă.

Mi-am apropiat gura de urechea lui.

— Nu, Noé, din cauza mea eşti nefericit, trebuie să te ajut, sunt aici pentru tine.

S-a răsucit brusc şi mi s-a aruncat în braţe. S-a lipit de mine, cu faţa între sânii mei, cu braţele îndoite între noi. Şi a plâns. Tare, foarte tare. Suferinţa lui era atât de profundă, că aproape striga. Lacrimile mele curgeau în tăcere. Mi se părea că-l ţin în braţe ca atunci când era mic şi nu putea să doarmă, iar eu mă temeam că nu voi reuşi să-l fac fericit. În noaptea asta, mi-am dat seama de un fapt incontestabil: reuşisem ceva, reuşisem să-mi fac fiul nefericit. Foarte nefericit. Dădusem greş în cea mai mare provocare a vieţii mele. L-am legănat cum am putut, repetându-i şoptit „gata, băieţelul meu, gata, Noé". Durerea lui ieşea la suprafaţă pentru prima dată. Era ceva violent, dur, sfâşietor, iar eu mă simţeam neputincioasă.

— Iartă-mă, Noé, iartă-mă...

Toată noaptea, am aţipit în serii de câteva minute, tresărind la cea mai mică mişcare a lui Noé, care a plâns mult, chiar şi în somn. Dimineaţă, când a venit ora să ne trezim cu adevărat, s-a ridicat din pat fără să-mi spună nimic, fără să mă privească. Şi-a luat hainele din dulap şi, ca un automat, s-a dus la baie.

Puţin mai târziu, l-am găsit aşezat la masa din bucătărie şi am avut senzaţia că în faţa mea stă un adult, nu un mic adult în devenire, ci mai degrabă un adult marcat prematur de încercările grele prin care trecuse.

— Noé, spune ceva... Dacă vrei, sun la liceu şi chiuleşti azi.

M-a pironit cu privirea lui obosită.

— E-n regulă..., să uităm tot... De acord?

— Nu...

— Te rog, mamă! Acum ştiu. O să trăiesc cu asta, îţi promit.

Şi-a mâncat cerealele în câteva minute, apoi s-a ridicat, a făcut aceleaşi gesturi ca în fiecare dimineață, a pus castronul în maşina de spălat vase, apoi, lângă intrare, s-a încălțat cu baschetii, şi-a tras hanoracul, şi-a aruncat rucsacul pe umăr şi şi-a atârnat căştile de gât. Şi-a respectat ritualul şi, la sfârşit, m-a sărutat scurt pe obraz.

— Pe diseară!

Uşa s-a închis fără zgomot în urma lui.

12

Calmul dinaintea furtunii. Când timpul se oprește. Când nu se întâmplă nimic, deși vânturile se dezlănțuie prin preajmă și cresc în intensitate până în punctul de unde nu există întoarcere. Nu puteam să scap de această senzație.

Nu mai știam unde sunt, nu mai știam pe ce lume trăiam. Nu mai știam ce trebuia să fac. Noé era el însuși, în mod bizar. Evident, mai puțin vesel decât de obicei, mai puțin vorbăreț, mai puțin zâmbitor. Puteam să i-o reproșez? Măcar se comporta normal. Mă așteptam să nu-mi mai vorbească, să fie furios, chiar rece, reținut în felul lui. Pe scurt, mă așteptam ca fiul meu să facă față situației greu. Foarte greu. Totuși, nu. Nimic. Atmosfera era ciudat și neliniștitor de normală.

La început, dacă îl întrebam de ce nu pare în formă, îmi răspundea că lucrează seara până târziu, fiindcă bacul se apropia cu pași mari. Avea dreptate, săptămânile se scurgeau cu repeziciune. Nu mă putusem abține să nu-l supraveghez. Însă se arătase din ce în ce mai exasperat de atenția mea permanentă și, pe măsură ce primăvara înainta, fusesem nevoită, nu fără ezitări, s-o las mai moale.

Uneori îl simţeam că mă observă, dar, când mă uitam la el, schiţa un zâmbet, ce nu i se reflecta niciodată şi în ochi, şi-mi spunea: „Eram cu mintea în altă parte". Îşi umplea weekendurile ca de obicei: repetiţii cu grupul, ieşiri cu prietenii, recapitulări. Dacă pomeneam de mărturisirile mele, îmi repeta să nu mă mai agit, că nimic nu se schimbase în definitiv. Am aflat de la mama că toată familia vorbise cu el la telefon, însă el nu menţionase ceva deosebit, nu pusese întrebări, făcuse în aşa fel încât să-şi liniştească bunicii şi mătuşa.

Când eram la Hangar, treceam prin perioade în care parcă m-aş fi trezit dintr-un coşmar, parcă nu l-aş fi reîntâlnit niciodată pe Nicolas. Saint-Malo n-ar fi fost decât un oraş unde îi promisesem lui Noé că o să-l duc cândva. Cele Patru Colţuri ale Lumii, doar o expresie. Iar Pacôme, fantasma bărbatului ideal. Uneori, ochii îmi cădeau pe dosarul lor, mi se părea ireal, ca şi cum cineva mi-ar fi spus o poveste ca să mă sperie, ca să mă facă să plâng. Aşa că până la urmă l-am arhivat, ca să nu mă mai sfideze.

Aşteptasem degeaba veşti de la Nicolas, nu mai aveam mari speranţe. Din când în când, ca să mă liniştesc, ca să mă conving că această situaţie n-o să dureze mult, îmi spuneam că, după un timp, Nicolas va încerca să afle mai multe despre fiul său, măcar că va căuta o confirmare sau va încerca prin orice mijloace să mă contrazică. Putea să ceară un test de paternitate, m-aş fi supus indiferent ce mi-ar fi cerut, indiferent ce m-ar fi întrebat, numai să-i dea un semn lui Noé. Nu conta ce semn. Aş fi luat asupra mea totul, mi-aş fi asumat totul numai să se întâmple ceva, să-mi determin fiul să reacţioneze.

De câteva ori, am fost tentată să-l sun pe Pacôme ca să-l anunț că mi-am ținut promisiunea. Am renunțat de fiecare dată, mă temeam că ne-ar face rău amândurora, mă temeam şi mă durea să-i vorbesc fără să sper la mai mult. La ce bun? Sigur era la curent cu tot, probabil că strângea cioburile vieții distruse a prietenului său, încerca să-l repună pe picioare, să-l calmeze. Nu mă îndoiam că-l susținea până la capăt, în ciuda sentimentelor lui pentru mine şi a ataşamentului instinctiv şi spontan față de Noé. Era normal, îl înțelegeam, nu-i purtam pică.

Zile şi zile de neant, săptămâni întregi fără nicio reacție. Ca în fiecare luni, l-am dus pe Noé la liceu. Pe drum, a vorbit distrat despre vacanța cu prietenii în Corsica, în iulie, şi despre cursurile ce urmau să se încheie definitiv într-o săptămână. Pe scurt, era Noé, dragul meu Noé. Am cedat nervos, deşi nu era momentul potrivit.

— Stai două secunde, te rog, l-am reținut când deja era cu un picior afară din maşină.

— Ce e?

— Trebuie să spargem buba. Nu te mai purta de parcă nimic nu s-ar fi întâmplat. Trebuie să stăm de vorbă.

Și-a dat ochii peste cap aproape amuzat.

— Ți-am mai zis, sunt bine.

— Nu ai întrebări?

— Nu..., pe cuvânt...

Mi-a zâmbit larg, seducător, căutând clar să mă îmbrobodească.

— Greu de crezut.

— Îți complici viața degeaba, jur. Acum pot să plec?

Am cedat oftând. Am primit tradiționalul sărut pe obraz, apoi el a coborât.

— Pe diseară! i-am strigat.

Portiera s-a trântit. Ca în fiecare luni, m-am uitat la el în oglinda retrovizoare cum îşi lua chitara din portbagaj pentru lecția de seara. A traversat strada şi s-a oprit lângă prietenii lui fără să-mi arunce nicio privire. Ca în fiecare luni, îmi venea greu să plec. Mi-am amintit că, în urmă cu ceva vreme, remarcasem o fată care îi arunca priviri timide. Privirile timide lăsaseră loc unor priviri emoționate şi îndrăgostite, la care Noé răspundea la fel. Deci avea o iubită, nici nu ştiam. Nimic nefiresc, dar, dincolo de strângerea de inimă pe care o simțeam văzând dovada că era bărbat, prăpastia dintre noi se adâncea. A luat-o de mână şi a ridicat din umeri fără s-o scape din ochi. Din profil, mi s-a părut foarte trist. Ea a făcut un semn în direcția mea, el a scuturat din cap şi a tras-o spre intrarea în liceu, ignorându-mă.

După-amiază, când Paul mi-a propus din nou să luăm prânzul împreună, am acceptat. Nu mai puteam rămâne departe de el. Nu înțelegeam de ce îl ținusem la distanță până acum. Terasele de pe chei, pe malul drept, erau pline ochi, Sena sclipea în soarele primăvăratic, nu mai era cenuşie, căpătase chiar frumoase reflexe albăstrii. M-am gândit cu nostalgie la primăverile precedente, îmi plăcea la nebunie când toată lumea ieşea la aer, îmi plăcea atmosfera de vacanță de care oamenii îşi permiteau să se bucure la prânz.

Am vorbit vrute şi nevrute, evitând să ne privim în ochi.

— Erai la curent că are o iubită? l-am întrebat la sfârşitul mesei.

— Ah..., deci a reuşit! mi-a răspuns Paul, mândru de Noé. Ştiam doar că exista o fată care-i plăcea mult, chiar foarte mult, atâta tot, Reine... Ţi-a spus el?

— Nu, i-am văzut ţinându-se de mână în faţa liceului.

A schiţat un zâmbet ironic.

— Şi mai trăieşti?

Am râs, trecuse o grămadă de timp de când nu mi se mai întâmplase. Era plăcut, efemer, dar plăcut.

— Aş da orice s-o fac acum pe mama nebună de gelozie, gata s-o rupă în bucăţi pe târfuliţa care-i fură băiatul...

— E la fel?

— Nu zice nimic, se poartă normal... sau aproape...

— Noé a fost întotdeauna puternic şi echilibrat. Poate îi e mai bine decât crezi...

Nu ştiu pe cine încerca să convingă, pe mine sau pe el însuşi.

— Simt că o să se întâmple ceva. Nu pot să scap de acest presentiment.

— Ai fi mai liniştită dacă aş mai încerca o dată să petrec puţin timp cu el?

Am încuviinţat din cap, disperată că nu reuşeam să-mi sprijin fiul. Paul mi-a surâs trist, fără prea mare speranţă.

— Nu-ţi garantez nimic.

Paul era singurul pe care Noé îl trata cu răceală, nu-i răspundea la niciun apel, la niciun SMS. Nu se obosise nici măcar să-l anunţe că nu mai merge la escaladă. Paul îl aşteptase de mai multe ori şi până la urmă capitulase. L-am apucat de mână peste masă, el mi-a mângâiat dosul palmei cu degetul mare, privind în gol.

Când am ajuns acasă, m-a frapat atmosfera nefirească. Mi se părea frig, becurile din încăperi nu luminau ca de obicei. Totul era tăcut, prea tăcut, o linişte ciudată, ca atunci când se întrerupe curentul electric şi toate aparatele se sting. O linişte cu care nu eram obişnuită, o linişte tulburătoare şi angoasantă. Degeaba m-am uitat în jur, nimic nu se schimbase, mă găseam la noi acasă, totul era la locul lui. Urma să pregătesc cina, iar Noé să se întoarcă din moment în moment de la lecția de chitară. Mi-am repetat-o întruna ca să mă conving. Fără succes. Nu puteam scăpa de senzația de sufocare. Încercând să-mi recapăt respirația normală, m-am aşezat pe canapea, am inspirat şi am expirat profund. Eşec. Nu reuşeam să stau locului. Totul mi se părea derizoriu, inutil. Cu mâna tremurându-mi, am fumat la fereastra bucătăriei, aruncând regulat priviri spre ceasul de la încheietură, incapabilă să alung impresia de dezastru iminent şi din ce în ce mai convinsă că am ratat ceva esențial.

La ora 21, Noé tot nu se întorsese. Se întâmpla frecvent să întârzie, dar nu chiar atât. Nu fără să mă prevină. Telefonul lui era pe mesagerie. Să nu cedez panicii. Să-l sun pe profesorul de chitară. Noé fusese la el şi plecase de când hăul. Oare trecuse pe la vreun prieten? Am făcut să amuțească glasul interior care-mi spunea că mă amăgeam. Dar trebuia să am inima împăcată. Să încerc tot. Să verific tot. Aşa că am sunat la prietenii lui. Nimeni nu-l văzuse. Unul dintre ei a cedat până la urmă şi mi-a dat numărul de telefon al iubitei lui Noé, o anume Justine. Fata a răspuns imediat spre marea mea uşurare.

— Bună seara, Justine, sunt mama lui Noé.

S-a bâlbâit, mi-ar fi plăcut să mă amuz făcând-o pe mama posesivă, să mă amuz şi să mă las impresionată de timiditatea acestei fete, dar nu aveam timp de pierdut.

— El e cu tine acum?

— Nu, doamnă.

Începusem să respir sacadat.

— Ştii unde e?

— Nu, l-am condus la lecția de chitară, apoi ne-am luat la revedere... De ce? Noé e bine?

Îngrijorarea ei instantanee m-a mişcat.

— Nu ştiu.

Am închis. Fără să stau pe gânduri, am format numărul alor mei. M-am stăpânit să nu urlu când am auzit vocea liniştită a mamei, nu trebuia să-i sperii, în niciun caz. Cu privirea ațintită asupra ceasului, am găsit forța să înşir diverse fleacuri, iar ea mi-a vorbit despre puiul pe care intenționa să-l pregătească pentru duminică şi m-a întrebat ce face Noé. Obținusem răspunsul, Noé nu se refugiase la ei. Sub un pretext oarecare, am verificat şi la sora mea. La fel. Ultimul de pe listă era Paul.

— Noé ți-a răspuns la mesaj?

— Nu. De ce?

Am aruncat telefonul fără să răspund, am urcat scara sărind câte patru trepte odată şi am intrat ca o furtună în camera lui. Patul era făcut. Lucru deloc normal. Am deschis dulapul şi am văzut într-o fracțiune de secundă că lipseau haine. Laptopul dispăruse de pe birou, ca şi conținutul cutiei în care Noé ascundea bancnotele date pe furiş de bunicul lui. Am coborât în fugă la parter şi am tras sertarul consolei de la intrare. Cartea lui de identitate dispăruse. Imposibil! Noé nu m-ar fi părăsit niciodată. Nimic nu ne putea despărți. De optsprezece ani formam o singură ființă. Dintr-un minut într-altul avea să deschidă ușa, cu căștile de gât, și avea să-mi zâmbească seducător fără măcar să-și dea seama că-mi provocase spaima vieții. Vibrația din mână m-a făcut să tresar. Un mesaj de la Noé. L-am deschis tremurând și am simțit că rămân fără aer când l-am citit: **Lasă-mă în pace. Nu vreau să te mai văd**.

M-am prăbușit pe podea strigându-mi fiul, ca un animal rănit. Eram golită, pântecul meu era gol, inima sfâșiată, făcură fărâme. Noé, iubirea vieții mele, îmi întorsese spatele, plecase. Dimineață mă privise drept în ochi fără să clipească, deși știa că mă vede pentru ultima dată, nu răspunsese când îi spusesem „pe diseară" și nu privise înapoi. Mă exclusese deja din viața lui. Cum putusem să nu observ? Să nu simt că-și pregătea plecarea? Așadar nu eram capabilă să văd realitatea? Să evaluez consecințele acțiunilor mele, în ciuda unor decizii bune? Făcusem totul ca să evit ce era mai rău. Și ce era mai rău se întâmplase. Îmi pierdusem fiul. Nimeni nu venise să mi-l ia. Plecase din proprie voință, ca să nu mă mai vadă, ca să n-o mai aibă zilnic în fața ochilor pe cea vinovată de cea mai rea dintre trădări. Cine eram eu fără fiul meu? Nimeni. Mă născusem odată cu el. El era forța și slăbiciunea mea. Desigur, nu trăiam prin intermediul lui, refuzasem mereu asta, dar el îmi făcea inima să bată. O mamă fără copilul ei mai e mamă? Dar fusesem vreodată, când nu mă gândisem decât la mine, să mă protejez, să-l păstrez pentru mine, neținând cont de suferința lui cauzată de lipsa unui tată? Auzeam încontinuu vocea lui Nicolas spunându-mi cu dispreț că o mamă nu-i face asta copilului ei. Da, avea dreptate. Îmi aminteam și de privirea stupefiată a lui Pacôme când aflase tot, când înțelesese tot. Nici măcar el, care nu avea habar de viața de familie, care nu ştia ce înseamnă să fii părinte, nu-mi dăduse de ales, trebuia să-i reunesc, să mărturisesc tot şi să înfrunt realitatea. Iar Paul, dragul meu Paul care mă cunoştea atât de bine, nu încetase să mă pună în gardă. De ce nu-l ascultasem niciodată? Trebuia să mă mulțumesc cu norocul de a-l fi avut pe Noé în viața mea şaptesprezece ani? Trebuia să mă mulțumesc să-l ştiu că trăieşte undeva, detestându-şi mama, respingându-şi mama? Făcusem totul ca să mă distrug singură. Să mor rămânând în viață. Să sufăr atât de tare încât să nu mai am nici puterea de a urla, nici puterea de a plânge. Să stau paralizată, să devin oarbă, surdă, insensibilă la durerea fizică. Să am impresia că totul încremeneşte în jur.

— Reine, m-a strigat uşor Paul.

Ochii mei s-au oprit asupra lui, vederea îmi era tulbure. Nu ştiam că e aici. S-a încruntat, teribil de îngrijorat.

— Ce se petrece?

Îmi vorbea ca unui copil, blând, cu precauție.

— Unde-i Noé?

Durerea s-a reaprins cu atâta violență, că un urlet sfâşietor mi-a ieşit din gură, n-am reuşit să rostesc niciun cuvânt. Cu gesturi bruşte i-am întins telefonul. Paul a descoperit mesajul şi s-a făcut alb ca varul la față. M-a învăluit ceața şi m-am simțit absorbită într-o gaură neagră.

Când mi-am recăpătat cunoştința, aveam capul pe genunchii lui Paul, stăteam amândoi pe podea, iar el îmi ştergea fața cu o cârpă umedă şi mă mângâia delicat pe păr. I-am văzut expresia de durere, de angoasă. Când a observat că mă aflam din nou în lumea celor vii, a răsuflat uşurat, la coada ochilor i se iviseră lacrimi.

— M-ai băgat în sperieți, Reine, să nu-mi mai faci una ca asta.

Vorbea cu glas scăzut, deloc sigur pe el.

— Iartă-mă, i-am răspuns cu voce răguşită.

— Încetează să te mai scuzi pentru orice, te rog. N-are rost, Noé a decis singur să plece, nu l-ai dat tu afară, din câte ştiu.

Am început să plâng şi mai tare, să murmur numele fiului meu ca pe-o litanie. Paul m-a forțat să mă uit la el pentru a mă împiedica s-o iau razna.

— A lăsat ceva, un cuvânt, o scrisoare?

— Doar SMS-ul ăsta... Unde este, Paul? Sigur e în pericol, suntem în toiul nopții. Unde o să doarmă?

— Noé e descurcăreț, o scoate el la capăt cumva, a încercat Paul să mă liniştească. După cum îl cunosc, şi-a pregătit atent planul... Reine, în adâncul inimii, ştii unde s-a dus... şi nu-i la capătul lumii.

M-am ridicat cu greu în capul oaselor, Paul m-a sprijinit, încă amețeam puțin. Am pipăit în jur şi am dat cu mâna de telefon.

— Vrei s-o fac eu? mi-a propus Paul.

— Nu.

El mi-a răspuns abia după ce-am încercat de şase ori.

— Ce vrei de la mine? Lasă-mă în pace!

— Nicolas, ascultă-mă, te rog... Noé a dispărut, sigur va căuta să ajungă la tine. Anunță-mă dacă...

— Ți-am mai spus că nu sunt taică-su! Descurcă-te singură cu fiu-tu!

A închis. Nu mai aveam lacrimi să plâng din cauza răutății lui, nu mai aveam glas să-mi exprim furia.

— Ar fi trebuit să bănuiesc, am zis într-un târziu.

Paul a înjurat de mama focului, fapt extrem de rar, vena de la tâmplă îi zvâcnea de furie. Şi-a scos telefonul din buzunar şi a încercat să-l sune şi el pe Nicolas, strângându-mă tot mai tare lângă el, căutând parcă să mă apere de o agresiune violentă.

— Dobitocul! a urlat el. A închis telefonul.

— Nu te enerva, nu merită... Ştiu ce-mi rămâne de făcut.

Văzându-mi privirea tristă şi hotărâtă, a înțeles.

— Sunt prin preajmă, dacă ai nevoie de mine. O să stau aici peste noapte.

L-am sărutat pe obraz ca să-i mulțumesc. Mi-a dat drumul, s-a ridicat, a verificat să fiu bine rezemată de canapea şi s-a dus în bucătărie. Am fixat cu privirea ecranul telefonului, îngrozită de ideea reacției lui. Era unica şi ultima mea speranță. A răspuns imediat.

— Reine, ce s-a întâmplat?

I se simțea îngrijorarea din voce. Mi-a venit să plâng doar auzindu-l, dar m-am stăpânit.

— Pacôme, îmi pare rău că..., că te deranjez la ora asta, dar...

— Ce e? Spune-mi! Totul e în regulă?

— Noé..., Noé a plecat. Cred că va încerca să ajungă la Saint-Malo. Nu ştiu, poate mă înşel, dar nu văd altă posibilitate. Am încercat să-l previn pe Nicolas..., nu vrea să audă nici de el, nici de mine... Tu eşti singurul care-l cunoaşte pe Noé..., dacă vreodată...

— O să-l caut, Reine, nu-ți face griji, sunt aici.

Liniştea s-a strecurat între noi, îi auzeam respirația sacadată.

— Eşti singură acasă?

— Paul e aici.

— Cu atât mai bine.

Uşurarea din vocea lui era perceptibilă.

— Îţi dau veşti când am...

A închis fără să mai adauge nimic. Mi-am înăbuşit dorul de el.

A fost cea mai lungă şi mai rea noapte din viaţa mea. Paul şi cu mine am petrecut mare parte din ea încercând să vorbim cu Noé — în zadar. Tot lăsându-i mesaje, căsuţa vocală s-a umplut, obligându-ne să ne limităm la SMS-uri şi la reţelele sociale. Am stat îmbrăţişaţi pe canapea, eram epuizată, totuşi oboseala nu mă dobora. Paul a încercat inutil să mă forţeze să dorm măcar o oră, însă organismul meu nu ceda în faţa somnului. El a aţipit câteva minute fără să vrea şi s-a trezit tresărind. Am fumat ţigară de la ţigară, copleşită de imaginea fiului meu singur, în miez de noapte, pierdut, furios, lipsit de orice ajutor. De ce nu-mi vorbise? De ce nu zbierase la mine? Atâtea întrebări fără răspuns. De ce preferase să mă evite în loc să mă înfrunte? La primul licăr al zorilor, mi-am dat seama că va trebui să-i declar dispariţia la poliţie, ştiam că mi se va spune că era prea devreme, o să fie bagatelizată această fugă adolescentină. Însă trebuia să acţionez, rămăsesem pasivă prea mult timp, asta nu putea să mai dureze.

La 7:04, deja pierdusem şirul cafelelor băute mecanic, tremuram din toate încheieturile, aveam gura cleioasă, vocea răguşită de la tutun, iar ochii injectaţi mă usturau. Paul a insistat să fac un duş şi tocmai mă îndreptam spre baie când telefonul meu a prins glas în sfârşit. M-am aruncat asupra lui. Era Pacôme.

— L-am găsit, m-a anunțat el direct.

Vântul bătea violent în jurul lui, l-aş fi putut simți, zgomotul era asurzitor.

— Ce? Unde? Ce face? Spune-mi! Dă-mi-l la telefon, te rog!

— Reine, sst..., calmează-te.

Inima îmi bătea complet aiurea, Paul mă sprijinea ținându-mă de talie. Pacôme se învârtise prin oraş toată noaptea, ducându-se când la gară, când în punctele de întâlnire pentru carpooling, când la casa lui Nicolas. Pe la ora 6, simțise nevoia să bea o cafea înainte de a-şi continua rondul. Ajuns la Cele Patru Colțuri ale Lumii, îl găsise pe Noé picotind, ghemuit în fața intrării în depozit. Pacôme îşi reproşa că nu se gândise să verifice şi aici mai devreme. Noé petrecuse mai multe ore aşteptând în ploaie.

— Nu-ți face griji, e doar rupt de oboseală şi-i e frig. L-am urcat în maşină, mergem la mine.

— Pornesc la drum imediat.

— Nici nu se pune problema. Eşti epuizată! Te sinucizi.

— Trebuie să-l văd, trebuie să-l aduc acasă.

M-a apucat iar tremuratul. Paul mi-a smuls telefonul din mână.

— Pacôme, sunt Paul. Eu am dormit o oră sau două...

Nu era adevărat, dar şi el avea nevoie să-l vadă pe Noé.

— Nu te îngrijora pentru ea, o să conduc eu... Da... Ah... Foarte bine... Nu... Ajungem în câteva ore.

Paul a închis evitând să se uite la mine.

— Du-te să faci duş, apoi plecăm.

— Ce-a zis Pacôme?

— Nimic.

— Paul! Ce ți-a spus?

A oftat adânc înainte de a-şi pune mâinile în jurul gâtului meu privindu-mă direct în ochi.

— Nu-ți imagina că Noé o să-ți sară în brațe când o să te vadă. E ferm hotărât.

Am clătinat din cap, cu ochii în lacrimi, refuzând să accept ceea ce el încerca să mă facă să înțeleg.

— O să-l aduc acasă. Sunt mama lui.

— Foarte bine...

Nu credea în reuşita mea. Însă eu mă aruncam cu ultimele puteri în această luptă.

Paul gonea cu accelerația la podea ca să elimine tensiunea, să se descarce. I-am mulțumit în sinea mea. Fiecare kilometru parcurs mă apropia de fiul meu. Când nu fumam, îmi rodeam unghiile. Vremea era mizerabilă când am ajuns la Saint-Malo, ploua cu lacrimi, vântul își urla durerea şi suferința, iar eu simțeam cum inima mi se frânge încă puțin. Asprimea locurilor m-a înfricoşat pentru prima dată, însă nu atât cât perspectiva de a mă întâlni cu Noé, de a-l înfrunta, de a face față, poate, urii lui.

Uşa s-a deschis fără zgomot şi a apărut Pacôme. Ochii noştri s-au găsit imediat. Timpul s-a oprit câteva secunde în care aş fi putut crede că totul era în regulă, în care am putut respira un pic mai bine. M-am pierdut în privirea lui cenuşie care voia să mă liniştească, care voia să mă prevină, care voia să mă iubească. Era obosit, mi-ar fi plăcut atât de mult să ne odihnim împreună. Corpurile noastre s-au apropiat instinctiv, dar mi-am oprit gestul, alta era prioritatea mea. Am decis să rup coconul protector în care eram pe cale să mă cuibăresc.

— Unde e?

— Doarme.

L-a observat pe Paul în spatele meu şi a dat din cap în semn de salut. Apoi s-a tras într-o parte pentru a ne lăsa să intrăm. Paşii m-au purtat automat spre fereastră, spre priveliştea de care nu te săturai niciodată.

— A spus ceva? l-am întrebat pe Pacôme fără să-mi iau ochii de la mare.

Puteam să simt în spatele meu schimbul de priviri neliniştite dintre el şi Paul.

— În afară de faptul că nu mai vrea să mă vadă, bineînțeles, am completat.

N-a avut timp să-mi răspundă.

— Dacă ştii, de ce eşti aici?

M-am răsucit brusc pe călcâie. Noé. Dragul meu Noé stătea înaintea mea. Avea chipul lipsit de expresie, părul zbârlit. Privirea dură şi rece. Tenul cadaveric. Parcă nu l-aş fi văzut de secole. Am păşit spre el cu mâinile întinse.

— Comoara mea...

— Nu-mi mai spune aşa! a țipat.

Am înlemnit, luptându-mă cu amețeala. Ce pățise fiul meu pentru ca, în doar douăzeci şi patru de ore, să se transforme în acest necunoscut spumegând de furie? Cum putuse să-şi stăpânească săptămâni în şir sentimentele violente care-l măcinau pentru ca în final să izbucnească atât de vehement? Am căutat privirea lui Paul chemându-l în ajutor. Noé îl respecta mai mult decât pe oricine, îi recunoştea o autoritate naturală, Paul era singurul om care putea să-i bage mințile în cap.

— Noé, toată lumea poate să înțeleagă că eşti furios la culme, dar...

Fiul meu s-a întors imediat spre el, cu fața schimonosită de ură.

— Tu n-ai ce căuta aici!

Aş fi putut auzi cum inima lui Paul a încetat să bată. S-a dat înapoi un pas, lovit de cuvintele lui Noé. Paul venise în ajutorul meu, trebuia să vin şi eu într-al lui.

— Noé, Paul n-are nicio vină. Ascultă-mă, te rog.

Şi-a astupat urechile.

— Nu, nu te mai ascult niciodată! Nu mai vreau să te văd! Auzi? Niciodată!

S-a apropiat şi s-a uitat țintă la mine, duşmănos, strângând din pumni. Imaginea lui Nicolas s-a suprapus peste cea a lui Noé, stând în fața mea, şi în privirea unuia, şi în a celuilalt se citea acelaşi dezgust, acelaşi sentiment că îi trădasem. Mă simțeam minusculă pe lângă fiul meu, mă domina de la înălțimea lui, clocotind de mânie.

— Pleacă! mi-a trântit arțăgos.

Nu mai aveam mult până să mi se facă frică de el, era ceva insuportabil, îl simțeam violent pentru prima oară în viață, tremuram din toate încheieturile, suspinam, căutând disperată să regăsesc blândețea irisurilor lui aurii. Pacôme mi-a sărit la rândul său în ajutor, s-a strecurat între noi, a pus mâna ferm pe gâtul lui Noé şi i-a căutat privirea.

— Calmează-te.

Fiul meu a gemut de furie şi durere amestecate.

— Vreau să plece. O detest.

Cuvintele lui au căzut cu putere, răsunând limpede în liniştea din vastul apartament.

Cu fiecare secundă, muream încă puțin. Noé se uita la Pacôme cu lacrimi în ochi, se agăța de el ca de un colac de salvare. Fără să-i dea drumul lui Noé, Pacôme i-a făcut semn lui Paul care a înaintat prudent spre noi, înăbuşindu-şi amărăciunea.

— Dar cu mine vorbeşti, Noé?

A strâns din dinţi şi mai tare, admiţând că aşa ceva era posibil.

— Căraţi-vă amândoi!

Am încercat să mă apropii de fiul meu, aveam nevoie să-l simt, să-l ating.

— Noé, te rog.

Faţa i s-a crispat într-o expresie dureroasă, s-a desprins de lângă Pacôme şi a traversat în fugă apartamentul ca să se închidă într-una dintre camere. Paul, incapabil să rămână pe loc, l-a urmat imediat. Pacôme m-a prins în braţe înainte ca măcar să schiţez gestul de a mă duce după ei şi m-a strâns la pieptul lui. M-am zbătut câteva clipe încercând să-l lovesc ca să-mi dea drumul, însă el m-a strâns şi mai tare, murmurându-mi cuvinte liniştitoare şi blânde la ureche. Corpurile noastre erau atât de lipite că formam o singură persoană. Aveam senzaţia că Pacôme încerca să-mi absoarbă suferinţa. Am încetat să lupt, picioarele mi s-au înmuiat, el m-a sprijinit cu toată puterea, iar eu m-am agăţat şi mai ferm de el, cu gura deschisă larg într-un strigăt tăcut, blocat în fundul gâtului. Niciodată nu mă simţisem atât de rău. Ceva se căscase în mine, o rană ce devenea cu fiecare clipă mai adâncă, o cicatrice ce rămânea deschisă pe veci. Mă năruiam, plecam, mintea îmi era în altă parte, îmi părăseam corpul, întreaga mea fiinţă amorţea.

— Reine, nu mă lăsa, rămâi cu mine, şoptea Pacôme.

Eram aspirată cu tot mai multă forţă, vocea lui se îndepărta, nici măcar el nu avea puterea de a mă opri să fiu înghiţită de vidul fiului meu. Fără să-mi dea drumul, mi-a cuprins obrazul în palmă, privirea mea, din nou tulbure, a întâlnit-o pe a lui. Mă susținea viguros.

— N-ai dreptul să-l abandonezi pe Noé. N-ai dreptul să mă abandonezi pe mine... Auzi? Nu vreau să mă părăsești. Am nevoie de tine.

Am clătinat din cap ca să-i spun că se înșela. Cine avea nevoie de mine? Nimeni. Le făceam rău tuturor, le ruinam viața oamenilor pe care-i iubeam. Nu voiam să-l fac să sufere mai mult decât îl făcusem deja. Ar trăi mai bine fără mine. Așa cum și Noé ar fi mai fericit fără mine. Trebuia să mă lase să plec. De altfel, deja mă îndepărtam. Aveam aceeași senzație ca atunci când mă anesteziaseră la nașterea lui Noé, pierdeam controlul, procesul meu de autodistrugere avea să se încheie. Să fiu în comă..., aș fi vrut să dorm, să dorm ca să nu mă mai doară nimic, ca să nu mă mai lupt cu mine însămi, cu greșelile mele, cu regretele mele. Pacôme a decis altceva, și-a lipit buzele de ale mele. O respirație gură la gură ca să răsuflu din nou. O respirație gură la gură ca să mă salveze de nebunia ce voia să mă înhațe.

— Te iubesc, mi-a zis pe nerăsuflate. O să fac tot ce-mi stă în putere ca să nu naufragiezi.

Pacôme nu era genul de bărbat care să spună „te iubesc", chiar era dispus la orice pentru ca eu să rămân, pentru ca ființa mea să nu se destrame. Gura mea, inima mea ar fi dorit să-i spună că și eu îl iubeam, dar nu puteam, nu mai aveam dreptul s-o fac. Ca pe o păpușă de cârpă, m-a întors cu fața spre fereastră și mi-a înconjurat pântecul cu brațele. Forma o barieră de protecție împrejurul meu, gata să primească loviturile ce-mi erau destinate, mă liniștea legănându-mă cu delicatețe.

— Acum o să privești marea și o să-l aștepți pe Paul.

Am lăsat capul pe spate, rezemându-l de umărul său, iar respirația mi s-a calmat treptat, potrivindu-și ritmul după a lui.

După un timp ce mi s-a părut nesfârșit, parchetul a scârțâit sub pașii cuiva. Am recunoscut oftatul lui Paul. Pacôme nu s-a clintit și nu a slăbit strânsoarea.

— Nu vrea să se întoarcă, a rostit Paul trist, venind lângă noi la fereastră.

Corpul mi s-a încordat imediat, însă Pacôme mi-a șoptit un „sst“ liniștitor.

— I-am propus să-l duc la părinții tăi, la sora ta, i-am zis că poate veni să stea la mine. Degeaba. Pornește de la principiul că toată lumea l-a luat drept un imbecil încă de la naștere. Sunt dezolat, credeam că reușesc să-l conving.

Mi-am dat seama că îmi recăpătasem capacitatea de a vorbi.

— N-ai nicio vină, Paul… Ar fi trebuit să te ascult de la bun început… Tu ai știut întotdeauna, ai simțit mereu că se apropie catastrofa.

— O să rămână la mine, ne-a anunțat Pacôme. Mă ocup eu de el.

M-am desprins din brațele lui protectoare, arăta senin și hotărât, ceea ce mi s-a părut incredibil.

— Nu pot să ți-l las pe cap pe fiul meu…

Mi-a dat la o parte părul de pe frunte, zâmbind ușor.

— Ai încredere în mine?

— Da…

— Rămâneți amândoi aici, în salon, eu mă duc după Noé și împreună o să…

— Luați aer? l-am întrerupt.

M-a privit cu infinită tandrețe.

— Exact. În timpul ăsta, puteți să plecați liniștiți și să vă întoarceți la Rouen.

— Nu vreau să vă las...

— Trebuie totuși.

— N-ai de ales, mi-a zis Paul. Pacôme are dreptate.

— Și bacalaureatul? m-am apărat eu inutil. Trebuie să se întoarcă acasă.

— O să găsim o soluție. Și-n plus, poate că-i o treabă de doar câteva zile. De acord?

Lacrimile mi se rostogoleau pe obraji, am coborât ochii, capitulând în fața inevitabilului. Trebuia să-mi las fiul, să i-l încredințez lui Pacôme. Pentru prima dată în viața noastră, nu eu voi avea grijă de el.

— Ce-o să faci în privința lui Nicolas? l-am întrebat aproape în șoaptă.

— Mă ocup eu și de el, mi-a răspuns cu glas aspru.

Nu mi-a lăsat timp să încerc să aflu mai multe, m-a sărutat apăsat pe frunte și a plecat, nu fără a schimba o privire complice cu Paul. Înainte de a închide ușile duble ale salonului ce dădeau spre hol, mi-a mai zâmbit o dată.

Glasurile lor înăbușite ajungeau până la noi, Pacôme nu trebuise să-i propună de două ori lui Noé să iasă la aer. Am închis ochii ca să aud mai bine, să le ascult sunetul pașilor. În mai puțin de două minute, au părăsit apartamentul fără ca Noé să încerce să-mi spună la revedere sau măcar să mă vadă. Renunțase pur și simplu la mama lui. M-am apropiat de fereastră și am pus mâna pe geam de parcă mi-aș fi putut atinge fiul. Au apărut unul lângă altul pe metereze. Noé mergea cu capul plecat, adus de spate. Pacôme se uita din când în când la el fără să-i vorbească. Apoi a pus mâna, pe care o știam protectoare, pe umărul lui. După câţiva metri, Noé s-a oprit, cu corpul scuturat de spasme, Pacôme l-a prins în braţe, ţinându-l cu faţa spre larg. Au stat aşa parcă o eternitate. Într-un târziu, fiul meu s-a calmat, după care şi-au continuat amândoi drumul.

— Omul ăsta e surprinzător, a comentat Paul.

A oftat din rărunchi, de oboseală şi de tristeţe.

— Ştiu.

— Face pentru Noé ceea ce nimeni, eu în primul rând, n-a fost în stare să facă pentru el.

— Ce vrei să spui?

— Ocupă spontan locul gol, joacă rolul pe care nimeni n-a avut curajul să şi-l asume, în ciuda dorinţelor lui Noé...

Vinovăţia şi tristeţea lui Paul mi-au sfâşiat de tot inima. Fără să-i pierd din ochi pe Noé şi pe Pacôme, i-am căutat mâna şi el mi-a întins-o. Refuzase mereu să răspundă dorinţelor lui Noé din onestitate, din respect pentru povestea lui, din cauza minciunilor mele, iar azi se pomenea şi el respins la fel ca mine.

13

Pe drumul de întoarcere, Paul a sunat-o pe sora mea, dar eu n-am înțeles niciun cuvânt din ce-au discutat. Nu mai aveam forța şi nici măcar dorința să-i opresc. Doar mi-am pus capul pe umărul lui Paul. Drumul îmi reactivase starea de năucire, eram incapabilă să deschid gura de teamă să nu țip, să nu plâng, să nu-mi pierd mințile. Mă aflam în stare de şoc de aproape douăzeci şi patru de ore. Mă liniştisem puțin datorită lui Pacôme, cuvintelor de îmbărbătare pe care mi le şoptise şi faptul că mă ținuse lipită de el. Dar Pacôme nu mai era aici, Pacôme era cu Noé. Într-un fel, parcă s-ar fi ocupat de mine prin intermediul fiului meu. Totuşi, asta nu-mi potolea durerea, simțeam că mi se amputase o parte din mine.

Anna ne aştepta la mine acasă, anormal de calmă, s-a apucat imediat să se ocupe de tot, în ciuda a ceea ce probabil simțea şi ea. M-am uitat cum se învârtea prin casă, măcar avea meritul de a umple spațiul rămas gol. A dispărut în bucătărie cu nişte sacoşe de la un restaurant italian, apoi i-a dat un pahar cu vin lui Paul şi i-a ordonat să se ducă pe canapea, fiindcă noi două aveam treabă.

Fără să-mi ceară părerea, m-a prins de braț şi m-a târât la etaj. M-a aşezat pe patul meu şi a intrat în baie. Am auzit apa curgând în cadă şi curând o aromă de ulei esențial de lavandă a înmiresmat aerul. S-a întors şi a desfăcut nişte pachete pe care nici nu le remarcasem. A scos un halat de baie splendid, din eponj, şi o pijama drăguță, pe care a întins-o cu grijă pe pat. Apoi a venit să se aşeze lângă mine, mi-a luat mâna şi a început să mi-o mângâie blând.

— Surioară, baia cu spumă şi toate chestiile astea probabil că ți se par nişte aiureli şi nu greşeşti, fără îndoială, dar mă gândesc că ai nevoie de aşa ceva. Fac şi eu ce pot pentru tine. Oricum, n-are ce să-ți strice. Spală-te de ziua şi de noaptea asta îngrozitoare.

Am strâns-o de mână ca să-i mulțumesc pentru atenția şi delicatețea ei.

— Pot să te las singură? Fără prostii, da?

Am liniştit-o zâmbindu-i printre lacrimi.

— Mă duc să văd ce face Paul, n-are un aer mai glorios decât tine.

M-a sărutat în fugă şi m-a lăsat singură.

Nu credeam că sunt în stare să mă destind vreun pic sau să simt o brumă de plăcere, şi totuşi, când m-am cufundat în apa fierbinte şi în spuma ce umpluse cada, am gemut de încântare. Nu mă puteam relaxa, dar Anna avea dreptate, era o uşurare, ca un balsam pentru inimă. Mi-am îngăduit să închid ochii. Oare ce făceau Pacôme şi Noé în clipa aceasta? Din câte ştiam, Pacôme nu se ocupase niciodată de altcineva în afară de el însuşi, cum urma să se descurce cu un adolescent în plină criză existențială? Acționase din impuls când decisese să-l ia în grijă pe Noé, fără să se gândească la implicații. Oare chiar credeam asta? Nu. Poate, dimpotrivă, ştia foarte bine în ce se bagă, fiindcă nu părea să-l sperie. Noé avea instinctiv încredere în el, probabil că Pacôme era singura persoană din lume pe care fiul meu considera că se poate baza. Era teribil că fiul meu își punea nădejdea într-un străin pentru a supraviețui. Am zâmbit trist; tare mi-ar fi plăcut să-i văd, să fiu un șoricel ascuns în apartamentul din Saint-Malo.

Când am coborât la parter, înfășurată în eponjul moale, i-am găsit pe Paul și pe Anna pe canapea, amândoi foarte tăcuți. Paul privea în gol, parcă nici nu s-ar fi aflat aici. De ce anume îl acuzase Noé? Ce putuse să-i reproșeze ca să fie atât de abătut? Când mi-a remarcat prezența, a sărit de la locul lui, a ajuns lângă mine din doi pași și m-a studiat de sus până jos. A dat din cap aprobator.

— Arăți mult mai bine.

— Sora mea e minunată.

Anna a roșit, mișcată de complimentul meu și deopotrivă jenată că i se aduc laude, deși nu asta era prioritatea acum.

— Nu greșești! a confirmat ea. Acum, la masă!

Aranjase frumos farfuriile și tacâmurile, paharul cu vin mă aștepta, mâncarea era caldă, gata să fie gustată. Solicitudinea ei m-a emoționat până la lacrimi. Ne-a forțat să ne așezăm. Ca să reziste, să nu clacheze și ea, recurgea la cel mai rău defect al ei: hiperactivitatea. Când îi mergea prost, când avea necazuri, devenea incontrolabilă. O cunoșteam suficient ca să simt asta. Nu voia să sporească atmosfera și așa apăsătoare. Sub ochiul ei intransigent, mai mult am ciugulit decât am mâncat. Paul stătea vizavi de mine, inexpresiv. Uneori, privirile ni se încrucișau, citeam într-a lui o suferință similară cu a mea, dar nu reuşeam să ne vorbim. Simţeam ochii neliniştiţi ai Annei trecând de la unul la altul.

Figura lui Paul se descompunea cu fiecare minut, spectacolul dezolant m-a îngrijorat şi m-a forţat să acţionez. În sfârşit.

— Duceţi-vă acasă, sunteţi frânţi.

— Să rămân la tine peste noapte? mi-a propus Paul.

— E-n regulă, Paul, du-te să te odihneşti, s-a opus sora mea. Dorm eu aici.

M-am uitat la ei, hotărâtă să mă ţin tare.

— Vă mulţumesc, aţi făcut deja destule pentru mine, pentru noi. Nu sunt o bolnavă care trebuie supravegheată. O să mă bag în pat şi o să încerc să dorm. Totul se întâmplă din vina mea, trebuie să-mi asum răspunderea şi mai ales nu vreau să vă îmbolnăviţi voi pentru mine. Ne-am înţeles?

Probabil că am fost suficient de convingătoare, fiindcă amândoi s-au supus fără să se opună prea mult. În faţa uşii de la intrare, am îmbrăţişat-o pe Anna, i-am mulţumit şi i-am cerut iertare. Ea mi-a şoptit la ureche să nu-mi fac griji pentru părinţii noştri, „lasă-i în seama mea“, a adăugat, apoi s-a îndreptat spre maşina ei, lăsându-mă cu Paul care nu se decidea să plece.

— Eşti sigură că te descurci? a întrebat el grijuliu după lungi momente de tăcere.

— Îţi garantez.

— Stai acasă mâine.

— Oh, nu! Vin la muncă, aş lua-o razna închisă aici fără Noé.

— Îmi pare atât de rău că n-am reuşit! Îmi e tare ciudă pe mine, dacă ai şti...

— Ai făcut tot ce-ai putut, e deja foarte mult... Ce ţi-a zis Noé de ţi-a frânt inima în halul ăsta, Paul?

A lovit cu piciorul în gol, şi-a tras nasul, apoi s-a întors spre mine. Nu-l văzusem niciodată într-o asemenea stare, sufeream pentru el, sufeream foarte tare. Durerea lui era palpabilă, o resimţeam şi eu, am fost copleşită de chinul lui care îl sporea pe-al meu. Încă o rană în inima mea.

— De fapt... el credea, în ciuda spuselor mele, că eu îl consideram drept fiul meu, şi tu ştii că aşa şi e... Acum, după ce-a aflat că îl mint de când s-a născut, i-a intrat în cap că nu-l iubesc..., că nu l-am iubit niciodată. Crede că întotdeauna mi-am bătut joc de el.

— Nu-i drept, Paul. Tu eşti...

M-a întrerupt luându-mă în braţe, şi-a lăsat capul pe umărul meu secunde lungi.

— Pe mâine!

A plecat grăbit, maşina lui a demarat în trombă, nu puteam să-l reţin. Ar fi trebuit să-l păstrez lângă mine, avea nevoie de mine aşa cum şi eu aveam nevoie de el.

Nu m-am culcat în patul meu, ci în al fiului meu. În spatele noptierei, am zărit ascuns ursul lui de pluş. Primul cadou pe care mă hotărâsem să i-l cumpăr bebeluşului meu, în ajunul naşterii sale. Avusesem o tresărire de vinovăţie şi-mi spusesem că o jucărie nu mă obliga la mare lucru. Noé nu se despărţise niciodată de Teddy. Când a crescut, în loc să-l arunce în garaj, a început să-l dosească într-un colţ al camerei, la adăpost de priviri curioase, dar niciodată departe de el. Însă acum îşi abandonase ursuleţul, ca şi pe mine, mama lui. Am luat jucăria în braţe, am strâns-o la piept şi m-am culcuşit sub pilota lui Noé, adulmecându-i parfumul. Era ceva animalic în felul în care mă îmbătam cu mirosul somnului său. Minutele se scurgeau lent, fără să pot adormi, corpul meu nu-mi acorda niciun moment de repaus. Mintea îmi juca feste, auzeam zgomote prin casă, aş fi putut auzi chiar şi un zdrăngănit de chitară. Pe la miezul nopţii, telefonul a început să vibreze. Pacôme.

— Te-am trezit?

— Nu...

Am oftat adânc de uşurare, aveam o legătură — chiar dacă fragilă — cu fiul meu.

— Ce face?

În salonul luminat doar de lămpile de deasupra bibliotecii, mi-l imaginam pe Pacôme cu privirea întoarsă spre mare, în ciuda nopţii întunecate. Vorbea cu glas scăzut, pe tonul lui de povestitor; îmi relata cum Noé, vrând să mă uite, îl asaltase cu întrebări despre Saint-Malo şi despre corsari. Pacôme îl epuizase cu tururi ale meterezelor şi marşuri pe plaja Sillon, parcă-mi şi vedeam fiul alergând pe nisip până i se tăia respiraţia, îl vedeam descoperind sparge-valurile şi agăţându-se de ele plângând ca să nu se prăbuşească de durere şi de furie.

— E puternic, pe bune, Reine. Fiul tău e robust. Suportă. Şi... face orice ca să nu mă enervez. Jur!

Am zâmbit.

— M-a ajutat să pregătesc masa de seară, a fost un prilej de distracţie. N-a durat mult, dar i-a prins bine. S-a instalat în vechea mea cameră, de când aveam anii lui. M-am dus să văd ce face înainte să te sun. A adormit cu căştile pe urechi.

Mi-am şters lacrimile de pe obraji, liniştită şi simţindu-i lipsa fiului meu mai mult decât oricând.

— Îţi mulţumesc pentru tot ce faci pentru el.

— Nu-mi mulţumi.

— Şi Nicolas?

A mormăit fără să-mi răspundă.

— Ştie că Noé e la tine?

Tăcerea lui echivala cu un răspuns afirmativ.

— Ne-am contrazis, ne-am certat.

Eram furioasă la culme pe Nicolas care continua să-l facă pe Noé să sufere. Dar eram şi bolnavă de supărare. El şi Pacôme erau ca degetele de la o mână şi acum intraseră în conflict din pricina noastră. Mă tulbura faptul că Pacôme îmi lua apărarea şi pleda cauza fiului meu, dar mă simţeam vinovată şi de distrugerea relaţiei lor.

— N-ar trebui să te ocupi de Noé şi de mine, Nicolas e prea important pentru tine.

— Termină cu prostiile! Însă nu pricep ce-i cu el. Nu-l mai recunosc. Dar nu-ţi bate capul cu Nicolas, da? Ai grijă de tine.

Liniştea s-a strecurat între noi, mă revedeam în braţele lui după-amiază, încă îi simţeam buzele lipite de ale mele, îi auzeam cuvintele la care nu putusem să răspund.

— Acum culcă-te şi să visezi frumos.

— O să-mi spun o poveste, i-am zis sperând să înţeleagă mesajul.

I-am simţit zâmbetul.

— Şi eu la fel.

Am sesizat o tristeţe profundă în glasul lui. O tristeţe pe care nu i-o ştiam, care nu i se potrivea. A închis.

M-am trezit de mai multe ori peste noapte, dându-mi seama cu durere crescândă în ce pat mă aflam. Nu reuşeam să-mi găsesc somnul decât gândindu-mă la Noé şi la Pacôme care dormeau în aceeaşi casă. Doar gândul acesta mă liniştea, mă calma.

A doua zi dimineaţă, Pacôme mi-a trimis o fotografie cu panorama de la fereastra sa, ca înainte. Numai că acum se zărea în ea şi spatele fiului meu. Noé ocupase locul meu la măsuța de la geam şi contempla peisajul. Îngerul său păzitor a adăugat: **Seamănă foarte mult cu tine.**

Au urmat zile ciudate. Mă trezeam ca un automat, trăgeam pe mine ce haine nimeream, îmi prindeam părul la repezeală şi, fără a mă obosi să mă machiez, plecam de acasă cu impresia derutantă că mă întorsesem la aceeaşi delăsare, la aceeaşi lipsă de respect față de propriul corp ca în timpul sarcinii. Datorită fiului meu eram cochetă, datorită fiului meu eram frumoasă. Însă fiul meu nu mai era aici.

Lucram la Hangar prefăcându-mă că nu aveam nicio problemă, îmi foloseam toată puterea ca să muncesc iar eficient. Paul mă supraveghea discret, fără să mă sâcâie, aştepta să-l caut eu. Îmi era imposibil să aflu ce simțea, deşi îl întrebam permanent cum stă cu moralul. Însă nu eram oarbă; şi el avea o figură inexpresivă, se gândea mereu la altceva, adesea colaboratorii noştri îl strigau pe nume de mai multe ori înainte ca el să reacționeze. Când simțeam că-mi fuge pământul de sub picioare, dădeam buzna în biroul lui şi, unul lângă altul, fără să vorbim, înghițeam o ceaşcă din nesul lui mizerabil — care îmi încălzea inima în pofida gustului oribil. Simplul fapt de a fi împreună ne mai alina cât de cât, după care plecam. Câtă vreme mă aflam la muncă, mă comportam normal, puteam crede că Noé era la Rouen, că recapitula cu colegii la liceu, în bibliotecă. Dar cum ieşeam din Hangar, devenea mai greu să rezist. La masa de prânz, mă întâlneam cu Anna. Seara, cinam la ai mei, ca să nu stau acasă în fața scaunului gol al lui Noé. Mama îmi pregătea feluri minunate, tata nu făcea nicio remarcă atunci când ieşeam să fumez, mulţumindu-se doar să-mi zică „fetiţa mea" luându-mă de după gât posomorât, dar tandru. Noé le lipsea şi lor îngrozitor, am fost uşurată să aflu că le trimisese un mesaj, cerându-şi iertare şi spunându-le că avea nevoie să se distanţeze puţin. Cele câteva cuvinte ale lui le oferiseră suficientă consolare, nepotul lor nu-i respingea complet.

În fiecare dimineaţă, Pacôme îmi trimitea o fotografie şi în fiecare seară îmi relata cum a decurs ziua. Noé se plimba mult, vorbea puţin, discuta regulat la telefon cu prietenii şi cu Justine, îşi recapitula cursurile, cânta şi recitea *Ces messieurs de Saint-Malo*. Pacôme mi-a relatat cu mare entuziasm:

— E o nebunie, devorează romanul ăsta la fel ca mine când eram de vârsta lui. Cartea asta mi-a schimbat viaţa, Reine.

Mi-a povestit cum bunica lui îi pusese în mână romanul. Pacôme avea anii de acum ai lui Noé şi ştiuse imediat că voia să devină unul dintre respectivii domni din Saint-Malo. Călătoriile, India, mirodeniile şi tot restul fuseseră urmarea firească. Îi lipseau doar corăbiile ca să fie un armator din epoca de glorie. Mă emoţiona foarte mult că mi se destăinuia astfel. Îi înţelegeam mai bine firea visătoare, pasionată, dorinţa de a voiaja şi de a descoperi.

— Aseară, am vorbit despre carte ore întregi, vrea să-mi cumpăr o mierlă-indiană şi s-o botez Cacadou[1].

— Hm?

Nici nu m-a auzit.

— Ce-am mai râs gândindu-ne la Gali Gala!

---

[1] Un personaj din romanul *Ces messieurs de Saint-Malo* are o mierlă-indiană vorbitoare, pe nume Cacadou. (*N.t.*)

— La ce?

— Nu ai cum să-nțelegi!

Complicitatea pe care o ghiceam între ei mă umplea de bucurie, dar şi de îngrijorare. Şi pentru unul, şi pentru celălalt. Nicolas rămânea un subiect tabu, dar până când? Pacôme se eschiva dacă încercam să aflu mai multe despre asociatul lui. Totuşi, probabil că se vedeau, lucrau împreună, fiindcă-mi dădea de înțeles că-şi petrecea mare parte din zi la Cele Patru Colțuri ale Lumii. Voia să-i lase lui Noé timp să se liniştească, eram de acord cu el, dar... Ce loc va pretinde Nicolas în viața lui Noé când se va dezmetici? Fiindcă se va dezmetici, nu încăpea îndoială. Cum? Când? N-aveam idee. Poate că Noé va găsi ce căuta — fără să ştie — dintotdeauna. Dar Pacôme? Ce-i va rămâne când Nicolas o să-şi intre în rolul de tată? Văzând daunele poate ireversibile suferite de Paul, nu puteam decât să-mi fac griji pentru el.

De şase zile eram singură, şase zile în care familia mea şi Paul jucau rolul de baby-sitter. Însă această situație ridicolă durase prea mult. În consecință, mi-am asumat riscul de a sta doar eu cu mine însămi. Uşor de zis, greu de făcut. Închisă între pereții casei, am început să mă învârt de colo-colo. M-am postat în fața uşii cu geam ce dădea spre terasă. Vremea era frumoasă, primăvara strălucea la sfârşit de mai, totuşi nu-mi venea să stau pe terasă. Nu aveam chef de nimic, nu mă motiva nimic. Aveam senzația că sunt inutilă. Ar fi trebuit să mă forțez să mănânc ceva, dar nu-mi era foame. M-am gândit la un pahar de vin, sperând că alcoolul o să mă amorțească un pic. Cu plinul făcut, tocmai mă îndreptam din nou spre postul meu de observație, când s-a auzit soneria. Nu ştiam ce să cred. Eram uşurată că se îngrijora cineva pentru mine şi venise să-mi ţină de urât până mă băgam în pat? Ori eram furioasă că nimeni nu avea încredere că mă descurc singură? Cert era că supraveghetorul meu de seară îşi pierdea răbdarea. Până să reacţionez eu, soneria a ţârâit iar şi iar. În cele din urmă, târându-mi picioarele, m-am dus să deschid, mai degrabă enervată decât impresionată de solicitudinea anturajului meu. Am devenit şi mai tensionată, dacă aşa ceva era posibil, când am descoperit identitatea vizitatorului.

Mi-aş fi putut imagina orice, dar nu că o să mă pomenesc faţă în faţă cu Héloïse. Venise şi ea să mă atace. Mă simţeam atât de obosită, n-aveam niciun chef să mă justific, să lupt! Evident, bănuiam că şi viaţa ei luase o turnură îngrozitoare, dar eu, una, eram sătulă de toate. Am rămas uitându-ne una la alta secunde în şir. Niciuna dintre noi nu intenţiona să lase garda jos prima. Văzând-o îmbrăcată simplu, cu o jachetă largă, cu cheile şi telefonul în mână, ai fi zis că locuia la câteva case mai încolo şi că trecuse într-o doară pe-aici. În orice caz, n-ai fi crezut că a mers cu maşina aproape trei ore ca să dea buzna la mine. Totuşi, ar fi trebuit să mă gândesc că va veni să ceară explicaţii. N-o cunoşteam bine, însă intuisem din capul locului că avea un caracter puternic şi, în plus, era mamă, femeie. Familia ei, clanul ei, conta mai mult decât orice. Probabil şi ea se simţise trădată de mine, după ce-mi deschisese cu generozitate uşa casei sale. Iar eu, cinstit vorbind, nu i-o puteam trânti în nas pe a mea. Deşi Dumnezeu ştie cât mi-aş fi dorit! Fără să scot o vorbă, m-am întors cu spatele şi am pornit spre interiorul casei, lăsând-o să hotărască singură dacă mă urmează sau nu. I-a luat ceva timp să treacă pragul. Mi-am recuperat paharul şi m-am sprijinit cu spatele de peretele livingului. Ea şi-a plimbat ochii prin încăpere. Sigur că, în comparaţie cu frumoasa ei locuinţă burgheză, căsuţa mea de mamă celibatară trebuie să i se fi părut foarte simplă, dar se afla la mine, pe terenul meu. Îşi ţinea braţele strânse la piept, într-un gest de protecţie sau de parcă i-ar fi fost frig. A traversat livingul brusc şi a încremenit uitându-se la *Théâtre de Noé & maman*, care conţinea mai multe fotografii cu Noé mic. A dus mâna la gură, uluită.

— Nu mai am niciun dubiu acum, a şoptit. Nicolas n-a vrut să-mi arate fotografia pe care i-ai lăsat-o.

N-aveam ce să fac în privinţa asta, nu era problema mea.

— De ce-ai venit? am întrebat-o glacial.

S-a întors imediat spre mine, furioasă.

— Mai şi întrebi? Fiindcă viaţa mea e un iad!

M-am îndreptat de spate, arţăgoasă.

— Ei bine, atunci suntem două în situaţia asta!

Ne-am înfruntat iar din priviri, la fel de încordate, fiecare cu propria existenţă distrusă.

— N-am niciun chef să urlăm una la alta, Héloïse, n-o să ajungem nicăieri aşa.

I-au căzut umerii.

— Ai dreptate. N-am venit să ne certăm.

Am lăsat armele jos amândouă, o simţeam la fel de obosită ca mine, trebuia să renunţăm la luptă. Am oftat adânc. O să jucăm cu cărţile pe masă, străduindu-ne prin orice mijloace să ne păstrăm calmul.

— Te servesc cu ceva de băut?

— Mi-ar plăcea.

Am luat sticla şi un pahar pentru ea şi i-am făcut semn să mă urmeze pe terasă. Ne-am aşezat faţă în faţă la masa din grădină. Noaptea cobora tihnită, mintea mea zbura spre Saint-Malo. Oare Noé şi Pacôme mâncaseră de seară? Se plimbau pe metereze? Nu ştiam cum să încep discuția, așa că mi-am aprins o țigară. M-am uitat cum se ridică fumul, căutând energie suficientă ca să vorbesc.

— Îți iau și eu una, în starea în care sunt.

I-am aruncat o privire; îi era ciudă că cedează după zece ani de abstinență, totuși i-am simțit ușurarea trecătoare pe care a încercat-o când a tras din țigară.

— Crezi că am făcut-o intenționat? am întrebat-o.

Mi-a trântit un zâmbet ironic și s-a uitat țintă în ochii mei.

— Nu te obosi să-mi spui povestea! Sunt la curent cu tot. Ți-ai găsit un apărător înfocat în persoana lui Pacôme. Nu-ți ascund că am fost extrem de surprinsă, eram convinsă că o să fie de partea mea și a lui Nicolas, dar nu..., e prima dată când urlă la mine. Sper că și ultima, n-am niciun chef să-i mai suport furia. În fine... N-ar risca niciodată să-și piardă cel mai bun prieten pentru o femeie, oricât de puternice i-ar fi sentimentele față de ea. Însă el susținea că nu-i corect să fii acuzată de toate relele. Mi-am zis că trebuie să aibă motive întemeiate și am decis să-l ascult. Mi-a spus povestea ta și a fiului tău.

M-am ridicat și am început să merg la întâmplare prin grădină. Pacôme mă apăra în ciuda oricăror obstacole, eram bulversată, însă asta nu trebuia să-mi slăbească puterea în fața lui Héloïse. Noi două nu aveam o conversație ca între fete pe teme de amor.

— Și ți-a schimbat starea de spirit?

A râs cu amărăciune.

— Poți să-i zici și așa... M-am pus în locul tău.

M-am uitat fix la ea. Și ea, la mine. Nu se grăbea să vorbească, studia țigara pe care o ținea între degete, poate adunându-și curajul.

— Cu toată sinceritatea, a continuat după ce-a mai oftat o dată, recunosc că nu știu ce-aș fi făcut dacă m-aș fi trezit singură şi însărcinată. Poate aş fi procedat ca tine. N-am cum să aflu. Tot ce ştiu e că, în timp ce tu te zbăteai, eu mă bucuram de o iubire perfectă cu tatăl copilului tău şi amândoi ne trăiam marea aventură fără a ne sinchisi de ce lăsaserăm în urmă.

Am rămas de-a dreptul perplexă.

— N-aveaţi de unde să ştiţi... Ascultă, nu vreau să-mi povesteşti despre India, despre ce-aţi făcut voi acolo şi cum v-aţi îndrăgostit.

A venit lângă mine în capătul grădinii, tristă, dar hotărâtă.

— Fii liniştită, asta nu contează decât pentru mine. Dacă Nicolas ar fi aflat atunci că erai însărcinată, s-ar fi întors în Franţa ca să-şi asume răspunderea. Eu l-aş fi pierdut, Pacôme l-ar fi pierdut. Deci, oricât de nebunesc ar putea să-ţi sune, mi se pare în mod paradoxal că am o datorie faţă de tine şi de fiul tău.

Am scuturat din cap ridicând ochii spre cer, complet siderată de cuvintele ei. Unde voia să ajungă?

— Ce tot spui?

— Sacrificiul tău ne-a oferit cumva şansa mie şi lui Nicolas de a ne construi cuplul şi familia. Iar lui şi lui Pacôme, şansa de a deschide Cele Patru Colţuri ale Lumii. De când ne-ai dezvăluit cine e Noé, care e povestea ta, faci şi tu parte din povestea noastră, a tuturor. Asta-i viaţa!

M-am îndepărtat de ea şi mi-am aprins a doua ţigară, debusolată de povara pe care mi-o punea pe umeri; chiar dacă era flatantă, n-o voiam. Ne lega prea mult vieţile. Pentru mine, să-l cresc singură pe Noé nu fusese un calvar şi cu atât mai puţin un sacrificiu, în ciuda greutăţilor, ba chiar dimpotrivă.

— Sunt impresionată de ceea ce-mi spui, dar eu nu văd lucrurile la fel...

S-a apropiat iar de mine, şi-a turnat cu generozitate vin şi a luat o înghiţitură mare, cu mâna crispată pe pahar. Eram amândouă într-un roller coaster emoţional, ne calmam şi ne enervam pe rând. S-a uitat la mine ceva mai aspru.

— Atenţie, Reine, asta nu înseamnă că nu sunt furioasă. Nici nu-ţi poţi imagina în ce hal de furioasă sunt.

Glasul îi tremura de o violenţă stăpânită.

— Tu şi fiul tău apăreţi ca nişte intruşi în viaţa noastră. Cum să vă fac loc?

— Şi care-i treaba mea? Îţi baţi joc de mine! Crezi că duc o viaţă de vis! Nu mă mai lua drept imbecilă!

Am ridicat tonul, nu mă mai controlam, îi puteam simţi furia, dar şi eu o aveam pe a mea, ne învârteam într-un cerc vicios.

— De ce-ai venit? Tot n-am înţeles! Ce vrei, în fond?

Tremura din cap până-n picioare, ochii îi înotau în lacrimi, totuşi vocea i-a devenit mai sigură.

— Nicolas nu e bine, nu e bine deloc. Nu mai ştiu ce să fac ca să-şi revină. Eu mi-am pierdut soţul, copiii mei şi-au pierdut tatăl. Ne certăm continuu amândoi, pentru că, într-un fel, eu îţi iau apărarea. Copiii asistă la scenele noastre. El şi Pacôme nu mai au mult până să se încaiere.

Şocată de cuvintele ei, m-am tras un pas înapoi, trebuia să mă distanţez puţin.

— Reine, vreau să-l am iar lângă mine pe bărbatul pe care-l iubesc!

Era un strigăt de ajutor, aş fi putut să-l înţeleg, dar nu atunci când situaţia mă privea şi pe mine, nu atunci când îl privea şi pe Noé. Expresia ei a trecut de la durere la ironie.

— Şi culmea e că-ţi cer ţie sprijinul.

Probabil, aveam halucinații, nu mă ruga pe mine să-l ajut pe Nicolas, s-o ajut pe ea să-și regăsească soțul, iar copiii lor să-și recapete tăticul cel simpatic. Am râs cu răutate și m-am apropiat de ea fierbând de furie.

— Și Noé unde-i în toate astea? am întrebat-o nervoasă. La fiul meu te gândești?

S-a dat un pas în spate, la rândul ei.

— Astăzi știe cine e tatăl lui. Și acest tată îl respinge iar și iar! Când Noé a dispărut săptămâna trecută, Nicolas n-a catadicsit să miște un deget... Îmi vorbești de tine, îmi vorbești de soțul tău, îmi vorbești de copiii tăi. Ei bine, eu îți vorbesc de fiul meu, fiul meu care suferă un calvar!

A ridicat mâinile în semn de pace.

— Să nu-ți închipui că am venit aici să-i pledez cauza, dar toată lumea îl hărțuiește, e încolțit, e într-o situație disperată.

— Puțin îmi pasă mie de problemele lui Nicolas! Poate s-ar simți mai bine dacă ar face ceva. Ce-l împiedică să se ducă să-l vadă pe Noé? Știe că stă la Pacôme, nu?

— E terorizat...

— De ce anume?

Expresia i-a devenit mai blândă, încerca să mă îmbuneze.

— O să ți se pară imposibil, dar pune-te în locul lui două secunde... L-ai văzut cum este, vrea să reușească în toate, să fie un tată bun, care se ocupă de copii... A acceptat că este tatăl lui Noé, însă îl macină vinovăția de a fi ratat atâtea lucruri cu unul dintre copiii lui... Mi-a mărturisit cât de odios s-a purtat cu tine, îi e rușine... În același timp însă, nu prea are talent la a-și cere scuze...

Am rânjit, îmi aminteam perfect cât de mult ținea Nicolas să aibă întotdeauna dreptate.

— Mi se rupe de scuzele lui, tot ce-i cer e să facă un gest către Noé...

— Nu ştie cum să procedeze, e pierdut, e stângaci... Dacă o să aibă nevoie de tine ca să facă primul pas, o să-l ajuţi?

— Nu pentru el, ci pentru Noé..., prioritatea mea e fiul meu.

A început să zâmbească, plină de speranţă.

— Nu te bucura prea repede, Héloïse, Noé nu vrea să vorbească cu mine, deocamdată n-am nicio putere. De ce crezi că stă la Pacôme?

— Ştiu... Îţi promit că o să mă străduiesc cât pot să-l împing de la spate pe Nicolas. N-o să-mi recapăt soţul, şi nici copiii n-o să-şi recapete tatăl până când el nu-şi va cunoaşte fiul, fiul mai mare, care este al tău.

Spre marea mea surpriză, descopeream că ne aflam amândouă în aceeaşi tabără. Eram gata de orice pentru copiii noştri. Pentru ca ai ei să-şi regăsească un aparent echilibru în viaţă, iar al meu să ştie de unde vine.

— I-ai spus că vii la mine?

— Da... Îl îmbolnăveşte să ne ştie pe amândouă împreună aici, nu mă îndoiesc. Se descurcă cu micuţii noştri şi se confruntă cu el însuşi şi cu responsabilităţile sale, asta nu poate să-i facă decât bine.

A râs trist imaginându-şi-l cum se zbate cu toată povara actuală a existenţei sale.

— Dar copiii voştri, Héloïse? Mi-ai zis că ei aud totul, dar cât înţeleg? Lor ce-o să le spui? Şi pe ei îi privesc lucrurile astea, nu?

Epuizată dintr-odată, s-a prăvălit pe un scaun, a mai băut vin şi m-a întrebat din priviri dacă putea să se mai servească din pachetul meu de ţigări. I-am făcut semn că da şi am profitat de ocazie să mai iau şi eu una. Încetasem să le mai număr. A rămas tăcută. Voia să-şi protejeze copiii, evident, n-o puteam acuza.

— Noé ştie că Nicolas are o familie?

— Da... A fost tulburat când a aflat că...

— Că are un frate şi două surori?

Şi ei îi venea greu să rostească aceste cuvinte, o înţelegeam, îmi aminteam cât fusesem de zguduită când conştientizasem că Noé avea încă o familie pe lângă a noastră. Pentru fiecare dintre noi era ciudat şi dureros să accepte că fraţii copiilor noştri aveau altă mamă. Şi eu mă simţeam stoarsă, nu mai voiam să mă enervez, să ţip; puteam împărtăşi amândouă această suferinţă. Aşa că, în loc să stau în picioare şi să mă uit la ea cu aroganţă, m-am aşezat şi eu pe scaun.

— A fost singurul moment în care a zâmbit când i-am mărturisit totul...

— E complicat, n-o să te mint, dar şi ei merită să-şi cunoască fratele mai mare. Habar n-am cum o să procedăm. Când vor fi pregătiţi, o să le vorbim clar despre Noé... Nu ştiu când anume, dar o s-o facem.

S-a moleşit şi a lăsat capul pe spate, cu ochii închişi.

— Suntem pe aceeaşi lungime de undă? m-a întrebat.

— Cred că da...

Ne goliserăm sacii, trecuserăm în revistă tot.

— Nu mai am pic de vlagă, m-a anunţat.

— Nici eu.

A început să râdă, întâi timid, apoi tot mai tare, până a ajuns să se îndoaie de mijloc. Involuntar i-am urmat exemplul. Râdeam nervos amândouă, vărsând în acelaşi timp lacrimi din abundenţă.

— Am impresia că trăiesc într-o dimensiune paralelă, a zis într-un târziu, trăgându-şi nasul. Ce caut eu aici, cu prima iubită a soţului meu, căreia el i-a făcut un copil fără măcar să ştie?

— Ai şi motive să te ţicneşti, am replicat.

— Să înnebuneşti de tot, da...

Râsetele s-au estompat şi în final au dispărut. Ne uitam una la alta ca într-o oglindă: aceleaşi lacrimi, aceeaşi oboseală, aceeaşi tulburare.

— Cum faci, Reine, ca să rezişti fără Noé acasă?

— Tocmai asta e, nu rezist, Héloïse, nu rezist deloc...

— Vorbeşte-mi despre el.

Această seară complet ireală îmi aducea o doză de seninătate. Ciudat, dar mă simţeam mai bine, regăsind o energie şi o formă de încredere în viitor care-mi lipseau de multe săptămâni. N-aveam să-mi recapăt niciodată viaţa de dinainte, dar chiar îmi doream să reiau o viaţă de minciuni? În niciun caz. Să mă ştiu scăpată de impostură, în ciuda durerii şi a suferinţelor inevitabile, era un sentiment prea preţios. Nu mai voiam să îndur consecinţele greşelilor mele, aveam să le înfrunt şi să fac totul pentru a îndrepta lucrurile. Poate într-o bună zi aş fi reuşit să reconstruiesc ceea ce distrusesem. Poate Noé şi cu mine vom avea parte de o nouă viaţă. O poartă se deschidea spre mai bine... Venirea lui Héloïse, discuţia noastră, onestitatea noastră reciprocă îmi dădeau speranţe. Aveam să lupt pentru a-mi reface relaţia cu fiul meu. O să văd ce-mi va spune Pacôme în zilele următoare, însă îmi voi permite să încerc din nou să vorbesc cu fiul meu. Pretindeam ca Nicolas să se dezmeticească. Dar eu ce făceam? Nimic. Acum îmi dădeam seama de asta. Răbdam, stăteam pasivă, aşteptând o întoarcere puţin probabilă a lui Noé acasă, fără să acţionez şi fără să mă manifest. Oricum, cineva trebuia să-l facă să asculte de glasul raţiunii şi să revină la Rouen ca să dea bacul peste câteva zile. Slăbiciunea, vinovăția, fatalitatea mă împiedicaseră să reacționez, mă împiedicaseră să lupt ca să-mi păstrez fiul. Atât îmi imaginasem mereu că el mă va respinge violent — avusesem dreptate —, încât lăsasem lucrurile să se desfăşoare în voia lor fără să-i amintesc un singur moment că eu eram mama lui. Pornisem înfrântă din start.

Héloïse a dormit pe canapea. A doua zi dimineață, n-am schimbat niciun cuvânt, doar am băut o cafea ca să scăpăm de mahmureală. Nu mai aveam nimic să ne spunem, lucrurile erau clare, fiecare dintre noi, în felul ei, urma să încerce să calmeze situația. Momentul pe care-l petrecuserăm împreună nu avea să se repete. Nu aveam să fim niciodată prietene, nu puteam face parte niciodată din aceeaşi familie, dar aveam nevoie să ne aliem şi să ne respectăm. Nu duceam acelaşi război, dar împărțeam acelaşi obiectiv.

În picioare lângă maşinile noastre, şi una, şi alta ne simțeam aiurea. Cum să ne luăm la revedere? Cum să ne urăm curaj? Spre marea mea surpriză, Héloïse m-a îmbrățişat.

— Ai grijă de tine, i-am spus fără măcar să-mi dau seama.

— Mulțumesc, şi tu la fel.

La muncă, Paul m-a găsit în toiul unei discuții cu graficianul nostru. Ca înainte.

— Reine?

— Da!

Văzând că tace, m-am întors spre el; mă privea stupefiat.

— Ce e?

M-a invitat să-l urmez în biroul lui. Odată uşa închisă, m-a măsurat de sus până jos.

— Ce s-a întâmplat de ieri până azi? Ai primit veşti de la Noé?

— Nu... De ce?

— Eşti în sfârşit aici. Corpul tău e aici, vreau să spun, şi mintea la fel. Uitasem ce efect are asta. Şi te ocupi iar de tine. Iată-te pe tocuri, machiată şi aproape surâzătoare.

Avea dreptate. Dimineaţă, când mă îmbrăcasem, renunţasem la veşnica ţinută deprimantă din ultimele zile. Trebuia să-mi revin ca să pot reînnoda legătura cu fiul meu.

— Am băut trei sticle de vin cu Héloïse aseară, i-am replicat prompt.

A rămas cu gura căscată când i-am povestit cum îmi petrecusem seara şi l-am anunţat că-mi recăpătasem speranţa, fără a putea să-mi explic motivele.

— Şi care este etapa următoare?

— Să vorbesc cu Noé, să-i aduc aminte că degeaba mă respinge, voi fi mereu mama lui.

Paul mi-a zâmbit, uşurat, emoţionat.

— Ar trebui să abuzezi mai des de alcool!

Am râs din toată inima, fericită mai ales că râdeam cu Paul şi-l auzeam iar tachinându-mă.

— Aştept să văd ce-mi mai spune Pacôme despre starea lui şi, în funcţie de asta, o să mă duc curând la Saint-Malo să-i văd pe amândoi.

— Pe amândoi? a repetat el, zâmbind în colţul gurii.

— Pe Noé. Mă duc să-l văd pe Noé.

— Ai dreptul să te bucuri la ideea de a-l revedea pe Pacôme.

— Asta-i altă poveste...

Pe cât de repede a trecut ziua, pe atât de interminabilă mi s-a părut seara. Nefiind în stare de nimic, stăteam pe canapea strângând telefonul în mână. M-a copleşit uşurarea când în sfârşit a sunat.

— Aşteptai veşti de la noi? m-a întrebat el glumeț.

Am zâmbit auzindu-i glasul.

— Mi-ați lipsit aseară.

Nu mai reuşeam să-i disociez. Cu o seară în urmă, nu mă sunase, am presupus că ştia de prezența lui Héloïse la mine acasă şi voia să ne lase să ne reglăm conturile fără să intervină într-un fel sau altul.

— Noé e bine, nu-ți face griji. Judecând după ce-a înşirat peste tot, aş zice că a recapitulat întreaga zi. M-a aşteptat să vin acasă pentru a merge amândoi pe plajă. Azi a fost vreme frumoasă, aşa că l-am provocat la o baie în mare.

— Apa trebuie să fi fost oribil de rece!

— Cincisprezece grade.

Înghețasem doar imaginându-mi.

— Eşti nebun!

— Am făcut baie amândoi. A fost bine. Un adevărat maluin fiul tău! Când a ieşit din apă, am avut impresia că încasase un electroşoc.

— Mai degrabă un şoc termic!

A izbucnit în râs.

— Ce vreau să spun e că pare mai puțin furios. Nu te îngrijora pentru el. O bere, o farfurie de paste, şi e din nou pe picioare.

Emoția mă gâtuia. Emoția de a afla că, poate, Noé se simțea mai bine. Emoția de a înțelege încă o dată cât de minunat se ocupa Pacôme de el.

— Mi-ar fi plăcut să vă văd pe amândoi în apă.

Râsul i s-a stins, îl auzeam respirând adânc.

— Reine... eu... Nu, nimic...

Ezita, iar în vocea lui percepeam un fel de tristețe. M-am cuprins neliniştea imediat.

— Dar tu? l-am întrebat. Tu cum eşti? Ce voiai să-mi spui?

A lăsat să se aştearnă liniştea câteva clipe.

— Povestea de seară devine cu adevărat complicată.

— Sunt de acord, şi eu mă gândesc mult la ea.

— Însă alta e prioritatea noastră acum. Vise plăcute... te sărut, Reine.

Am pus telefonul lângă mine, brusc conştientă de această paranteză din viețile noastre în care eu şi Pacôme ne lăsaserăm prinşi în ultimele zile. Am fi putut crede că... Dar realitatea ne trezise până la urmă, salvarea lui Noé merita riscul, chiar dacă ne făcea să suferim cumplit. Iar şi iar. Mi-au căzut ochii pe ecranul mobilului, niciunul dintre noi nu închisese. Ceva mai puternic decât mine m-a împins să ascult, iar glasul lui Noé a ajuns la urechea mea. De când nu-l mai auzisem! Emoționată, am auzit parchetul scârțâind sub paşii lor. Am închis ochii. Mi-i imaginam împreună, printre mobilele vechi şi cuferele de corsar, poate Noé mângâia distrat ocheanul, dacă nu cumva răsfoia cartea lor fetiş. Probabil Pacôme îl observa cu o privire tandră şi atentă.

— Vorbeai cu ea?

— Noé, nu te preface că nu ştii.

— Vorbeşti cu ea în fiecare seară?

Pacôme n-a răspuns.

— Mai sunteți împreună?

Ce ascundea această întrebare? Nelinişte? Curiozitate? Interes? O dorință anume? Ce putea Pacôme să-i răspundă? Ce eram astăzi unul pentru altul? Nici noi nu ştiam, incapabili să redăm în cuvinte ceea ce ni se întâmpla, ceea ce trăiam. Ne petreceam timpul renunțând, despărțindu-ne şi iar regăsindu-ne, purtați de ceva mai puternic decât noi, mai puternic decât orice.

— Ce se petrece între mine şi ea nu te priveşte.

— Ce face mama?

Mama... Spusese mama... Acest cuvânt, cel mai dulce cuvânt care există, ieşise din gura lui. Inima mi s-a umplut de speranță.

— Tu ce crezi? i-a replicat Pacôme cu un glas la fel de blând. Gândeşte-te puțin şi o să ai răspunsul.

Pacôme îi vorbea fără ocolişuri, nu se temea să-l pună la punct. Dintr-odată mi-am dat seama ce făceam, îi spionam. Nu aveam dreptul. Îşi construiseră o relație numai a lor, în care eu nu-mi aveam locul. Am închis brusc telefonul, nu în felul acesta voiam să primesc veşti despre fiul meu. Hotărârea mea era luată.

14

Pacôme mă aştepta în faţa porţii Saint-Vincent, trăgând cu sete dintr-o ţigară. Niciodată nu fuma singur, niciodată nu avea un pachet de ţigări la el. Era un semn rău. La fel şi faţa lui trasă, pe care o ghiceam de la depărtare. Oare îmi ascunsese adevărul despre starea lui Noé ca să mă menajeze? M-a zărit, dar nu s-a mişcat, aşteptând să mă duc eu la el. Am stat şi ne-am privit la nesfârşit, mă pierdeam în ochii lui, cenuşiul lor mi s-a părut pentru prima dată trist. Ardeam de dorinţa de a mă odihni în braţele lui, dar simţeam că există o distanţă între noi, o distanţă forţată, o distanţă impusă de raţiune.

— Ai venit să-l iei?

— N-am speranţe atât de mari... Să-i vorbesc ar fi deja o mică victorie. E la tine?

— Nu, trebuie să fie pe plajă. Hai!

Am mers umăr la umăr, atingându-ne uşor, şi foarte curând mâna lui a căutat-o pe a mea, s-au jucat amândouă câteva secunde înainte ca degetele să ni se împletească. Eram incapabili să rezistăm unul altuia. Pe străzile din Intra-Muros mirosea a primăvară, aproape că se simţea aerul verii. Cei dintâi turişti ai sezonului îşi începuseră hoinăreala, adolescenții se plimbau în grupuri — școala se terminase —, iar zâmbetele primelor flirturi de vacanță înfloreau deja pe fețele lor. Nu reușeam să-mi dau seama dacă e cald sau frig, cerul era albastru, imaculat, fără nori, dar încă te înfiorai ușor de răcoare, deși soarele îți încălzea pielea. Pacôme m-a condus prin poarta Bés, apoi ne-am oprit și ne-am sprijinit în coate de un parapet deasupra plajei Bon-Secours, care-mi era familiară, cu piscina ei cu apă de mare în care puteai să înoți în pofida curentului, și a insulei Grand-Bé, accesibilă la nivelul cel mai scăzut al fluxului. Ochii ni s-au întâlnit și ne-am ridicat simultan privirile spre zidul de apărare, exact spre locul unde ne sărutaserăm pentru prima dată. Mi-am lipit fața de umărul lui, iar capul lui s-a cuibărit în părul meu. M-am uitat pierdută în zare, eram sfâșiată între nevoia viscerală de a-mi regăsi fiul și necesitatea de a trăi fiecare clipă cu Pacôme de parcă ar fi fost ultima, lucru pe care-l simțeam ca fiind inevitabil. O siluetă, silueta pe care aș fi recunoscut-o dintr-o mie, mi-a atras atenția. O siluetă așezată pe nisip, cu casca pe urechi, cu fața întoarsă spre larg. Corpul mi s-a aplecat instinctiv spre el.

— Du-te acolo, a șoptit Pacôme.

Mi-a zâmbit încurajator, dar cu aceeași umbră inexplicabilă de melancolie.

— Și tu ce faci?

— O iau spre Cele Patru Colțuri ale Lumii. Am plănuit cu Nicolas să lucrăm, ne-am promis să nu urlăm unul la altul.

Un rânjet s-a ivit pe fața lui obosită, mi-a făcut bine să-l văd așa.

— Mă ții la curent? m-a întrebat. Dacă plecați diseară împreună sau nu?

— S-ar zice că te-ai gândit la toate scenariile...

A aruncat o privire în direcția lui Noé, m-a mângâiat pe obraz și a plecat fără un cuvânt.

Am coborât încet scara abruptă și plină de nisip, fără să-mi iau ochii de la fiul meu, lăsându-mă pătrunsă de zgomotele plajei: strigătele înăbușite ale curajoșilor care intrau în apă, stropii împroșcați după o săritură de la trambulina piscinei, ecoul râsetelor lipsite de griji, huruitul cărucioarelor ce transportau ambarcațiunile clubului nautic. Mi-am scos pantofii și mi-am afundat picioarele în nisipul rece, neîncins încă de soare. Înaintam cu pași mici, savurând în liniște imaginea fiului meu. Habar n-aveam cum o să mă întâmpine, dar simplul fapt de a-l ști, de a-l vedea atât de aproape mă calma. El nu știa că sunt aici, așa că am profitat bucurându-mă de el, de profilul lui, de alura lui, de aerul lui pierdut și detașat, în ciuda ocheadelor pe care i le aruncau câteva fete aflate puțin mai încolo. M-a frapat cât se schimbase într-o săptămână. Crescuse, se maturizase, părea mai grav, mai serios, mai dur. Mi-am amintit de cele câteva dăți din copilăria lui când plecase în vacanță fără mine, cu ai mei sau cu sora mea. Când se întorcea, tristețea și vinovăția mă copleșeau, de parcă ratasem momente importante și nu-l mai recunoșteam pe băiețelul căruia îi spusesem la revedere acoperindu-l cu sărutări înlăcrimate. De fiecare dată, aveam sentimentul ireparabilului. Astăzi, nu măsura câțiva centimetri în plus, dar se maturizase. Aveam cu adevărat în fața mea un bărbat. Fiul meu era bărbat. De-acum va trebui să mi-o repet zilnic. Oare toate mamele trec prin asta? Te trezești într-o dimineață, te uiți la copilul tău și îți dai seama că de-aici înainte o să vorbiți de la egal la egal, de la adult la adult? Îți dai seama că ți-ai pierdut bebelușul, chiar dacă în adâncul inimii tale el va rămâne veșnic așa, doar că nu mai ai dreptul să i-o spui, să i-o demonstrezi, de teamă să nu-l ofensezi, de teamă ca el să nu-şi revendice cu şi mai multă forţă independenţa?

Am străbătut distanţa ce ne separa şi m-am aşezat lângă el. Eu nu l-am privit, el nu m-a privit. Ne uitam amândoi la mare, fără să rostim niciun cuvânt. În ciuda dorinţei imperioase de a-l atinge, de a-l strânge în braţe, de a-l simţi lipit de mine ca atunci când era mic, n-am făcut niciun gest. În mod ciudat, mă aflam pe teritoriul lui, într-o măsură chiar mai mare decât la liceu. Aveam deja noroc că nu urla la mine, că nu-mi cerea să mă car de-acolo. Nu existau victorii mărunte, fiecare bucăţică de teren cucerită valora cât tot aurul din lume. După minute lungi, şi-a strâns genunchii la piept, apoi şi-a pus braţele lui mari în jurul lor ca pentru a se proteja, pentru a se stăpâni. Mi-am permis să-l studiez puţin, străduindu-mă din răsputeri ca să nu fiu prea indiscretă. Aerul din Saint-Malo îi făcuse bine, avea o culoare frumoasă în obraji. Totuşi, inima mi s-a strâns, ochii îi înotau în lacrimi, a înghiţit cu greu ca să nu clacheze. Rezista. Dacă urmărise să-mi demonstreze tăria lui de caracter, atunci reuşise.

Răbdarea mi-a fost în cele din urmă răsplătită. S-a îndreptat de spate şi şi-a dat jos căştile de la urechi, revenind la realitate. Am deschis gura fără să-mi dau seama:

— Ce asculţi acum?

Nu m-a privit, doar mi-a întins căştile. Un fragment soul de Esther Phillips s-a transformat spre marea mea uimire într-un rap tenace. Vocea lui Russ era agreabilă, fascinantă, în ciuda agresivităţii sale. Am ascultat *Goodbye* până la capăt, încercând să înţeleg ce găsea fiul meu în acest cântec. Tulburător, adictiv. I-am înapoiat căştile.

— Probabil, nu-ţi prea place, mi-a zis el tot fără să mă privească.

— Îmi plac puterea, sunetul care o degajă, mai puțin cuvintele...

Tăcere. Lungă. Grea. Încărcată de atâtea sentimente contradictorii.

— Pacôme te-a chemat?

— Nu, am venit din proprie inițiativă.

A inspirat adânc ca pentru a-şi aduna curajul. A întors în sfârşit capul spre mine şi s-a uitat drept în ochii mei, supunându-i voinței lui, hipnotizându-mă.

— De ce?

— Sunt mama ta, orice s-ar întâmpla. Nu contează ce-mi spui. Voiam să-ți aduc aminte asta. Când vei dori să vorbeşti, eu voi fi lângă tine, voi fi întotdeauna lângă tine.

Şi-a ferit privirea, strângând din dinți.

— Nu pot.

Doare.

— Doare prea tare, a adăugat el.

Am uitat de mine, nu aveam de ales, trebuia să mă mulțumesc cu cele câteva minute pe care mi le acordase.

— O să te las liniştit şi o să mă întorc la Rouen. O să caut o soluție ca să poți da examenele fără să vii acasă, dacă preferi. O să-l sun pe Pacôme să te anunț, în felul ăsta, nu va fi nevoie să vorbeşti cu mine...

Mai aveam un lucru să-i spun înainte să plec, înainte să-l las singur pe această plajă, câteva cuvinte pe care trebuia să le audă. Despre o persoană de care trebuia să-şi amintească, persoana care-şi făcea cele mai multe griji pentru el şi care-l iubea cel mai mult pe lume, după mine.

— Noé, Paul... şi el va fi întotdeauna alături de tine.

S-a ghemuit şi mai tare. Mă uitam fix la pumnii lui strânşi pe genunchi, voiam enorm să-mi lipesc palma de ei, doar pentru a-i simți pielea. Nu. În ciuda dorinței mele profunde şi vitale, n-o să-l oblig să-mi suporte atingerea. M-am ridicat şi mi-am scuturat hainele de nisip ca să mai stau puțin în preajma lui. Nu s-a clintit.

Fii puternică. Pentru el. Te iubesc, dragul meu Noé.

— La revedere, comoara...

Glasul mi s-a frânt. M-am încovoiat de durere, dar m-am smuls de lângă el şi l-am lăsat în urmă. Lacrimile îmi scăldau obrajii. Mă durea tot corpul.

— El tot nu vrea să mă cunoască?

Am înlemnit, cu picioarele afundate în nisip. M-am întors spre el. Stătea tot cu spatele la mine, țeapăn, continuând să privească fix marea.

— Nu ştiu.

A icnit şi şi-a tras nasul. Instinctul meu matern a preluat comanda, m-am apropiat, gata să-l cuprind în brațe. Însă el m-a simțit şi şi-a îndesat capul între umeri pentru a se feri de mine, de parcă voiam să-l lovesc. M-am dat înapoi. El tremura. Se simțea foarte rău, suferea un calvar. Nu mai puteam sta cu brațele încrucişate. Lăsasem pe toată lumea să-şi exprime furia, sentimentele, le acordasem tuturor suficient timp ca să conştientizeze situația.

Ajunge!

Am plecat în fugă, am urcat scara la repezeală fără să privesc înapoi. N-aveam dreptul să cedez, Noé cerea ajutor, era pe cale să se înece din cauza prostiei unor adulți incapabili să-şi asume responsabilitățile, cu mine în frunte. Am continuat să alerg desculță pe străzi, cu pantofii în mână. Pacôme îmi întipărise în minte harta oraşului. Am ajuns la zidul de apărare în dreptul şcolii de marină comercială, m-am strecurat plângând printre turişti, privirea mi-a căzut pe Fort National, era la reflux, am coborât scara sărind din patru în patru trepte şi am urmat acelaşi itinerar pe care Pacôme i-l arătase lui Noé. Poarta Saint-Thomas. Plaja Éventail. Sillon. A fost rândul meu să alerg prin nisip până mi s-a tăiat răsuflarea, vântul — nu foarte puternic — îmi biciuia faţa, îmi usca lacrimile, purta spre cerul albastru gemetele mele de durere, mă dureau picioarele, mă durea inima. A fost rândul meu să mă agăţ de sparge-valuri ca să-mi trag sufletul câteva clipe; aceşti stâlpi solizi de lemn, atât de solizi încât sfărâmă tăria valurilor ca să protejeze digul, m-au ajutat şi pe mine astăzi să nu mă prăbuşesc. Cursa mea nebună, disperată a continuat pe şoseaua Sillon, unde am profitat de culoarea roşie a semaforului ca să-mi pun la repezeală pantofii. Imediat ce-am putut, am traversat şi am luat-o spre cheiul Duguay-Trouin. Am zărit butoaiele de la Cele Patru Colţuri ale Lumii. Eram aproape. Mi-am adunat toată forţa ce-mi mai rămăsese ca să parcurg ultima sută de metri. Am deschis brutal uşa depozitului, agăţându-mă la timp de ea, fiindcă picioarele abia mă mai ţineau. Am întâlnit privirea speriată a tinerei asistente, aflată la locul ei obişnuit din spatele pupitrului.

— Ei unde sunt? am întrebat cu voce pierdută.

— În biroul lui Nicolas.

Am luptat cu ameţeala şi, în ciuda slăbiciunii, m-am îndreptat spre scară, hotărâtă să dau lovitura decisivă. Am suit-o agăţându-mă de balustradă. Cu cât urcam, cu atât energia disperării, energia din măruntaie îmi dădea putere. Dacă trebuia să-l târăsc pe Nicolas la picioarele lui Noé, urma s-o fac, nu mai avea dreptul să se eschiveze. Nimeni şi nimic nu m-ar fi oprit. Am intrat fără să bat. Au tresărit amândoi. Pacôme s-a repezit spre mine.

— Reine, ce e? S-a întâmplat ceva cu Noé?

I-am zâmbit dureros, profitând de prezența lui ca să inspir adânc, să-mi umplu plămânii cu aer. Apoi mi-am ațintit privirea — dușmănoasă — asupra lui Nicolas.

Am descoperit un Nicolas greu de recunoscut, îmbătrânit, obosit, prost bărbierit. S-a dat înapoi, îi inspiram teamă. Pe bună dreptate.

— Fiul tău are nevoie de tine! am urlat. Mă auzi?

Am pășit spre el gata să escaladez munți. S-a chircit, l-am apucat de cămașă și l-am scuturat.

— Uită-te la mine!

M-a ascultat și am descoperit cât de mult suferea. Toată lumea suferea! Noé, Pacôme, Paul, Héloïse și copiii, el și cu mine. Dacă el nu iniția procesul de vindecare, situația avea să se cangreneze până la amputare. Gâfâiam de furie, de înverșunarea de a-mi salva fiul de propriii demoni. I-am dat drumul tatălui său continuând să-l privesc direct în ochi. De data asta, nu avea să-mi mai scape.

— Încetează să te mai ascunzi în spatele vinovăției, al neputinței de a înțelege! N-ai de ales, viața ta s-a schimbat, ca și a mea. Noé se simte pierdut, n-o să meargă mai departe dacă tu nu faci nimic. Noé are nevoie de tatăl lui. Îți cer doar să-l privești, să-l recunoști, nu în fața legii, cui îi pasă de asta? Doar arată-i că există pentru tine!

Am simțit un curent de aer rece în spate și m-am răsucit; Pacôme ieșea tiptil din încăpere.

— Ce faci?

Atrasă involuntar de el, m-am apropiat până când corpurile noastre s-au atins. Fără să mă privească în ochi, mi-a dat după ureche o șuviță zburlită.

— Voi doi aveți nevoie să rămâneți singuri.

— Ba nu! Rămâi!

Am trântit uşa întredeschisă de el. Nu i-am lăsat de ales. Nicolas trebuia să mai audă un lucru. Orgoliul lui urma să încaseze o lovitură, dar rana lui nu conta câtă vreme îl determina să acționeze. Iar Pacôme merita să-mi audă cuvintele.

— Vezi, Nicolas..., Pacôme, cel mai bun prieten al tău, despre care spui amuzat că este imprevizibil, iresponsabil uneori... Omul ăsta, pentru care Noé nu reprezintă nimic, omul ăsta minunat a fost, în ultimele zile, ca un tată pentru fiul tău, în timp ce tu îți plângeai soarta retras într-un colț. Pacôme e singura persoană în care fiul nostru are încredere în acest moment! Încearcă să nu uiți asta când o să treci la fapte.

Privirile lor s-au întâlnit, apoi Nicolas a lăsat capul în pământ, ruşinat.

— Poți să te bazezi pe mine, a murmurat.

Pentru prima dată de când intrasem în biroul lui ca o divinitate a infernului, îi auzeam vocea; spartă, obosită. Nu a căutat să-şi ascundă lacrimile când a ridicat ochii spre mine. M-a privit insistent.

— Îți mulțumesc că ai venit, a rostit într-un târziu. Sper să mă poți ierta într-o zi pentru toate ororile pe care ți le-am spus.

— Nu m-am aşteptat niciodată să-mi sari de gât aflând de existența lui Noé. Oi fi eu naivă, dar nici chiar atât. Şi eu îmi port crucea.

— Nu vreau ca acele cuvinte să rămână ca o prăpastie între noi.

S-a uitat pe rând la mine şi la Pacôme.

— Mi-e tare ruşine că m-am purtat aşa, că n-am vrut să vă ascult. Dar mi-a fost teamă, încă îmi este foarte teamă.

— Tuturor ne este teamă! Însă cel care se teme cel mai mult e Noé... şi el este ceea ce rămâne între noi.

Am cotrobăit nervoasă pe biroul lui după o bucată de hârtie şi un pix, am scris numărul de telefon al lui Noé şi l-am lăsat la vedere.

— Sună-l, găseşte-l, fă ceva!

A încuviinţat din cap, incapabil să mai pronunţe vreun cuvânt. Pentru prima dată, se implica. Puteam să-l cred? Am decis să-i acord încă o şansă.

— Acum o să mă întorc acasă, i-am anunţat.

Cu toată fiinţa mea l-am rugat pe Pacôme să mă conducă afară, iar el mi-a pus mâna pe talie. M-am adresat pentru ultima dată lui Nicolas:

— Mingea e în terenul tău, sper să nu trebuiască să vin iar. Nu doresc să te urăsc, nici să vreau să te distrug fiindcă l-ai distrus pe fiul nostru. Nu-s doar vorbe în vânt. Sper că eşti conştient de asta.

— O să-mi asum răspunderea. Noé n-o să-mi mai simtă lipsa.

A încercat să-i prindă privirea lui Pacôme.

— Ne vedem diseară?

— Nu, poate mâine.

Ne-am întors pe jos în Intra-Muros, tăcuţi. Mă simţeam slăbită, aveam impresia că sunt la o răscruce. Mă gândeam la Noé, care poate încă stătea pe plajă, măcinat de conflictele lui interioare. Mă gândeam la Paul care-mi lipsea. Mă gândeam la scuzele lui Nicolas, la spaima lui, dar şi la dorinţa lui de face ceva. Pentru prima dată, nu-i puneam la îndoială sinceritatea. Un obstacol dispăruse. Dar nu eram încă împăcată cu mine însămi. În schimb, toate secretele fuseseră dezvăluite, aproape acceptate. Fiecare trebuia să construiască, să se reconstruiască, mai bine zis, pe un câmp de ruine. Şi mă gândeam la Pacôme. Nici măcar o secundă n-a întrerupt contactul dintre noi, exceptând momentul când mâna lui mi-a părăsit spatele ca s-o caute pe a mea şi s-o strângă. Mi-era teamă să-i vorbesc, teamă de ce mi-ar putea răspunde. Când am ajuns la maşina mea, m-a cuprins în braţe.

— Ai un mesaj pentru Noé?

— Nu, i-am spus ce aveam de spus şi nu vreau să-i dau speranţe false.

Am rămas lipită de el, cu ochii închişi. Am profitat încă puţin de respiraţia lui, de parfumul lui, de libertatea pe care mi-o insufla, de corpurile noastre unite care formau doar unul. L-am simţit crispându-se, apoi a oftat dureros. I-am luat faţa în mâini şi mi-am apăsat buzele pe buzele sale.

— Te iubesc, am murmurat cu gura lângă gura lui.

M-a strâns aproape să mă strivească. M-am agăţat de el. Sărutul nostru era la fel de îmbătător ca primul, plin de pasiune precum cele ce-au urmat, disperat şi violent ca... Eram incapabilă să mă gândesc la asta, să mi-o spun chiar şi mie. Gurile noastre s-au despărţit brusc, frunţile ni s-au atins uşor, ochii lui s-au deschis şi s-au aţintit într-ai mei. Am avut senzaţia că inima lui a sărit peste o bătaie, de parcă îşi pierduse răsuflarea o clipă. Mi-a dat drumul, a făcut doi paşi înapoi, apoi a coborât pleoapele şi s-a răsucit pe călcâie. I-am urmărit silueta cu privirea până a dispărut în Intra-Muros. Se închidea în spatele meterezelor lui şi totuşi tocmai îşi recăpătase libertatea.

N-am primit veşti de la nimeni în zilele următoare, în afara unui mesaj scurt de la Héloïse care-mi mulţumea că-i trezisem soţul la realitate. Încrederea mea în Nicolas a crescut, cu siguranţă că el pornise pe calea ce avea să-l ducă la fiul lui. Acum nu-mi mai rămânea decât să am răbdare şi să sper într-o întâlnire, un contact care să-l calmeze pe Noé. Familia încerca să-mi țină companie, să mă sprijine, în ideea că astfel timpul ar trece mai repede. Am refuzat compania oricui, în afară de a lui Paul. El era singurul care-mi respecta tăcerea, era singurul a cărui prezență mă făcea să suport mai ușor absența fiului meu.

Dormeam iar în patul meu, trebuia să-mi reiau obiceiurile zilnice dacă nu doream să clachez din nou. Pe Noé îl știam în siguranță la Pacôme. Nu că n-aș mai fi vrut să lupt ca să-mi recapăt fiul, dar trebuia înainte de orice să-l respect. El alesese să se îndepărteze de mine dintr-un motiv întemeiat. După țipete, lacrimi, respingeri, tăcere, reușisem să-l văd, să-i spun câteva cuvinte. Făcusem tot ce-mi stătea în putere. Acum trebuia să am răbdare. Acceptând distanța pe care el o pusese între noi, voiam și să-i dovedesc că-l consideram adult, că nu-l mai priveam ca pe un copil. Ajunsesem la o asemenea înțelepciune, încât, deși bacul se apropia în mod fatidic, îmi spuneam că era ceva secundar, că o să-l poată da anul următor. În plus, fusese deja acceptat o dată la facultatea de economie, avea să fie și a doua oară. Ce însemna un an în comparație cu pacea interioară, cu faptul de a ști cine ești, cu certitudinea de a trăi în armonie cu tine însuți?

În strădania mea de a rezista, în acea seară am decis să gătesc. Am pus un pic de muzică drept fundal sonor și m-am apucat să prepar un curry de pui. În timp ce mă uitam cum se rumenea carnea, mi-am dat seama brusc de caracterul lamentabil al situației. Eram ridicolă. Am lăsat lingura de lemn, am închis aragazul, am oprit cântecele stupide menite să-mi dea energie și m-am trântit pe un scaun. Am încrucișat brațele pe masă și mi-am sprijinit capul de îndoitura cotului, forțându-mă să respir calm. Nu voiam să plâng. Am stat așa până am pierdut noțiunea timpului.

După o vreme, am avut halucinații, mi s-a părut că aud cheia răsucindu-se în broasca ușii de la intrare. Vechile obiceiuri dispar greu, iar mintea mea reacționa la sunetele casei, sunetele fostei mele vieți. Totuși, zgomotul pe care-l auzeam era real, nu rodul imaginației mele. Mi-am apăsat și mai tare fața de braț ca să-mi șterg lacrimile pe mânecă. Și ca să mă stăpânesc, să nu urlu. Ușa s-a deschis și s-a închis, legătura de chei a căzut în tăvița de pe consola de la intrare. Am ieșit din starea de prostrație și, din impuls, m-am îndreptat spre living. M-am oprit în prag. Noé traversa camera, cu chitara și geanta de voiaj pe umăr. Privea drept înainte. Mi-am acoperit gura cu mâna ca să-mi înăbuș hohotele, ca să nu sar de gâtul lui. Se întorsese acasă. Nu-mi puteam lua ochii de la el. După ce a urcat trei trepte, s-a oprit și s-a întors spre mine.

— Bună seara, mamă.

Mamă..., mi-ai zis mamă. Ești aici, comoara mea. Exist din nou pentru tine.

Trebuia să mă prefac că nu s-a întâmplat nimic. Să mă controlez. Să fiu puternică. Să mă port la fel de firesc ca el.

— Bună seara, Noé, am rostit cu glas pierit.

Am tușit ușor ca să-mi revin cât de cât. El se ținea tare, uitându-se la mine cu ochii lui aurii.

— Ai mâncat de seară?

— Nu.

— Tocmai pregăteam ceva, te tentează?

A ridicat din umeri cu un aer aprobator și a dispărut la etaj. M-am dus în bucătărie tremurând și mi-am dat cu apă rece pe față ca să mă dezmeticesc. Noé se întorsese acasă. Era real, era adevărat. El era aici. Își ocupa iar locul. Ce se petrecuse? Avea să-mi spună? Avea să-mi vorbească? Să îndrăznesc să-l întreb? Complet derutată, am reuşit să mă frig când m-am apucat iar de gătit.

A venit în bucătărie şi, cu mişcări discrete, a pus masa. M-am abţinut să mă uit la el prea insistent, mă simţeam mică pe lângă fiul meu care-şi dregea vocea neştiind cum să înceapă conversaţia. Totuşi, atinsesem un aşa nivel de fericire, încât nici nu-mi păsa că nu scotea o vorbă. Se afla aici, asta era tot ce conta. Când ne-am aşezat la masă, am descoperit cu bucurie că nu-şi pierduse apetitul, uitasem cum era să cinăm amândoi.

— Am venit pentru bac, m-a informat după ce şi-a terminat desertul.

Încă o zi şi ar fi fost prea târziu, după cum îmi aminteau convocarea şi calendarul examenului pe care, în ciuda absenţei lui, le lăsasem pe frigider: proba de filosofie era a doua zi, la ora 8.

— De acord. E un lucru bun, nu?

A dat din umeri nepăsător.

— Găseşti în dulap batoane de cereale şi sticle de apă, le-am cumpărat în caz că...

...te întorci.

— Mulţumesc. Mă duc la mine în cameră.

S-a ridicat de la masă, şi-a curăţat farfuria de resturi şi a pus-o în maşina de spălat vase. Înainte să părăsească bucătăria, s-a învârtit puţin de colo-colo, evitând să mă privească.

— Ai nevoie de ceva? l-am întrebat în cele din urmă.

Şi-a ros o unghie, bătând nervos din picior. A ieşit din încăpere, a intrat iar, şi tot aşa de câteva ori.

— Nu..., în fine..., ăăă..., ba da..., de fapt, el..., el m-a sunat.

Mulțumesc, Nicolas.

— Voiam doar să-ți spun. O să mai vorbim despre asta după bac.

— Tu hotărăşti.

— Noapte bună.

Mi-a aruncat o privire recunoscătoare şi a dispărut. Aşadar, Nicolas făcuse un pas spre el, vorbiseră pentru prima oară în mai bine de şaptesprezece ani. Oare ce putuseră să-şi spună? Era exclus să-i telefonez lui Nicolas ca să aflu. Dacă cineva trebuia să-mi relateze conținutul conversației lor, acela era Noé, nimeni altcineva. Trebuia să învăț să respect relația care se crea între ei. Îmi venea greu să lupt cu propria posesivitate. Ajunsesem în situația de acum tocmai pentru că nu voisem ca el să se strecoare între noi. Însă gelozia mea însemna foarte puțin pe lângă faptul că Noé primise un semn de la tatăl său.

Aş fi vrut să-l sun pe Paul, dar nu doream ca Noé să se simtă jenat în caz că mă auzea. Aşa că m-am limitat la un mesaj: *Noé s-a întors acasă. Te sărut.* Mi-a răspuns imediat: *Bucură-te de el. Te sărut.* Nu m-am mişcat câtă vreme fiul meu a pus iar stăpânire pe etaj: uşile se deschideau, se închideau, la camera lui, la baie. Nu-mi arunca decât nişte firimituri de informații, nişte firimituri de relație, dar era aici. Venise să-şi dea bacul. N-aveam idee cât intenționa să rămână acasă. Oare după terminarea examenului va pleca la Saint-Malo, la tatăl lui? Îşi făcuse planuri? Trebuia să opresc valul de întrebări. Şi să mă delectez cu prezența lui tăcută. Eram mândră de el, nu se dădea bătut, în ciuda perioadei pe care o traversa. Nu conta dacă reuşea la examen sau nu, nu avea să aibă regrete. În sinea mea, îi mulțumeam că-mi oferea ocazia de a simți golul din stomac inerent acestui păcătos ritual de trecere la vârsta adultă cu care toți ne-am confruntat.

Nu puteam spune că bacul redevenise grija mea de căpătâi, dar să nu închid un ochi toată noaptea fiindcă Noé avea proba la filosofie a doua zi era o perspectivă îmbucurătoare.

Când m-am dus la culcare, mult mai târziu, m-am abţinut să arunc o privire ca să verific dacă dormea. Înainte aş fi făcut-o. Astăzi, nu. Şi în mod sigur, nu astă-seară. Eu şi Noé trebuia să reînvăţăm să trăim împreună sau măcar să coabităm, dialogul nefiind încă restabilit. E nevoie de puţine lucruri ca să-ţi pierzi reperele. Îmi dădeam seama că nu mai ştiam cum să mă adresez fiului meu. El se schimbase, eu mă schimbasem. Fuseseră de-ajuns câteva zile de despărţire. Trebuia să ne obişnuim unul cu altul ca nişte oameni care abia se cunoşteau. Relaţia noastră — nici nu îndrăzneam să mă gândesc la complicitate — nu avea să mai fie niciodată aceeaşi.

M-am îndreptat spre camera mea şi am rămas o clipă pe loc descoperind uşa închisă. N-o închideam decât atunci când dormeam. Am intrat bănuitoare. Am aprins lumina şi am văzut o scrisoare pe pernă. M-am apropiat şi mi-am descoperit numele pe un plic sigilat care arăta ca din alte vremuri. Am recunoscut scrisul elegant al lui Pacôme. Tremurând, am întins mâna şi am mângâiat scrisoarea cu vârful degetelor fără a îndrăzni s-o iau. Am făcut un pas înapoi, dar nu mi-am luat ochii de la ea. Mi-era teamă. Teamă să citesc cuvintele. Teamă că el îmi spunea la revedere. Nu ştiam dacă eram pregătită s-o citesc imediat. Totul devenea prea dificil dintr-odată. Preţ de o clipă, am fost supărată pe el. De ce mă făcea să trec prin aşa ceva tocmai astă-seară? Când voi avea şi eu dreptul la odihnă?

Peste câteva minute, m-am strecurat în pat. Am întors capul spre scrisoare şi m-am uitat la ea. Ca şi cum Pacôme s-ar fi aflat în patul meu, întins lângă mine. Dacă adormeam fără s-o citesc, aş fi putut crede că el era alături şi că m-aş trezi cu el a doua zi dimineaţă. Ar fi fost bine. Ar fi fost o poveste frumoasă ca să adorm. Am stat nemişcată în întuneric, conştientă de prezenţa ei. M-am apropiat uşor de scrisoare şi am mirosit-o, căutând parfumul care să-mi amintească de el. Parfumul mării. Parfumul vântului din Saint-Malo. Ceara de pe mobilele vechi marinăreşti. Condimentele. Cafeaua. Verbina. Arome care pluteau toate prin preajmă, aproape că ar fi putut să-şi croiască drum spre nasul meu. Mi-am sprijinit obrazul pe perna *lui*. El m-ar fi luat în braţe, mi-ar fi mângâiat buzele cu degetul, mi-ar fi şoptit o poveste la ureche, apoi m-ar fi sărutat pe gât. Îmi făceam rău singură, eram perfect conştientă. Trebuia să înfrunt realitatea. M-am smuls din îmbrăţişarea lui închipuită şi am aprins lumina. M-am ridicat în capul oaselor. Am luat plicul în mâini şi l-am privit fix, secunde în şir. L-am desfăcut cu mare grijă, nu voiam sub nicio formă să-l rup, să-l stric. Înăuntru am găsit mai multe foi de hârtie îngălbenite. Probabil, le găsise într-un sertar de-al bunicilor pe care nu-l mai deschisese până atunci. Scrisese cu stiloul. Fapt ce conferea şi mai multă valoare misivei. Am închis ochii un moment, imaginându-mi-l aşezat la măsuţa de la fereastră, în faţa priveliştii de care nu te săturai niciodată. Sigur îmi scrisese din acel loc, puteam să văd cum, din când în când, îşi lăsa privirea să rătăcească departe, spre mare.

Reine,

Am atâtea să-ţi spun că nici nu ştiu cu ce să încep.

N-am ajuns încă acolo, dar ştiu că va fi greu de suportat să-l las pe Noé lângă casa ta fără să vin să te văd, fără să te pot atinge...

Fusese aici, la câțiva metri, cu doar patru ore în urmă. Am început să respir greu.

Însă, dacă mă apropii prea mult de tine, o să cedez şi o să fac situația şi mai dureroasă. Nu am acest drept. Aşa că te oblig să afli prea târziu că am fost aproape unul de altul pentru ultima dată. Singura mea consolare e că, atunci când vei citi sfârşitul poveştii, îl vei avea pe fiul tău, comoara ta, sub acelaşi acoperiş cu tine.

Pentru că da, Reine, îți scriu sfârşitul poveştii. Îți aminteşti că am vorbit deja despre asta. Credeam că ne-am luat adio în noaptea aceea, dar apoi am mai furat puțin timp, amânând atât cât am putut inevitabilul. Însă acum trebuie să plec cu adevărat.

După apariția ta intempestivă în biroul lui Nicolas, am luat repede hotărârea, nu mai puteam să dau înapoi. Nu-i un capriciu, crede-mă, cântăresc ideea de mult timp, aşteptam doar momentul potrivit. Noé, nu ştiu cum, a înțeles. Şi-a dat seama că-mi pregăteam plecarea, s-a enervat, s-a înfuriat la culme. Ne-am certat, am țipat la fel de tare amândoi, întrucât cred că şi eu sufăr la fel de mult ca el. Presupun că zbieretele noastre s-au auzit până la turnul Solidor. El nu vrea să plec, vrea să rămân, vrea să ocup un loc care nu este al meu. Mi-a spus-o. A urlat la mine cerându-mi să-i fiu tată. A fost un strigăt de dragoste, un strigăt sfâşietor, o cerere de a fi iubit. Însă este iubit. Şi nu doar de mine... Da, pot să-ți spun, îl iubesc din tot sufletul pe fiul tău. O simțeam deja înainte să-l fi cunoscut, ți-am şi spus-o.

M-am oprit o clipă ca să răsuflu.

N-o să-mi răspunzi niciodată, dar e posibil ca doi oameni să se adopte reciproc astfel? Să se iubească atât de tare ca tată şi fiu, să se recunoască după atât de scurt timp...., n-o să aflu niciodată, dar o să țin minte că am trăit această senzație. În ziua când o să mor, îmi voi aminti că m-am simțit tată... Divaghez, iartă-mă.

Ce n-a înțeles el e că, cu cât pretindea să-i fiu mai aproape, cu cât insista, cu atât îmi confirma că am luat decizia bună. I-am cerut să-i dea o şansă lui Nicolas pentru binele lui, ca să nu aibă niciodată regrete, ca să nu te fi făcut să suferi degeaba. Doar la acest ultim argument a cedat, a acceptat să mă lase să plec. Dacă ai şti cât de prost se simțea de fiecare dată când îi pomeneam de durerea ta că l-ai pierdut! Nu l-am menajat niciodată. Strigă sus şi tare că a luat o decizie de adult plecând de acasă că trebuie să-şi asume acțiunile. Şi o face, crede-mă, o face. Decizia de a se întoarce acasă ca să dea bacul este decizia lui, nu l-am forțat eu. Pe scurt, i-am propus să mă considere un fel de unchiul Frédéric. Nu ştii cine e? Poate într-o bună zi o să te cufunzi şi tu în această carte care ne este atât de dragă fiului tău şi mie. Mi-ar plăcea tare mult să o faci. A râs printre lacrimi.

Sunt îndreptățit să plec de vreme ce Nicolas şi-a asumat în sfârşit rolul. Nu-i destul loc şi pentru Nicolas, şi pentru mine, Noé ar fi sfâşiat pe dinăuntru şi eu refuz aşa ceva. Este şi-aşa destul de sfâşiat, crede-mă... Mi-a vorbit mult despre Paul şi despre locul pe care-l ocupă-n viața lui... N-am pretenția să-mi imaginez că el m-ar prefera tatălui său adevărat, dar nu vreau să fiu un obstacol între ei. Nu vreau să-l pun pe Noé într-o situație insuportabilă. Nu mi-aş ierta-o niciodată. Prin urmare îmi iau un bilet doar dus. Toată lumea are nevoie de timp. Noé, Nicolas şi tu. Timp pentru a face din mine o amintire. Doar o amintire.

Mi s-a frânt inima.

Noé nu e unicul motiv al plecării mele. Plec pentru a mă regăsi. Nu ți-am ascuns niciodată că nu am astâmpăr. Ştii că am nevoie să iau aer...

Mi-am pierdut firul gândurilor, mi te închipui râzând de mine cu frumoşii tăi ochi verzi. Sper că zâmbeşti cu mine, Reine, măcar un pic.

Zâmbesc şi plâng, Pacôme.

Nu vreau constrângeri, vreau să pot pleca când am chef, fără să trebuiască să-mi fac griji sau să lupt împotriva unei dorințe contrare dorinței mele. Ți-am dat de înțeles de la bun început că sunt singur, fiindcă aşa am ales, dintr-o imperioasă sete de libertate. E complet imatur, cu siguranță, şi numai Dumnezeu ştie cât mi-o reproşează Nicolas. De câte ori mi-a zis că o să crăp singur, fără nimeni alături! Nu-i uşor totuşi. Însă sunt aşa cum sunt, nu vreau să mă închid undeva pentru a răspunde unei reguli impuse de societate, cu riscul de a mă prăpădi. Mă simt dator să fiu cinstit cu tine: viața lui Nicolas nu m-a atras niciodată. Un tată, o mamă, nişte copii, un credit în cârcă şi un câine înseamnă prea puțin pentru mine. Îmi iau porția din când în când cu ei, îmi e de-ajuns. Tot ce-mi doresc e să pot muri în patul meu şi să văd marea înainte de a închide ochii.

Reine, nu eşti prima femeie pe care-o iubesc, nu cred că te ofensez peste măsură scriindu-ți un asemenea lucru. Cum sunt perfect conştient că nu sunt singurul bărbat pe care l-ai iubit. Dar eşti prima care mi-a zdruncinat convingerile, singura care a făcut ca freamătul chemării spre larg să se audă mai slab. Însă mereu e prezent acest freamăt, nu mă va părăsi niciodată. E înăuntrul meu de când pot eu să-mi aduc aminte. Mereu va trebui să plec, niciodată nu mă voi potoli, în ciuda iubirii tale, în ciuda prezenței tale. Nu m-aş mai putea privi în oglindă dacă ți-aş impune o astfel de viață. Nici acest răspuns nu-l voi afla, dar cred că m-ai iubit pentru ceea ce sunt şi nu pentru ce ai fi vrut să fiu. Nu pot, nu vreau să mă schimb. Iar tu nu ai puterea şi poate nici dorința de a o face. Plec fără să ştiu dacă mă vei ierta. Voi visa la iertarea ta toată viața.

Reine, mi-a plăcut să respir cu tine, mi-a plăcut să te iubesc, mi-au plăcut buzele tale, mi-a plăcut să mă pierd făcând dragoste cu tine, mi-a plăcut modul tău de a face față, mi-a plăcut tristețea pe care o ai mereu în privire. Te iubesc. Iubirea pentru tine n-o să dispară în câteva ore petrecute în avion. O să îndur chinurile iadului, dar e mai bine pentru noi doi. Ce am trăit împreună să rămână o poveste pe care ți-o spui seara ca să adormi. O să scriu acum ceva care-mi face sângele să fiarbă doar când mă gândesc, dar e important. Eliberează-te de noi. Îmi doresc să iubeşti un om bun care să te facă fericită mereu, nu doar uneori. Vreau să cunoşti şi să iubeşti un bărbat pe care să poți conta, care să te respecte şi să nu-ți judece niciodată alegerile.

Reine, trebuie să te las, Noé se va întoarce curând din ultima plimbare la Bon-Secours, ultima cu mine aici. Apoi o să pornim la drum, el, spre tine, eu, spre un loc fără tine. Să nu uiți niciodată că există mereu o poveste pe care s-o țeşi, pe care să ți-o spui. Deschide ochii, poate că această poveste se află undeva prin preajmă... Fiul tău deja scrie una nouă. De ce nu şi tu?

Te iubesc, Reine, te iubesc. Vei rămâne cea mai frumoasă necunoscută pe care mi-aş fi dorit s-o răpesc.

Pacôme

Până să se lumineze de ziuă, ştiam scrisoarea pe de rost. Îl iubeam şi mai tare. Eram pierdută. Îmi pierdusem farul din noapte. Totuşi, această dragoste îmi dădea impresia ciudată că eram mai puternică. Doare să iubeşti. Nu contează pe cine. Îi pierdem mereu pe cei dragi. Până la urmă ne pierdem părinţii, cât mai târziu posibil, dacă se poate. Dar înclinam să cred că, şi la şaptezeci de ani, e violent şi dureros să-ţi pierzi părinţii. Nu voi uita niciodată durerea tatei în faţa sicriului bunicii. Nu facem copii ca să-i păstrăm lângă noi, trebuie să-i lăsăm să plece şi să-şi trăiască viaţa. Însă, deşi existenţa lor reprezintă cea mai mare fericire, e dureros să-i iubeşti. Să iubeşti un bărbat. Să iubeşti o femeie. Într-o zi, pierzi fiinţa iubită, dorită, din cauza unei despărţiri, din cauza morţii. Şi asta doare, doare întotdeauna, smulge o bucată din tine. Pacôme, oriunde-ar fi fost în acest moment, în aeroport, într-un avion în zbor, luase cu el o parte din mine. O parte vitală. Nu aveam să mai respir niciodată la fel.

Dacă n-ar fi sunat ceasul lui Noé, cred că aş fi rămas în această stare de catatonie ore întregi. Însă, pentru fiul meu, nu aveam dreptul să mă abandonez durerii, să mă hrănesc cu această suferinţă. Aşa că am îndoit cu grijă scrisoarea, am băgat-o în plic şi am pus-o în noptieră. M-am ridicat din pat, am luat haine curate şi am intrat în baie. Sub apa fierbinte, mi-am muşcat pumnul ca să mă descarc, să-mi adun forţele, înainte de a da ochii cu Noé. Să rezist. Să rezist mereu. Pentru el. Pentru fiul meu.

Îl aşteptam la masă pentru micul dejun, pregătisem totul. M-am întors spre el când a apărut în cadrul uşii. I-am zâmbit cât de frumos eram în stare. El s-a stăpânit să nu se repeadă în braţele mele. Nu mi-aş fi imaginat niciodată că voi revedea această nelinişte în privirea lui. Mă blestemam pentru imaginea deplorabilă pe care i-o ofeream cu o oră şi jumătate înainte de prima probă de bac. S-a aşezat la locul lui obişnuit.

— Ai dormit? l-am întrebat.

A dat din cap că da.

— Probabil, te bucuri să-ţi revezi prietenii şi pe Justine.

S-a înecat cu cerealele.

— După examen o să verificăm împreună ce-am făcut.

S-a grăbit să termine de mâncat ca să se pregătească de plecare. Nu m-am putut abţine să mă duc după el până la uşă. Pusese deja mâna pe clanţă.

— Noé?

S-a întors spre mine.

— Dacă nu te deranjează prea tare, ai putea să-mi trimiţi un mesaj după ce termini?

A încuviinţat în tăcere şi a ieşit pe scări. A dat să coboare, apoi s-a răzgândit.

— O să-mi fie dor de el.

Am dus mâna la gură ca să nu plâng, ca să nu mă arunc în braţele lui, ca să nu cedez nervos în faţa lui.

— Ştiu... şi mie...

— Îmi pare rău, mamă. Pentru tine.

— Îţi mulţumesc, comoara...

N-a aşteptat să-mi termin cuvintele, s-a răsucit pe călcâie şi a plecat.

15

Am rămas închisă în casă, hotărâtă să aştept veşti de la fiul meu; urmau patru ore lungi pentru mine. M-aş fi putut duce la Hangar, dar n-aveam curaj. Nu voiam ca Paul şi restul lumii de acolo să mă vadă suferind din dragoste, îmi era ruşine, viaţa mea de mamă îşi relua cursul — nu un curs complet normal, dar oricum, un curs —, iar eu tot găseam un motiv să nu mă simt bine.

Pe la 9, uşa de la intrare s-a deschis. Imposibil să fie Noé, care intrase în examen de o oră. În afară de el, doar Paul avea chei de la casa mea şi acces liber. Nu m-am mişcat de la locul meu. Cum de ştiuse că n-o să mă duc la muncă? A traversat livingul, m-a sărutat pe păr şi a dispărut în bucătărie cu o pungă de hârtie în mână. S-a întors peste câteva minute cu o tavă pe care erau două căni de cafea, cafea adevărată, şi produse de patiserie. Mi-a zâmbit, s-a aşezat lângă mine şi a dus o cană la buze. Nu-mi reveneam.

— Paul, ce faci?

— Beau o cafea, nu se vede? Tu nu vrei? Greşeşti, e foarte bună.

L-am sărutat pe obraz.

— De unde ai ştiut că sunt acasă şi nu la...

— M-a sunat Noé de dimineaţă, imediat ce a plecat de-aici.

Îmi venea să plâng de bucurie şi de tristeţe. Nu mai suportam această sfâşiere interioară. Aş fi dat orice să am un pic de tihnă. Să savurez pe îndelete veştile bune.

— Şi? În ce relaţii sunteţi acum?

Emoţia lui era palpabilă, mâinile îi tremurau.

— A închis abia când a trebuit să intre în sala de examen. Am fi preferat să ne vedem, însă el nu voia să mai aştepte ca să-mi vorbească... Ne-am spus atâtea lucruri, eu...

— Nu eşti obligat să-mi povesteşti, e treaba voastră, eu sunt fericită să ştiu că v-aţi împăcat.

Inima îmi exploda de bucurie, nu puteam fi mai sinceră de-atât. Paul îşi refăcuse relaţia cu Noé, era ceva aproape la fel de important ca faptul că fiul meu se întorsese acasă. Paul m-a cuprins după umeri cu braţul şi m-a sărutat din nou pe păr.

— Tu cum te simţi? m-a întrebat în şoaptă.

— Fiul meu s-a întors...

— Noé mi-a spus că...

— Nu vreau să vorbesc despre asta, Paul. E inutil.

— Cum spui tu.

Am dat gata croasanţii, am golit cafetiera, am trăncănit şi am râs, iar asta mi-a făcut bine. Îl regăsisem pe Paul, eram amândoi ca înainte.

— De fapt, am nevoie de tine azi, m-a anunţat la un moment dat.

— Pentru ce?

— Trebuie să-mi schimb maşina!

— Iar!

M-am ridicat de pe canapea şi, cu mâinile în şolduri, m-am uitat fix la el, prefăcându-mă enervată. Altă maşină, altă iubită.

— Am văzut-o? E cea care a trecut deunăzi pe la Hangar sau e una nouă?

Şi-a trecut mâna prin păr, amuzat.

— Una nouă, dar de data asta nu mă grăbesc.

— Pe scurt, încă n-ai apucat să te plictiseşti de ea, dar anticipezi luându-ţi altă maşină?

— Cam asta e ideea...

— Eşti unic...

— Cum să iau cuvintele tale?

— Drept un compliment...

— Deci mă ajuţi să aleg?

Am oftat, incapabilă să-i refuz această distracţie după atâta amărăciune.

— Să mergem!

— Mai întâi, du-te şi te aranjează. Nu bat showroomurile cu o femeie şleampătă după mine.

Am înhăţat o pernă şi i-am aruncat-o direct în faţă, dar nu mi-am putut înăbuşi râsul. Am pornit spre etaj, aruncându-i o privire peste umăr. Zâmbea, dus pe gânduri.

— Ce m-aş face fără tine, Paul...

S-a uitat la mine cu tandreţe.

— O grămadă de lucruri.

Ziua a fost minunată, eliminam tensiunea, uitam de griji, mă bucuram să respir ceva mai uşor. Vieţile noastre îşi reluau cursul. Şi unul, şi celălalt am primit un mesaj de la Noé când a ieşit, plin de încredere, de la proba de filosofie.

Noé a dat probă după probă în zilele următoare. Când nu era la examen, se întâlnea cu prietenii şi cu Justine — cel puţin aşa-mi imaginam. Deja mă simţeam norocoasă că venea acasă la prânz. Mai ales că vorbea cu mine. Nu despre chestiuni grave, dar îmi povestea despre subiectele pe care le tratase, despre teama că greşise la matematică, despre petrecerile programate la finalul probelor şi despre cele deja anticipate pentru seara rezultatelor. După cum mă anunţase, nu a mai pomenit de Nicolas. Nu ştiam dacă păstraseră legătura, dacă îi spusese ce-a făcut la examene, nu ştiam nici măcar dacă plănuiseră să se vadă peste vară. De la Saint-Malo nu aveam nicio veste. Poate că Noé îşi impusese şi acolo condiţiile. Era singurul care decidea în legătură cu viaţa lui şi cu ce urma să se întâmple. Ori poate îi era de ajuns că tatăl lui îl sunase o dată, însă nu puteam fi atât de naivă.

Banalitatea absolută a ceea ce împărtăşeam cu fiul meu îmi dădea putere să rezist şi să ţin la distanţă durerea de a-l fi pierdut pe Pacôme. În fiecare seară, reciteam scrisoarea, apoi o aşezam pe perna sa. Pacôme voia să ne protejeze de el, de demonii lui, şi voia ca Noé şi Nicolas să aibă o şansă. O atitudine nobilă, atât de caracteristică lui. Dar eu? Mie ce-mi rămânea din el, din noi? O amintire, o poveste inventată? Îmi permisese să mă simt liberă, mă împinsese spre adevăr, dar mă făcea acum să sufăr. În ciuda cuvintelor sale, încă aşteptam, nu reuşeam să cred, ba nici măcar să-mi imaginez că el n-o să apară prin surprindere la un moment dat. Poate că într-o bună zi o să mă sune şi o să mă cheme la el, să ne plimbăm pe metereze. Nu putea să trăiască fără Saint-Malo, fără panorama lui. Mă agăţam de nişte visuri, de nişte himere pe care mi le povesteam nu pentru a adormi, ci pentru a mă linişti, pentru a mă convinge că aveam să respir din nou, graţie lui.

Duminică dimineaţa, în ajunul anunţării rezultatelor, Noé s-a tot învârtit pe lângă mine. Avea ochii obosiţi, ieşise în oraş seara şi se întorsese noaptea târziu. Într-un final, s-a hazardat să mă întrebe dacă puteam merge să mâncăm de prânz la bunici.

— Nu i-am văzut de când m-am întors. Ştii dacă Anna şi Ludovic vor fi şi ei acolo?

M-am bâlbâit câteva clipe. Noé făcea un pas spre familie. Incredibil!

— Uite... o să-i sun. Cred că vor sări până-n tavan, le-a fost dor de tine.

S-a încruntat. Am lăsat-o imediat mai moale.

— Nu-i un reproş, pe cuvânt, scuză-mă.

— E-n regulă, mamă.

A ridicat din umeri, blazat. Mi-a stat inima o clipă, îl regăseam pe Noé cel de dinainte, prostănacul meu adolescent.

După cum am presupus, toată lumea a răspuns prezent la chemarea lui Noé. Pe drum spre casa părinţilor mei, Noé a gesticulat încontinuu, vizibil nervos la ideea de a da ochii cu familia. Însă la sosirea noastră, toţi s-au purtat foarte natural şi le-am mulţumit în sinea mea pentru asta. Tata răscolea straturile de flori şi, când ne-a văzut, l-a strigat pe Noé să-l ajute să mute masa în grădină ca să mâncăm la soare. Mama a apărut cu şorţul prins în talie, şi-a sărutat cu mare drag nepotul — de parcă nu trecuse mai mult de o zi de când îl văzuse ultima dată — şi l-a bodogănit pe tata pentru un motiv absurd. Ludovic, care verifica starea bicicletelor pentru tura de după-amiază, a fluturat mâna şi i-a zâmbit, iar Anna a coborât cu un platou în braţe ca să pună masa.

— Noé, sunt ocupată acum, te pup mai târziu, i-a zis făcându-i cu ochiul.

Nepoţii şi nepoatele mele au apărut cu aperitivele şi l-au întrebat pe vărul lor ce „party" pregăteşte după aflarea rezultatelor. La fel s-ar fi desfăşurat lucrurile şi dacă viaţa noastră n-ar fi fost dată niciodată peste cap. De când nu-mi mai văzusem fiul zâmbind atât? Eram foarte fericită şi tristă deopotrivă. Noé îi iertase, era un pas important, mă bucuram pentru ai mei care nu făcuseră nimic altceva decât să se supună nebuniei fiicei lor cu riscul de a-şi pierde nepotul, nu erau răspunzători de nimic, cum nici sora mea nu era. Spre deosebire de mine. Chiar dacă exista un uşor progres, Noé încă nu mă iertase şi mă excludea din viaţa lui, din planurile lui. Evita orice contact fizic şi nu mă mai sărutase pe obraz. Nu se apropia prea mult de mine, aşa încât nu puteam să-i simt parfumul decât afundându-mi nasul în dulapul lui, când era plecat de-acasă.

În timpul tradiţionalei plimbări cu bicicleta, le-am ascultat pe Anna şi pe mama jubilând că Noé se întorsese, am afişat şi eu o expresie mulţumită ca să nu le stric bucuria.

— Ce face Paul? m-a întrebat Anna.

I-am zâmbit sincer.

— Bine, foarte bine, mă rog, aşa cred... Şi el a trecut printr-o perioadă grea.

— O să vă reluaţi obiceiurile? a continuat ea.

Despre ce vorbea?

— Care obiceiuri?

— Nimic, las-o baltă, Reine...

A schimbat cu mama o privire amuzată, asupra căreia n-am apucat să insist, fiindcă băieții se întorseseră. Tata a venit şi s-a aşezat lângă mine. A aruncat o privire spre anexa casei, unde ceilalți îşi aranjau bicicletele.

— Bun, acum e ocupat, a zis tata ca pentru sine. Fetița mea, Noé mi-a pus o grămadă de întrebări despre Nicolas, voia să ştie dacă noi îl cunoaştem, cum se purta cu noi... Mi-am cerut scuze că te-am ascultat, voiam să ştii. Am discutat cu mama ta şi am hotărât să facem asta dacă el ne oferea ocazia.

— Ați procedat bine.

— Închipuie-ți că nu m-a lăsat să termin ce aveam de spus, m-a întrerupt ca să-şi ceară iertare pentru fuga lui. L-ai crescut bine, e un copil bun.

Am încuviințat, incapabilă să rostesc vreun cuvânt şi pe jumătate traumatizată, fiindcă tata nu vorbea niciodată atât de mult.

Ziua cea mare pentru Noé. Când am plecat la muncă, el dormea liniştit sau, în orice caz, aşa îmi imaginam. Mi-am petrecut ziua cu telefonul mobil în mână, aşteptând, cred că eram mai nerăbdătoare decât el. Paul râdea de mine văzând cum mă învârt de colo-colo şi-mi admonestez colegii pentru diverse fleacuri. Orele mi se păreau că se întind la nesfârşit, rezultatele urmau să fie afişate abia la sfârşitul după-amiezii. Simțisem o oarecare mândrie când Noé mă anunțase că voia să le afle după metoda veche, adică să se uite pe panourile de afişaj, nu pe internet. În schimb, nu-mi propusese să-l însoțesc.

La ora 17, Paul a dat buzna în biroul meu.

— Ce naiba faci, Reine? Cu toate lucrările de pe bulevard, n-o să ajungi la timp la liceu, dacă nu te mişti!

— Nu mă duc.

— De ce?

Am evitat să mă uit el, continuând să-mi frâng mâinile.

— Noé nu mi-a zis să vin.

— Ăsta nu-i un motiv!

— Nu vreau să-l agasez, să-l fac să se simtă jenat sau să-i forțez mâna.

— Sunteți la fel de proşti şi unul, şi altul! N-a îndrăznit să-ți zică!

M-am holbat la el. Paul mi-a explicat că Noé îl suna regulat de când se întorsese, de o săptămână chiar reîncepuseră escalada. Paul nu-mi spusese nimic, ca să nu mă simt şi mai mult exclusă din viața fiului meu, însă nu mai suporta. Trebuia să ne împingă de la spate.

— Nu ştie cum să-ți vorbească! Mi-a spus-o! Fiul tău, deşi încă e supărat pe tine, te iubeşte enorm. Este îngrozit de tine! Haide, du-te să te întâlneşti cu el! Oricum, afişarea rezultatelor e o chestie pe care n-o trăieşti de două ori. Nu rata acest moment important pentru el!

— Crezi că-i bine? l-am întrebat mai mult în şoaptă.

S-a apropiat de mine.

— Sunt sigur. Te duc până acolo?

Mi-a întins mâna. Am acceptat invitația.

Paul a condus ca un nebun, s-a strecurat cu chiu, cu vai printre lucrările din oraş, printre celelalte vehicule, a luat nişte curbe îndoielnice şi a sfârşit prin a-şi opri bijuteria pe patru roți pe un loc pentru maşinile de aprovizionare, pe strada Jean-Lecanuet. Ne-am continuat drumul alergând. Ca să nu mă împiedic, Paul m-a prins de mână. Aveam un gol în stomac, mă lua când cu cald, când cu frig. La liceu se adunase multă lume, absolvenții se înghesuiau în fața panourilor de afişaj, unii strigau de bucurie, alții plângeau, alții loveau cu piciorul în gol. L-am căutat cu privirea pe Noé. Şi l-am zărit. Țopăia alături de prietenii lui, urlând de bucurie, de uşurare. Îi văzusem crescând pe aceşti puşti. Acum toți se gândeau că-şi încep viața de adulți. Pentru fiul meu, ea deja începuse de câteva săptămâni, însă debutase cu o mare încercare. Dar, în ciuda oricăror obstacole, Noé reuşise. Dragul meu Noé luase bacul. Se bucura ca orice alt adolescent de vârsta lui, ca mine, cu două decenii în urmă. M-am uitat fix la fața lui pe care se citea lipsa de griji. Era fericit, cu adevărat fericit. Iar eu simțeam o mare mulțumire. Şi-mi era de ajuns. Ştiam că, orice s-ar fi întâmplat, fiul meu se va descurca mereu. Prietena lui m-a observat şi i-a şoptit ceva la ureche. Noé s-a întors brusc în direcția mea. Eram incapabilă să-i fac semn cu mâna. El căuta ceva cu privirea, panicat. Şi m-a văzut. Şi-a croit drum, cu pas hotărât, prin mulțime. Când a ajuns în fața mea, şi-a aplecat corpul lui mare şi m-a luat în brațe. Am încremenit o clipă, apoi l-am strâns şi eu cât am putut de tare, ne-am agățat unul de altul. Inima mi-a explodat de bucurie. Pentru prima dată după multă vreme, trăiam un sentiment de plenitudine.

— Sunt tare mândră de tine, comoara mea, i-am şoptit.

— Mulțumesc, mamă.

A întins mâna şi l-a căutat pe Paul, pe care l-a tras lângă noi. Eram toți trei strânşi grămadă, ca atunci când Noé era mic şi cerea o îmbrățişare generală la studio. Paul ne-a cuprins în brațe pe amândoi. Îi aveam alături pe doi dintre bărbații cei mai importanți din viața mea, eram fericită, n-aş fi vrut să mă aflu în altă parte decât în brațele lor. Cred că lumea ar fi putut să se prăbuşească în jur, şi noi nici nu ne-am fi dat seama. Când ne-am desprins într-un final, niciunul nu putea să vorbească, ne uitam unii la alții jenați, emoționați, bulversați chiar. Noé şi-a scos telefonul din buzunar şi s-a încruntat când a descoperit cine-l suna. După un lung moment de ezitare, a răspuns.

— Mulțumesc... Sunteți amabil că v-ați uitat...

M-am uitat la Paul, întrebându-l din priviri dacă şi el se gândea la aceeaşi persoană. Evident, avea aceeaşi presimțire ca mine. M-a prins de talie de teamă să nu mă prăbuşesc. M-am sprijinit cu toată greutatea de el, fără să-mi iau ochii de la fiul meu.

— Nu... nu încă... De acord... Curând... Vă anunț... La revedere.

S-a uitat lung la telefon câteva clipe, însă eu n-am îndrăznit să fac marele pas şi să-l întreb cine-l sunase. Poate fiindcă aveam certitudinea că era vorba de Nicolas. O voce subțirică l-a strigat. Justine stătea ceva mai departe, neîndrăznind să se apropie.

— Noé? Mergem? Vii cu noi?

El a privit-o drăgăstos, cum se întâmplă la vârsta lui. Am reuşit să surprind privirea acestei fete drăguțe şi timide care fura inima fiului meu şi să-i zâmbesc. Mi-a zâmbit şi ea.

— Vin acum.

S-a întors spre noi:

— Bun, păi, noi mergem să sărbătorim cu prietenii.

— Să te distrezi!

A plecat fără să se uite înapoi.

Paul m-a dus la Hangar să-mi recuperez maşina. Am parcurs drumul în tăcere, el era ciudat de concentrat la volan. Ceva plutea între noi. Ceva nou, pe care nu-l puteam descrie. În parcare, i-am propus să cinăm împreună, însă m-a refuzat cu părere de rău: îşi stabilise deja o întâlnire fără să se gândească la dată şi nu putea s-o anuleze. Eram dezamăgită, dar nu i-am arătat. Cum să mă fi supărat pe el? Îmi acordase atâta atenţie în ultima vreme! Putea să-şi reia viaţa fără să mai trebuiască să-şi facă griji pentru mine. L-am asigurat că e totul în regulă, zâmbindu-i şi sărutându-l pe obraz înainte de a mă urca în maşina mea.

— Pe mâine, să ai o seară plăcută!

Când am împins uşa de la intrare, m-a izbit o aromă picantă. Am intrat în bucătărie încercând să-mi înăbuş speranţele nebuneşti. Şi totuşi, chiar pe el l-am găsit în faţa aragazului.

— Noé...

S-a întors brusc şi mi-a oferit zâmbetul lui seducător ce dispăruse de atâta timp.

— N-o să fie la fel de bun ca atunci când găteşti tu.

Am avut impresia că picioarele îmi erau ancorate în podea, nu mai puteam face niciun gest, am icnit, iar privirea mi s-a înceţoşat.

— Nu ştiu dacă se mai poate recupera ceva.

M-am apropiat de el şi i-am luat lingura de lemn din mână. Nici nu vedeam ce e în tigaie, încercam să-mi stăpânesc tremurul corpului, tremurul inimii. O lacrimă de bucurie mi s-a prelins pe obraz când m-am uitat zâmbind la el.

— Orice se poate recupera, dragul meu Noé, nu-i aşa?

Irisurile lui aurii sclipeau cu aceeaşi emoţie ca a mea. Nu era nevoie să o spunem, dar iertarea îşi făcuse loc în casa noastră.

— Ba da!

Am rămas sorbindu-ne din ochi, zâmbind emoţionaţi, împăcaţi. Mirosul de ars ne-a trezit la realitate, l-a făcut pe Noé să înjure şi pe mine să izbucnesc în râs.

— O luăm de la capăt, l-am liniştit eu. Ia cartea asta arsă şi arunc-o!

Încă râdeam când am deschis frigiderul. Am dat peste o sticlă de şampanie care nu fusese acolo dimineaţă şi m-am uitat întrebător la fiul meu.

— M-am gândit că nu contează rezultatele, avem oricum un motiv s-o bem.

Am ciocnit pentru succesul la bac şi pentru prima dată am pregătit burrito împreună. Când am terminat, ne-am aşezat la masa din grădină. Era o seară frumoasă de început de iulie. Pluteam de fericire, râdeam cu Noé, puteam să-l privesc în voie fără riscul de a-l deranja, puteam să-i vorbesc cum o făcusem mereu, nu se încrunta dacă îmi mai scăpa câte un „comoara mea" sau „dragul meu Noé" inoportun. Fiind bărbatul în casă, avea grijă să-mi umple paharul cu şampanie, luându-şi rolul foarte în serios.

După cină, mi-am aprins o ţigară. Mi-am dat seama că de mult nu mai fumasem de plăcere, doar pentru că mă simţeam bine. Încă nu îndrăzneam să cred că-mi găsisem pacea. Dar eram pe calea cea bună. Amândoi eram pe calea cea bună.

Mă aşteptam ca Noé să mă anunţe că iese în oraş după cină, însă, spre marea mea surpriză, s-a aşezat în faţa mea şi m-a privit cu toată seriozitatea.

— Mamă, vreau să-ţi vorbesc despre nişte lucruri importante.

M-am îndreptat de spate, neliniştită. Pacea mai trebuia să aştepte.

— Te ascult.

A inspirat adânc pentru a găsi forţa să vorbească. Am simţit în adâncul sufletului că în sfârşit Noé avea să mi se destăinuie, să-mi mărturisească tot ce avea pe inimă.

— Nu regret nimic. Nu-mi doresc să fi avut altă copilărie, altă viaţă. Nu ştiu ce-o să descopăr în acest om care-mi este tată, dar... am fost fericit fără el, cu tine. Nu mi-a lipsit nimic, am o familie. Şi îl am pe Paul care a fost mereu alături de mine fără să-mi ceară nimic. Mi-e aşa de ciudă pe mine că l-am respins, i-am spus nişte chestii oribile, mamă..., am de gând să îndrept lucrurile.

Hotărârea lui mă fascina, mi-a dat de înţeles cu o privire că nu trebuia să-l întrerup sub niciun pretext, încă avea de spus lucruri care-l măcinau. În orice caz, nu mă simţeam în stare să rostesc niciun cuvânt, atât eram de bulversată.

— Ştii, mamă, când îmi spuneam poveşti, în copilărie...

Doar pe el îl puteam asculta vorbind despre poveşti fără să clachez.

— Apărea mereu un tip rău, era tata care venea să ne despartă...

Nu-mi mărturisise niciodată această spaimă a lui. Cum de reuşise să crească, să se dezvolte, având un asemenea coşmar ce se repeta? Mi-a explicat că trăise o mare parte din copilărie terorizat de ideea că tatăl care nu-l voise o să vină într-o zi să-şi ceară drepturile şi să ne separe pe veci. Niciunul dintre psihologii pe la care-l târâsem nu reuşise să-l liniştească. Iată din ce motiv, de doi ani, nu voia să mai abordăm subiectul: îngropase această groază adânc în el.

— Dar ea a răbufnit cu putere atunci când mi-ai spus totul. Am plecat, fiindcă eram furios şi dezamăgit, mă simţeam trădat, suferisem degeaba. Apoi voiam să descopăr cine era el... Dar am plecat şi pentru că nu voiam să te pierd, am făcut o prostie, te-am lăsat şi te-am pierdut. Dar m-am întors, fiindcă nu mai vreau să te pierd. Era absurd! Pacôme m-a ajutat să-mi dau seama că şi tu te-ai temut mereu să nu mă pierzi şi că uneori facem prostii când ne e teamă. Mi-a explicat că... Nicolas...

Îi venea greu să-i rostească numele.

— Şi el se temea. Când am vorbit la telefon, i-am spus că eram speriat. Mi-a mărturisit că şi el era la fel.

— Normal, am reuşit să articulez. Pacôme a avut dreptate să-ţi spună aceste lucruri, dar, Noé, n-o să mi-o iert niciodată că te-am lipsit de tatăl tău.

Figura i s-a înăsprit. Dacă, în timpul cinei, redevenise adolescentul înalt pe care-l cunoşteam, pe măsură ce vorbea, redevenea adultul pe care învăţam treptat să-l cunosc.

— Mamă, nu vreau să mai aud asta. Nu glumesc, gata! Ne-am provocat destulă suferinţă şi nu-mi place. Te iubesc mult, mamă, şi nu suport să văd că te învinuieşti toată viaţa. Te-ai sacrificat suficient pentru mine.

— Nu...

A lovit cu pumnul în masă ca să mă întrerupă.

— Sunt aici şi nu sunt orb. Pacôme a plecat şi, într-o oarecare măsură, a făcut-o din cauza mea, ştiu. L-am înţeles.

Aşa că vezi, mamă, nu mai vreau să treci prin asta. Mi-aş dori tare mult să fii fericită.

L-am apucat de mână peste masă.

— Sunt fericită dacă tu eşti fericit. Nu confunda lucrurile. Pacôme a făcut nişte alegeri pentru el, pentru viața lui. Cu sau fără tine, tot ar fi plecat. Dacă tu-mi interzici să mă învinovățesc pentru alegerile pe care le-am făcut la naşterea ta, eu îți interzic să te învinovățeşti pentru plecarea lui Pacôme. Şi, fie vorba între noi, Noé, ce ți-ar zice el dacă ar fi aici?

A râs trist.

— M-ar certa şi mi-ar zice să mă duc să iau aer ca să-mi pun ideile în ordine.

Am reuşit să râd şi eu.

— Prin urmare, reia-ți viața, chiar din acest moment. Am petrecut o seară minunată, amândoi aveam nevoie de asta. Însă tocmai ai luat bacul, te aşteaptă o petrecere în altă parte, te aşteaptă prietenii, te aşteaptă Justine. Du-te, te rog. Şi nu-ți face griji pentru mine.

Privirea i-a rămas agățată de a mea câteva clipe, căuta o confirmare pe care a şi găsit-o.

S-a ridicat, am făcut şi eu la fel. L-am condus până la uşă, era încă nervos, fapt ce mă agasa. Nu voiam să-şi strice acest moment atât de important din viață.

— Noé, mai e ceva?

Umerii i s-au relaxat.

— Vreau să-ți cer ceva...

— Spune-mi.

— Poți să vii cu mine la Saint-Malo când mă întâlnesc cu el? Am nevoie să fii acolo.

L-am cuprins în brațe şi l-am strâns.

— Bineînțeles, când vei fi pregătit, nu trebuie decât să mă anunți.

M-a sărutat pe obraz şi a plecat să sărbătorească reuşita la bac.

Am terminat sticla de şampanie cât am făcut ordine în bucătărie. Din când în când, mă opream cu privirea în gol şi repetam de câteva ori unele fraze rostite de Noé, îmi aminteam ochii lui plini de emoție, hotărârea şi maturitatea gândirii lui. Mai aveam amândoi destule etape de depăşit, însă de-acum eram convinsă că, peste câtva timp, ne vom găsi echilibrul. Mi s-a părut că greutatea de de pe piept dispăruse, că aerul îmi pătrundea mai uşor în plămâni. Senzația era ciudată, tot corpul mi se relaxa, parcă pluteam în imponderabilitate, pielea îmi devenise mai moale, totul mi se părea mai delicat. Parcă până atunci trăisem un conflict permanent, un război interior, iar acum se declarase armistițiul. Minciuna mea mă atacase din toate părțile atâția ani. Fără să-mi dau cu adevărat seama, îmi măcinase permanent ființa, insidios, mă secătuise de energia vitală, de pofta de viață. Azi mă simțeam mai uşoară. Din ce în ce mai liberă.

M-am dus să mă aşez iar afară, dornică să savurez această stare ce aducea a seninătate şi cu care nu eram obişnuită. Am cedat, am luat telefonul şi i-am trimis un mesaj lui Paul: **Voiam să-ți spun că Noé şi-a petrecut seara cu mine, suntem mai bine. Te sărut, pe mâine.** N-am apucat să las telefonul din mână, că a şi sunat.

— Paul, nu trebuia să-ți întrerupi cina ca să mă suni.

— Sunt acasă.

— De ce? Trebuie să fi mers foarte prost dacă te-ai întors aşa devreme.

— De fapt, nu aveam nicio întâlnire...

— Ce?

— Cum ți-ai putut imagina măcar o secundă că te-aş fi lăsat singură astă-seară? Şi de-aş fi avut ceva aranjat, anulam! Noé m-a rugat să te duc acasă fără să-mi spună ce-ți pregătea.

Am zâmbit larg la gândul că ei doi complotaseră ca să-mi facă această surpriză. Brusc mi-am dorit ca Paul să fie aici, lângă mine, cu mine. Totuşi, nu reuşeam să-i cer să vină. De ce nu îndrăzneam? Ce mă reținea?

— Sunt fericit pentru tine.

— Mulțumesc, Paul...

— Te sărut, somn uşor!

Ca în fiecare seară, la culcare am luat scrisoarea lui Pacôme din noptieră şi am strâns-o la piept. Mi-ar fi plăcut atât de mult să-i povestesc ce se întâmplase astă-seară! Eram convinsă că ştia că Noé luase bacul, trebuie să fi urmărit rezultatele pe internet de la celălalt capăt al lumii. Ar fi meritat să sărbătorească aici cu noi, totul i se datora un pic şi lui. Trebuia să recunosc cinstit că aşteptasem un gest spectaculos din partea lui, sperasem să-l văd apărând. Ar fi fost în stare de aşa ceva, o demonstrase deja. Câtă vreme aveam să mă mai amăgesc crezând în întoarcerea lui? Alinarea de a-l fi regăsit pe Noé mi-a permis să adorm, pentru prima dată după săptămâni întregi, fără să vărs nicio lacrimă.

16

Trei zile mai târziu, eu şi Noé ne opream lângă Termele marine de la Saint-Malo. Mă anunţase în ajun că era pregătit, că nu mai voia să aştepte. Ai fi zis că-şi fixase obiective pe care să le bifeze unul după altul ca să depăşească situaţia. Îi telefonase lui Nicolas, care-şi respectase angajamentul de a-i sta oricând la dispoziţie. Aşa că ne dăduse întâlnire la o terasă aflată pe dig, între două case roşii. Mă simţisem uşurată în sinea mea că nu alesese un loc în Intra-Muros, nu voiam să trec de zidul de apărare fără Pacôme.

Când am ajuns pe dig, splendoarea peisajului m-a lăsat fără cuvinte, la fel şi pe Noé. Vremea era însorită, o ceaţă uşoară ascundea capul Fréhel, a doua zi avea să fie frumos — după cum îmi aminteam din explicaţiile meteo ale lui Pacôme. Marea se desfăşura sub ochii noştri începând de la verde-smarald până la albastru intens spre larg. Nisipul, până hăt departe, era presărat cu mici pete colorate. Turişti în costum de baie, copii alergând cu găletuşe şi lopăţele în mâini. Plaja clocotea de activităţi, domnea o atmosferă de vacanţă, o atmosferă de relaxare.

Cei veniți la cură treceau imperturbabili pe lângă terenul de volei, pe lângă amatorii de windsurfing sau de surfing. Toată această frivolitate contrasta cu profunzimea şi seriozitatea evenimentului pe care noi doi ne pregăteam să-l trăim, pe care Noé se pregătea să-l trăiască.

Noé nu se clintea, părând complet paralizat.

— Să mergem, l-am îndemnat cu blândețe.

— Mi-e teamă, mamă.

— Uită-te la mine, Noé.

S-a supus cu greutate.

— Suntem cu toții în acelaşi punct, tu, eu şi Nicolas, care sigur ne aşteaptă undeva în apropiere. Întâlnirea asta nu te obligă la nimic față de el.

Liniştit de cuvintele mele, mi-a făcut semn că puteam s-o luăm din loc.

Iată-mă aici, la întâlnirea dintre fiul meu şi tatăl lui. Întâlnire de care mă temeam de-atâția ani. Azi o doream. Însă îmi era teamă că Noé va fi dezamăgit, că nu va găsi ceea ce căuta. În copilărie, încercase cu Paul, care îi spusese nu; de curând, crezuse că a găsit un reper în Pacôme, care era cu totul diferit de Paul. Dar se lovise din nou de un refuz. Iar aceşti doi bărbați, care contau mult pentru el şi care-l iubeau, renunțaseră la un loc atât de special doar din respect pentru cel căruia îi revenea în mod legitim, cel care, până de curând, nici nu ştiuse de existența lui Noé şi care, într-o primă fază, nu-l voise. Noé putea refuza să-i ofere acest loc, era dreptul lui, dar măcar va fi încercat, noi toți vom fi încercat. Mă simțeam ciudat de calmă, eram pregătită, de parcă în adâncul ființei mele ştiusem întotdeauna că trebuia să-l las pe Noé să-l cunoască pe Nicolas.

Noé a încetinit pasul brusc.

— El e? m-a întrebat cu glas atât de scăzut, că n-am fost sigură că înțelesesem bine.

M-am întors întâi spre Noé — care făcuse ochii mari —, apoi mi-am îndreptat privirea în direcția în care se uita el. Nicolas, aflat la cincizeci de metri de noi, ne zărise şi rămăsese ca o stană de piatră. Fără să vrea, Noé a început să păşească mai repede. L-am lăsat să ia avans. El nu a observat, mergea drept înainte, atras inexorabil de bărbatul care-l aştepta. La fel a făcut şi Nicolas. Tatăl şi fiul înaintau unul spre altul, căutându-se. M-am gândit la Pacôme, datorită lui inimaginabilul se producea. S-au oprit la un metru distanță şi s-au privit fix. Am rămas intenționat în urmă, ca să le las timp. Noé nu mai avea nevoie să-l țin de mână. Numai că el simțea altceva. L-am văzut din spate cum se pierde cu firea, apoi s-a răsucit brusc. Văzându-mă aproape de el, a oftat uşurat. M-am dus lângă ei, zâmbindu-i, ca să-l liniştesc.

— E-n ordine? l-am întrebat.

— Da, mi-a răspuns calm, ceea ce mi s-a părut încurajator.

M-am răsucit spre Nicolas, zâmbindu-i şi lui. În ochi i se citea emoția puternică, fusese zdruncinat văzându-l pe Noé în carne şi oase. Privirea mea trecea de la unul la altul. Se observau pe furiş, se studiau din toate punctele de vedere. Nicolas era hipnotizat de tânărul mai înalt decât el, cu prezență impunătoare. Anii de escaladă alături de Paul făcuseră din el un bărbat subțire, numai muşchi, care părea mai puternic decât tatăl lui. Nicolas se simțea mic pe lângă el, era impresionat de fiul său. Niciunul dintre ei nu reuşea să rostească vreun cuvânt, trebuia să le dau o mână de ajutor.

— Poate mergem să ne aşezăm undeva, le-am propus.

Nicolas a încuviinţat. M-au condus, mergând unul în dreapta, celălalt în stânga mea, până la o terasă din apropiere. Nicolas s-a îndreptat instinctiv spre masa din fund, poate în căutarea liniştii, deşi nu era nimeni în jur, toată lumea se afla pe plajă. Când să ne aşezăm, Noé a avut o mişcare de recul, apoi i-a aruncat o privire scurtă, dar destul de blândă tatălui său.

— Mă întorc.

S-a dat înapoi şi puţin a lipsit să n-o răstoarne pe chelneriţa care i-a arătat unde e toaleta.

— Se simte bine? m-a întrebat Nicolas care nu-şi lua privirea de la el.

Panica lor îndreptăţită m-a emoţionat până în adâncul sufletului.

— Cred că da, nu-ţi face griji! Amândoi aveţi nevoie să răsuflaţi.

S-a uitat în ochii mei.

— E un băiat frumos.

I-am zâmbit înduioşată, a plecat privirea şi a strâns pumnii până i-au intrat unghiile în carne. N-am rezistat, l-am prins de mână ca să se oprească.

— O să fie în regulă, Nicolas.

S-a scuturat înfiorat, apoi mi-a strâns mâna într-a sa.

— Mulţumesc, mi-a spus cu glas înăbuşit.

— Uită-te la mine, i-am şoptit.

S-a supus. Îşi stăpânea cu greu lacrimile.

— N-ai de ce să-mi mulţumeşti.

— Ba da... Trebuie să-ţi mulţumesc că l-ai crescut, că ai făcut din el un tânăr minunat şi puternic, se pare. Trebuie să-ţi mulţumesc că n-ai fugit când ai dat întâmplător de mine, trebuie să-ţi mulţumesc pentru răbdare...

— Sunt mama lui.

S-a îndreptat de spate şi mi-a eliberat mâna. Noé venea spre noi. Oricât s-ar fi străduit el, nu reuşea să-şi ascundă ochii roşii. S-a aşezat lângă mine, dar nu în fața tatălui său, pe care-l privea pieziş. L-am simțit totuşi mai puțin încordat decât la început.

— Merge treaba la Cele Patru Colțuri ale Lumii? a întrebat brusc.

Nicolas a rămas stupefiat câteva secunde.

— Da, da..., nu mă plictisesc. Eşti amabil că mă întrebi.

— Mă interesează, atâta tot.

Din nou i-am mulțumit în gând lui Pacôme. Le facilitase întâlnirea.

— Când ai chef, poți veni să petreci ceva timp acolo sau măcar să faci o vizită, dacă vrei să afli mai bine cu ce ne ocupăm.

— O să vă anunț...

Am început să mă foiesc. Ceva scârțâia între ei. Am schimbat o privire cu Nicolas, m-am holbat la el, era datoria lui să ia inițiativa, nu a mea. Doar n-o să fac eu tot.

— Noé, poți să mă tutuieşti. Poate ne-ar ajuta, nu-mi doresc să rămânem nişte străini.

Noé a schițat un zâmbet uşor.

— O să încerc, bine-ar fi să şi reuşesc.

Conversația a devenit treptat mai relaxată, eu aproape că nici nu interveneam. Prezența mea n-avea alt scop decât să-i liniştească. Următoarea etapă avea să fie o întâlnire doar între ei doi. Însă fiecare lucru, la timpul lui. Nicolas l-a întrebat pe Noé ce planuri îşi făcuse pentru vară. Noé i-a mărturisit că o să plece vreo cincisprezece zile cu prietenii, că o să cânte, că i-ar fi plăcut să-şi găsească şi un mic job, dar, cu tot ce se întâmplase în ultimele săptămâni, asta nu mai reprezentase o prioritate. Fiul meu mă impresiona prin onestitate, nu existau subiecte tabu, puteam să răsuflu uşurată.

Într-un final, s-a instalat firesc tăcerea. Noé privea marea, Nicolas îl privea pe el, iar eu îi priveam pe rând. Se întâlniseră, simţeam că între ei, înainte de a vorbi de o relaţie sau de afecţiune, se năştea un respect reciproc. Ceea ce, după părerea mea, era extraordinar. Un început încurajator. Tăcerea, liniştitoare, era tulburată doar de ţipetele pescăruşilor şi de conversaţiile îndepărtate ce se auzeau dinspre plajă. M-am uitat la oamenii — nişte bătrânei în baston, un biciclist grăbit, o familie numeroasă — care treceau pe lângă terasa unde stăteam noi. Nimeni nu-şi putea imagina ce se petrecea aici, întâlnirea dintre un tată şi fiul său, la fel de timizi şi unul, şi altul. Nicolas tot învârtea ceaşca de cafea, din care nici nu sorbise, observându-l fascinat şi agitat pe Noé. Dar la ce se gândea fiul meu, a cărui faţă rămânea întoarsă ostentativ spre mare? În orice caz, arăta destins, se simţea în largul lui. Tăcerea s-a prelungit, cred că toţi luaserăm o pauză, ne refăceam puterile, ne odihneam. Totuşi, eu am vorbit prima:

— Ce face Héloïse?

Noé n-a reacţionat, continua să fie absorbit de largul mării.

— Bine, este..., este... De fapt, este pe plajă cu... copiii.

— Adevărat? s-a mirat fiul meu, revenind printre noi.

Părea tulburat.

— Da, Noé, sunt aici, a confirmat Nicolas. Ai vrea să-i vezi?

— Ei ştiu că...

— Le-am explicat de bine, de rău situația. Salomé şi Adam au înțeles în mare că eşti fratele lor, deşi nu-şi prea explică ei cum e posibil aşa ceva. Însă Inès e mică, n-a priceput deloc. Crede şi acum că mama ta e o regină, prin urmare... Se teme mai ales că un nou frate i-ar şterpeli jucăriile.

Noé a râs emoționat. Nicolas s-a dus să discute cu Héloïse, cea care decidea dacă prezentările aveau să fie făcute azi sau nu.

— Cum te simți?

— E OK...

Noé părea pierdut iar în gândurile lui şi oarecum trist.

— Pacôme avea dreptate, e un tip agreabil...

Pentru prima dată de când Noé şi Nicolas se întâlniseră, era greu pentru mine să zâmbesc, chiar dureros.

— Şi tu, mamă? Tu ce părere ai?

I-am dat într-o parte şuvița rebelă, cu un gest tandru, pentru a stăvili valul de emoții ce clocoteau în mine.

— E ciudat să vă văd împreună, dar sunt fericită pentru voi.

— Dar tu?

— Şi eu sunt bine, pe cuvânt!

Nu mă prea credea. Totuşi, ar fi trebuit. Jumătate din inima mea era bine, cealaltă, mai puțin, însă bucuria de a-mi vedea fiul împăcat cu sine conta mai mult decât tot restul.

— Ne aşteaptă, s-a auzit vocea lui Nicolas.

Noé a început să tremure uşor.

— Serios? Pot să-i văd?

— Poți chiar şi să le vorbeşti, dacă ai chef.

Fiul meu s-a ridicat, dar eu nu m-am clintit.

— Tu ce faci, mamă?

— Vă las singuri.

— De ce nu vii şi tu, Reine?

Din tonul lui Nicolas răzbătea o anumită doză de panică. Aş fi putut să traduc ultima lui propoziţie prin: „Héloïse şi cu mine avem nevoie să fii acolo. Ajută-ne!“ Însă, deşi considerasem absolut necesar să fiu alături de Noé când îşi cunoaştea tatăl, cu condiţia să vrea amândoi, să asist la întâlnirea sa cu restul familiei lui Nicolas m-ar fi stânjenit, eram o intrusă.

— Prezenţa mea ar fi deplasată.

— Dacă nu vii, nu mă duc nici eu. Este exclus să te las singură aici, m-a somat Noé.

M-am ridicat şi m-am strecurat între ei.

— Sunteţi mari…, o să vă descurcaţi perfect, i-am liniştit cu blândeţe.

— Dar…, a insistat Noé.

— Nu! Rămân pe dig, o să fiu aproape de tine. E important să mergeţi acolo voi doi, fără mine.

I-a cuprins panica, erau bulversaţi de provocarea pe care le-o impuneam. S-au uitat unul la altul întrebându-se din priviri dacă erau pregătiţi. Când mi-au zâmbit la fel, mi s-a pus un nod în gât. Am rezistat lacrimilor pentru Noé, pentru Nicolas. I-am observat plecând împreună spre noua lor viaţă. Am înaintat până la marginea digului şi am făcut un lucru periculos care mi-a amintit de seara întâlnirii mele cu Pacôme. M-am aşezat cu picioarele atârnând în gol ca să fiu spectatoare la întâlnirea lui Noé cu fraţiorul şi surioarele sale.

Nu-mi dădea ameţeli golul de sub tălpile mele, ci scena care se derula sub ochii mei.

Mergeau în acelaşi ritm prin nisip, Nicolas întindea din când în când braţul ca să-i arate ceva lui Noé. Fiul meu dădea aprobator din cap uitându-se apoi la bărbatul cu care semăna atât de mult. Nicolas ştia cu precizie unde se afla familia lui, sigur aveau locul lor. Maluinii trebuie să fi beneficiat de un loc rezervat în mod tacit familiei. Nu mă aflam lângă Noé, însă aş fi putut să-i aud bătăile neregulate ale inimii.

— Tati! a ţipat o voce atât de stridentă, că am auzit-o de la zeci de metri.

Micuţa Inès alerga cât o ţineau picioarele, Noé a observat-o şi s-a oprit o clipă când fetiţa s-a aruncat în braţele tatălui ei. Au început să discute, apoi am văzut adunându-se în spatele lor restul familiei, cu Héloïse în frunte, urmată imediat de cei doi copii mai mari care, de unde stăteam eu, mi s-au părut intimidaţi. Héloïse l-a îmbrăţişat spontan pe Noé, care i-a zâmbit. Nicolas i-a împins cu blândeţe pe copiii mai mari spre Noé. El s-a apropiat, iar ei au ridicat capetele spre acest băiat înalt. Noé i-a sărutat stângaci pe obraz, copiii l-au sărutat şi ei zâmbind. Era frumos, foarte emoţionant. Inima mi s-a strâns, se crea o familie din care eu nu făceam parte. Inès se zvârcolea în braţele tatălui ei, care a lăsat-o până la urmă jos. Fetiţa și-a pus mâinile în şolduri şi s-a postat în faţa mamei ei. A început o discuţie însufleţită, din câte puteam eu să văd de la postul meu de observaţie. Noé s-a apropiat cu precauţie când Inès a început să bată din picior. Brusc, fetiţa şi-a strecurat mânuţa în mâna lui mare şi l-a tras spre malul apei. Mi s-a părut că zăresc un zâmbet pe chipul fiului meu. Peste câteva minute, ceilalţi doi copii au rupt-o la fugă după ei.

Era complet ireal. Héloïse, Nicolas şi eu, la câteva zeci de metri deasupra lor. Ne uitam toţi trei hipnotizaţi la Noé, la fratele şi la cele două surori ale lui. Asistam la naşterea legăturilor între fraţi. Problemele încă nu se terminaseră, nu conta rolul pe care noi îl jucam, nimeni nu era atât de naiv încât să excludă o reacţie neprevăzută, însă aveam datoria fundamentală de a savura ceea ce se desfăşura sub ochii noştri. De câte renaşteri poţi să ai parte în viaţă? Eu cunoscusem deja mai multe şi aveam să cunosc şi altele. Nu mă îndoiam că Noé, chiar dacă nu-şi dădea seama, renăştea chiar în acest moment. Nu ştiam nici pe departe toate secretele şi toate încercările prin care trecuseră Nicolas şi Héloïse, însă nu mă îndoiam că şi ei renăşteau împreună. Vieţile noastre, ale tuturor, tocmai porniseră într-o nouă direcţie, necunoscută.

Héloïse şi Nicolas s-au strâns în braţe, au schimbat o privire, au vorbit — puteam chiar să ghicesc cuvintele de dragoste rostite — şi în final s-au sărutat. Mi-am întors privirea din pudoare şi ochii mi-au picat pe clopotniţa catedralei din Intra-Muros, care se distingea în zare. După câteva minute, mi-am auzit numele. M-am uitat spre locul dinainte, toată lumea dispăruse. Am căutat cu privirea peste tot şi am constatat că Héloïse se dusese lângă copii. Apoi l-am descoperit pe Nicolas care mă striga de la poalele celei mai apropiate scări. M-am ridicat cu grijă în picioare şi cu la fel de multă grijă am coborât spre nisip. O clipă, am reuşit să mă detaşez de ceea ce trăiam şi să mă gândesc că probabil nu era vreo mare plăcere să foloseşti scara asta de granit cu copiii după tine şi cu tot calabalâcul necesar pentru o după-amiază la plajă.

Nicolas şi-a trecut nervos mâna prin păr când am ajuns lângă el.

— Héloïse se temea că Inès îl chinuie prea tare pe Noé pentru o primă întâlnire.

Am izbutit să râd imaginându-mi-o pe fetiţa drăguţă şi iute ca o tornadă făcând tot ce poate ca să-l ducă pe Noé de nas.

— Ne plimbăm puţin? mi-a propus Nicolas.

După un lung moment în care am păşit tăcuţi unul lângă altul, el a deschis gura primul:

— Cum te simţi?

— Sincer vorbind, chiar sunt fericită că v-aţi întâlnit, mi se pare un început bun. E tulburător să-i vezi pe toţi patru. Şi pot să te asigur că Noé se simte bine. Iar, dacă el e fericit, şi mie mi-e bine.

— Reine...

Aveam o idee foarte clară despre subiectul pe care intenţiona să-l abordeze şi nu voiam să stric cu suferinţa mea această zi atât de intensă şi de importantă pentru fiul meu.

— Te rog, Nicolas, nu.

— N-avem încotro, trebuie să discutăm.

După tonul vocii, am înţeles că şi pentru el această conversaţie era la fel de dureroasă ca pentru mine. Mi-am luat inima în dinţi.

— Ai primit veşti de la el?

— Vorbim o dată la două zile.

— Ce face?

— Habar n-am. În mod cu totul bizar, refuză să răspundă la această întrebare simplă.

M-am oprit şi m-am întors cu faţa spre el.

— O să se întoarcă? Nu-i aşa? O să apară într-o bună zi din senin ca în prima seară pe care am petrecut-o eu la voi, îți aminteşti?

S-a uitat într-o parte şi-n alta, ca pentru a mă evita, dar în cele din urmă privirea i s-a oprit asupra mea.

— Îmi amintesc foarte bine, mi-a răspuns cu un zâmbet îngrozitor de trist. Dar de data asta n-o să se mai întoarcă.

Am clătinat din cap, incapabilă să-mi stăpânesc lacrimile.

— Cum poți să fii aşa de sigur? Întotdeauna mi-ai spus că trebuie să te aştepți la orice de la Pacôme!

— A decis să deschidă o filială în India, ca la început, şi să se stabilească acolo.

Parcă aş fi primit un upercut în stomac.

— Mereu îmi zicea că o s-o facă, dar nu-l credeam, mai ales în ultima vreme, mai ales după ce te-a cunoscut. Însă trebuie să acceptăm realitatea. L-am pierdut, Reine.

— Nu te cred, i-am zis hohotind de plâns din ce în ce mai tare.

Nicolas m-a luat în brațe. M-am agățat de el fără reținere, fără pudoare, aveam nevoie de cineva ca să mă potolesc, ca să mă consolez.

— Îmi pare rău, Reine. E atât de nedrept pentru tine!

— Îți dai seama că astăzi suntem aici împreună datorită lui?

— Ştiu.

M-am desprins din brațele lui, cuprinsă din nou de furie.

— De ce? De ce a făcut asta? Noé avea loc pentru voi amândoi.

— Ştiu prea bine... I-am şi spus-o, am insistat. N-a vrut să audă nimic. Nici eu nu pricep mai mult decât tine. Te iubeşte cum n-a iubit pe nimeni şi totuşi a plecat, ne-a părăsit pe toţi. Copiii nu înţeleg, întreabă întruna de el. Héloïse e distrusă, eu..., eu sunt pierdut fără el, pe cuvânt! Şi sufăr pentru tine. S-ar zice că-ţi stric viaţa mereu.

S-a crispat de furie, de durere. L-am apucat de braţ.

— Nu, Nicolas, nu spune asta! Noé e aici. Iar el este cel mai frumos lucru care mi s-a întâmplat vreodată. Nu tu eşti vinovat pentru deciziile lui Pacôme.

Ochii noştri şi-au vorbit singuri, marcaţi de tristeţea de a fi pierdut aceeaşi persoană din vieţile noastre.

— Aşadar, va trebui să învăţăm să trăim fără el? Da?

A început să respire sacadat, curând avea să lase cuţitul ghilotinei să cadă.

— Din păcate, da...

M-am uitat spre apă, în depărtare l-am zărit pe Noé cu surorile şi fraţiorul lui. Imaginea mi-a smuls un zâmbet. Trebuia să mă agăţ de această nouă fericire, chiar dacă fiul meu îşi crea o nouă viaţă de familie din care eu nu aveam să fac parte.

— O să fac câţiva paşi singură, l-am anunţat pe Nicolas. Spune-i lui Noé să nu se îngrijoreze... O să vin la voi mai târziu.

M-am îndepărtat fără să privesc înapoi. După câţiva metri, mi-am scos sandalele şi mi-am continuat drumul desculţă. Aveam nevoie să simt contactul cu solul ca să n-o iau razna. Am înaintat spre Intra-Muros, ştiind că n-o să merg chiar până acolo... Voiam doar să-mi întipăresc în minte această imagine, aceste ziduri înalte de granit ce rezistaseră secole, dar care şi ele îl pierduseră pe Pacôme.

Eram în ceaţă, sfâşiată între sentimente contradictorii. Derulam iar filmul ultimelor luni. Propunerea lui Paul de a mă ocupa de dosarul Cele Patru Colțuri ale Lumii, dosar ce nu va fi niciodată terminat. Întâlnirea mea cu Pacôme, minunata mea întâlnire cu el. Întoarcerea lui Nicolas. Îndoielile, angoasele, spaimele. Momentele magice şi intense cu Pacôme, împotriva cărora nu putusem lupta. Suferința lui Noé. Fuga lui. Disperarea lui. A mea. Iubirea statornică a lui Paul. Susținerea familiei mele. Implicarea lui Pacôme pentru a ne salva pe mine şi pe fiul meu. Evoluția lui Nicolas. Toate aceste evenimente se petrecuseră ca să ajungem unde eram azi. Ca să ajungem la momentul în care fiecare trebuia să construiască, pe dureri şi pe câteva zâmbete timide, noi legături, noi repere. Care aveau să crească în umbra unui absent. Absent care o să lipsească mereu din viața noastră, dar şi-o va duce pe a lui după cum voia.

Eram fericită şi nefericită în acelaşi timp. În ciuda greşelilor mele, a numeroaselor mele stângăcii, reuşisem să fac din Noé un bărbat în devenire. Toate punctele mele de ancorare trebuiau regândite. Noé era pe cale să zboare cu propriile aripi, cu un tată şi o a doua familie care vor ocupa tot mai mult loc în viața lui. Eram singură, uşurată de o povară ce mă apăsa încă de la naşterea lui. Îmi petrecusem mare parte din viață creând un vid absolut. Acum trebuia să mi-o reinventez. Pacôme voia să-mi scriu o nouă poveste, în timp ce el şi-o reînnoia pe-a sa. O să am nevoie de timp, de mult timp ca să-mi imaginez o continuare. Şi când te gândeşti că hazardul era răspunzător pentru această înlănțuire a evenimentelor!

17

Pe drumul de întoarcere, Noé m-a întrebat dacă puteam să plecăm amândoi câteva zile, înaintea vacanței sale cu prietenii. Cum să refuz o asemenea propunere? Una la care nici n-aş fi îndrăznit să visez! Până să ajungem acasă, a şi găsit bilete de avion pentru a doua zi spre Lisabona. L-am sunat pe Paul ca să-l anunț.

— Te deranjează dacă lipsesc de la Hangar câteva zile?

— Nu. De ce?

— Plec într-o scurtă călătorie cu Noé.

— Bună idee!

Din tonul vocii, ciudat de sobru, simțeam că nu era prea încântat.

— Consideră că ăsta e concediul meu, pe urmă o să fiu la post toată vara.

— Nu-ți face griji pentru job. Cum a mers la Saint-Malo?

I-am aruncat o privire fiului meu care contempla peisajul, pierdut în gânduri. Poate nu chiar pierdut, fiindcă a răspuns înaintea mea.

— Paul, te sun mai târziu. Totul e-n regulă, pe cuvânt.

— Mă bucur pentru tine, Noé. Profitați amândoi. Şi fiți atenți pe drum.

— Paul! Stai puțin! am încercat să-l rețin.

Dar deja închisese. Ce-l apucase? Mi-a pierit brusc zâmbetul.

— E vreo problemă cu Paul, mamă?

Dacă era, eu, una, n-o ştiam. De la afişarea rezultatelor la bac, ne văzuserăm doar în treacăt. Paul era mereu pe fugă, însă n-am căutat să aflu mai multe, împiedicată mereu de un lucru nou-apărut, care plutise între noi în seara aceea.

— Nu, trebuia să se ducă undeva. Nu-ți bate capul... O să aflu eu după ce ne întoarcem.

Am lăsat deoparte brusca indispoziție a asociatului meu ca să mă concentrez la zilele de fericire neprevăzute. Într-un elan de energie, am decis să nu iau scrisoarea lui Pacôme cu mine. În primul rând, de teamă să n-o pierd. În plus, era timpul. La ce bun să recitesc întruna cuvintele lui de iubire, cuvintele lui de despărțire? Situația devenise de-acum clară, nu trebuia să-l mai aştept. Nu mai voiam să-mi fac rău singură inutil. Aveam toată viața înainte.

Sejurul nostru în capitala portugheză a refăcut total complicitatea dintre mine și Noé. Am discutat despre orice, fără rezerve, fără pudoare, a fost o ocazie să lămurim tot ce rămăsese nespus, să completăm ultimele spații albe ale poveştii lui. Mi-a pus multe întrebări despre anii mei de studenție, despre viața pe care eu şi Nicolas o avuseserăm când eram doar cu puțin mai în vârstă decât el. Voia să ştie tot, în detalii, voia să-şi cunoască părinții. Puteam în sfârşit să-i vorbesc liber despre tânăra care fusesem, despre îndoielile şi temerile de atunci, i-am dezvăluit chiar şi în ce stare eram când îl cunoscusem pe Paul. Mi se părea atât de plăcut să mă destăinui fiului meu, eram uşurată! Deşi nu asta urmărisem, am observat totuşi că era impresionat de mama lui şi de ceea ce trăise ea, simţeam că se născuse o nouă formă de respect între noi, fiindcă el îmi cunoştea acum slăbiciunile. Nu mă îndoiam că între noi se crea o relaţie mai sănătoasă, mai sinceră şi, în primul rând, mai solidă. Dragostea noastră era de-acum fără pată. Puteam să-mi iubesc fiul fără teama că el îmi va descoperi secretele, iar el putea să-şi iubească mama pe de-a-ntregul, cu tot cu zonele de umbră.

După doar o noapte şi o tură de spălat rufe la maşină, Noé a plecat cu prietenii în Corsica. M-am pomenit iar singură acasă. Suportam însă bine, atât de bine că m-am simţit destul de puternică încât să nu mai recitesc scrisoarea lui Pacôme, nu mai aveam nevoie de ea ca să adorm, nici nu-i simţisem lipsa. Am hotărât s-o duc în cutia mea cu suvenire din podul alor mei. Mă despărţeam de ea cu inima strânsă, dar împăcată. Timpul trecea, el plecase de peste o lună, ieşise din viaţa mea. Se transforma puţin câte puţin în amintire…

Îmi mai rămânea totuşi un lucru de făcut. Am luat *Ces messieurs de Saint-Malo* din biblioteca lui Noé. Ţinând cartea în mâini, am constatat cât era de ferfeniţită de atâta citit şi cărat peste tot. Probabil că semăna cu exemplarele lui Pacôme. Trebuia neapărat să aflu ce se ascundea în spatele acestei poveşti. Ca şi cum lectura ei m-ar fi vindecat la final de Pacôme. El însă răsărea în mijlocul personajelor romanului, parcă îl regăseam printre fraze, printre cuvinte, parcă făcea parte integrantă din această istorie cu bărbaţi şi femei dintr-un alt secol, în care avea propriul rol, aproape că citeam nişte dialoguri în care el intervenea. Pacôme se transforma într-un personaj din roman, părăsea lumea reală ca să prindă viață pe hârtie.

Dar, pe măsură ce el dispărea din realitate, eu deschideam mai bine ochii. Mai ales în privința poveştii noastre. Nu era menită să dureze. Şi nu ştiusem eu asta chiar din prima noastră noapte? Avusesem nevoie de acest bărbat din alte vremuri ca să mă ajute să respir în toiul supliciului, mă agățasem de el ca să rezist, ca să trec prin cea mai mare încercare din viața mea — să-i mărturisesc adevărul fiului meu —, însă ştiam că nu era bărbatul vieții mele, cel alături de care visam să-mi sfârşesc zilele. Pacôme fusese o călătorie, o călătorie tulburătoare, pasională şi pasionantă, care mă hrănise, care mă făcuse să cresc, dar care ajunsese la capăt. Fiindcă întotdeauna te întorci dintr-o călătorie.

Aş fi putut să fiu mulțumită sufleteşte dacă nu m-ar fi bântuit teama că lipsea ceva sau, mai degrabă, că-mi scăpa ceva esențial. Vara la Hangar era ciudată, mai mult decât ciudată. La întoarcerea din vacanță, descoperisem cu surprindere că ardeam de nerăbdare să-l văd pe Paul. Mă întâmpinase fără efuziuni, cât se poate de simplu, dându-mi de înțeles că Noé deja îi povestise totul despre escapada noastră mamă–fiu. Părea să se bucure pentru noi, fără a căuta totuşi să afle alte amănunte. Evident, atitudinea lui distantă mă rănise, însă mă liniştisem spunându-mi că avea dreptul să se gândească în primul rând la el, nu la noi, la mine. În fond, şi el suferise teribil în ultimele luni.

Însă de atunci, inexplicabila prăpastie dintre noi continua să se adâncească. De fiecare dată când trebuia să discut cu el, chiar şi pe teme de serviciu, mă gândeam de două ori înainte să-l abordez. Îmi pregăteam cuvintele, întrebările, observațiile, nemaiştiind cum să-i vorbesc. În optsprezece ani, nu fusesem niciodată timidă, şi cu atât mai puțin reținută față de Paul. Acum însă nu mai reuşeam să mă comport firesc cu el, îmi pierdeam spontaneitatea, deveneam stângace, aveam emoții, dintr-un motiv care-mi scăpa. Iar atitudinea lui nu mă ajuta deloc, era închis în sine, taciturn — ceea ce nu-i stătea în fire —, evaziv şi se enerva din orice fleac.

Drept dovadă, în acea dimineață, la scurt timp după ce sosise la muncă, a trimis-o la plimbare pe asistenta noastră căreia, incontestabil, nimeni nu-i putea reproşa nimic. Apoi a trântit atât de tare uşa de la biroul lui, încât peretele dintre birourile noastre s-a zguduit. Am ieşit dintr-al meu şi am dat de mutrele perplexe ale celor din echipă. Trebuia să lămuresc odată povestea asta. Mi-am luat inima în dinți şi m-am îndreptat spre uşa lui Paul fără să mai stau de gânduri. N-am ciocănit, am intrat direct. Cum aş fi făcut şi înainte.

— Paul, vrei să-mi spui ce te-a apucat? De când urli la oameni?

Stătea în picioare, cu mâinile în buzunar. Chiar şi din spate, puteam să simt că tot corpul îi era încordat.

— Vrei să te uiți la mine? am insistat.

A oftat exasperat şi s-a întors. Arăta ca după o petrecere, parcă abia se ridicase din pat, ceea ce-l făcea şi mai seducător. Era doar o presupunere, fiindcă nu ne mai vorbeam decât foarte puțin sau deloc, însă bănuiam că o ducea tot într-o distracție cu o nouă iubită, ieşind seară de seară în oraş şi ocupându-şi nopțile cu altceva decât cu dormitul. Fapt ce a avut darul de a mă scoate din sărite.

Eşti bolnavă, Reine. Dacă tu eşti singură, nu trebuie să fie şi Paul la fel! Parcă n-ai fi obişnuită cu şirul nesfârşit de femei care defilează prin viața lui.

M-am îndreptat de spate ca să mă stăpânesc.

— Te preocupă ceva? Nu te mai recunosc. De ce te-ai luat de ea?

— Bine, Reine. O să-mi cer scuze. Nu mai avem dreptul aici nici să fim prost-dispuşi!

S-a apucat să scotocească prin hârțogăraia de pe birou, dându-mi de înțeles la modul ostentativ că discuția — dacă aşa se puteau numi cele două fraze schimbate — se încheiase.

— Paul, i-am zis cu o voce atât de slabă, că nu mi-o recunoşteam. Am făcut ceva rău?

A ridicat spre mine o privire dură, gravă, aproape ostilă, privirea unui străin. Mi s-a părut că ezită, însă a fost doar o impresie trecătoare.

— Bineînțeles că nu.

Nu te cred.

— Vrei să luăm prânzul împreună?

— Mi-am făcut deja planuri. Altă dată.

— De acord.

N-am mai insistat, am ieşit din biroul lui îngrozitor de tristă. Pierdută chiar. Inima îmi bătea repede, foarte repede, prea repede.

Din acel moment, am început să-mi petrec mai mult timp pândindu-l pe el decât muncind. Eram incapabilă să mă abțin să-l privesc când traversa open space-ul, îl studiam minuțios căutând un indiciu din care să deduc ce-mi ascundea. Cu o uşurință deconcertantă a obținut iertarea de la asistenta noastră. Tinerică fiind, s-a topit toată în fața privirii lui de câine bătut, a zâmbetului degajat şi a buchetului de flori pe care i l-a oferit. Am asistat la scenă de la geamul biroului meu, fascinată de charisma pe care o degaja, la fel ca prima dată când îl văzusem cu atâția ani în urmă. Ar fi fost şi păcat să nu profite de puterea asupra femeilor. Aveam aşa un chef să-l tachinez, să facem haz împreună de talentul lui de seducător! Paul îmi lipsea, aveam nevoie de el, de prezența lui în viața mea. Însă el se retrăsese. Oare era o parte din prețul plătit în ultimele luni de chin? Pentru noua viață care se construia pentru Noé, pentru mine şi deci pentru el. Oare nu voisem să văd cât de mult era afectată *iubirea noastră?*

De-a lungul întregii veri, Noé a profitat din plin de vacanță. A fost de mai multe ori în vizită la Nicolas şi la familia lui, fără mine. De fiecare dată s-a întors răvăşit, dar senin. Cred cu toată sinceritatea că nu umplea un gol, ci cunoştea persoane noi pentru care începea să simtă o afecțiune sinceră. Când trecea ca o vijelie pe acasă, remarcam în privirea lui urmele influenței lui Pacôme. Descopeream în el scânteia unei independențe feroce, îşi ducea viața tot mai mult aşa cum voia, lua tot mai multe decizii singur. Cu Nicolas nu păstrasem nicio legătură, niciun contact. Noé era destul de mare ca să se ocupe de această relație, ştia că-i stăteam la dispoziție dacă dorea să discute cu mine, însă eu, una, ca să avansez în noua viață pe care mi-o inventam, nu mai voiam să am de-a face cu maluini.

La jumătatea lui august, tatăl său i-a propus să dea o mână de ajutor la Cele Patru Colțuri ale Lumii până începeau cursurile universitare. Noé era pierdut. Se temea să-şi ia un angajament atât de important faţă de Nicolas şi faţă de copiii lui. Îl simţeam că se teme de reacţia mea. Ca să ia o decizie, avea nevoie de părerea mea şi a lui Paul, ca întotdeauna. Înainte, am fi numit asta „consiliu de familie". Nu şi azi. Nu-i spusesem, evident, că raporturile dintre mine şi Paul nu erau dintre cele mai bune. Nu intenţionam deloc să-i stric dispoziţia cu povestea noastră. Şi ce motiv aş fi putut să invoc?

Noé ne-a chemat pe amândoi acasă la prânz. Primul prânz împreună din acea vară şi tocmai fiul meu era cel care ne reunea. Ridicolul situaţiei a fost atins când fiecare a plecat cu maşina proprie de la Hangar ca să ne întâlnim la mine acasă. Văzându-ne sosind separat, Noé a ridicat din sprâncene, circumspect, dar eu i-am ignorat gestul.

În cursul prânzului, am schimbat banalităţi peste banalităţi. Consternat, Noé a pus până la urmă punctul pe i.

— Ce-aţi păţit amândoi?

— Nimic, i-am răspuns cu glas slab.

Ce altceva să fi zis? Habar n-aveam ce se petrecea în capul lui Paul, iar pentru mine, totul devenea mult prea confuz.

— Sunteţi ciudaţi, a afirmat Noé.

Ai dreptate…

— Doar în imaginaţia ta, Noé, i-a retezat-o Paul. Bun, voiai părerea noastră despre propunerea tatălui tău. Scopul acestei mici reuniuni…

— Tu ce-ai face în locul meu?

— Ai chef să munceşti acolo? Asta-i singura întrebare pe care trebuie să ţi-o pui.

Noé a roşit. Avea un răspuns, dar îl speria.

— Da, a mărturisit într-un final.

— Şi de ce eziţi?

— Nu-mi doresc să fiu tot timpul cu el, mi-a spus că pot să stau la ei, dar eu nu vreau, e prea mult.

Total de acord. Şi puterea mea de a suporta are limitele ei.

Am întâlnit privirea amuzată a lui Paul, care înţelegea ce-mi trecea prin minte. Era atât de plăcut să ne regăsim preţ de o clipă, că i-am zâmbit.

— Totuşi, deja ai dormit la ei, nu?

Îmi aminteam perfect prima noapte pe care o petrecuse acolo, fiindcă nu închisesem un ochi. Dar mă obişnuiam, forţată de împrejurări. N-aveam de ales.

— Da, câte o noapte din când în când. Atâta tot... Acum vorbim de o lună întreagă, mamă, ar fi ca şi cum aş locui cu ei.

— Dacă doar asta-i problema, am putea găsi o soluţie. Cu el ai discutat măcar? I-ai spus ce te deranjează?

— Nu îndrăznesc...

— Ascultă, Noé, nu renunţa la ideea de a munci la Cele Patru Colţuri ale Lumii pe motiv de jenă sau de loc de dormit!

— Dacă Pacôme era aici, puteam să dorm la el! s-a enervat Noé.

Şi-a revenit imediat, îngrijorat că m-a rănit.

— Iartă-mă, mamă, îmi pare rău.

— E-n regulă, pe cuvânt. Mi-ai dat o idee. Sunt convinsă că, dacă Nicolas i-ar cere lui Pacôme să te lase să stai la el o vreme, Pacôme ar accepta.

— Crezi?

Ochii aurii îi sclipeau, apartamentul lui Pacôme era o amintire frumoasă. Într-o perioadă nefericită, se simţise bine acolo. Şi ştiam că-i simţea lipsa lui Pacôme. Uneori chiar mă întrebam dacă nu cumva păstrau legătura, nu m-ar fi mirat să vorbească la telefon sau să-şi scrie. Noé nu-mi spusese niciodată nimic, în mod sigur ca să mă protejeze. Trebuia să-l eliberez de această nelinişte.

— Ia încearcă!

S-a scuzat, s-a ridicat de la masă cu telefonul în mână şi a plecat spre capătul grădinii. Nu-l scăpam din ochi şi totuşi eram cu mintea aiurea, la Pacôme. Acum reuşeam să mă gândesc la el fără să sufăr. Păstram în adâncul sufletului, ca pe ceva de preţ, toate emoţiile pe care le trăisem datorită lui. Avusesem sentimentul de a nu fi fost niciodată atât de liberă ca alături de el. Totuşi, izbutisem să fac ceea ce-mi ceruse, mă eliberasem de noi. El mă învăţase să respir şi astăzi respiram fără el. Povestea noastră nu putea să dureze, fusese menită doar să mă determine să merg mai departe, să ne determine să mergem mai departe. Fericirea lui era în altă parte, îl respectam, îl înţelegeam. Am întâlnit privirea lui Paul care mă observa cu atenţie. De când nu se mai uitase aşa la mine? Dar oare mă privise vreodată în felul ăsta?

— Noé o să stea în apartamentul lui Pacôme, e aproape o certitudine. Cum o să suporţi?

— N-o să-l vizitez deloc, asta-i clar!

Am izbucnit într-un râs sincer care l-a molipsit şi pe el. Nu-şi lua ochii de la mine. Îmi vorbise normal, ca înainte. Încă existam pentru el. Inima mi-a tresărit din motive nelămurite. Am redevenit serioasă, gata să-i dezvălui un lucru care mă mira chiar şi pe mine, atât era de evident. Trebuia să-l spun cu glas tare. Aş fi putut striga să mă audă lumea întreagă, însă doar lui voiam să i-l spun. Lui Paul, nimănui altcuiva.

— Paul, am încetat să-l mai aştept.
Privirea i s-a tulburat.

În săptămânile următoare, nu pot zice că raporturile dintre noi reintraseră pe făgaşul normal; deşi Paul rămânea la fel de evaziv şi părea să aibă o viaţă personală agitată, vorbeam ceva mai mult, nimic extraordinar, dar eu mă mulţumeam şi cu atât. În acelaşi timp, mi-am dat seama cât de oarbă fusesem atâta vreme. Mă gândeam adesea la o frază a lui Pacôme care, în scrisoarea lui, îmi ceruse să-mi ţes o nouă poveste, mă îndemnase să deschid ochii, fiindcă, poate, această poveste se afla undeva prin preajmă. Mă debusola, mă deruta să deschid ochii asupra esenţialului, asupra sentimentelor mele. Am încercat să lupt, să mă conving că mă duceam într-o direcţie greşită. Totuşi, de fiecare dată când Paul trecea pe lângă mine, când îmi vorbea sau îi întâlneam privirea, un lucru evident devenea tot mai clar. Viaţa mea n-avea sens fără el. De ce nu înţelesesem mai demult? Mă irosisem atâţia ani în relaţii sortite din start eşecului, iar la final, în pasiunea pentru Pacôme. Poate pentru că nu eram gata să-mi asum sentimentele faţă de Paul. Poate pentru că, inconştient, nu mă simţeam demnă de el şi-mi interziceam să mă gândesc la Paul în felul acesta. El îmi ceruse mereu să spun adevărul, să fiu onestă, însă eu refuzasem, încăpăţânându-mă să-mi păstrez secretele, să-mi trec sub tăcere minciunile.

Într-o noapte, o amintire, o delicioasă amintire mi-a revenit în somn. M-am trezit tulburată. Retrăisem în vis un moment despre care eu şi Paul nu mai aduseserăm vorba niciodată. Mă amăgeam că între noi nu exista niciun subiect tabu, dar mă înşelam amarnic. Zăvorâsem această amintire veche de cincisprezece ani în adâncul inimii. Însă memoria corpului meu o adusese la suprafață. M-am ridicat în capul oaselor în pat, incapabilă să aprind lumina. Întunericul mă proteja de forța senzațiilor. Tremuram, deşi mă străbăteau valuri de căldură.

Demult, într-o seară, ca în aproape toate serile, cinaserăm la studio, fiecare dintre noi doi fugind de propria solitudine. Noé, care avea doi ani, dormea în camera lui Paul. Căpătaserăm deja obiceiul de a ne îmbrățişa, dar atunci buzele noastre se căutaseră reciproc şi, fireşte, se întâlniseră. Ne sărutaserăm pătimaş, încă păstram în mine urmele dorinței care mă copleşise — puternică, devastatoare, tulburătoare —, încă îi simțeam mâinile apucându-mă posesiv de talie. Apoi brusc totul se oprise. Paul sărise în picioare, se trăsese înapoi cu mâinile ridicate, spunându-mi că trebuia neapărat să încetăm. Îşi ceruse scuze, nu ştia ce-l apucase, trecuse multă vreme de când nu mai existase nicio femeie în viața lui. Era o greşeală, o imensă greşeală. „Este exclus să stric prietenia noastră culcându-mă cu tine“, îmi zisese. Eu râsesem — puțin — afirmând că la fel stăteau lucrurile şi în cazul meu, nu mai avusesem nicio aventură după relația cu tatăl lui Noé. „Nu-i o soluție să fac dragoste cu tine, mi-aş pierde slujba“, glumisem. Ne simțiserăm aiurea. După nici două minute, îl luasem pe Noé şi plecasem spre micul meu apartament. A doua zi, ne purtaserăm de parcă nimic nu s-ar fi întâmplat. Nu mai vorbiserăm niciodată despre asta, ca şi cum seara aceea nici n-ar fi existat.

Nu mai puteam să mă mint. Însă Paul rămânea Paul. Dandy-ul seducător, veşnic alergând după femei.

Descopeream împunsăturile geloziei când pleca la prânz şi pauza se prelungea, când ieşea zâmbind din birou seara, deja cu mintea în altă parte, deja gândindu-se la o altă femeie, pe care n-o cunoşteam şi cu care nu puteam să lupt. Cel mai rău era, cred, când apărea dimineaţa şi totul dădea de înţeles că tocmai se ridicase din pat. Mă certam singură că mă măcina, că eram devorată de dorinţa de a-i aparţine şi de dorinţa ca el să fie al meu. Cum era posibil? Un bărbat pe care-l cunoşteam dintotdeauna. Îl iubisem mereu, poate chiar din clipa când îmi deschisese uşa studioului său prima dată. Fusese necesar să mă eliberez de minciună ca să accept şi să simt dragostea pentru el.

Jumătatea lunii septembrie. Noé urma să vină peste câteva zile de la Saint-Malo. Simţisem că era fericit acolo, trebuia să mă resemnez, luase virusul sau mai degrabă virusurile: cetatea corsarilor şi Cele Patru Colţuri ale Lumii. Presimţeam că surprizele nu se terminaseră, venea la Rouen pentru facultate, după multe tergiversări. Se impunea să-mi las deoparte jena şi stângăcia şi să discut cu Paul despre asta, să aflu dacă el ştia ce se uneltea, poate, pe la spatele meu. Şi din nou m-am surprins sorbindu-l din ochi, cu un aer nătâng, nu mă îndoiesc.

La fel s-a întâmplat şi după-amiază. Paul finaliza un proiect care-i ocupase mare parte din vară. El, şeful nostru de proiect şi clientul lucrau la o masă mare din open space. Îl admiram în plină acţiune. Se plimba încoace şi-ncolo, cu o mână în buzunar, cu un rictus de amuzament, sigur de el, de puterea de convingere şi de argumentele lui artistice în faţa unui client cam necioplit după gustul său. Asistenta noastră l-a întrerupt pentru o convorbire telefonică. Am văzut că s-a indispus, aşa că i-am sărit în ajutor propunându-i să preiau apelul în locul lui. Mi-a aruncat o privire recunoscătoare.

— Aşază-te liniştită la biroul meu, dosarul este într-un sertar, dacă ai nevoie.

Înainte de a mă închide în biroul lui, am avut impresia că un magnet mă forţa să mă uit înapoi. Paul nu-şi reluase firul argumentaţiei, i-am surprins privirea sfredelitoare stăruind asupra mea. Mi s-au tăiat picioarele. Am schimbat amândoi un zâmbet care s-a prelungit la nesfârşit. El a răsuflat adânc, apoi s-a îndreptat de spate şi s-a întors la discuţia de dinainte.

M-am aşezat în fotoliul lui şi mi-am acordat două secunde ca să revin la realitate după această clipă în care timpul parcă se oprise. Trebuia să mă adun, să nu mai am senzaţia că plutesc de fiecare dată când el mă privea. Tot discutând la telefon, am început să scotocesc, amuzându-mă de harababura din biroul lui Paul. A trebuit să golesc sertarul ca să găsesc ce căutam. Tocmai mă pregăteam să-l închid la loc când am remarcat încă o mapă în fundul sertarului, ascunsă parcă. Am luat-o fără să vreau. Avea pe ea numele meu, scris de Paul, i-aş fi recunoscut hieroglifele dintr-o mie, eram singura care le putea descifra fără probleme.

Mi-a trebuit un sfert de oră ca să pun capăt convorbirii. După care m-am uitat la numele meu câteva secunde, curioasă şi neliniştită la ideea conţinutului mapei. M-am apostrofat singură. Era vorba de Paul, nu de oricine. Nu putea fi decât ceva referitor la Hangar. Mi-am dat ochii peste cap, exasperată de paranoia mea bruscă şi ridicolă, apoi am deschis mapa. Relaxarea mi-a dispărut când am descoperit prima foaie de hârtie, cu mâzgăliturile lui Paul. Era îngălbenită, împăturită, îndoită la un colț şi veche de un car de ani. Pe ea am citit nişte date: a întâlnirii noastre, a naşterii lui Noé şi altele mai târzii, care nu reprezentau nimic special pentru mine. Am studiat-o mai atent ca să mă lămuresc. O schemă cu săgeți, numele lui Nicolas apărea şi el. La fel, cuvântul India şi „data posibilă a sosirii". Ce însemna asta? Am frunzărit restul mapei, cuprindea o grămadă de notițe fără cap şi fără coadă, şi în final am dat peste o tăietură dintr-un ziar din urmă cu peste cinci ani, săptămânalul *Le pays malouin* din Saint-Malo. O fotografie cu Nicolas şi Pacôme, în depozitul lor, complici, surâzători, rebeli, încă tineri, anunțând extinderea firmei Cele Patru Colțuri ale Lumii. Asemănarea era frapantă, ca întotdeauna. Oare Paul o remarcase imediat? Îmi simțeam pieptul strâns ca într-o menghină. Nu era posibil aşa ceva. Paul nu putea să-mi facă asta. Şi totuşi, realitatea m-a izbit când am găsit schimbul de e-mailuri dintre el şi Pacôme, datând de anul trecut. Paul printa tot — era micul lui defect. Mi-am amintit de prima noastră discuție despre Cele Patru Colțuri ale Lumii. Nu Pacôme ne contactase ca să obțină informații despre serviciile noastre, ci Paul le oferise ca să încerce să-i cunoască, să afle mai multe despre Nicolas, să aibă o certitudine. Paul ştia toată povestea, toată povestea mea. O altă foaie cu mâzgăliturі arăta asocierile evidente pe care le făcuse. Scrisese: Nicolas, tatăl lui Noé? Urma o pauză în corespondența lor pe care Pacôme o reluase în ianuarie. Aşadar, ezitase mai multe luni înainte de a-şi pune în aplicare planul. Fără să-mi spună, desfăşurase o anchetă întinsă pe ani întregi ca să-l găsească pe tatăl lui

Noé, continuând în tot acest răstimp să mă îndemne să-l caut eu şi să-i mărturisesc adevărul fiului meu.

Tremuram ca o frunză în bătaia vântului. De ce? De ce făcuse Paul asta? Cum putuse? Nici nu ştiu cât timp am rămas închisă în biroul lui. Aveam o singură certitudine: eram paralizată deocamdată. Îmi ţineam capul în mâini într-o încercare jalnică de a-mi stăpâni emoţiile ce mă asaltau. Totul mi se amesteca în minte, în inimă. Paul mă minţise în toţi aceşti ani, în ultimele luni. Ajunsesem pe fundul prăpastiei, mă lăsase să mă prăbuşesc, iar Noé fusese cât pe ce să se distrugă. De ce aflam acum, când tocmai îmi dădusem seama de profunzimea dragostei pentru el? Voi putea să-l iert? N-aveam idee. Şi ce simplu ar fi fost dacă nu l-aş fi iubit! Aş fi putut să-i trântesc uşa în nas. Trebuia să trăiesc astfel de sfâşieri interioare toată viaţa? Credeam că începusem să-mi inventez o viaţă nouă şi iată că o bucată întreagă din existenţa mea se năruia din nou. Am ridicat ochii şi l-am zărit printre storurile de la geamul ce dădea spre open space. Zâmbea victorios, reuşise să-i insufle puţin simţ estetic clientului său, fără să bănuiască nicio clipă ce descoperisem eu. Nu mai puteam rămâne aici, trebuia să iau distanţă, să reflectez departe de el. Am părăsit în grabă biroul lui, mi-am luat lucrurile dintr-al meu şi m-am precipitat spre ieşire. Evident, Paul m-a observat şi a alergat după mine.

— Reine? Ce faci?

— Plec.

Vocea mi-a sunat rece, implacabilă. Îmi era ciudă că eram agresivă cu el. Dar trebuia să mă apăr de ceea ce-mi făcuse, să lupt împotriva iubirii mele. Tot Hangarul a amuţit. Paul m-a apucat de braţ şi m-a tras spre el. Voiam să-mi dea drumul, să mă strângă mai tare, voiam să-i simt pielea pe pielea mea şi să nu-i mai simt niciodată braţele în jurul meu. Mă durea să-i privesc frumosul chip marcat, care spunea povestea vieţii lui, şi totuşi nu puteam să mă abţin.

— Ce s-a întâmplat?

Respiraţia mi s-a accelerat.

— Mai şi întrebi? Du-te şi aruncă un ochi la dosarul care zace pe biroul tău.

A pălit, mi-a dat drumul şi a făcut un pas înapoi. M-a privit lung câteva secunde, parcă înregistra fiecare detaliu al feţei mele, parcă încerca să-mi memoreze figura ştiind că n-o să mă mai vadă niciodată. Ascunzându-mi lacrimile, i-am întors spatele şi am fugit din locul pe care îl creaserăm împreună. Am fugit de el.

Orele se scurgeau, însă eu nu zăream nici cea mai slabă lumină la capătul tunelului. Conduceam fără ţintă prin oraş. În fiecare colţ din Rouen, îl vedeam pe Paul. El era căminul meu. El însemna acasă pentru mine. Începuse să se înnopteze. Fără să fi premeditat, m-am pomenit în faţa imobilului unde fusese primul lui studio, studioul în care ne întâlniserăm, studioul în care începusem să-l iubesc, studioul primilor paşi ai lui Noé. Eram pierdută. Îl respingeam pe Paul. Îl iubeam pe Paul mai presus de orice. Telefonul a sunat în mai multe rânduri, era fiul meu. Nu mă simţeam în stare să-i răspund. Ce să-i fi spus? Am ascultat mesajul lui; nimic important, voia doar să vadă dacă totul era în ordine. I-am trimis un SMS ca să-l liniştesc. Mi-a trecut prin minte o clipă să caut consolare la sora mea. Dar cum să-i spun Annei că îl iubeam pe Paul, că el mă trădase şi că nu mai reuşeam să gândesc clar? Din nou. O singură persoană putea să-mi răspundă la întrebări. Am pornit maşina.

Uşa s-a deschis şi a apărut el. Avea cămaşa albă desfăcută larg la piept, blugii căzuţi pe şolduri, picioarele goale. Ochii injectaţi îi sclipeau, mirosea a alcool, era obosit, extenuat chiar. Încă un salt în trecut.

— Am ajuns şi la asta, a rostit ca pentru el însuşi, oftând.

A scuturat din cap abătut şi s-a dat într-o parte ca să mă lase să trec. Am intrat în apartamentul lui nesigură pe mine, dar gata să-l înfrunt, gata să-i cer explicaţii. Mai aveam câteva minute până mă despărţeam de el? De neimaginat. De neconceput. Şi totuşi... Faţă în faţă, ne-am măsurat din priviri ca nişte adversari.

— De ce? De ce mi-ai făcut asta, Paul?

Aş fi vrut să urlu dezlănţuită, însă vocea nu-mi vibra de furie, era chiar calmă. La fel şi a lui.

— Pentru că voiam să fii liberă, Reine. Nu mai suportam să te văd prinsă în lanţurile cu care te-ai legat singură în toţi aceşti ani. Mă scotea din minţi... Nu ţi-ai îngăduit să-ţi trăieşti viaţa, nu ţi-ai îngăduit să iubeşti.

Şi încă cum! Nu mi-am îngăduit să te iubesc pe tine. Poate că, în definitiv, am avut dreptate să-mi interzic să te iubesc. Deja doare foarte rău.

— Această urmărire a durat ani la rând... Cum ai putut să mă minţi uitându-te în ochii mei când m-am întors prima oară de la Saint-Malo? De ce nu mi-ai spus niciodată?

A zâmbit deopotrivă trist şi ironic.

— Reine, nu mă lua drept un imbecil. M-ai fi strâns de gât. De câte ori încercam să-ţi vorbesc, înnebuneai, ne-am certat mereu pe tema asta şi nu-mi place să te văd suferind, ar trebui s-o ştii de mult.

— Şi totuşi, aşa s-a întâmplat! am ţipat fără să vreau.

Împotriva a ce strigam? Împotriva cui? A lui? A mea? A noastră? Ochii îmi înotau în lacrimi.

— Ce te-a determinat să te hotărăşti?

A făcut câţiva paşi spre mine.

Stai departe, te rog.

— Tristeţea ta de la începutul anului şi încercarea lui Pacôme de a lua legătura cu mine. Am văzut-o ca pe un semn şi am trecut la acţiune. Pe de-o parte, îmi doream să nu mă fi înşelat şi Nicolas să fie tatăl lui Noé, pe de altă parte, speram să nu fie el. N-aveam nicio certitudine, doar deducţiile mele. Nimic nu s-a petrecut cum îmi imaginasem... Dacă ai şti cât mi-am reproşat... Sunt dezolat, Reine...

Chiar dacă mă trădase, cum să-l urăsc când datorită lui mă eliberasem de minciună, de impostura care era existenţa mea? Mă simţeam complet incapabilă să port un război împotriva lui. În plus, eram conştientă de beneficiile ultimelor luni. Trebuia să admit evidenţa, avusese întotdeauna dreptate.

— În mod ciudat, trebuie mai degrabă să-ţi mulţumesc decât să fiu supărată pe tine. Noé este fericit. Eu mă refac. Dar... cum să am din nou încredere în tine? Îţi dai seama ce ai lăsat să se strecoare între noi?

Obosit, şi-a trecut mâna peste faţă, apoi prin păr.

— Ştiu... dar nu regret ce-am făcut, în ciuda consecinţelor...

— Că nu mi-ai spus nimic înainte să izbucnească totul, mai treacă-meargă... Dar după ce lucrurile s-au liniştit, ar fi trebuit să-mi vorbeşti, să-mi mărturiseşti. În fond, tu îmi cereai mereu să-i spun adevărul lui Noé din onestitate, însă, la prima vedere, sfatul nu ți se aplică şi ție! Tu te crezi mai presus de orice!

A râs amar câteva secunde.

— În fiecare zi, îmi propuneam să-ți mărturisesc şi în fiecare zi îmi lipsea curajul. Din aceleaşi motive pe care le aveai și tu...

— Ce anume? Care motive?

Brusc, a venit foarte aproape de mine. A ridicat mâna şi a plimbat-o pe lângă fața mea, urmărindu-i conturul, dar fără să mă atingă, de parcă nu îndrăznea, de parcă îi interzisesem.

— Am câştigat timp, Reine, ca să te păstrez încă puțin lângă mine... Uite ce se întâmplă cu noi acum... Tu nu mai eşti aici, nu mai eşti cu mine din cauza a ceea ce ți-am făcut. O să mă părăseşti, o să dispari din viața mea.. O să te pierd şi o să mă pierd... Nu însemn nimic fără tine... Mi-a luat ceva timp să înțeleg... nu mai contează, e prea târziu...

M-am apropiat mai mult de el, neîndrăznind să cred ce auzeam.

— Ți-a luat timp să înțelegi ce anume?

— În situația în care sunt, pot s-o spun acum...

M-a privit drept în ochi.

— Te iubesc ca un nebun, Reine. Eşti femeia vieții mele.

Mi-a stat inima, amuțisem.

— Era şi timpul să-mi dau seama la aproape cincizeci de ani. Şi te-am pierdut din vina mea. Totuşi, dacă ar fi s-o iau de la capăt, n-aş schimba nimic. Doar fericirea ta contează şi a lui Noé.

— Paul..., opreşte-te... Taci, te rog!

Se uita la mine cu nespusă durere.

— Reine, vrei să-mi dai lovitura de grație? Crede-mă, o să sufăr, o să-ți las Hangarul, o să te las în pace.

Am pus mâna pe obrazul lui ca să-l fac să tacă, m-am lipit de el şi mi-am ridicat fața spre a lui. Nu ştiu dacă gestul lui a fost intenționat, însă mi-a cuprins spontan talia cu brațul.

— Nu vreau să te pierd, Paul. Nu pot... Nu pot să trăiesc fără tine...

Mâna lui ce-mi înconjura mijlocul s-a crispat, ochii lui nu-i părăseau pe-ai mei, încerca să înțeleagă ce spuneam, ce făceam. Buzele mele s-au apropiat de ale lui, căutându-le. El nu s-a mişcat, doar respirația i-a devenit sacadată. Gura mea continua să o atingă uşor pe a lui.

— Te iubesc, Paul, te-am iubit mereu, dar n-am vrut să văd asta, n-am putut să văd până nu m-am eliberat de minciună. Nu mă părăsi! Sunt a ta, doar a ta.

M-a strâns mai tare.

— A mea?

— A ta...

M-a sărutat, în sfârşit. Nu mai fusesem sărutată aşa decât o singură dată în viață. Tot de el. Am regăsit gustul gurii lui, blândețea posesivă a buzelor. Am simțit cum mă dizolv. M-a ridicat în brațe, iar eu mi-am încrucişat picioarele în jurul taliei lui. M-a dus în pat, cu ochii țintă într-ai mei. Fața lui încordată de dorință probabil că o reflecta pe a mea. Ne-am dezbrăcat unul pe altul încet, voiam să-i descopăr în sfârşit corpul, fiecare curbă a muşchilor, îl cunoşteam fără să-l cunosc de fapt. Corpurile noastre goale se întâlneau după atâția ani, nu mai simțisem o asemenea dorință, amestecată cu sentimente atât de puternice. De mai multe ori, a trebuit să-i prind fața în mâini şi să mă uit la el, să fiu sigură că nu trăiam un vis ce avea să se risipească dimineață. Îi citeam în priviri aceeași groază și aceeași evidență. Când a pătruns în mine, mâinile noastre s-au căutat, s-au înlănțuit și s-au strâns cu putere fără să se mai despartă. Acum știam ce înseamnă alchimia iubirii.

Paul continua să mă mângâie, plimbându-și mâinile pe trupul meu, iar eu nu încetam să-l privesc, fascinată de el și de tot ce ni se întâmpla. Mă simțeam bine, mă simțeam la locul meu, mă simțeam a lui. Însă m-am crispat brusc când mi-am amintit de atitudinea lui față de femei. El și-a dat seama imediat că starea de spirit mi s-a schimbat, că mă retrăgeam în carapacea mea.

— La ce te gândești, Reine?

I-am evitat privirea. Mi-a prins obrazul în palmă. Era îngrijorat, dar regăseam aceeași dragoste în ochii lui ca în urmă cu câteva minute.

— N-aș putea să mă împac cu gândul că trebuie să te împart, l-am anunțat.

M-a tras lângă el.

— Tu ești tot ce mi-am dorit mereu, dar nu vedeam. Aveai ceva sacru pe care mă temeam să nu-l stric. Așa au stat lucrurile de când ne-am cunoscut. Și tot din acest motiv, am dat înapoi acum cincisprezece ani, când ne-am sărutat prima dată. Totuși, la vremea aceea, n-am dormit nopți la rând, gândindu-mă întruna la sărutul nostru.

Gura lui a atins-o ușor pe a mea, dorința punea iar stăpânire pe mine, voiam mai mult, însă Paul nu terminase ce avea de spus.

— Cât despre restul, fii liniștită, de săptămâni întregi, poate chiar luni, nu m-am mai apropiat de nicio femeie.

— Ce? Şi unde te-ai dus în ultima vreme? Cu cine te-ai întâlnit?

— Fugeam de tine. Nu mă întâlnesc cu nimeni. Îmi petrec timpul cu escaladele, rumegându-mi prostiile şi eliminând tensiunea. Mă doare când sunt lângă tine, mă doare gândul de a te pierde, mă doare cât de mult te doresc.

— Când ţi-ai dat seama de toate astea? l-am întrebat.

— Cu ocazia escapadei lui Noé. Când te-ai prăbuşit sub ochii mei, te-am crezut moartă şi am crezut că o să mor şi eu de durere. Am încercat să-mi imaginez o lume fără tine, viaţa mea fără tine. Mi-a fost imposibil.

Chipul i s-a întunecat.

— Acum gata, a trecut... De ce n-ai spus nimic mai devreme? Nu eşti genul care o ia pe ocolite de obicei, l-am tachinat.

A râs.

— Tocmai pentru că nimic nu era ca de obicei şi eram conştient de ceea ce am făcut.

— N-am fi ajuns aici dacă tu nu m-ai fi trimis la Saint-Malo, ştiind ce-o să găsesc acolo.

— Chiar mă ierţi?

— Altfel n-aş fi acum cu tine.

M-a sărutat profund, posesiv, lipindu-mă de el. Apoi mi-a căutat iar privirea.

— Şi îl aveai pe Pacôme. Dacă fericirea ta era lângă el, nu-mi rămânea decât să mă înclin.

— Fericirea mea n-ar fi fost niciodată lângă el. Indiferent ce-aş fi simţit eu, el a ştiut-o înaintea mea. Am înţeles asta de multe săptămâni, am luptat împotriva ta, dar degeaba. Să nu te îndoieşti niciodată de dragostea mea.

— Ştiu, te cunosc...

A doua zi dimineață, ne-am trezit unul în brațele celuilalt. N-am cunoscut trezire mai dulce, n-aveam niciun chef să părăsesc cuibul pe care tocmai ni-l creaserăm, să ies în lume. Voiam o pauză, doream să profit de Paul, nu voiam să mai fiu departe de el. M-am culcuşit la pieptul lui, la locul meu.

— Nu vreau să merg la muncă azi.

— Atunci suntem doi care nu vrem... Pe de altă parte, având în vedere ora, cei de la birou bănuiesc probabil că nici n-o să ne vadă curând!

— Atât de târziu e?

— E 11.

Am izbucnit în râs. Eram împăcată, destinsă, uşoară.

— Îți imaginezi figurile lor când vor înțelege?

— O să fie distractiv. Dumnezeu ştie că peste tot mi s-au pus mereu întrebări despre tine. De câte ori eram întrebat dacă eşti amanta mea, răspundeam că te consider sora mea mai mică...

Am râs şi mai tare, la fel şi el.

— Oh..., nu mi-ai spus niciodată!

— Nu, nu aveam de ce să fiu mândru! O să-i sun totuşi să-i anunț să nu ne aştepte!

S-a întors peste câteva minute în cameră. Avea o mutră ciudată, arăta preocupat, jenat, de parcă tocmai făcuse o prostie. M-am ridicat în capul oaselor, acoperindu-mă cu cearşaful.

— Ce s-a întâmplat? E vreo problemă la Hangar? Trebuie să mergem acolo?

— Nu, nu-i asta.

A dat roată patului şi a venit să se aşeze lângă mine, cu mobilul în mână. Mi-a aruncat o privire ruşinată.

— Paul, vrei să mă sperii?

— Păi..., de fapt..., Noé m-a sunat de mai multe ori, am ascultat mesajele pe care mi le-a lăsat. Te caută, nu i-ai răspuns de aseară, aşa că-şi face griji. A sunat chiar şi la Hangar, voia să ştie dacă eşti cu mine.

Ne-am uitat unul la altul ca doi puştani prinşi în flagrant delict. Noé... Pentru prima dată de la naşterea lui, uitasem complet de fiul meu.

— O să-l sun, am hotărât.

— Şi cum o să-i spui?

— N-am idee. Dar nu putem face asta la telefon, nu? Eşti de acord?

Nu-l mai văzusem pe Paul atât de stânjenit, atât de nesigur pe el.

— Când vine?

— Mâine...

Nu ştiu care dintre noi, eu sau Paul, se simţea mai stingher. Noé s-a uitat lung la noi, fără vreo reacţie deosebită. Paul mă strângea de mână din ce în ce mai tare. Ce avea să se întâmple cu noi dacă el nu obţinea binecuvântarea fiului meu? Într-un târziu, Noé a izbucnit într-un râs ca un tunet, nici nu se mai putea controla, se lovea întruna cu mâinile peste coapse.

— Ei bine, iată! Aveam dreptate când le spuneam colegilor de la şcoală că eşti îndrăgostit de mama.

— Ce-i povestea asta? am întrebat cu voce gâtuită.

Noé continua să râdă cu poftă în timp ce Paul se străduia de bine, de rău să nu-l imite.

— Ar fi fost totuşi mai simplu dacă v-aţi fi prins mai devreme!

Apoi a redevenit serios, s-a apropiat de noi şi l-a îmbrăţişat pe Paul ca de la bărbat la bărbat.

— Ți-o încredințez pe mama.

Am fost cam dezamăgiți că relația noastră a trecut neobservată la Hangar. Nimeni nu ne-a privit bănuitor, nimeni nu a făcut vreun comentariu. Cât despre rudele mele, puteam să le rezum reacția la un „în sfârşit!" rostit de sora mea, demn de o tragedie greacă. De parcă ar fi fost logic. Evident. Toată lumea părea uşurată că eu şi Paul am deschis ochii într-un final. La asta, greu ne-ar fi putut întrece cineva.

Totul s-a desfăşurat foarte repede. Foarte simplu. Eu şi Paul am pornit de la principiul că pierduserăm deja destul timp. Ne petreceam împreună aproape toate zilele de optsprezece ani încoace. Nici nu concepeam să mai petrecem o singură noapte separați. Însă voiam s-o luăm de la zero. În câteva săptămâni, am vândut la preț scăzut apartamentul lui şi casa mea şi ne-am găsit un cămin al nostru, unde Noé avea spațiul lui. În seara când ne-am mutat, Paul m-a cerut de soție, am spus „da", fără să stau pe gânduri o secundă. Căsătoria noastră a avut loc într-o zi din cursul săptămânii, în cea mai strictă intimitate, fiind prezenți Noé, familia mea, a lui Paul sau ce mai rămăsese din ea, copiii lui care, vrând să se convingă cu ochii lor, se deplasaseră şi ei măcar o dată la Rouen, şi colaboratorii noştri de la Hangar. Îmi inventasem o nouă viață. Cunoşteam în sfârşit fericirea, fericirea liniştită, simplă. Îmi trăiam din plin iubirea pentru Paul, Noé avea şi el locul său şi era senin, împăcat cu el însuşi.

Această familie, pe care de fapt o formaserăm dintotdeauna fără să ne dăm seama, înflorea. Chiar şi în rutina cotidianului, înfloream cu toții! Exista totuşi şi o problemă: fiul meu uitase complet de studii, tocmai el care mereu fusese serios şi silitor la învățătură. Îl suspectam că profita de beatitudinea amoroasă a mamei lui. După şase luni în care abia trecuse pe la facultate, Noé a încetat să mă mai ducă cu preşul.

— Vrei să-mi spui odată ce pui la cale? m-am enervat într-o seară când ne onora cu prezența.

Paul mi-a făcut semn s-o las mai moale, însă l-am ignorat.

— Îți închipui că nu mi-am dat seama? Coci tu ceva! Şi mi-aş dori să ne spui şi nouă despre ce e vorba. Cer prea mult?

— Nu... Aş vrea să muncesc în paralel cu studiile.

— Foarte bine, în ce specialitate?

Soțul meu — îmi plăcea la nebunie să-l numesc aşa în sinea mea — a rânjit. Nu mă îndoiam că el era la curent cu tot. Sigur Noé discutase cu el înainte de a mă înfrunta pe mine.

— Comerț internațional. Şi o să încep imediat să lucrez la o firmă care să mă instruiască până în septembrie anul viitor.

— Te-ai gândit la toate! Unde...

M-am oprit, înțelegând ce urma să mă anunțe.

— O să te instalezi la Saint-Malo ca să lucrezi la Cele Patru Colțuri ale Lumii, cu Nicolas?

— Da, şi o să...

Avea un aer jenat şi a căutat un semn de încurajare la Paul. El i l-a oferit, apoi a pus mâna pe coapsa mea, într-un gest încurajator. Asta nu prevestea nimic bun.

— O să ce, Noé?

— O să mă ocup de legătura dintre Saint-Malo şi India...

M-am crispat imediat.

— Pleci în India? Nu se poate! m-am enervat. Trebuie să fie o chestie care ține de gene!

Noé s-a uitat la mine descumpănit.

— O să locuieşti în India? am insistat, nevenindu-mi a crede că istoria se repeta.

Fiul meu a oftat exasperat.

— Nu, mamă, o să mă duc des acolo, atâta tot. În restul timpului o să stau la Saint-Malo, la trei ore de aici.

— Dar cu ce-o să te ocupi mai exact?

Îşi făcea de lucru cu mâinile ca să nu se uite la mine.

— Pa... Pacôme are nevoie de ajutor.

I-am aruncat o privire lui Paul care mi-a zâmbit blând. Aveam deci confirmarea. Noé îi mărturisise tot, Paul nu părea surprins. Fiul meu încă se temea să rostească acest nume, ca să nu-mi provoace mie cine ştie ce reacție şi să nu-l ofenseze pe Paul. Însă se îngrijora degeaba. În privința lui Pacôme, sentimentele mele şi ale lui Paul erau clare; el nu manifesta niciun fel de gelozie pentru ceea ce eu trăisem cu Pacôme, cât despre mine, eu nu aveam să-l uit niciodată, cu siguranță, dar păstram față de el doar o afecțiune tandră şi plină de emoție. Nu mă temeam nici să-l revăd, nici să-l aud. Ştiam că asta avea să se întâmple într-o bună zi. O singură întrebare rămânea: de ce plecase fără să mai revină vreodată? Nimeni nu cunoştea răspunsul şi cred că toată lumea încă se mira că Pacôme întorsese definitiv spatele oraşului Saint-Malo. Însă pentru mine lucrurile nu se schimbau cu nimic. Eram atât de fericită cu Paul, încât orice bărbat, chiar şi Pacôme, pălea prin comparație cu el. În toată povestea de acum mă îndurera doar îndepărtarea fizică de Noé. Dar, dacă era să fiu cinstită, mă aşteptasem la aşa ceva, îl simţeam arzând de dorul aventurii, al călătoriilor, era ca o chemare. Însă nu mă puteam opri să-mi joc toate atuurile de mamă.

— Nu poate să se ducă Nicolas acolo? În fond, e firma lui!

— Mamă, vreau să călătoresc şi eu! Ideea a fost a mea.

Mi-am dat ochii peste cap cu amărăciune. Probabil că-mi scăpase ceva esenţial pe undeva.

— Măcar sunteţi de acord amândoi. Nici Nicolas n-a sărit în sus de bucurie la gândul că voi pleca.

Am zâmbit răutăcios. Paul îşi stăpânea tot mai greu râsul.

— Şi Pacôme ce crede despre asta?

— O să mă primească, o să mă instruiască, dar vrea acordul vostru, al amândurora.

— Îmi imaginez că tatăl tău o să cedeze! Şi toată răspunderea rămâne pe umerii mei acum! Mersi frumos!

M-am ridicat şi am deschis fereastra ca să-mi fumez singura ţigară a zilei. Îi auzeam mormăind în spatele meu. Mi-l închipuiam pe Paul cum îl linişteşte pe Noé aruncându-i priviri complice şi spunându-i că o să mă calmez. Noé a venit lângă mine la fereastră când stingeam ţigara şi mi-a oferit zâmbetul lui seducător.

— O să vin des acasă, promit!

— Ai peste optsprezece ani, Noé, nu-ţi trebuie permisiunea mea, am cedat într-un final.

El s-a repezit la mine şi m-a cuprins în braţele lui mari şoptindu-mi la ureche că mă iubeşte.

18

Mă bucuram că cedasem, Noé se simțea ca peștele în apă de mai bine de un an. Cam o lună din două și-o petrecea în India. De fiecare dată când se întorcea în Franța, constatam cât se maturizase, devenea adult; acolo se confrunta cu cele mai mari dificultăți pe care le presupuneau reușita, puterea și afacerile. Era complet independent de-acum și-și trăia tinerețea după cum voia. Fără să se lipsească totuși de sfaturile și părerile lui Paul sau de ale mele. Îndată ce ajungea pe același continent cu noi, venea să-și petreacă acasă câte un weekend. Nu renunțase la ritualurile lui: făcea escaladă cu soțul meu și gătea burrito cu mine, înainte de a ieși în oraș cu prietenii din liceu, cu care păstrase legătura. Îl suspectam că o vizita regulat pe Justine și îmi propusesem să-l iau deoparte la o discuție între patru ochi și să-i cer să nu se mai joace cu inima ei.

Își împărțea viața la Saint-Malo între ucenicia alături de Nicolas și timpul petrecut cu fratele și surorile lui, de care se ocupa mult. Tot nu i se adresa lui Nicolas cu „tată", și probabil că nu avea s-o facă niciodată, de altfel nimeni nu i-o cerea, dar își găsise locul lângă ei. Noi și

Nicolas făceam în aşa fel încât să intrăm cât mai puţin posibil în contact. Într-un an şi jumătate, eu şi Paul nu călcaserăm prin Saint-Malo, iar maluinii nu veniseră niciodată în Normandia. Noé avea trei vieţi: Saint-Malo, Rouen şi India. Fiecare cu locul şi rolul ei.

Într-o dimineaţă am primit un mesaj ciudat de la Nicolas care voia să ştie dacă eu şi soţul meu eram la birou, avea drum prin zonă şi trebuia să ne vorbească despre ceva important. M-am alarmat imediat. Paul, vrând să mă liniştească, m-a pregătit sufleteşte pentru o viitoare călătorie a lui Noé, de astă dată întinsă pe mai multe luni. Totuşi, când Nicolas a apărut şi i-am descoperit mutra de înmormântare, am ştiut că era ceva grav la mijloc. Braţele lui Paul m-au cuprins de mijloc înainte să mi se înmoaie picioarele.

— A păţit Noé ceva?

— Nu, mi-a răspuns Nicolas la capătul puterilor. Aveţi un loc liniştit în care să putem sta de vorbă?

Fără să-mi dea drumul, Paul i-a făcut semn să ne urmeze în biroul lui. Nicolas s-a trântit într-un fotoliu şi şi-a sprijinit capul în mâini. Chiar dacă păstram distanţa între noi, puteam afirma că făcuserăm pace şi că eram în relaţii bune. Nu-mi plăcea să-l văd într-o stare atât de proastă.

— Nicolas, care-i problema? l-am întrebat cu blândeţe.

A ridicat privirea mohorâtă spre mine.

— Îmi pare atât de rău, Reine! Meritaţi amândoi să fiţi liniştiţi, dar nu pot să-ţi ascund ce se întâmplă şi să nu-ţi cer un serviciu, pe care aş fi preferat să nu trebuiască niciodată să ţi-l cer...

— Mă sperii! Despre ce vorbeşti?

— Despre Pacôme...

— Ce e cu Pacôme?

— S-a întors la Saint-Malo...

— Şi asta e o problemă? Nu văd de ce m-ar privi pe mine întoarcerea lui.

— Reine, s-a întors ca să... La dracu'!

A sărit în picioare, s-a învârtit nervos prin încăpere, cu pumnii strânşi, gata să lovească într-un perete.

— Nu reuşesc s-o spun...

Glasul i s-a frânt, inima mi s-a oprit o clipă la vederea suferinţei lui.

— Pacôme s-a întors... ca să moară.

Am simţit o aşa ameţeală, încât am crezut că o să leşin. L-am văzut parcă aievea mergând pe zidul de apărare, puternic în bătaia vântului, cu înfăţişarea lui de căpitan, cu ochii cenuşii şi zâmbetul îmbufnat.

— Nu! m-am înfuriat. Nu e adevărat!

Ştiam că Nicolas nu m-ar minţi pe o temă atât de gravă. Dar refuzam să cred.

— Cum e posibil? Şi dacă-i bolnav, o să se trateze şi o să se vindece!

Nicolas a clătinat din cap, obosit, disperat, resemnat.

— Nu , Reine, e prea târziu. A refuzat tratamentul acum mult timp. Am descoperit în sfârşit de ce a plecat acum un an şi jumătate şi nu s-a mai întors. Mai ţii minte? Nimeni nu înţelegea de ce...

Pacôme aflase că era bolnav chiar înaintea primei lui întâlniri neprevăzute cu Noé la Rouen. Îmi aminteam de vizita lui surpriză. De ce venise la urma urmei? Mi-ar fi spus adevărul dacă nu l-ar fi întâlnit pe Noé? Radia de sănătate în amintirile mele. Însă, dacă mă gândeam mai bine, nu doar o dată — în seara aceea, mai ales — observasem că părea extenuat, că era tras la faţă. Ce tărie de caracter trebuie să fi avut ca să-şi ascundă simptomele! Nu spusese nimic, nu voise să fie o sursă de nelinişte pentru nimeni. Se mulţumise cu un tratament minim, alesese să trăiască intens, refuzând să fie umplut de tuburi, operat, diminuat, îndopat cu o tonă de medicamente care nu ar fi folosit la nimic, întrucât cunoştea sfârşitul. La ce bun să câştige puţin timp în faţa bolii, dacă asta însemna să renunţe la existenţa lui dintotdeauna? În consecinţă, după ce avusese certitudinea că lucrurile se rezolvau şi că o să ne descurcăm cu toţii, a plecat pentru a ne lăsa să ne reunim şi pentru a ne proteja de inevitabila lui decădere fizică.

— Cum ai descoperit, până la urmă?

A zâmbit cu tristeţe.

— Intram adesea pe Skype pentru copii şi pentru chestiuni legate de firmă. În ultima vreme, mi s-a părut că arăta ciudat, anormal de obosit. I-am mărturisit îngrijorarea mea şi atunci a cedat. Voia să revadă Saint-Malo şi meterezele pentru ultima dată, aşa că mi-a spus totul direct, în stilul lui.

A râs, în ciuda lacrimilor.

— Starea i s-a agravat brusc. Era prea slăbit să călătorească singur. Am fost după el şi l-am adus acasă acum două zile.

Noé locuia în apartamentul lui Pacôme.

— Şi Noé?

— Îl veghează zi şi noapte de patruzeci şi opt de ore.

Iată de ce fiul meu nu dădea nicio veste. M-am panicat gândindu-mă prin ce trecea Noé, nu voiam ca el să sufere. Nicolas a priceput imediat de ce eram agitată.

— Fiul nostru e puternic, dacă l-ai vedea... Suportă, acceptă, îl ascultă pe Pacôme care încearcă să-l liniştească.

Au petrecut amândoi momente minunate în India, fără ca Pacôme să arate vreun semn de slăbiciune. Nu ştiu cum a făcut, probabil că i-a trebuit destulă energie ca să-l protejeze pe Noé... Îşi consumă ultimele forţe pentru el, stau de vorbă mult. Au sufletul împăcat amândoi. E impresionant, jur!

Puteam să resimt fizic suferinţa fiului meu. Viaţa se înverşuna împotriva lui.

— Dar...

S-a oprit ca să i se adreseze lui Paul:

— Sunt dezolat că vă forţez la aşa ceva, dar avem nevoie de Reine.

Paul m-a strâns de mână şi i-a zâmbit liniştitor lui Nicolas. Începeam să înţeleg unde voia Nicolas să ajungă.

— Nu! Nicolas, nu poţi să-mi ceri un asemenea lucru, am replicat panicată.

— Te rog. El n-a cerut nimic, jur, nimic. Este sincer fericit pentru voi doi. N-ar îndrăzni în veci să se amestece între voi, mai ales acum. Cred că, dacă ar mai avea putere şi ar afla că am venit la tine, m-ar strânge de gât. Dar simt că are nevoie să te revadă pentru ultima dată. N-a mai avut altă femeie după tine, mi-a mărturisit chiar el. De multe ori se agită în somn, asta îl slăbeşte şi mai rău. Numele tău apare mereu în visele lui. Eşti ultima cu care n-a făcut pace...

— Nu m-a făcut destul să plâng? am suspinat.

M-am uitat la Paul, distrusă că el asista la o asemenea scenă. Paul m-a mângâiat pe obraz.

— Iartă-mă, i-am zis.

— Să nu-ţi ascunzi niciodată durerea de mine. Nu uita ce a făcut Pacôme. S-a sacrificat pentru noi. Trebuie să te duci... Şi ştiu că mă iubeşti.

— Mai mult decât orice, i-am şoptit.

M-am întors spre Nicolas, care mă implora din priviri să fac un pas spre Pacôme.

— Reine, te rog! a insistat el.

Cuvintele mi-au ieşit din gură aproape fără voia mea.

— O să vin.

— Mulţumesc... Să nu amâni... Nu mai are mult...

Paul şi cu mine am pornit la drum a doua zi dimineaţă. Nu mă puteam lipsi de prezenţa lui. Formam un cuplu, eram o singură fiinţă. Refuzam să fie exclus sub pretextul a ceea ce trăisem eu cu Pacôme. Şi Noé, cu care vorbisem seara la telefon şi care făcea faţă situaţiei, aşa cum îmi spusese Nicolas, ceruse ca Paul să vină.

Vremea era exact la fel ca prima dată când trecusem de porţile din Intra-Muros. Vântul îmi biciuia faţa şi nori ameninţători umpleau cerul albastru. Furtuna. Semănând cu ce se petrecea într-un apartament cuibărit deasupra meterezelor, semănând cu furtuna ce-mi zbuciuma inima. În faţa clădirii unde locuia Pacôme, Paul s-a dat un pas înapoi. L-am prins de mână.

— Ce faci?

— Eu nu intru.

M-am uitat la el brusc panicată. M-a tras lângă el.

— În ciuda respectului cu care mă tratează toată lumea, locul meu nu-i aici. Trebuie să te duci singură, fără mine, în amintirea a ceea ce aţi trăit împreună. El ţi-a făcut un mare bine, să nu uiţi niciodată, pentru mine nu-i o problemă. Ai o ultimă ocazie să-i vorbeşti. Să n-ai regrete. Ştiu că mă iubeşti şi că nimic nu se va schimba între noi.

— Am nevoie de tine.

— Nu, te înşeli, o să te descurci minunat cu el, te cunosc mai bine decât oricine. O să-mi țin telefonul la îndemână.

Am urcat scările fără să mă grăbesc, respirând calm. Probabil că Paul îl anunțase pe Noé, care mi-a deschis uşa înainte să ajung la etaj. Fiul meu îmbătrânise: avea ochii încercănați şi roşii, fața marcată de oboseală. L-am strâns în brațe, apoi el m-a condus înăuntru; cu chitarele şi boxele lui, Noé îşi pusese uşor amprenta asupra apartamentului. Ochii mi s-au oprit imediat la măsuța de la fereastră. Totul era exact ca în amintirile mele, la locul său. Mi-am înghițit nodul din gât, n-aveam dreptul să clachez acum. Nicolas s-a repezit la mine, l-am strâns în brațe cu putere, căutând să-l consolez.

— Unde sunt copiii? l-am întrebat.

Îmi dădeam seama că suna ridicol, dar ştiam că Nicolas simte o oarecare alinare când se gândeşte la copii.

— La şcoală.

— O să-i iau eu şi o să-i duc la baby-sitter, m-a informat Noé.

— Unde este Héloïse?

Cu un gest din cap, Nicolas a arătat spre camera lui Pacôme. Héloïse tocmai ieşea de-acolo. Umerii i s-au relaxat când m-a văzut. S-a refugiat în brațele mele, uşurată. Ne adunaserăm toți. Era liniştitor să ne vedem împreună în pofida diferențelor, a vechilor înfruntări, a vieților noastre separate.

— Îți jur, Reine, îmi urăsc meseria pentru prima dată. De ce sunt asistentă medicală? Poți să-mi spui?

Nu îndrăzneam să-mi imaginez calvarul pe care-l îndura îngrijindu-l pe Pacôme în ultimele lui ceasuri.

— Unde e Paul? a întrebat brusc Noé pe un ton arțăgos.
— N-a vrut să urce.
— Mă duc după el!
— Lasă-l, Noé, are motivele lui.
— Şi eu le am pe ale mele!
Era roşu la față de furie, avea privirea întunecată, își strângea şi desfăcea pumnii compulsiv.
— Calmează-te, Noé, i-am zis cât mai blând posibil.
— Am trei tați, mamă!
Era un strigăt din adâncul inimii, şi Noé părea la fel de surprins ca noi toți cei prezenți. Mi s-a tăiat respirația. Apoi corpul i s-a destins de parcă s-ar fi eliberat de ceva pe care-l ținea în el de luni întregi, dacă nu ani.
— Sunt pe cale să-l pierd pe unul, am nevoie de ceilalți doi.
Furia punea din nou stăpânire pe el.
— Vreau să-i am pe toți trei în jurul meu măcar o dată, o singură dată! Cer prea mult? a urlat.
Tăcerea s-a aşternut grea în apartament. Nicolas s-a apropiat cu grijă de el.
— Haide, mergem amândoi să-l căutăm.

Peste nici un sfert de oră, s-au întors cu Paul. Când a trecut pe lângă mine, Paul m-a sărutat pe păr. Noé, care veghea asupra lui Pacôme ca un câine de pază, le-a cerut să aştepte câteva minute. Apoi i-a chemat, iar ei au dispărut pe hol. Eu şi Héloïse ne-am aşezat pe canapea şi ne-am luat de mână.
— Ce fac copiii? am întrebat-o.
— Au venit ieri să-l vadă, el m-a rugat să-l îndop cu medicamente ca să nu-i sperie şi să reziste în fața lor pentru ultima dată. A făcut-o pe clovnul, ca înainte. Inès

aproape că nici nu s-a prins. Cu Adam şi Salomé e altă poveste, dar oricum au intrat în jocul lui.

— El cum e?

A oftat din rărunchi.

— E de la o oră la alta mai rău...

Mi-am ascuns fața în mâini de teamă să nu clachez, să nu izbucnesc în hohote de plâns. Eram îngrozită. Héloïse a pus mâna pe umărul meu, încercând să mă îmbărbăteze.

— Când o să-l vezi... prefer să te previn, rişti să ai un şoc. Nu mai e Pacôme pe care l-ai cunoscut.

M-a strâns mai tare de mână.

— Mi-e teamă, i-am mărturisit.

— O să te ajute el, nu-ți face griji.

S-au auzit paşi pe parchet ceva mai departe de noi. M-am ținut tare.

— Mamă, m-a strigat Noé cu toată blândețea.

Ochii mei s-au ațintit într-ai lui, părea senin.

— Te aşteaptă...

M-am ridicat şi am observat absența lui Paul. Nu ieşise din camera lui Pacôme. Câteva minute mai târziu, soțul meu a apărut în salon, adus de spate, şi s-a îndreptat imediat spre mine.

— Să nu te gândeşti la mine când o să fii cu el.

M-am încruntat, neînțelegând unde voia să ajungă.

— Nu te grăbi! Stai cu el cât simțiți nevoia. Eu o să merg cu Noé să ia copiii şi să-i ducă acasă, după aceea mă întorc.

M-a sărutat uşor fără să se sinchisească de cei din jur, de locul unde ne aflam şi mi-a spus încă o dată că mă iubeşte. Nici nu m-a lăsat să-i răspund:

— Ştiu, mi-a zis făcându-mi cu ochiul.

L-a luat pe Noé de umeri şi l-a tras spre ieşire. M-am pomenit faţă în faţă cu Nicolas şi cu Héloïse care, strânşi unul într-altul, se uitau după Paul. Nicolas a întors ochii spre mine siderat.

— Paul… e cu adevărat… extraordinar…

— Nu-mi spui nimic nou, i-am răspuns zâmbind trist.

I-am sărutat pe amândoi pe obraz, apoi, ciudat de calmă, am pornit spre camera lui Pacôme. Am inspirat adânc şi am împins uşa. Era destul de întunecat înăuntru, perdelele erau trase, fapt ce m-a deranjat. Mi-am îndreptat privirea spre pat, unde Pacôme stătea întins, cu faţa spre fereastră.

— Am crezut că n-o să vii niciodată să-mi spui sfârşitul poveştii, mi-a zis.

Vocea îi era aceeaşi, blândă şi gravă, în ciuda oboselii evidente. M-am apropiat fără să fac zgomot. M-am aşezat, dar încă nu îndrăzneam să mă uit la acest bărbat pe care-l iubisem atât. După lungi momente de tăcere, m-am răsucit spre el. Mi-a zâmbit. Nu am văzut nimic care să-mi provoace un şoc, cum mă prevenise Héloïse. L-am văzut doar pe el. Bineînţeles, avea trăsăturile emaciate şi tenul mai palid, dar era la fel de chipeş, ochii cenuşii îi scânteiau.

— Îţi mulţumesc că m-ai ascultat, a murmurat. Îţi mulţumesc că nu m-ai aşteptat. Şi-ţi mulţumesc că l-ai lăsat pe Noé să vină la mine în India…

M-am stăpânit ca să-mi alung lacrimile.

— Sunt fericit, nu poţi să-ţi închipui cât de fericit sunt.

A continuat să-mi zâmbească, a ridicat mâna slăbită spre faţa mea şi m-a mângâiat blând, iar eu mi-am sprijinit obrazul de palma lui.

— Dacă aş fi putut alege eu pentru tine, nu m-aş fi gândit la altcineva decât la Paul. Simţeam că vă iubiţi, sunt chestii care nu se explică, aşa şi-n cazul vostru. Şi totuşi, nu v-am văzut decât de două ori împreună...

S-a întrerupt, mâna i-a căzut, faţa i s-a crispat de durere, părea să lupte ca să respire. M-am aplecat spre el, brusc speriată.

— Nu te obosi să vorbeşti, te rog.

A reuşit să-mi arunce o privire amuzată.

— Curând o să am tot timpul din lume să mă odihnesc, aşa că...

Am clătinat din cap cu furie, nu era corect ca el să plece aşa, nu putea s-o facă, n-avea dreptul.

— Nu spune...

— Reine, te rog, nu tu...

Energia vieţii i s-a reaprins o clipă în ochi, n-ar fi acceptat niciodată mila mea.

— Te-am iubit, Pacôme. Ştii că te-am iubit cu pasiune? Am fost atât de supărată pe tine că m-ai părăsit...

— Ştiu... M-ai iertat?

Am încuviinţat din cap.

— Vezi tu, nu există hazard... Bănuiam că Paul nu era străin de întâlnirea ta cu Nicolas. Am vorbit amândoi despre asta adineauri. Sunt oarecum mândru că mi-am dat seama înaintea ta...

Am reuşit să râd.

— Este foarte, foarte puternic, şi-a asumat riscul de a te pierde pe veci... Astăzi are suficientă nobleţe sufletească pentru a mi-o lăsa puţin pe soţia lui... Eu unul nu cred că aş fi avut...

Lacrimile îmi curgeau tăcute pe obraji. El mi-a zâmbit trist.

— În acelaşi timp, nu prea pot să-i fac vreun mare rău.

— Aiurea, am replicat.

A reuşit nu fără dificultate să-mi ofere zâmbetul lui irezistibil şi îmbufnat. S-a străduit să respire adânc şi, când s-a simţit un pic mai bine, a redevenit serios.

— Reine..., vreau să aud din gura ta că eşti fericită...

— E cam complicat să-ţi vorbesc de fericirea mea acum... când...

— Eu am plecat deja...

— Poate, dar câtă vreme respirai undeva în lume, îţi duceai viaţa de marinar fără corabie. Îmi plăcea să cred că erai fericit...

— Am fost şi sunt şi în acest moment. Nu plec singur, am în jur toate persoanele pe care le iubesc. Nicolas, Héloïse, copiii lor, fiul pe care aş fi visat să-l am, femeia pe care o iubesc, care este iubită de un bărbat cumsecade, pe care-l respect profund şi care o face să fie şi mai frumoasă decât înainte. N-am nevoie de nimic în plus...

A ridicat din nou mâna spre faţa mea, şi-a plimbat degetul pe buzele mele.

— Plec fără să-mi fac griji pentru nimeni. Sunt împăcat, Reine, dacă şi tu eşti...

Eram hipnotizată de privirea lui. Eram împăcată? În adâncul inimii, simţisem mereu un dram de vinovăţie faţă de Pacôme. Crezusem că n-o să-mi revin niciodată după plecarea lui, dacă mi-ar fi dat ocazia atunci, l-aş fi implorat să rămână cu mine, deşi iubirea pe care i-o purtam era pasională şi efemeră. Fiindcă el avea dreptate, chiar de n-ar fi fost bolnav, n-aş fi suportat o dragoste pe bucăţi, dragostea noastră nu era sortită să înflorească. Ne fusese necesară amândurora — mie, ca să-mi înfrunt supliciul, lui, ca să părăsească viața în pace. M-am aplecat şi mi-am lipit gura de gura lui.

— Sunt, Pacôme, am rostit fără să mă îndepărtez de el.

— E atât de bine să respir cu tine, a şoptit el.

L-am sărutat încă o dată. Apoi m-am îndreptat de spate şi m-am cufundat în ochii lui cenuşii.

— O să pleci ca un monsieur din Saint-Malo...

Ochii i s-au umplut de lacrimi, a înțeles că citisem cartea lui, aşa cum îşi dorise.

— Ai nevoie să iei aer, refuz să fii închis.

M-am ridicat, am tras perdelele şi am deschis larg ferestrele. Vântul a năvălit în cameră. Am luat nişte pături şi nişte perne de pe un fotoliu dintr-un colț şi le-am pus pe pat.

— Agață-te de mine, i-am cerut.

Şi-a pus brațele în jurul gâtului meu, eu mi-am încrucişat brațele la spatele lui şi l-am ridicat sprijinindu-l de perne.

— Vezi marea?

— Da, mi-a răspuns cu un oftat.

M-am întins lângă el şi l-am acoperit cu păturile. Mi-am sprijinit capul de umărul lui. A reuşit să mă strângă lângă el. Am schimbat o privire lungă, nu mai era nevoie de cuvinte între noi. Mi-a dăruit zâmbetul lui îmbufnat şi a făcut un ultim efort să mă sărute pe buze. A întors fața spre fereastră şi am simțit presiunea brațului său în jurul meu. Apoi a fost înghițit de mare.

Epilog

Eram pe Grand-Bé, înconjurați de un nimb de seninătate. Respiram din adâncul plămânilor. Nicolas decisese să sfideze legea şi să împrăştie cenuşa lui Pacôme în acest loc. Noé a cerut să spună câteva vorbe. Nimeni nu s-a gândit să-l oprească. Înainte să ia cuvântul, m-a privit tandru, zâmbind trist. Paul m-a strâns mai tare lângă el. Nicolas a pus mâna încurajator pe ceafa fiului său.

— Pacôme, nu credeam că m-ai luat în serios când te-am întrebat, în India, dacă aş putea într-o zi să vă am pe toți în jurul meu, Héloïse, frățiorul meu, surioarele mele, mama...

S-a întrerupt şi mi-a căutat privirea. M-am stăpânit ca să-i pot zâmbi printre lacrimi. El a oftat, s-a străduit să-şi adune ultimele puteri şi a continuat:

— Nicolas, Paul şi tu..., cei trei tați ai mei... Mi-ai spus că ar fi un sfârşit de poveste frumos şi că mama ar înțelege...

Paul m-a sărutat pe păr, îl simțeam tremurând de emoție. Noé nu-i lăsase altă cale, îi impusese acest rol şi el era profund tulburat. Ocupa de-acum locul unui tată, un loc la care visase întotdeauna, dar nu-şi îngăduise niciodată să-l ocupe.

— Îmi imaginam mai degrabă o petrecere, un tur pe metereze... în orice caz, nu să te privesc dispărând în vânt... Însă ai reuşit. Ne-am adunat cu toţii pentru prima dată. Nu ştiu ce gândesc ei, toţi cei care te iubesc, însă eu cred că avem norocul de a ne fi găsit unii pe alţii. Formăm o familie, bizară, deloc normală, dar ne iubim... şi trebuie să fim împreună...

Mă uitam la fiul meu, mândru, puternic, suferind. Toate regretele se risipeau. Pentru prima dată, nu mai aveam niciunul. Alegerile proaste pe care le făcusem cu atâţia ani în urmă trebuiau să mă conducă la această zi. Trebuiau să ne poarte spre această fâşie de pământ aflată deasupra mării ca să-i spunem adio lui Pacôme şi să conştientizăm ceea ce aveam. Nu mi-aş fi rescris povestea. Pentru nimic în lume. Era a mea. Era a noastră...

Mulțumiri

Îți mulțumesc, Maïté, pentru prezența ta, pentru că m-ai ascultat, pentru modul în care te-ai lăsat purtată de Reine, Noé, Paul și Pacôme în decursul lecturii și al tête-à-tête-urilor noastre... Nu mă pot lipsi de ochiul tău de editor binevoitor pentru a depăși dificultățile.

Mulțumesc Editurii Michel Lafon, întregii echipe, Michel, Elsa.. pentru încrederea voastră, pentru entuziasmul vostru, pentru dorința de a-mi sprijini romanele unul după altul. Bineînțeles, e vorba de muncă, dar mă gândesc și la toate celelalte momente încărcate de zâmbete, de complicitate, care dăinuie dincolo de cărți.

Le mulțumesc lui Pauline, lui Gwen, lui Sess, lui Maïté, lui Frédéric, lui Mathieu, pentru fabuloasa copertă și pentru cele două zile petrecute în ploaie, în vânt, în soare. Mie și lui Guillaume ne-a plăcut foarte mult să vă conducem pe metereze, spre sparge-valuri, în Intra-Muros.

Le mulțumesc părinților mei pentru toate tururile de duminica după-amiază pe metereze, când eram doar o fetiță și pentru că mi-au pus în mână *Ces messieurs de Saint-Malo*. Așa am aflat de Carbec, Clacla și de unchiul

Frédéric. Cine ar fi crezut că peste ani, după ce-l voi fi citit de încă vreo zece ori, o să scriu un roman sub influența acestei minunate povești.

Vă mulțumesc vouă, prieteni, că sunteți aici... Vouă, cărora nu v-am spus că scriam un roman la Rouen, la noi acasă... Vor exista mereu concerte la 106, pahare pe chei și restaurante în oraș.

Îți mulțumesc Ție... Tu, care mi-ai spus: „Scrie despre al tău Saint-Malo, scrie cu domnii din Saint-Malo. E timpul, poți s-o faci..." Tu, care mi-ai pus căștile pe urechi și care mi-ai spus: „E Noé..." Tu, care știai... Tu, care ești postamentul meu, evidența mea...

Îți mulțumesc dragul meu Simon, îți mulțumesc dragul meu Rémi, fiii mei... Voi nu vă dați seama, dar fără voi n-aș scrie. Voi sunteți, împreună cu tatăl vostru, forța și curajul meu, cele mai mari bucurii ale mele.

Îți mulțumesc, Reine... că ai pătruns în mintea mea... Îți mulțumesc pentru tot ce-am trăi amândouă alături... O să-mi lipsești teribil... Pacôme, oriunde ai fi, n-o să te uit niciodată, iartă-mă că mi-a luat atât de mult să accept inevitabilul, despre care tu îmi tot șopteai la ureche. Paul, îți mulțumesc pentru răbdarea ta, îți mulțumesc că nu mi-ai spus nimic precis, îți mulțumesc că m-ai lăsat să vin spre tine... Noé, îți mulțumesc pentru povestea ta...

Editura Michel Lafon mulțumește orașului Saint-Malo și Oficiului de Turism Comunitar Saint-Malo Baie du Mont-Saint-Michel pentru primirea făcută cu ocazia ședinței foto pentru copertă.

Playlist

Dat fiind că nu scriu decât pe muzică, împărtăşesc cu voi playlistul de la *Ceea ce nu poate fi ascuns*, care urmăreşte cronologia romanului. Prima piesă: prima scenă. Ultimele două piese: ultimele două scene...

Să nu vă mire dacă descoperiți dubluri. Unele titluri mi-au fost indispensabile în mai multe rânduri.

Le puteți găsi pe Spotify şi pe Deezer.

Profit de aceste rânduri pentru a le mulțumi din adâncul inimii tuturor acestor mari artişti care, fără să ştie, mă inspiră, ne susțin şi ne însoțesc pe mine şi personajele mele.

„The Limit To Your Love“, Feist, *The Reminder*

„Long Way Home“, The Slow Show, *White Water*

„The Story Of the Impossible“, Peter von Poehl, *Going To Where The Tea-Trees Are*

„The Sailor Song“, Autoheart, *Punch*

„52 Hertz Whale (Outro)“, No Land, *Aramizda*

„Miss You“, ComixXx, *The Great Escape*

„The Best Thing“, Charlotte Adigéry, *The Best Thing*

„Good Thing“, Serafyn, *Foam*
„Cornflake Girl“, Tori Amos, *Under the Pink*
„This Is How I Let You Down“, The Franklin Electric, *This Is How I Let You Down*
„Fu-Gee-La“, Fugees, *The Score*
„Coming Home“, Colour of Rice, *Oh Darling*
„You're Somebody Else“, Flora Cash, *You're Somebody Else*
„No Surprises“, Radiohead, *OK Computer*
„Chimera“, Tample, *Summer Light*
„Caterpillar“, Mountains of the Moon, *Caterpillar*
„True Love“, Balthazar, *Thin Walls*
„Promise Not To Fall“, Human Touch, *13 Reasons Why* (saison 2)
„Use Somebody“, Kings of Leon, *Only By The Night*
„Closer“, Kings of Leon, *Only By The Night*
„Cold Desert“, Kings of Leon, *Only By The Night*
„Chasing Cars“, Snow Patrol, *Eyes Open*
„Laura“, Bat for Lashes, *The Haunted Man*
„How Dare You!“, Steaming Satellites, *The Moustache Mozart Affaire*
„Poison & Wine“, The Civil Wars, *Barton Hollow*
„Lost Me“, Mary Komasa, *Mary Komasa*
„Empty Note“, Ghostly Kisses, *What You See*
„Ocean's Brawl“, Cœur de Pirate, *Roses* (Deluxe edition)
„Porz Goret“, Yann Tiersen, *EUSA*
„Popular“, Nada Surf, *High/Low*
„Twenty Years“, Placebo, *Twenty Years*
„Secret“, The Gardener & The Tree, *69591, LAXÅ*
„Song #6“, Placebo, *Life's What You Make It*

„Promises", The Cranberries, *Bury The Hatchet* (The complete sessions 1998–1999)

„Animal Instinct", The Cranberries, *Bury The Hatchet* (The complete sessions 1998–1999)

„Aerodynamic", Daft Punk, *Discovery*

„That Look You Give That Guy", Eels, *Hombre Lobo*

„Ironic", Alanis Morissette, *Jagged Little Pill* (2015 Remastered)

„I Swore", Denai Moore, *I Swore*

„It's Love", Get Well Soon, *LOVE*

„Fans", Kings Of Leon, *Because Of the Times*

„Lungs", I Have a Tribe, *No Countries*

„Lovely", Billie Eilish (with Khalid), *13 Reasons Why* (saison 2)

„Most Anything", Sage, *Paint Myself*

„A 1000 Times", Hamilton Leithauser + Rostam, *I Had a Dream That You Were Mine*

„Inside of Love", Nada Surf, *Let Go*

„Chemicals", Mud Flow, *A Life On Standby*

„The Night We Met", Lord Huron, *Strange Trails*

„La nuit je mens", Alain Bashung, *Fantaisie militaire*

„Electric Blue", The Cranberries, *To the Faithful Departed* (The complete sessions 1996–1997) „Stonemilker (Live)", Björk, *Vulnicura Live*

„Forever For Now", LP, *Forever For Now* (Deluxe edition)

„Windows", Angel Olsen, *Burn Your Fire For No Witness* (Deluxe edition)

„Don't Say Hi If You Don't Have Time For a Nice Goodbye", Noiserv, *Everything Should Be Perfect If No One's There*

„Run“, Snow Patrol, *Final Straw*
„Pillar of Truth“, Lucy Dacus, *Historian*
„What's a Girl To Do?“, Bat for Lashes, *Fur and Gold*
„The Lakes“, Rhodes, *Turning Back Around* (EP)
„Fake Plastic Trees“, Radiohead, *The Bends*
„Joga“, Björk, *Joga*
„Bacherolette“, Björk, *Homogenic*
„Descent“, Lawless, *Lawless*
„I Love You (Acoustic)“, Woodkid, *Run Boy Run*
„Roads“, Portishead, *Dummy* (non UK version)
„The Trellis“, Nick Mulvey, *First Mind*
„Breathe Underwater (Slow)“, Placebo, *A Place For Us To Dream*
„Every You Every Me“, Placebo, *MTV Unplugged* (Live)
„Meds“, Placebo, *MTV Unplugged* (Live)
„The Light“, The Album Leaf, *Into the Blue Again*
„Meet Me There“, Harrison Storm, *Change It All*
„If I Knew“, Bat for Lashes, *The Bride*
„Switchblade“, LP, *Lost On You* (Deluxe edition)
„Insomnia“, IAMX, *Metanoia*
„Queen of Peace“, Florence & the Machine, *How Big, How Blue, How Beautiful* (Deluxe edition)
„Tightrope“, LP, *Lost on You*
„Empty Note“, Ghostly Kisses, *What You See*
„Goodbye“, Russ, *Pink Elephant*
„Mass“, Phoria, *Mass (Re-Imagined)*
„Me And The Devil“, Soap&Skin, *Sugarbread*
„Hex“, Mt. Wolf, *Aetherlight*
„For You To Be There“, Tom Rosenthal, *The Pleasant Trees* (vol. 2)
„Love & Hate“, Michael Kiwanuka, *Love & Hate*

„The Night We Met", Lord Huron, *Strange Trails*
„Fly (Acoustic)", Meadowlark, *Postcards*
„Golden", Mt. Wolf (feat. St. South), *Golden*
„Fake Plastic Trees", Radiohead, *The Bends*
„Next to Me", Imagine Dragons, *Evolve*
„Maybe On the Moon", AaRON, *We Cut The Night*
„Our Love", Sharon Van Etten, *Are We There*
„Warm Foothills", alt-J, *This Is All Yours*
„Figures", Jessie Reyez, *Kiddo*
„Car Park", Fenne Lily, *On Hold*
„Carry You", Novo Amor, *Bathing Beach*
„Song 1", Mud Flow, *A Life On Standby*
„It's Taking You", The Franklin Electric, *Blue Ceilings*
„Looking For Knives", DYAN, *Looking For Knives*
„Three Oh Nine", Fenne Lily, *On Hold*
„Another World", Pegase, *Another World*
„Remission", ÄTNA, *Ätna*
„Fire In the Water", Feist, *The Twilight Saga : Breaking Dawn-Part 2* (BO du film)
„Our Favourite Song", The Beach, *Our Favourite Song*
„Wandering Child", Wild Rivers, *Wild Rivers*
„Bloodflood pt. II ", alt-J, *This is All Yours*
„Last Night Thoughts", AaRON, *Artificial Animals Riding On Neverland*

La prețul de vânzare al cărții
se adaugă 2%, reprezentând
contravaloarea timbrului literar.

Tipar: ARTPRINT
E-mail: office@artprint.ro
Tel.: 021 336 36 33